Monica McCarty

Après avoir étudié le droit à Stanford et exercé le métier de juriste, elle s'est tournée vers l'écriture. Passionnée depuis toujours par l'Écosse médiévale, elle se consacre au genre des Highlanders avec des séries à succès comme *Les MacLeods*, *Le clan Campbell* ou *Les chevaliers des Highlands*. Elle est aujourd'hui une auteure incontournable de la romance historique.

Le Faucon

Aux Éditions J'ai lu

LES MACLEODS

1 – La loi du Highlander

N° 9332

2 – Le secret du Highlander

N° 9394

3 – La fierté du Highlander

N° 9535

LE CLAN CAMPBELL

1 – À la conquête de mon ennemie

N° 9896

2 – Le proscrit

N° 10032

3 – Trahi

N° 10084

LES CHEVALIERS DES HIGHLANDS

1 – Le Chef

N° 10247

2 – Le Faucon

N° 10413

3 – La Vigie

N° 10511

4 – La Vipère

N° 10609

5 – Le Saint

N° 10696

6-La Recrue

N° 10785

7- Le Chasseur

N° 10906

8 – Le Brigand

N° 10996

9 – La Flèche

N° 11146

10 – Le Frappeur

N° 11487

11 – Le Roc

N° 11564

12 – Le Spectre

N° 11588

Monica

McCARTY

LES CHEVALIERS DES HIGHLANDS – 2

Le Faucon

Traduit de l'anglais (États-Unis)
par Astrid Mougins

J'AI LU

J'AI LU

POUR elle

Si vous souhaitez être informé en avant-première
de nos parutions et tout savoir sur vos auteurs préférées,
retrouvez-nous ici :

www.jailu.com

Abonnez-vous à notre newsletter
et rejoignez-nous sur Facebook !

Titre original
THE HAWK

Éditeur original
Ballantine Books, an imprint of Random House
Publishing Group, a division of Random House, Inc., New York

À Dave,
Dix-huit ans ? J'aurais pensé cinq minutes…
(À toi de le dire : « … subaquatique ».)
P.S. : Il nous faut de la nouvelle matière.

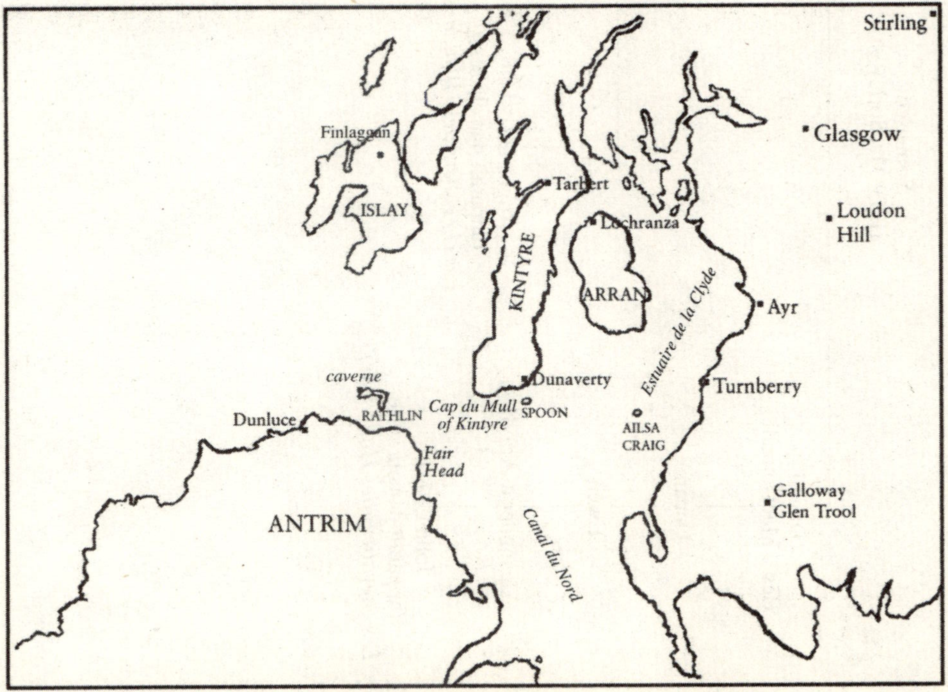
Stirling
Glasgow
Loudon
Hill
Finlaggan
ISLAY
Tarbert
Lochranza
KINTYRE
ARRAN
Ayr
Estuaire de la Clyde
Dunaverty
Turnberry
caverne
Cap du Mull
of Kintyre
SPOON
RATHLIN
Dunluce
AILSA
CRAIG
Fair
Head
Galloway
Glen Trool
ANTRIM
Canal du Nord

LES MACSORLEY

Somerled
(les « MacSorley »

Dugall
(les « MacDougall »

Ducan

Ewen

Alexander d'Argyll

John de Lorn
(apparaît dans la série
Les chevaliers des Highlands)

Angus Mor

Angus Og d'Islay
(apparaît dans la série
Les chevaliers des Highlands)

Ranald

Donald
(les « MacDonald »)

Alastair Mor

« Erik »
(apparaît dans
Le Faucon)

Rhuairi
(les « MacRuairi »)

Alan de Garmoran

Ewen

« Lachlan »
(apparaît dans la série
Les chevaliers des Highlands)

La Garde de Highlanders

Hiver 1306-1307

Aux côtés de Bruce, préparant la bataille dans les Hébrides extérieures :

Tor MacLeod, dit le Chef : commandant de la garde secrète et maître d'armes.

Erik MacSorley, dit le Faucon : marin et nageur.

Gregor MacGregor, dit la Flèche : tireur d'élite et archer.

Aux côtés des frères Bruce en Irlande pour recruter des mercenaires :

Eoin MacLean, dit le Frappeur : stratège expert en tactiques de pirates.

Ewen Lamont, dit le Chasseur : pisteur et traqueur d'hommes.

Avec la reine dans le nord de l'Écosse, protégeant les dames :

Lachlan MacRuairi, dit la Vipère : opérations furtives, infiltration et exfiltration.

Magnus MacKay, dit le Saint : guide de montagne et inventeur d'armes.

William Gordon, dit le Templier : alchimie et explosifs.

Robert Boyd, dit le Brigand : force physique et combat au corps à corps.

Alex Seton, dit le Dragon : dague et combat rapproché.

Avant-propos

L'an 1306 de Notre-Seigneur

Trois mois après son couronnement symbolique à Scone Abbey, Robert de Bruce a échoué dans sa tentative désespérée pour monter sur le trône d'Écosse. De courte durée, sa rébellion a été matée par le roi Édouard d'Angleterre, le puissant « marteau des Écossais ».

Excommunié par le pape pour avoir assassiné son rival, traqué sans merci par le monarque le plus puissant de la chrétienté, abandonné par les trois quarts de ses compatriotes qui ont refusé de se rallier à sa cause, Bruce ne se bat plus uniquement pour récupérer son titre mais également pour sauver sa peau. Entre lui et l'anéantissement, il ne reste plus que les dix guerriers de sa garde secrète.

Se perdant dans les brumes du temps, oubliée de presque tous, il existe une légende selon laquelle Robert de Bruce aurait formé un corps d'élite, sélectionnant minutieusement chacun de ses membres au fin fond des Highlands et des Hébrides intérieures. Liés par une cérémonie secrète, ces guerriers forment une armée fantôme, la plus mortelle que le monde ait jamais connue. On ne les reconnaît qu'à leurs compétences extraordinaires, à leurs noms de guerre et au lion rampant tatoué sur leur bras.

Le règne de terreur d'Édouard 1er vient de débuter. La bannière du dragon, tant redoutée, flotte sur l'Écosse. Les Anglais ne feront pas de quartier. Au cours des jours sombres à venir, ces guerriers hors pair devront affronter leur plus grand défi à ce jour. La liberté d'une nation repose sur leurs seules épaules.

Prologue

Voici que le roi bouffon gagne la lande,
Désertant les villes et les palais ;
S'ils le prennent au collet, ainsi que sa bande,
Les barons d'Angleterre lui apprendront à piper en anglais,
C'est que le renégat n'est guère vaillant,
On le recherche pourtant
Sur tous les continents.

Thomas WRIGHT,
The Political Songs of England.

Île de Rathlin, trois milles nautiques au large de la côte septentrionale de l'Irlande. 13 septembre 1306

Robert de Bruce ferma les yeux. Ce n'était pas la réaction d'un roi ; c'était celle d'un lâche qui ne voulait pas voir la réalité en face. Toutefois, les images continuaient de le hanter, défilant sous ses paupières comme les tableaux d'un cauchemar.

Des épées fendaient l'air et s'entrechoquaient dans un interminable déferlement de mort. Une pluie de flèches obscurcissait le ciel, transformant le jour en nuit. Les sabots des énormes destriers anglais martelaient le sol dans un vacarme assourdissant, écrasant tout sur leur passage. La boue et le sang ternissaient l'éclat des cottes de mailles. Les traits de ses loyaux compagnons étaient déformés par l'horreur et la peur. Et l'odeur… ce mélange épouvantable de sang, de sueur et de vomi qui s'insinuait dans ses narines, ses poumons, ses os.

Il eut beau plaquer ses mains sur ses oreilles, les hurlements et les râles d'agonie résonnaient toujours.

L'espace d'un instant, il fut de retour sur le champ de bataille sanglant de Methven. Là où tout avait basculé, pour le pire. Là où son sens de la chevalerie avait failli entraîner sa perte.

Hélas, ce n'était pas un cauchemar. Bruce ouvrit les yeux et fit face non pas à la fureur d'Édouard, mais à celle de Dieu. Le fracas qu'il entendait n'était pas celui des armes, mais celui du tonnerre. Ce n'étaient pas des flèches qui pleuvaient mais un déluge glacé. Le râle horrible n'était pas celui des agonisants mais celui du vent. Quant au martèlement, c'était celui du marteau du barreur sur sa targe, rythmant la cadence des rameurs.

La peur, elle, était toujours là. Il la lisait sur le visage des hommes autour de lui. La certitude qu'ils allaient mourir, non pas sur un champ de bataille mais sur un maudit rafiot au milieu d'une mer démontée, fuyant leurs propres terres comme des voleurs.

Les Anglais l'avaient surnommé le « roi bouffon ». C'était d'autant plus humiliant que c'était vrai. Sa fière armée censée renverser le roi le plus puissant de la chrétienté était réduite à une centaine d'hommes agglutinés dans deux *birlinns*.

Moins de six mois après son couronnement, ils n'étaient plus qu'une bande de hors-la-loi entassés sur un navire ballotté par la houle, certains tellement affaiblis qu'ils pouvaient tout juste s'agripper au bastingage, les autres grelottant et blêmes de terreur.

Sauf les Highlanders. Eux n'auraient même pas su ce qu'était la peur si Lucifer en personne leur avait ouvert les portes de l'enfer pour les accueillir.

Parmi eux, l'homme chargé de leur survie était le plus intrépide de tous. Il se tenait en poupe, le visage ruisselant de pluie, affrontant les éléments déchaînés en manœuvrant le *birlinn*. On aurait dit un dieu marin pressé d'en découdre avec tous les défis que la nature plaçait en travers de sa route.

Si quelqu'un pouvait les sauver, c'était Erik MacSorley, également connu sous le nom de Faucon depuis qu'il avait rejoint la force d'élite de Bruce. Celle-ci était composée des guerriers les plus talentueux des Highlands. Le fringant MacSorley avait été choisi pour ses dons de navigateur et de nageur, mais il était surtout d'une hardiesse sans pareille. Chaque nouvelle épreuve, aussi insurmontable soit-elle, semblait n'être pour lui qu'un jeu.

Le matin même, il les avait fait sortir de Dunaverty Castle au nez et à la barbe des Anglais. À présent, il tentait de leur faire traverser le détroit large de vingt-cinq kilomètres entre le Kintyre écossais et la côte irlandaise pendant la pire tempête que Bruce ait jamais vue.

Un sourire dément au bord des lèvres, MacSorley cria au-dessus du vacarme de la tourmente :

— Accrochez-vous ! La prochaine va secouer !

À l'instar de la plupart des Highlanders, il avait un sens inné de l'euphémisme.

Bruce retint son souffle tandis que le vent tendait la voile, soulevait le *birlinn* comme un jouet d'enfant et le hissait au sommet d'une lame monumentale. Ils retombèrent dans le creux de la vague avec un grincement effrayant. L'espace d'un instant, l'embarcation gîta dangereusement, semblant sur le point de verser. Il crut leur dernière heure arrivée. Puis, une fois de plus, le marin rétablit l'équilibre *in extremis* en manœuvrant les cordages.

Ce répit ne dura pas.

La houle se déchaîna de plus belle, les propulsant sur la crête de murs d'eau, la pluie diluvienne emplissant la coque du navire plus vite qu'ils ne pouvaient écoper.

Chaque fois qu'une nouvelle déferlante s'abattait sur le pont du malheureux bateau, il se demandait si ce ne serait pas celle qui les enverrait par le fond, mettant un terme à leur supplice.

Je n'aurais jamais dû ! Je n'aurais jamais dû m'élever contre l'Angleterre et son puissant roi. Dans la vie réelle, David n'abattait pas Goliath d'un coup de fronde ; il se faisait écraser comme un puceron.

Ou finissait au fond d'un océan.

Toutefois, MacSorley n'était pas disposé à capituler. Il paraissait toujours aussi sûr de lui, se montrant aussi tenace que la tempête. Il ne semblait pas douter qu'il vaincrait. Pourtant, c'était un combat qu'il ne pouvait espérer gagner. La nature était trop puissante, même pour ce descendant de Vikings, les plus grands pirates que le monde ait connus.

Bruce entendit un craquement sinistre, juste un instant avant le cri :

— Attention... !

Trop tard.

Il releva les yeux juste à temps pour voir une partie du mât s'abattre sur lui.

Quand Bruce rouvrit les yeux, il était plongé dans les ténèbres. L'espace d'un instant, il se crut arrivé en enfer. Au-dessus de lui, il n'y avait qu'un amas de pierres noires et luisantes. Un bruit sur sa gauche attira son attention. Il voulut tourner la tête et une douleur fulgurante lui traversa le crâne.

Lorsqu'il put voir à nouveau, il distingua des ombres mouvantes. Des hommes, les siens, se traînaient sur une grève rocailleuse et se laissaient tomber à l'entrée d'une caverne.

Tout compte fait, ils n'étaient pas morts.

Il ignorait s'il devait s'en réjouir. Être englouti par les flots était peut-être préférable au sort que lui réserverait Édouard s'il parvenait à le capturer.

Voici donc à quoi se réduisait son royaume désormais : une grotte marine humide et obscure.

Un mouvement au-dessus de sa tête lui indiqua que même ses prétentions à ce misérable territoire étaient contestées. Une grosse araignée noire s'affairait sur la paroi. Elle s'efforçait de sauter de pierre en pierre mais ne parvenait pas à s'accrocher à la surface glissante. Elle retombait invariablement au bout de son fil de soie, balancée par les courants d'air. Elle tentait encore et encore de construire sa toile, condamnée à l'échec.

C'était un sentiment qu'il connaissait bien.

Après avoir subi deux défaites sur le champ de bataille, avoir vu ses amis et ses partisans massacrés ou capturés, avoir été séparé de son épouse et avoir fui son royaume dans la disgrâce, il pensait avoir vécu le pire. Il s'était trompé. La nature avait bien failli achever ce que l'armée anglaise n'était pas parvenue à accomplir.

S'il avait à nouveau déjoué les plans du diable, c'était grâce à cette tête brûlée de MacSorley. Comme les araignées, ces Highlanders ne capitulaient jamais.

Contrairement à lui, qui savait quand rendre les armes.

Bruce était un homme fini. Même si la mer l'avait épargné, sa cause était perdue et, avec elle, l'occasion pour l'Écosse de se libérer du joug de la tyrannie anglaise.

S'il avait écouté les conseils de sa garde à Methven, il en aurait peut-être été autrement. Toutefois, s'accrochant avec entêtement à son sacro-saint code de la chevalerie, il n'avait pas tenu compte de leur avis. Il avait cru sur parole sir Aymer de Valence, le commandant anglais, quand celui-ci s'était engagé à ne pas lancer les hostilités avant l'aube. Puis ce traître les avait pris par surprise en attaquant au milieu de la nuit. Cela avait été la déroute. Bon nombre de ses plus ardents défenseurs avaient été tués ou faits prisonniers.

La chevalerie était bel et bien morte. Bruce ne l'oublierait plus jamais. L'ancien art de la guerre avait fait son temps. Il s'était trompé en n'acceptant qu'à contrecœur les tactiques de pirates de sa garde secrète. S'il les avait suivies au lieu de se cramponner à son code chevaleresque, il n'y aurait pas eu de défaite de Methven.

L'araignée s'élança à nouveau. Cette fois, elle parvint presque à étirer son fil de soie entre deux pierres, mais la victoire lui échappa au dernier instant à cause d'un souffle d'air. Étrangement captivé par les efforts vains de l'arachnide, Bruce poussa un soupir déçu.

Il ne pouvait s'empêcher de s'identifier à elle.

Même après le désastre de Methven, il avait gardé espoir. Puis, il s'était retrouvé face aux MacDougall à Dail Righ et avait subi une nouvelle défaite cuisante. Dans la débâcle qui avait suivi, il avait dû se séparer de son épouse, de sa fille, de ses sœurs et de la comtesse de Buchan, celle qui l'avait courageusement couronné à peine six mois plus tôt.

Il avait envoyé les femmes au nord avec son plus jeune frère, Nigel, sous la protection de la moitié de sa fameuse garde de Highlanders. Il pensait alors qu'il les rejoindrait rapidement, mais, avec le reste de son armée, il avait été contraint de fuir vers le sud.

Les femmes sont à l'abri, se répéta-t-il. Si Édouard les trouvait, que Dieu les protège ! Elles avaient été déclarées hors la loi, elles aussi, ce qui autorisait quiconque les arrêtait à les violer. Les hommes seraient exécutés sans jugement.

Après Dail Righ, Bruce s'était réfugié dans les montagnes, évitant la capture grâce à Gregor MacGregor, dit la Flèche, un autre membre de sa garde de Highlanders. Ce dernier lui avait fait traverser le comté de Lennox pour le conduire à l'abri dans le château de Dunaverty, dans la péninsule du Kintyre.

Le répit avait été de courte durée. Trois jours plus tard, l'armée anglaise assiégeait le château et il avait fallu toute l'ingéniosité de MacSorley pour les sortir de là vivants.

Cela faisait beaucoup d'échecs. Beaucoup trop.

L'araignée était remontée au bout de son fil et semblait prête à s'élancer à nouveau. Sentant soudain monter en lui une colère irrationnelle, Bruce eut envie de l'écraser d'un coup de poing.

Tu ne vois donc pas que c'est une bataille perdue d'avance ?

Il avait été aussi sot que cette araignée de croire qu'il pouvait vaincre Édouard d'Angleterre. S'il ne l'avait pas provoqué, il serait aujourd'hui tranquille dans son château de Carrick avec sa femme et sa fille, à s'occuper de ses terres, au lieu de se terrer comme un cloporte pendant que ses amis et ses partisans mouraient pour lui.

C'était une existence dont il se serait volontiers contenté s'il n'avait eu la conviction inébranlable que la couronne lui revenait de droit. Il était le roi légitime d'Écosse.

Quelle importance, désormais ? Il avait tout risqué, et tout perdu. Il ne restait rien.

Seigneur, comme il était épuisé ! Il aurait voulu fermer les yeux, s'abandonner au sommeil et oublier ce cauchemar. En tournant la tête, il aperçut le Faucon discutant avec le chef de la garde secrète, Tor MacLeod. Ils se tenaient sur la grève. Puis, ayant remarqué qu'il avait les yeux ouverts, les deux immenses guerriers se dirigèrent vers lui.

Le sommeil n'était pas pour tout de suite.

Au cours du mois qui venait de s'écouler, sa garde secrète avait été son seul réconfort. L'équipe de Highlanders avait surpassé toutes ses attentes. Cependant, même eux n'avaient pu empêcher les conséquences catastrophiques de son erreur à Methven.

À mesure que les deux hommes approchaient, Bruce distingua les signes de fatigue sur leurs visages endurcis par les batailles. Enfin ! Contrairement aux autres combattants, les Highlanders ne paraissaient pas démoralisés par la série de défaites qui les avait contraints à fuir l'Écosse. Rien ne semblait les ébranler, comme s'ils étaient insensibles aux émotions du commun des mortels. S'il appréciait leur détermination et leur ténacité, elles faisaient parfois apparaître sa propre frustration comme une faiblesse.

— Comment va votre tête ? demanda MacSorley. Vous avez pris un méchant coup.

Bruce se souvint soudain du mât. Il se frotta le crâne et sentit une énorme bosse.

— Je survivrai, maugréa-t-il. (*Pour le moment.*) Où sommes-nous ?

— Sur Rathlin, répondit MacLeod. Nous sommes arrivés à bon port. À l'abri et relativement indemnes.

— Vous en doutiez ? lança MacSorley avec un petit sourire ironique.

Bruce ne répondit pas. Il s'était habitué aux railleries du Highlander.

— Et les autres ? demanda-t-il.

— Ils sont en sécurité, déclara Tor. Ils se sont abrités dans une autre caverne car celle-ci ne peut accueillir qu'une douzaine de personnes. J'ai demandé à Frappeur et à Chasseur de se rendre au château demain pour chercher des provisions. Vous êtes sûr que sir Hugh nous aidera ?

— Le seigneur de Rathlin est loyal à Édouard, répondit Bruce. Mais c'est également un ami.

— Nous ne pouvons pas nous attarder ici trop longtemps, reprit Tor. Quand les Anglais se rendront compte que nous ne sommes plus à Dunaverty, ils lanceront toute leur flotte à nos trousses. Connaissant nos liens avec l'Irlande, cet endroit est le premier où ils viendront nous chercher.

La famille Bruce possédait des terres dans le comté d'Antrim depuis des années. Elizabeth de Burgh, l'épouse de Bruce, était la fille du comte d'Ulster, le plus puissant noble d'Irlande mais également un allié d'Édouard.

— Une fois que j'aurai les fournitures nécessaires, il ne nous faudra qu'un jour ou deux pour réparer les bateaux, indiqua le Faucon.

Bruce acquiesça. Il aurait dû donner des ordres, mais il se sentait écrasé par la fatalité. Toute entreprise lui paraissait futile.

À quoi bon ?

Du coin de l'œil, il aperçut l'araignée s'apprêtant à bondir à nouveau.

— Vous voyez cette petite bestiole ? demanda-t-il en pointant l'index vers la paroi rocheuse.

Les deux hommes acquiescèrent d'un air perplexe. Ils devaient se demander si Bruce avait encore toute sa tête.

— J'attends qu'elle capitule, poursuivit-il. Ce doit être la sixième fois que je la vois tenter d'étirer son fil entre ce point-ci et ce point-là. Chaque fois, elle retombe dans le vide. Je me demande combien d'essais il lui faudra encore avant qu'elle se rende compte que c'est impossible.

Le Faucon hocha la tête avec un sourire.

— Ce doit être une araignée des Highlands, sire. Elle continuera jusqu'à ce qu'elle y arrive. Les Highlanders ne croient pas à l'échec. Nous sommes tenaces.

— Vous ne voulez pas plutôt dire butés et têtes de lard ?

Le Faucon se mit à rire.

— Oui, ça aussi.

Bruce ne pouvait qu'admirer la faculté de cet être affable à conserver son humour dans la pire des situations. En temps normal, il trouvait sa bonne humeur réconfortante, mais, ce soir, même le géant nordique ne pouvait l'extirper de son sentiment d'impuissance.

— Reposez-vous, sire, déclara Tor. Nous avons eu une longue journée.

Bruce acquiesça, trop las pour discuter.

La lumière transperça ses paupières et une douce chaleur effleura sa joue comme la caresse d'une mère. Bruce ouvrit les yeux et vit un rayon de soleil illuminer la grotte. Le jour s'était levé, radieux. Il n'y avait plus aucune trace de la tempête apocalyptique de la veille.

Lorsque sa vision s'éclaircit, il fixa le plafond rocheux au-dessus de sa tête et jura.

— Ça par exemple !

Une superbe toile s'étirait entre deux pierres. Le réseau complexe et délicat des fils de soie scintillait dans la lumière, telle une magnifique couronne en filigrane incrusté de minuscules diamants.

Elle avait réussi. L'araignée avait tissé sa toile.

Il sourit, partageant son triomphe.

Methven. Dail Righ. La mort et la capture de ses amis. La séparation d'avec sa femme. La tempête. Finalement, peut-être que Dieu cherchait à le mettre à l'épreuve plutôt qu'à le punir.

L'araignée était sa messagère.

Il aperçut MacSorley étendu non loin et lui fit signe d'approcher.

— Vous aviez raison, lui dit-il en lui montrant le plafond.

Le Faucon mit quelques instants à comprendre, puis il vit la toile.

— Elle a réussi, déclara-t-il en souriant. Belle leçon de persévérance, non ?

— En effet. Vingt fois sur le métier, remettez votre ouvrage. J'en ferai mon mot d'ordre. C'est un sage conseil.

Un conseil qu'il n'oublierait plus.

Il ignorait si c'était en raison de l'araignée ou de l'aube radieuse d'un nouveau jour. Peu importait. Son désespoir l'avait quitté et il se sentait revigoré. Édouard pouvait l'écraser encore et encore, Robert de Bruce continuerait à se battre jusqu'à son dernier souffle.

Roi hors la loi ou pas, il était le souverain légitime de l'Écosse et récupérerait son royaume.

Son changement d'humeur n'avait pas échappé au Faucon.

— Vous avez un plan, sire ? lui demanda-t-il.

— Oui, répondit Bruce. Gagner.

MacSorley sourit.

— Vous parlez de plus en plus comme un Highlander.

Bruce attendrait son heure. Au cours des prochains mois, il se fondrait dans la nature. Il lui serait facile de se cacher sur les centaines d'îles qui bordaient la côte ouest. Il rassemblerait ses forces pour tenter un nouveau soulèvement. Puis un autre.

Jusqu'à la victoire.

1

Détroit de Rathlin, côte nord de l'Irlande.
Jour de la Chandeleur, 2 février 1307

Erik MacSorley ne pouvait résister à un défi, même tacite. Dès qu'il aperçut le bateau de pêcheurs poursuivi par la galère anglaise, il sut qu'il s'en mêlerait.

Il aurait dû ne pas intervenir et poursuivre discrètement sa route, profiter de ce que le navire de patrouille ne l'avait pas vu pour accomplir sa mission, qui était de se rendre au château de Dunluce pour y rencontrer des mercenaires irlandais.

Mais pourquoi se priver d'un petit plaisir ?

Cela faisait plus de quatre mois qu'ils se cachaient, passant d'île en île, ne faisant que de brèves incursions à l'intérieur des terres pour collecter les fermages de Bruce et effectuer quelques rares expéditions de reconnaissance. Erik et ses hommes méritaient amplement un peu de distraction.

Il avait été aussi sage qu'un moine pendant le carême (hormis en ce qui concernait les femmes, mais il n'avait pas fait vœu de chasteté en rejoignant la garde secrète de Bruce). Depuis leur fuite de Dunaverty et la tempête, il avait évité les ennuis et fait preuve d'une retenue inhabituelle chaque fois qu'on avait fait appel à ses services. Toutefois, la Pointe du diable n'était qu'à un jet de pierre, la marée était haute et ils avaient vent arrière. L'occasion était trop belle pour la laisser passer.

À vingt-neuf ans, Erik n'avait pas encore croisé un vent qu'il ne puisse dompter, un homme capable de le surpasser sur l'eau, un bateau qu'il ne réussisse à semer ni, pensa-t-il avec un sourire sournois, une femme qui sache lui résister.

Il en irait de même cette fois. L'épais brouillard était idéal pour une poursuite nocturne, d'autant plus qu'il aurait pu naviguer le long des côtes traîtresses d'Antrim les yeux fermés.

Ils venaient de passer la pointe nord-ouest de l'île de Rathlin, mettant le cap vers le sud et le château de Dunluce, quand ils avaient repéré le navire anglais près de Ballentoy Head. Depuis que les Anglais avaient pris Dunaverty Castle quelques semaines plus tôt et s'étaient rendu compte que Bruce avait fui l'Écosse, la flotte ennemie avait augmenté ses patrouilles dans le Canal du Nord, traquant le roi fugitif.

Erik n'appréciait pas de voir une patrouille si près de sa destination. Le meilleur moyen de s'assurer que les Anglais n'entraveraient pas ses plans était de les entraîner dans un lieu où ils ne gêneraient plus personne. En outre, les pêcheurs paraissaient en difficulté.

Ces bâtards d'Anglais. Il n'avait pas oublié le massacre gratuit des hommes du clan MacLeod. Dire que c'était lui qu'ils traitaient de pirate !

Il ordonna qu'on hisse la voile.

— Que faites-vous ? balbutia sir Thomas Randolph à voix basse. Ils vont nous voir !

Erik poussa un soupir résigné. Il ne s'était pas engagé dans la garde secrète pour servir de nourrice au neveu pédant de Bruce. Pour le remercier de ce service, ce dernier allait devoir ajouter un château ou deux aux terres du Kintyre qu'il avait promis de lui restituer une fois qu'il aurait récupéré sa couronne et chassé Édouard « longues jambes » d'Écosse.

Randolph était tellement imprégné du code de la chevalerie et du sens de ses « devoirs » qu'à côté Alex Seton, le seul chevalier (et l'unique Anglais) de la garde d'élite, paraissait laxiste. Après s'être coltiné le jeune homme deux mois durant, pour le « former », Erik avait acquis le plus grand respect pour Robbie Boyd, le coéquipier de Seton. Randolph lui rebattait continuellement les oreilles avec ses règles et son honneur, au point que sa bonne humeur légendaire commençait à s'émousser.

Erik arqua un sourcil sarcastique.

— C'est précisément le but de l'opération. Il faut bien attirer leur attention si on veut les entraîner ailleurs.

— Mais... s'ils nous rattrapent, Faucon ?

Randolph l'appelait par son nom de guerre. Lorsque les membres de la garde secrète étaient en mission, ces surnoms protégeaient leur identité. Toutefois, en tant que capitaine, Erik était bien obligé de révéler la sienne. Il avait besoin de rameurs et, les autres membres du corps d'élite étant éparpillés, il avait dû faire appel à des hommes de son propre clan. La poignée de guerriers qui composaient son équipage étaient ses parents les plus fidèles et des membres de son escorte personnelle. Ils mourraient plutôt que de révéler qui il était.

Jusqu'à présent, on n'avait pas fait le rapprochement entre le navire notoire baptisé « Le Faucon » et les rumeurs d'une armée fantôme qui se propageaient dans les campagnes. Néanmoins, Erik était conscient que cela pouvait changer d'un jour à l'autre.

En entendant sa remarque absurde, les rameurs qui se trouvaient à proximité de Randolph s'esclaffèrent.

— Je n'ai pas perdu une course depuis... commença Erik.

Il interrogea son second du regard.

Domnall haussa les épaules.

— Dieu sait, capitaine.

Erik se tourna à nouveau vers Randolph avec un sourire aimable.

— Comme tu vois, il n'y a pas lieu de t'inquiéter.

— Mais l'argent ? s'entêta le jeune chevalier. On ne peut courir le risque que les Anglais mettent la main dessus.

Les cinquante livres de pièces d'argent qu'ils transportaient devaient servir à acheter des mercenaires. La somme avait été amassée petit à petit au cours de l'hiver, lors des expéditions nocturnes pour collecter les fermages de Bruce. MacSorley et plusieurs autres gardes avaient pu entrer et sortir d'Écosse sans se faire repérer grâce à des renseignements précis provenant du camp ennemi. Erik pensait savoir qui en était la source.

Bruce espérait tripler la taille de son armée grâce aux mercenaires. Sans eux, il ne pourrait pas monter à l'assaut des garnisons anglaises qui occupaient les châteaux d'Écosse et reprendre son royaume.

La mission d'Erik était de les amener jusqu'à Bruce sur l'île d'Arran sans se faire détecter par la flotte ennemie. L'attaque était prévue pour le quinze, soit deux semaines plus tard.

— Détends-toi, Tommy, déclara-t-il en sachant qu'il achèverait d'horripiler le jeune aristocrate pompeux. On croirait entendre une vieille dame. La seule chose que ces Anglais attraperont, c'est notre sillage.

Randolph pinça les lèvres au point de les faire blêmir. Par contraste, son teint paraissait encore plus cramoisi.

— Je m'appelle Thomas, grogna-t-il. Sir Thomas, comme tu le sais fort bien. Nos ordres sont d'engager des mercenaires et de les conduire jusqu'à mon oncle sans alerter les patrouilles anglaises.

Ce n'était pas aussi simple que ça, mais seule une poignée d'hommes étaient au courant de la totalité du plan et Randolph n'en faisait pas partie. Ils ne devaient pas amener les mercenaires jusqu'à Bruce, mais uniquement organiser leur prochaine rencontre.

C'était plus sûr ainsi. Si Bruce voulait vaincre la puissante armée anglaise, l'effet de surprise était indispensable.

Pour avoir lui-même loué ses services à des chefs de guerre en Irlande pendant plusieurs années, Erik savait qu'il fallait manier l'information avec la plus grande prudence. L'argent était la seule loyauté qu'honoraient la plupart des mercenaires et les MacQuillan étaient une belle bande de brutes, c'était le moins qu'on puisse dire.

Par mesure de précaution, le roi ne leur donnerait les détails de son plan qu'à la dernière minute, y compris le lieu de leur rendez-vous, la cible et la date de leur attaque. Erik rejoindrait les Irlandais deux nuits avant l'assaut et les escorterait personnellement jusqu'à Rathlin afin qu'ils y rencontrent Bruce et assemblent l'armée. La nuit suivante, il conduirait toute la flotte jusqu'à l'île d'Arran, d'où Bruce comptait déclencher les hostilités le 15 février.

La synchronisation était capitale. L'attaque aurait lieu sur deux fronts simultanément. Bruce lancerait l'assaut sur Turnberry tandis que, le même jour, ses frères attaqueraient les Anglais plus au sud, à Galloway.

Ils devraient voyager de nuit et ne pourraient se permettre la moindre erreur.

— Je ne veux pas risquer qu'ils nous prennent par surprise, Tommy, expliqua Erik. Le meilleur moyen de les éviter, c'est de nous en débarrasser tout de suite.

Rien ne le détournerait de sa mission, mais cela ne les empêchait pas de s'amuser un peu.

— C'est irresponsable, protesta Randolph.

Ce garçon était décidément irrécupérable.

— Voyons Tommy, tu ne devrais pas utiliser des mots que tu ne comprends pas. Tu ne saurais pas ce qu'est l'irresponsabilité si elle te mordait le derrière. Ce serait irresponsable s'ils avaient une chance de nous rattraper. Or, comme tu l'as entendu, cela n'arrivera pas.

Ses hommes hissèrent la voile carrée. La toile en fibre de laine enduite de graisse animale se déploya en claquant dans le vent, dévoilant le blason tant redouté des MacSorley : un faucon gerfaut noir se détachant sur un fond à rayures blanches et or. De le voir ainsi fièrement déployé déclenchait toujours chez lui une décharge d'adrénaline.

Quelques instants plus tard, ils entendirent un cri derrière eux. Erik adressa un regard faussement contrit au jeune aristocrate.

— De toute manière, il semblerait qu'il soit trop tard, mon garçon.

Il saisit les manœuvres et lança à ses hommes :

— Voyons voir si ces chiens savent mordre autre chose que leur propre queue. Cap sur Benbane, les gars !

Les hommes se mirent à rire. Traiter un Anglais de chien était la pire des insultes. Ce n'était qu'un ramassis de lâches.

La voile se gonfla au vent et le *birlinn* s'élança à la surface des flots tel un oiseau prenant son envol, se montrant digne du faucon peint sur sa toile et sculpté sur sa proue.

Plus ils filaient vite, plus Erik sentait le sang battre dans ses veines. Ses muscles étaient bandés, vibrants d'énergie. Le vent faisait voler ses cheveux, aspergeait son visage d'embruns et emplissait ses poumons tel un élixir. La course était euphorisante, lui procurant une sensation de liberté sous sa forme la plus pure.

Il se sentait vivant et savait qu'il était né pour ça.

Pendant quelques minutes, le silence régna à bord pendant qu'Erik réglait le cap du navire sur Benbane Head, la pointe la plus au nord d'Antrim. Ses hommes le connaissaient suffisamment pour comprendre ce qu'il avait en tête. Ce n'était pas la première fois qu'il tirait profit de la marée haute et des écueils.

Il lança un regard par-dessus son épaule et constata que son plan fonctionnait. Le patrouilleur anglais s'était désintéressé des pêcheurs et les avait pris en chasse.

— Plus vite ! cria Randolph pour se faire entendre au-dessus du vent. Ils gagnent du terrain.

Ce garçon était décidément un grand rabat-joie. Toutefois, Erik devait reconnaître que la galère anglaise les talonnait de plus près qu'il ne l'aurait cru. Son capitaine avait un certain talent... et de la chance. L'Anglais avait trouvé un vent plus fort que celui qu'il utilisait et augmentait sa vitesse grâce à ses rameurs. Ceux d'Erik avaient levé leurs rames et attendaient. Il aurait besoin d'eux plus tard.

La chance de l'Anglais ne l'inquiétait pas outre mesure. Même un écureuil aveugle pouvait tomber sur un gland de temps à autre.

— C'est le but recherché, Tommy, répondit-il. Je veux qu'ils nous suivent d'assez près pour pouvoir les conduire sur les rochers.

La Pointe du diable était une langue rocheuse qui s'avançait devant la côte tel un index accusateur, juste à l'ouest de Benbane Head. À marée haute, elle était pratiquement invisible, jusqu'à ce qu'il soit trop tard. L'idée était de coincer les Anglais entre la terre ferme et lui-même. À la dernière minute, il les laisserait le rattraper puis virerait brusquement vers l'ouest, laissant l'autre embarcation se précipiter vers les écueils qui transperceraient sa coque.

Ce genre de manœuvre habile, il pouvait la faire en dormant.

— Les rochers ? répéta Randolph d'une voix suraiguë. Mais comment peux-tu les voir avec cette brume ?

Erik poussa un nouveau soupir. Si ce garçon n'apprenait pas à se détendre, son cœur lâcherait avant qu'il n'ait atteint vingt-trois ans.

— Je vois très bien, mon garçon. Aie un peu de foi. Pour un jeune chevalier intrépide, tu m'as l'air bien timoré.

Les hautes falaises spectaculaires d'Irlande apparurent devant eux. Par un jour dégagé, les majestueuses parois noires couronnées de vallons vert émeraude étaient d'une beauté à couper le souffle. Toutefois, de nuit, elles ne formaient qu'une ombre menaçante et hantée.

Erik lança un regard derrière lui et haussa les sourcils, une lueur admirative dans le regard. Ce chien d'Anglais se débrouillait plutôt bien. De fait, il se débrouillait si bien qu'il déjouait ses plans. Il ne servait plus à rien de naviguer parallèlement au rivage. Il allait devoir les diriger droit sur les rochers puis tirer un bord, directement contre le vent, à la dernière minute.

Le capitaine anglais était peut-être bon.

Mais pas autant que lui.

Cela promettait d'être encore plus amusant qu'il ne l'avait pensé.

Son cousin Lachlan MacRuairi, la Vipère, se trouvant au nord avec les femmes, et le chef Tor MacLeod étant coincé à terre pour servir de garde du corps au roi, cela faisait un certain temps qu'Erik n'avait eu personne à qui se mesurer. Il ne s'était pas attendu à devoir rivaliser avec un Anglais.

Il faisait trop sombre et brumeux pour distinguer les contours précis de la côte, mais Erik sentait instinctivement qu'ils s'en approchaient. Le danger imminent était excitant. S'il se trompait dans ses calculs, les Anglais ne seraient pas les seuls à devoir nager jusqu'au rivage.

Il se tourna vers Domnall qui tenait le gouvernail en poupe.

— Maintenant ! Envoyons ces bâtards anglais droit en enfer !

Les hommes lui répondirent avec un rugissement enthousiaste.

Le *birlinn* tira une bordée. La voile se mit à claquer et l'embarcation vira brusquement à tribord. La Pointe du diable se trouvait juste devant eux.

Il entendit la voile du patrouilleur claquer à son tour. L'Anglais l'imitait, le suivant sans difficulté.

Le moment était presque venu…

— Arrêtez-vous ! lança une voix en anglais. Au nom d'Édouard, roi d'Angleterre par la grâce de Dieu !

— Je n'ai d'autre roi que Bruce, rétorqua Erik en gaélique. *Airson an Leomhann !*

C'était le cri de guerre de la garde des Highlands : « Pour le lion ».

Au concert d'imprécations qui s'éleva derrière eux, on l'avait compris. Quelqu'un hurla « Traîtres ! ».

Erik ne répondit pas. Il était entièrement concentré sur l'étroite bande de mer noire devant lui.

Sur le *birlinn*, la tension était palpable. Ils n'étaient plus qu'à une trentaine de mètres de l'endroit crucial. Erik lança un regard vers les falaises sur sa gauche, cherchant le sommet en dents de scie qui constituait son repère. Le brouillard l'empêchait de l'apercevoir.

Les yeux fermés, se rappela-t-il.

Ses hommes commencèrent à s'agiter nerveusement sur leurs bancs, les mains crispées sur leurs rames, attendant ses instructions.

— Qu'est-ce que tu fais ? demanda Randolph d'une voix étranglée.

Au lieu de lui répondre, Erik ordonna à ses hommes :

— Tenez-vous prêts. Nous y sommes presque…

Il sentait son cœur battre dans sa poitrine, puissant et régulier. La véritable épreuve pour ses nerfs était encore à venir. Le danger approchait et il devait lutter contre son instinct qui lui criait de tourner. Il tint bon. *Pas encore…*

Encore quelques mètres et le capitaine anglais, aussi doué soit-il, ne pourrait échapper aux écueils qu'Erik avait gentiment mis en travers de sa route.

Il allait donner l'ordre quand la catastrophe arriva. Une vague rebelle surgit hors des ténèbres tels les crocs d'un serpent et déferla contre le tribord du *birlinn*, le poussant plus près du rivage et déjouant son plan minutieusement calculé.

Il jura et serra fermement les cordages. Les rochers étaient trop près. Il apercevait la ligne blanche de l'écume se brisant autour de la pointe rocheuse affleurante.

Il n'avait plus le temps d'effectuer le virage adroit qu'il avait projeté. Sa seule chance d'éviter l'écueil était d'effectuer une manœuvre délicate directement face au vent.

Voilà qui devenait vraiment intéressant. Son pouls s'accéléra. Il adorait ce genre de gageure, une véritable épreuve pour les nerfs qui faisait appel à tout son talent.

— Maintenant ! hurla-t-il. Tirez fort, les gars !

Domnall poussa le gouvernail et les hommes plongèrent leurs rames à pic pour faire pivoter le bateau. Erik s'efforça de maintenir la voile dans le vent.

Il entendit des éclats de voix derrière lui, mais il était trop concentré sur la manœuvre pratiquement impossible à effectuer. La mer et leur élan les poussaient vers les rochers qui n'étaient plus qu'à quelques dizaines de centimètres à tribord. Les hommes ramèrent plus fort, y mettant toute l'énergie qu'ils avaient préservée jusque-là. Les rameurs anglais, eux, avaient épuisé la leur.

La proue du *birlinn* passa la pointe de la langue de terre.

Plus que quelques mètres.

Les rochers sur sa gauche continuaient à se rapprocher dangereusement. Erik entendait Randolph tantôt jurer tantôt prier.

— Plus fort ! cria-t-il à ses hommes. On y est presque.

Il retint son souffle tandis que le bateau glissait le long des écueils, tendant l'oreille et guettant les bruits sous la ligne de flottaison. Puis il entendit un raclement sourd. Ce son de la roche frottant contre la carène en chêne avait de quoi glacer le sang de n'importe quel marin. Erik ne sourcilla pas. Le grincement sinistre dura quelques secondes mais ne s'amplifia pas. Ils avaient franchi l'obstacle.

Un sourire victorieux illumina son visage. Il ne s'était pas autant amusé depuis le jour où ils avaient fui Dunaverty en pleine tempête.

— On est passés !

Ses hommes poussèrent un hourra collectif, puis un second plus fort encore quand ils entendirent un cri d'alarme derrière eux, suivi d'un grand fracas quand la galère anglaise se précipita sur les rochers.

Erik tendit les cordages de la voile à un de ses hommes, puis sauta sur un coffre qui faisait office de banc. De son perchoir, il avait une vue imprenable sur les Anglais grimpant sur les rochers qui venaient d'éventrer leur navire. Le vent lui porta un torrent d'insultes.

Il s'inclina en décrivant une élégante arabesque de la main et leur lança :

— Transmettez mes hommages à Édouard, les gars !

Les injures redoublèrent et il éclata de rire.

Il sauta sur le pont et donna une tape dans le dos de Randolph. Le jeune homme avait le teint verdâtre.

— Ça, c'est ce qu'on appelle prendre un risque.

Le chevalier le dévisagea avec un mélange d'admiration et d'incrédulité.

— Tu as la chance du diable, Faucon. Mais un beau jour, elle va te laisser tomber.

— Peut-être, répondit Erik avec un clin d'œil. Mais, ce soir, elle m'accompagne.

Du moins, il l'espérait.

— Par les os de saint Colomba, Ellie ! Quand t'es-tu amusée pour la dernière fois ? Tu es devenue totalement ennuyeuse.

Matty accentua ce dernier mot avec toute l'emphase d'une jeune fille de dix-huit ans. À l'entendre, on aurait dit que sa sœur avait contracté une maladie aussi horrible que la lèpre.

Ellie poursuivit son examen des échantillons de tissus étalés sur le lit et lui répondit machinalement, sans se retourner.

— Je ne suis pas ennuyeuse et cesse de blasphémer.

Elle prit une soie bleu ciel et l'appliqua sur son buste.

— Que penses-tu de celle-ci ?

Matty leva les yeux au ciel.

— Tu vois ? C'est exactement ce que je voulais dire. Tu n'as que quelques années de plus que moi, mais tu te comportes comme si tu étais ma nourrice. Même la vieille Betha avec son visage tout ridé était plus drôle que toi. Et Thomas jure par les os de saint Colomba toutes les cinq minutes et personne ne lui dit rien.

— J'ai six ans de plus que toi et Thomas n'est pas une dame.

Elle se regarda dans le miroir, fronça le nez puis laissa retomber l'étoffe bleue sur la pile croissante d'échantillons rejetés. Les tons pastel tant prisés cette année ne seyaient pas du tout à ses cheveux noirs et à ses yeux marron.

Matty, à qui ils convenaient particulièrement, plissa les yeux. Rien n'agaçait plus Mathilda de Burgh qu'on lui rappelle cette liberté dont jouissait son frère jumeau et qui lui était refusée. Elle pointa son adorable petit menton en avant tel un chaton têtu.

— C'est un argument absurde, tu le sais très bien.

Ellie haussa les épaules, refusant de prendre parti.

— Peut-être, mais c'est ainsi.

— Ça ne devrait pas l'être.

Matty lui prit la main et l'implora du regard. Avec ses cheveux blonds soyeux, son teint de porcelaine, sa petite bouche rouge en cœur et ses grands yeux bleus, personne ne pouvait lui résister. Sauf Ellie. Ses huit frères et sœurs étaient tous des créatures superbes aux cheveux d'or et aux yeux clairs. Seuls son frère Walter et elle avaient hérité des couleurs sombres de leur père normand.

Elle sentit une vague de tristesse monter en elle. À présent que Walter les avait quittés, il ne restait plus qu'elle.

— Pour une fois qu'on a une vraie occasion de nous amuser ! insista Matty. C'est la seule nuit où nous sommes autorisées à nous baigner avec les hommes. C'est ta dernière chance. L'année prochaine, tu seras en Angleterre avec ton mari.

Le ventre d'Ellie se noua, comme chaque fois qu'on lui parlait de son prochain mariage.

— Le plongeon de la demoiselle n'est pas pour les femmes de notre rang, répliqua-t-elle.

Elle se mordit la lèvre en entendant son propre ton guindé. Le « plongeon de la vierge » était le vestige d'une ancienne cérémonie sacrificielle des peuples nordiques, où de jeunes vierges étaient offertes au dieu de la mer. Il avait été rebaptisé le « plongeon de la demoiselle » afin de ne pas offenser l'Église. À l'instar de la célébration païenne de *Yule* qui avait été remplacée par celle de Noël, il coïncidait désormais avec la fête de la Chandeleur qui marquait la fin des festivités de la Nativité. L'Église désapprouvait ces anciens rites païens, sans pour autant tenter de les empêcher. Elle savait sans doute qu'elle n'y parviendrait pas.

Chaque 2 février à minuit, les filles non mariées de la région plongeaient dans la mer glacée avant de regagner en toute hâte la rive pour se réchauffer devant d'énormes feux de joie (au lieu des saunas que les Nordiques avaient utilisés autrefois). Celle qui restait dans l'eau le plus longtemps était sacrée « princesse de glace ». Ellie avait emporté ce titre lors des trois plongeons auxquels elle avait participé. Elle semblait tellement dans son élément dans l'eau glacée que Walter avait l'habitude de la taquiner en la traitant de *selkie*, une créature mythique du folklore local, mi-femme mi-phoque.

Matty la dévisagea comme si elle ne la reconnaissait pas.

— Ce n'était pas ce que tu pensais autrefois. Je ne comprends pas. Tu adorais nager et participer au plongeon de la demoiselle.

— C'était avant… commença Ellie.

Elle s'interrompit et déglutit pour chasser le nœud dans sa gorge.

— Je n'étais qu'une jeune fille, reprit-elle. Désormais, j'ai des responsabilités.

Matty se tut un instant pendant que sa sœur continuait de trier les étoffes qui deviendraient les robes de son trousseau. Il lui fallait une garde-robe neuve pour sa nouvelle vie en Angleterre à la cour du roi Édouard, où elle serait l'épouse de l'ancien gendre du souverain, Ralph de Monthermer.

— Ce n'est pas juste, déclara doucement Matty. Tu n'es pas la seule à qui ils manquent, tu sais. Moi aussi, je les aimais. Toutefois, ni mère ni Walter n'auraient voulu que tu portes leur deuil indéfiniment.

La fièvre qui s'était abattue sur Dunluce Castle deux ans plus tôt avait emporté, outre leur frère de dix-neuf ans, leur mère Margaret, comtesse d'Ulster. Ellie, qui avait vingt-deux ans à l'époque, y avait également laissé son insouciance et son goût de l'aventure. En tant que fille aînée non mariée, elle avait endossé les responsabilités de sa mère, qui incluaient de veiller sur ses frères et sœurs plus jeunes.

Quel genre d'exemple donnerait-elle en batifolant à moitié nue dans la mer ?

C'était la première fois qu'ils revenaient à Dunluce depuis le décès de leur mère et de leur frère. Initialement, il avait été prévu qu'ils rejoignent son futur époux à Carrickfergus, la principale forteresse du comte d'Ulster, mais le roi Édouard en avait décidé autrement et leur avait ordonné de se rendre ici. Bien que n'étant pas dans les confidences de son père, Ellie se doutait que cela avait un rapport avec la traque incessante de Robert de Bruce.

Les yeux lumineux de sa sœur se brouillèrent de larmes et Ellie la prit dans ses bras.

— Je sais, murmura-t-elle. Et tu as raison : ils n'auraient pas voulu qu'on les pleure éternellement.

Matty s'écarta, un large sourire sur son visage, ses larmes disparues.

— Ça veut dire que tu viendras ?

La chipie ! Elle était aussi tenace que son parrain, le roi Édouard.

— Promets-moi au moins d'y réfléchir, insista-t-elle avant qu'Ellie n'ait eu le temps d'objecter.

C'était déjà tout réfléchi, mais Matty n'était pas la seule à savoir comment obtenir ce qu'elle voulait. Ayant à sa charge cinq maîtres manipulateurs qui ne comprenaient pas le sens du mot « non », Ellie avait appris à tergiverser.

— Très bien, j'y réfléchirai.

— C'est vrai ? dit Matty en écarquillant les yeux. Oh, on s'amusera comme des folles, tu verras.

— J'ai dit que j'y réfléchirais, mais uniquement si tu m'aides à choisir les tissus pour mes robes.

Elle-même n'arrivait pas à se décider et n'avait pas le cœur à la tâche. Matty avait le sens des couleurs, ce qui n'était pas son cas. Cependant, ce n'était pas la seule raison de son manque d'enthousiasme, elle en était consciente. Quelque chose ne tournait pas rond chez elle, autrement pourquoi ressentait-elle toujours ce même malaise chaque fois qu'elle pensait à son futur mariage ? C'était pourtant une union dont, objectivement, elle ne pouvait que se réjouir.

Après des débuts malheureux, son futur époux était devenu l'un des aristocrates favoris d'Édouard, ainsi que son gendre. Ralph était tombé amoureux de la fille du roi, Joan d'Acre, et l'avait épousée en cachette. Lorsque le pot aux roses avait été découvert, Édouard avait jeté son gendre, alors simple chevalier, dans un cachot de la Tour de Londres. Il n'avait échappé au billot que grâce à l'intercession de l'évêque de Durham.

Une fois sa colère retombée, le roi acariâtre avait fini par se réconcilier avec Ralph. Il lui avait même accordé les titres de comte de Gloucester et d'Hereford du vivant de Joan. À présent, Édouard voulant s'assurer du soutien du comte d'Ulster, il avait proposé à Ralph de s'unir à la fille de ce dernier.

Ralph était un homme bon. Grand et carré, il était séduisant et avait un physique impressionnant. On le considérait comme un grand chevalier. C'était un homme facile à admirer.

Alors pourquoi, chaque fois qu'elle se retrouvait dans la même pièce que lui, éprouvait-elle un violent malaise, sentant son cœur palpiter et sa peau se hérisser ?

Et pourquoi, à mesure que la date du mariage approchait, ressentait-elle une telle nervosité ? Une envie de faire un geste fou, de courir pieds nus dans le sable, d'arracher son voile et ses épingles à cheveux, de sentir le vent dans sa chevelure ?

Ou de plonger dans la mer glacée ?

Ses pulsions irrationnelles ne changeaient rien. Elle épouserait l'homme que son père avait choisi pour elle, tout comme Matty le ferait plus tard. Elles étaient les filles du comte d'Ulster. Ce n'était pas à elles de choisir leurs maris.

Au cours des quelques minutes suivantes, Matty rejeta impitoyablement la plupart des échantillons de la haute pile d'étoffes luxueuses en laine, brocart et velours. Lorsqu'elle eut terminé, il ne restait qu'un petit tas de tons bruns, verts, rouille et or. Il n'y avait pas une seule couleur vive ni pastel parmi eux.

Ellie lança un regard de regret à l'amoncellement de roses, bleus, jaunes et rouges.

— Je serai la femme la plus sinistre de la cour.

— Tu seras superbe, rétorqua Matty. Les tons d'automne font ressortir ton teint doré et les éclats verts dans tes yeux.

Ellie esquissa un sourire.

— Des éclats verts ? J'ai les yeux marron.

Matty pinça les lèvres d'un air réprobateur.

— Tu as de très beaux yeux brillants couleur noisette.

Marron, se répéta Ellie intérieurement. Ce qui lui convenait parfaitement. Il était inutile de discuter avec ses frères et sœurs. Ils essayaient continuellement de la faire se sentir spéciale et le prenaient comme un affront personnel si quelqu'un faisait remarquer qu'elle n'avait pas la beauté éblouissante des Burgh. Elle aurait été considérée comme passablement jolie dans une famille normale, mais la sienne n'avait rien de normal. Elle avait du mal à croire, et elle n'était pas la seule, que des êtres aussi superbes que son père et sa mère aient pu produire une enfant aussi ordinaire.

Néanmoins, son physique quelconque la turlupinait beaucoup moins que ses frères et sœurs. Elle avait appris tôt que la beauté ne faisait pas le bonheur. Sa mère en était le meilleur exemple.

Si elle se satisfaisait d'être quelconque, sa famille refusait de la voir autrement que comme un être exceptionnel.

Matty l'observait comme si elle lisait dans ses pensées.

— J'aimerais que tu te voies telle que je te vois. Tu es bien plus belle que nous tous réunis. Ta beauté rayonne de l'intérieur. Tu es bonne, généreuse, douce…

Un bel euphémisme pour dire qu'elle manquait de charme, pensa Ellie.

— Et ennuyeuse, l'interrompit-elle, gênée par ses éloges.

Matty sourit.

— Ennuyeuse, oui, mais plus pour longtemps. N'oublie pas que tu as promis d'y réfléchir. Dis-moi que tu viendras. On va rire, tu verras.

Elle lui fit un clin d'œil espiègle avant d'ajouter :

— Qui sait, ton beau fiancé y sera peut-être lui aussi ?

Ellie pâlit. C'était ce qu'elle redoutait le plus. Chaque fois qu'elle se trouvait devant lui, elle parvenait tout juste à articuler deux mots cohérents.

Matty la dévisagea d'un air inquiet.

— Je ne sais pas ce qui te prend, Ellie. On dirait que tu ne veux pas de ce mariage. Ralph est jeune et superbe. Avec ses cheveux noirs et ses yeux verts...

Il avait les yeux verts ? Ellie ne l'avait pas remarqué.

— On peut dire que tu as de la chance, poursuivit Matty. À ta place, je sauterais de joie. Je vais probablement me retrouver avec un mari plus vieux que père, avec une haleine fétide, de gros doigts et la goutte.

Elle étudia les traits de sa sœur, perplexe.

— Il ne te plaît donc pas ?

— Si, bien sûr, répondit machinalement Ellie. Je suis sûre qu'il sera un très bon mari.

— Et un bon père, ajouta Matty en inclinant la tête sur le côté. C'est ça qui te tracasse ? Combien d'enfants a-t-il déjà ? Dix ?

— Huit.

Cinq filles et trois garçons, dont le jeune comte. Tous âgés de moins de douze ans. Cela ne lui faisait pas peur ; elle avait l'habitude.

— Non, reprit-elle. J'aime les enfants.

Matty déposa un baiser sur sa joue.

— Et ils auront beaucoup de chance de t'avoir, comme nous avant eux. Ce qui ne veut pas dire que tu n'as pas le droit de t'amuser un peu avant.

Ellie leva les yeux au ciel puis poussa sa sœur hors de la petite chambre.

— File ! Je dois encore passer voir Joan et Edmond avant le repas du soir.

— On se reverra cette nuit, lança Matty avec un sourire sournois.

Elle ne capitulait jamais. À l'entendre, la vie d'Ellie se résumait à manger, à prier et à s'occuper des enfants les plus jeunes.

Ellie se mordit la lèvre. Matty n'avait pas tout à fait tort. Était-elle devenue trop sérieuse ? Était-elle... ennuyeuse ?

Où était passée la polissonne qui adorait courir dans la campagne et nager dans la mer ? Qui aimait relever les défis ? Qui rêvait d'aventures ? Qui pensait qu'il n'y avait rien de plus excitant au monde que de visiter toutes les îles entre le château et la Norvège ?

Cela paraissait si loin. Trop loin, sans doute. Les rêves changeaient. Les gens aussi.

Elle avait vingt-quatre ans désormais ; elle était fiancée à un éminent chevalier anglais, et elle était la comtesse virtuelle du noble le plus puissant d'Irlande.

Elle ne pouvait pas gambader dans la nature comme une simple fille de la campagne.

Même si elle en mourait d'envie.

2

À bord du *birlinn* d'Erik, la bonne humeur provoquée par le naufrage des Anglais ne dura pas. Lorsqu'ils approchèrent du château, ils se rendirent vite compte qu'il s'y passait quelque chose. Bien qu'il soit minuit passé, Dunluce était illuminé de toutes parts. Sur la plage au nord, deux grands feux brûlaient tels des bûchers préparant le départ de guerriers pour le Walhalla.

— Que se passe-t-il ? demanda Randolph.

Erik plissa les yeux, scrutant les ombres. Ils étaient encore trop loin pour les distinguer clairement mais il aurait juré qu'il y avait des gens dans l'eau.

— Ce doit être des villageois, observa Domnall.

Soudain, le visage d'Erik s'illumina.

— Bien sûr, des villageois ! En tout cas, des villageoises.

Randolph l'interrogea du regard.

— C'est la nuit du plongeon de la vierge, expliqua-t-il.

— Quoi, cette vieille coutume païenne ? J'ignorais que les Irlandais célébraient encore ces fêtes barbares.

— La plupart des îles les observent. C'est une sorte de rite initiatique mais, surtout, c'est une occasion pour les jeunes de s'amuser. Il n'y a aucun mal à ça.

Le jeune chevalier fit la grimace.

— C'est indécent, grogna-t-il.

Erik se mit à rire.

— Précisément, c'est tout l'intérêt de cette fête. Et si tu ne sais pas apprécier les effets de l'eau froide sur la chemise mouillée d'une fille, je ne peux rien pour toi, mon garçon.

Randolph esquissa un sourire malgré lui.

— Effectivement, je comprends l'attrait.

Erik lui donna une tape sur l'épaule.

— J'aime mieux ça ! Tout n'est peut-être pas perdu pour toi, sir Tommy.

Ils avaient à nouveau abaissé la voile pour se faire les plus discrets possible et passèrent devant le château à la rame en évitant d'approcher du rivage. Dunluce Castle se dressait sur un haut promontoire triangulaire bordé d'un côté par de hautes falaises tombant à pic dans la mer, et de l'autre par un gouffre le séparant du continent et ne pouvant être franchi que par un étroit pont en bois.

Sous le château se trouvait une magnifique grotte marine baptisée « la caverne de la sirène ». Profonde de près de cent mètres, on ne pouvait y accéder que par bateau au sud et par une rampe creusée dans la roche au nord. C'était le lieu de rendez-vous idéal avec les MacQuillan. Ces anciens Écossais étaient arrivés en Irlande comme mercenaires puis y étaient restés en tant que gardiens de Dunluce pour le comte d'Ulster. Toutefois, ils louaient toujours leurs services à l'occasion.

Erik guida le *birlinn* autour des écueils qui protégeaient l'entrée de la grotte.

— Tenez-vous sur vos gardes, ordonna-t-il à ses hommes à voix basse.

Le plongeon de la vierge expliquait l'activité nocturne inhabituelle ; néanmoins, une étrange sensation hérissait les poils de sa nuque.

Pendant que l'embarcation glissait entre les rochers, il surveillait le château perché au-dessus d'eux. On ne pouvait les voir d'en haut mais, si on ne l'avait jamais accusé de pécher par excès de prudence, son sens aigu du danger lui avait sauvé la vie à plus d'une reprise.

Ils furent d'abord plongés par l'obscurité la plus complète. Puis, au-dessus des eaux noires, il distingua des lueurs orange au fond de la grotte. Trois longues oscillations, une pause, deux autres plus brèves ; la combinaison fut ensuite répétée.

C'était le bon signal, mais Erik ne se détendit qu'une fois qu'il fut suffisamment proche pour reconnaître les traits grossiers de Fergal, l'homme de main du chef MacQuillan. Ce n'était pas celui qu'il attendait et le voir n'était pas vraiment un plaisir.

Fergal MacQuillan était une sale brute qui non seulement aurait tué sa mère pour de l'argent, mais y aurait pris du plaisir. Erik s'était battu à ses côtés des années plus tôt et, bien qu'il apprécie son enthousiasme et sa fougue au combat, il regrettait que la soif de sang de Fergal ne s'étanche pas après la bataille. Néanmoins, Erik n'avait pas besoin de s'en faire un ami. Fergal était certes une ordure, mais il savait manier une épée. Or, pour le moment, tous les guerriers étaient les bienvenus. Tor MacLeod, le Chef, avait déclaré un jour à Bruce qu'il ne pourrait gagner sans se salir les mains. Il avait raison.

Tant que Fergal et les autres MacQuillan respectaient leur parole, il n'y aurait pas de problèmes.

Une fois le bateau proche du rivage, Erik sauta pardessus bord et parcourut les derniers mètres en pataugeant dans l'eau.

Il salua le guerrier MacQuillan en lui serrant fermement l'avant-bras. Il fit de même avec les quelques hommes qu'il connaissait déjà, puis il leur présenta Randolph et Domnall qui arrivaient derrière lui. MacQuillan semblait nerveux et Erik pressentit qu'il avait de mauvaises nouvelles.

— Je m'attendais à être accueilli par ton chef, déclara-t-il avec un sourire forcé.

Fergal était chauve et la forme étrangement conique de son crâne se remarquait d'autant plus qu'il avait un nez épaté, un cou épais et une barbe rousse miteuse.

— Il y a eu un changement de plan, annonça-t-il. Il n'a pas pu se libérer. Ulster est ici et le château grouille d'Anglais. Son absence aurait été remarquée.

Erik plissa les yeux. Son instinct ne l'avait pas trompé. Ils avaient vogué droit dans un nid de vipères. S'il s'agissait d'un piège, la tête biscornue de Fergal ne resterait pas longtemps attachée à son cou d'ours. Il ne lui fallait que deux secondes pour dégainer sa hache de guerre et le décapiter d'un coup. Ce ne serait pas une grosse perte.

S'attendant à moitié à voir des troupes anglaises se déverser par la rampe, il déclara :

— Ton chef m'avait dit qu'Ulster serait à Carrickfergus.

— C'est ce qu'on nous avait annoncé, mais il a débarqué subitement sur l'ordre d'Édouard. (Il cracha par terre après avoir prononcé ce nom honni.) Monthermer, ou le comte d'Atholl comme il se fait appeler désormais, est ici lui aussi.

Voilà qui était intéressant. Cela expliquait la présence d'une patrouille anglaise si près du château. Monthermer commandait la plus grande flotte de galères de la marine d'Édouard. Bien que l'Anglais soit venu à l'aide de Bruce une fois par le passé, il ne fallait pas compter sur lui pour recommencer.

Que fichait Monthermer à Dunluce ? Avant qu'il ait pu lui poser la question, Fergal répondit :

— Il doit épouser une des filles d'Ulster.

Erik hocha gravement la tête. En temps de guerre, les mauvais renseignements étaient fréquents, mais ce genre d'erreur pouvait lui coûter la vie, ainsi qu'à ses hommes. Encore un faux pas et leurs têtes termineraient plantées sur des pieux dans des châteaux anglais. Erik tenait à conserver la sienne.

— Vous devez partir d'ici au plus vite, déclara Fergal, au bord de la panique. Des vaisseaux anglais patrouillent dans les parages.

— On sait. Nous en avons croisé un, répondit Erik laconiquement.

— Donnez-moi l'argent et filez.

Randolph, qui avait hâte de déguerpir, glissa une main sous son armure pour sortir la bourse attachée à sa ceinture. Erik l'arrêta d'un geste.

— Pas encore, déclara-t-il. Si on se détendait tous un peu ? Nous partirons, mais pas avant d'avoir réglé certains détails.

— Vous n'en avez pas le temps, balbutia Fergal. Les Anglais…

— Sont de vrais emmerdeurs, je sais, l'interrompit Erik.

Nid de vipères ou pas, il avait une mission à accomplir. Tant que les soldats ne faisaient pas irruption dans la grotte, il n'avait aucune raison de se presser.

— Nous ne voudrions pas qu'il y ait de malentendus entre nous, n'est-ce pas, Fergal ?

Le MacQuillan secoua vigoureusement la tête.

Erik prit la bourse de Randolph et la soupesa. Fergal l'observait avec des yeux avides.

— Voici la moitié de la somme convenue, annonça-t-il. Le reste, quand tu auras amené trois cents de tes hommes à Bruce.

— Tu n'as qu'à nous dire où et quand.

— Tu connais la plage près de Fair Head ?

Fergal acquiesça, l'air perplexe.

— Sois-y la nuit du 13 prochain avec tes hommes.

— Quoi, Bruce compte lancer son attaque depuis l'Irlande ?

— Non, de là, je vous conduirai moi-même auprès du roi.

Fair Head était le point de la côte irlandaise le plus proche de l'île de Rathlin, où Bruce les attendrait.

Les traits de Fergal se durcirent quand il comprit qu'on ne l'informerait du plan de bataille qu'à la dernière minute. Si Erik se méfiait du chef MacQuillan, il avait encore moins confiance en son homme de main.

— Ce n'est pas ce dont nous étions convenus, déclara Fergal sur un ton hargneux.

Erik fit un pas en avant. Fergal était trapu comme un sanglier, et tout aussi vicieux, mais Erik le dépassait d'une bonne tête. Quant à savoir qui l'aurait emporté dans un combat, la question ne se posait même pas. Seule une poignée d'hommes était capable de tenir tête à Erik avec une épée ou une hache de guerre, et Fergal n'en faisait pas partie.

— Voyons, Fergal, dit Erik avec un sourire. Je me souviens parfaitement de la conversation que j'ai eue avec ton chef il y a quelques semaines, ici même. C'est exactement ce dont nous étions convenus : la moitié aujourd'hui, l'autre lors du rendez-vous avec Bruce. Pourquoi auriez-vous besoin de plus d'informations ?

— Parce que j'aime savoir où je vais, répliqua le MacQuillan.

— Tu le sauras... en temps voulu. Telles sont nos conditions. À toi de voir.

Erik fit sauter la bourse dans le creux de sa main. Fergal la saisit au vol et la glissa sous son *cotun*.

— Soit, sur la plage près de Fair Head, le 13. Nous y serons, bougonna-t-il avec tout l'enthousiasme d'un chien renvoyé à sa niche. Tâche d'y être aussi.

Erik allait répondre quand il entendit un grand plouf dans l'eau derrière lui. Il se retourna d'instinct, sa hache de guerre déjà en main. Les autres avaient également dégainé leurs armes.

— Qu'est-ce que c'était ? demanda Fergal en levant haut sa torche.

Erik scruta les ténèbres.

— Je n'en sais rien.

Le MacQuillan se tourna vers deux de ses hommes et ordonna :
— Allez voir.

La situation allait de mal en pis.

Ellie comprit qu'elle était dans de sales draps quand, au moment de sortir de l'eau, elle aperçut des hommes descendant par la rampe en brandissant des torches. Elle avait d'abord pensé nager jusqu'à la plage, mais l'eau était plus froide que dans son souvenir. À moins qu'elle ne se fasse trop vieille pour ce genre d'exercice. Elle avait donc décidé de prendre le raccourci par la grotte puis de marcher jusqu'aux feux de joie.

Jusque-là, elle s'était follement amusée. Matty avait été aux anges en la voyant apparaître. Après s'être débarrassée de sa cape et avoir plongé, Ellie avait retrouvé tout le plaisir de la nage. Même dans l'eau glacée, la sensation de liberté était euphorisante.

Peut-être aurait-elle dû faire comme si de rien n'était et ressortir par la rampe sans s'occuper des hommes, avant de rejoindre son groupe sur la plage pour réclamer sa couronne. Néanmoins, elle ne portait qu'une simple chemise trempée qui lui collait à la peau, sans un plaid pour la couvrir. Il n'était sans doute pas judicieux de se trouver sur le chemin d'une bande de guerriers aux mines patibulaires au milieu de la nuit.

Elle battit donc en retraite dans l'eau glacée avec l'intention de repartir par la mer, quand l'issue de la grotte fut barrée par l'arrivée d'un *birlinn*.

En dépit de l'obscurité, elle distinguait la silhouette des hommes à bord. Son sang se figea.

Bonté divine ! Les Vikings sont de retour !

D'immenses guerriers aux longs cheveux blonds qui dépassaient de leurs casques, drapés dans des capes en fourrure et armés jusqu'aux dents.

Il était impossible de passer à côté d'eux sans qu'ils la voient. Elle se réfugia contre une paroi et parvint à se hisser sur un petit rocher plat avant que ses membres ne soient totalement engourdis par l'eau froide. Néanmoins, la température dans la grotte n'était guère plus élevée. Elle grelottait de la tête aux pieds et claquait des dents. Le givre durcissait ses cheveux mouillés sur ses épaules. Perchée en équilibre précaire sur le rocher glissant, elle rabattit ses pieds sous elle et enroula ses bras autour de ses genoux, se recroquevillant en boule pour se réchauffer.

Elle ne pourrait demeurer ainsi bien longtemps. Il ne lui restait plus qu'à prier pour que les hommes finissent ce qu'ils avaient à faire le plus tôt possible. Elle entendait leurs voix sans comprendre ce qu'ils disaient. Toutefois, elle n'en avait pas besoin pour savoir qu'elle n'aurait pas dû se trouver là.

Quel était le pire ? Mourir de froid ou être découverte ? Elle n'aurait jamais dû se laisser entraîner dans ce concours, ni nager si loin du groupe. Ne mettait-elle pas toujours les enfants en garde contre le fait de s'éloigner du rivage ? Cependant, elle avait voulu gagner et adorait cette grotte.

Pourquoi diantre s'était-elle laissé convaincre par Matty ? Être ennuyeuse n'était pas si grave. C'était plus sûr. En ce moment, elle serait endormie dans son lit douillet, sous une pile de fourrures, au lieu d'être perchée sur un rocher, transie de froid, dans une caverne remplie de Vikings terrifiants complotant Dieu savait quoi.

Elle avait trop froid et trop peur pour être intriguée. Elle n'osait même pas relever la tête pour voir ce qui se passait au fond de la grotte, craignant d'être repérée.

Si seulement ils pouvaient se dépêcher un peu ! Ses dents claquaient si fort qu'ils finiraient par l'entendre. Elle ignorait combien de temps encore elle pourrait rester ainsi sans bouger. Elle ne sentait plus ses orteils.

Puis vint la catastrophe.

Ses pieds glissèrent. Elle tenta de se rattraper. Trop tard. Elle atterrit dans l'eau dans un grand éclaboussement. Entre le choc de l'eau glacée et la panique, son cœur manqua de s'arrêter. Elle résista au réflexe de remonter précipitamment en crevant la surface et sortit prudemment la tête.

Peut-être n'avaient-ils rien entendu ?

Il lui suffit d'un regard vers le fond de la grotte pour comprendre qu'elle n'avait pas eu cette chance. Deux hommes plongèrent et s'élancèrent dans sa direction. Elle s'enfonça sous l'eau et nagea de toutes ses forces.

Cela ne suffisait pas.

Elle avait froid et était épuisée d'avoir nagé. De leur côté, ils débordaient d'énergie. L'un d'eux lui attrapa la cheville. Elle donna de violents coups de pied, en vain. Il l'attira à lui comme un poisson au bout d'une ligne. Un bras s'enroula autour de sa taille et elle se sentit entraînée vers la surface.

Une fois la tête hors de l'eau, le rustre lança :

— C'est une fille !

Il y eut un bref silence surpris, puis une voix rauque répondit :

— Amène-la !

L'homme qui la serrait contre lui maugréa dans son oreille :

— Sacredieu, ce qu'elle est froide !

À en juger par son ton furieux, il semblait la tenir pour responsable de cet état de fait.

— Lâchez-moi ! cria-t-elle. Vous ne savez pas à qui vous avez affaire ? Mon père…

Une grosse main calleuse se plaqua sur sa bouche.

— Chut ! grogna-t-il. Tu vas attirer toute la garde. Tu ne crois pas que tu as déjà assez d'ennuis comme ça ?

Elle n'insista pas et se laissa traîner jusqu'à la grève, où le mufle la laissa tomber comme un vieux sac au pied d'un chauve qui, fort heureusement, lui parut familier. Elle fouilla dans sa mémoire mais son cerveau gelé fonctionnait au ralenti. Était-ce l'un des hommes de son père ? Un des soldats du château ? Il allait sûrement lui porter secours.

Elle avait plus de chance de trouver une oreille compréhensive chez un homme de Dunluce qu'auprès de cette bande de géants nordiques.

Elle s'apprêta à plaider sa cause et se tourna vers le chauve. Les paroles se figèrent dans sa gorge. Il n'y avait aucune aide à attendre de ce côté-là. Il n'exprimait aucune émotion. Il avait les yeux froids et vides d'un reptile.

— Qu'as-tu entendu ? aboya-t-il. Pourquoi nous espionnes-tu ?

— Rien... Je ne vous espionnais pas, balbutia-t-elle. Je vous jure... je ne faisais que nager.

— Elle doit faire partie du groupe de fêtards sur la plage, dit une voix grave derrière elle.

Comme les autres, l'homme s'était exprimé en gaélique. Sa voix chaude et rauque avait quelque chose de réconfortant.

Elle confirma d'un hochement de tête vigoureux et lança un regard dans sa direction.

Doux Jésus !

Elle cligna les yeux pour s'assurer qu'il était bien réel. Le grand Nordique était d'une beauté saisissante. Il n'avait même rien à envier à ses frères et sœurs. Ses cheveux blond foncé étaient coupés court, dégageant ses oreilles, et une grande mèche lui retombait sur le front. Contrairement à la plupart de ses acolytes, il ne portait pas de barbe, dévoilant les lignes pures et droites de son visage parfaitement sculpté. Un front large et lisse, des pommettes saillantes, une mâchoire carrée et un nez fier qui était presque parfaitement droit, ce qui était étonnant pour un malfrat. Il faisait trop sombre pour distinguer la couleur de ses yeux, mais elle était sûre qu'ils étaient bleus. D'un bleu vif et perçant. Bleu océan.

Elle détourna rapidement les yeux avant qu'il ne se rende compte qu'elle le fixait. Dame, elle avait cru que ce genre d'homme n'existait que dans les mythes.

Il était superbe, certes, mais c'était également un pirate, immense et taillé dans le roc. Un Viking bâti pour conquérir, piller et laisser la mort et la destruction dans son sillage. Il pouvait l'écraser d'un seul coup de son énorme poing.

— On ne peut pas risquer qu'elle nous dénonce à Ulster, reprit le reptile.

Elle se figea en entendant le nom de son père. S'ils trafiquaient dans son dos, leur révéler son identité n'était pas une bonne idée. Cela risquait même d'aggraver sérieusement son cas.

Elle serra les pans de sa chemise mouillée. Que faire ? Pour ce qui était de se trouver au mauvais endroit au mauvais moment, elle avait remporté le trophée. Elle devait leur expliquer, mais la peur et le froid engourdissaient ses méninges.

Elle s'efforça de cesser de claquer des dents et déclara :

— Il s'agit d'un malentendu. Je nageais et je me suis trouvée ici par hasard.

Elle se releva et tenta de paraître calme, rationnelle et sûre d'elle. *Réfléchis. Il faut que tu aies l'air de savoir ce que tu fais. Parle avec autorité.*

— Mes amis vont se demander où je suis, reprit-elle. Ils me cherchent sûrement déjà…

Elle fit quelques pas d'un air déterminé, mais sa route était barrée par un mur d'Irlandais à l'air mauvais. Elle esquissa un sourire qu'elle espérait pas trop tremblant et déclara d'une voix aimable mais résolue :

— Laissez-moi passer et vous pourrez poursuivre vos affaires…

Sans lui prêter attention, le chauve s'adressa au Nordique.

— Tu vas devoir la tuer.

Elle tressaillit. Elle tenta de se convaincre qu'il ne le pensait pas vraiment mais, après un regard vers son visage cruel, comprit vite qu'il était on ne peut plus sérieux.

Erik jura dans sa barbe. Voilà qui était très fâcheux. Sa mission était sérieusement chamboulée.

Il espérait que la fille n'allait pas tourner de l'œil. La malheureuse paraissait terrifiée, ce qu'il pouvait comprendre. Que faisait-elle dans cette grotte ? Avait-elle vraiment nagé depuis la plage ? À cette saison, cela paraissait incroyable ; pourtant, elle semblait dire la vérité.

Cela ne changeait pas grand-chose. Qui qu'elle soit, quoi qu'elle fasse, elle était dans un sale pétrin.

Malheureusement, Fergal avait raison. Si elle avait entendu quelque chose, sa mission était compromise. Or, rien ni personne ne devait empêcher le recrutement de ces mercenaires. Ils ne pouvaient pas la laisser partir.

Cependant, la tuer ? Tout son être se rebellait à l'idée de faire du mal à une femme.

Erik adorait les femmes. Toutes les femmes. Il aimait leur odeur ; la douceur de leur peau, leurs longs cheveux soyeux quand elles se lovaient dans ses bras ou grimpaient sur lui ; le tintement de leur rire ; leurs jeux ; leurs conversations.

Tout lui plaisait chez elles, mais ce qui le ravissait par-dessus tout, c'était leurs formes voluptueuses ; des seins généreux qu'il pouvait soupeser et entre lesquels il pouvait enfouir son visage ; des hanches rondes et des fesses charnues qu'il pouvait caresser ; des cuisses douces qui s'enroulaient autour de sa taille tandis qu'il s'enfonçait lentement en elles.

Il soupira. Quelles belles créatures ! Chacune d'entre elles. Il suffisait de savoir les regarder.

Cela étant dit, même avec l'avantage d'une chemise mouillée adhérant à ses formes, celle qui se tenait devant lui ne ressemblait pas à grand-chose. Elle était fine comme une tige. D'une taille moyenne, mais d'une minceur qui frisait la maigreur. Elle ne devait pas peser plus de quarante-quatre kilos toute mouillée. Elle n'était pas du tout son genre. Il les préférait avec un peu plus de chair sur les os. Avec des formes pleines auxquelles s'accrocher, pas avec un corps élancé comme un roseau. C'était un grand gaillard, après tout, il ne voulait pas risquer d'écraser sa partenaire sous son poids.

Il ne lança qu'un bref regard à son visage, mais rien ne retint son attention. Ce n'était pas Vénus sortie des eaux, c'était sûr. Avec ses cheveux noirs plaqués sur son crâne, elle lui faisait plutôt penser à un chaton trempé, misérable et transi.

Toutefois, elle avait du cran. Il admirait la façon dont elle avait tenté de s'éclipser comme si de rien n'était. En dépit de sa jeunesse, elle dégageait une certaine autorité. Elle devait être habituée à ce qu'on lui obéisse. Un peu comme sa vieille nourrice despotique quand il était petit. Ada avait été la seule femme qu'il n'était pas parvenu à charmer, son seul échec dans un palmarès autrement impeccable.

De tous les grains de sable susceptibles d'enrayer le beau mécanisme de sa mission, il n'aurait jamais imaginé que l'un d'eux puisse être une jeune femme. Il allait devoir prendre une décision désagréable.

Quelle barbe ! Il se passa une main dans les cheveux. Avant une bataille, la plupart des hommes se les coupaient pour éviter les poux qui infestaient les camps. Il trouvait cela pratique et avait décidé de les garder courts.

La fille avait retrouvé sa langue. Elle était maligne : comprenant qu'elle ne devait rien attendre de Fergal, elle se tourna vers lui.

— Je vous en prie, je n'ai rien fait de mal. Je n'ai rien entendu. Je jure que je ne dirai rien à personne. Laissez-moi partir.

Il voulait la croire. Hélas, cela ne changeait rien. Il ne pouvait courir ce risque. Il ne s'agissait pas uniquement de sa mission ; il ne voulait surtout pas se mettre Ulster à dos.

Les relations entre Bruce et son beau-père étaient ambiguës. En surface, la loyauté d'Ulster envers Édouard était incontestable. Toutefois, Bruce soupçonnait que, s'ils étaient parvenus à échapper à la capture au cours des derniers mois, c'était parce que Ulster avait choisi de fermer les yeux sur les signes de leur présence. Cela dit, s'il apprenait qu'on recrutait des mercenaires juste sous son nez, le comte ne pourrait plus feindre l'ignorance, surtout avec ces maudits Anglais grouillant dans les parages.

Randolph fit un pas en avant.

— Naturellement, nous ne pouvons…

— Il a raison, le coupa Erik en lui lançant un regard noir.

Avec sa chevalerie, ce jeune crétin allait tout gâcher. Erik se tourna vers Fergal sans prêter attention à la fille.

— Nous ne pouvons courir le risque de la laisser partir.

Le sourire d'hyène sur le visage du MacQuillan donnait froid dans le dos. Il se délectait déjà de ce qu'il ferait subir à la malheureuse. Erik dut se rappeler qu'il avait besoin de lui pour se retenir de le trucider sur place.

La fille émit un son étranglé, son regard horrifié allant de l'un à l'autre. Elle recula, mais Erik la rattrapa par le poignet. Elle tenta de se libérer et il la serra plus fort en espérant qu'il n'allait pas lui briser un os. Il avait tenu des papillons qui paraissaient moins fragiles.

— Je m'en charge, déclara-t-il.

Avant que Fergal n'ait eu le temps d'objecter, il ajouta avec un clin d'œil complice :

— ... mais pas avant que mes hommes se soient amusés un peu.

— Mais ce sont les miens qui l'ont trouvée, protesta Fergal en plissant ses petits yeux de fouine. Tu me diras, elle ne doit pas valoir grand-chose.

Erik confia la fille à Domnall et bomba le torse devant Fergal.

— Mes hommes ont passé un long moment en mer. À leurs yeux, n'importe quelle fille est une affaire. En outre, je t'assure que rien ne remontera jusqu'à toi ; les conséquences seraient trop graves. Nous la balancerons par-dessus bord et personne n'en saura rien.

Erik se tourna vers Domnall et ordonna avec un petit rire forcé :

— Donne-lui un plaid. Il ne faudrait pas qu'elle nous claque entre les doigts avant de s'être rendue utile.

Fergal caressa sa barbe miteuse, semblant vouloir objecter. Erik voulait à tout prix éviter une dispute avec l'homme qu'il était en train de recruter.

Soudain, une voix féminine retentit au loin, hors de la caverne.

— Ellie !

La fille voulut crier et Domnall lui plaqua une main sur la bouche juste à temps.

— Quelqu'un la cherche, déclara Erik. Vous feriez mieux de déguerpir avant qu'on vous voie.

Fergal paraissait contrarié. Toutefois, il n'avait pas le choix. Ils n'avaient plus le temps de discuter.

Erik descendit dans l'eau et sauta à bord de son bateau.

— Le 13, rappela-t-il au MacQuillan. Ne me fais pas faux bond.

L'avertissement était lancé sur un ton léger, mais il s'accompagnait d'un regard d'acier qui en disait long.

Fergal perdit un peu de sa pugnacité. Il connaissait suffisamment Erik pour savoir ce dont il était capable. S'il le trahissait, il n'existerait aucun endroit sur terre où il serait à l'abri de ses représailles.

Il acquiesça et disparut dans les ténèbres.

Erik et ses hommes en firent autant, glissant hors de la grotte aussi discrètement qu'ils y étaient entrés, mais avec une passagère supplémentaire.

Pas pour longtemps. Erik était bien décidé à se débarrasser d'elle à la première occasion.

3

En entendant la voix de sa sœur, Ellie ne put retenir ses larmes. Ces monstres discutaient tranquillement de la manière dont ils allaient la violer et la tuer.

Elle tenta de crier, mais son ravisseur la serra plus fort et plaqua sa grosse paluche (qui ne devait pas être très propre) sur sa bouche.

Elle se débattit vainement. À l'instar du démon viking qui lui avait attrapé le poignet un peu plus tôt, son complice semblait être fait de pierre ou d'acier.

— Chut, lui chuchota-t-il dans l'oreille. On ne te fera aucun mal, mais tu dois te taire.

Il avait une voix douce et apaisante. Lorsqu'elle l'avait entraperçu juste avant qu'il ne la serre contre lui, elle lui avait trouvé un visage jovial et paternel. Néanmoins, comment pouvait-il imaginer qu'elle le croirait après avoir entendu son capitaine dire froidement qu'il comptait la donner en pâture à ses hommes avant de la balancer par-dessus bord ?

Elle lui mordit la paume, lui arrachant un grognement de surprise. Loin de relâcher sa prise, il la tint encore plus fermement. Au moins, entre l'épais plaid et ses bras autour d'elle, elle ne grelottait plus de froid. C'était une piètre consolation.

Son cœur était tenaillé par la terreur et le désespoir. Elle vivait un horrible cauchemar. Elle avait été enlevée par des pirates. Pire, par des Vikings.

Elle sanglota en silence, ne s'étant jamais sentie aussi impuissante. Il aurait suffi qu'elle crie pour qu'on vole à sa rescousse mais elle était condamnée à regarder en silence sa sœur, sa famille et sa demeure disparaître dans la nuit noire et brumeuse tandis que le bateau s'éloignait de la côte.

Les reverrait-elle un jour ?

Si elle sortait de là vivante, elle jurait de ne plus jamais remettre un orteil dans la mer. Elle mettrait de côté ses atermoiements ridicules au sujet du mariage et épouserait Ralph avec un grand sourire. Elle mènerait une vie exemplaire, deviendrait l'image même de la bienséance, serait un modèle d'épouse et de mère pour ses huit enfants, la plus guindée et ennuyeuse qui soit.

Combien de temps fallait-il pour que sa famille se rende compte de sa disparition et se lance à sa recherche ? Il lui vint soudain une idée horrible : ils ne la chercheraient peut-être pas, la croyant noyée. Ils ne sauraient peut-être jamais qu'on l'avait enlevée.

Cette perspective terrifiante lui donna un regain de combativité. Elle se débattit de plus belle et, cette fois, parvint à libérer un bras et à donner un coup de coude dans le ventre de celui qui la tenait.

Il émit un son grave et guttural et desserra son étreinte juste assez pour qu'elle lui morde à nouveau la main, se dégage et s'élance sur le pont. Elle enjamba le garde-corps dans l'intention de plonger et de nager jusqu'aux lumières du château encore visibles au loin.

Elle bondit, mais son élan fut brusquement arrêté par un long bras musclé qui s'enroula autour de sa taille et la ramena brutalement sur le pont. Elle se retrouva plaquée contre un torse très large et très dur, ses pieds ne touchant plus le sol.

Elle suffoqua. L'espace d'un instant, elle resta parfaitement immobile, essayant de comprendre ce qui lui arrivait. Elle n'avait pas besoin de lever les yeux pour savoir qui était celui qui la maîtrisait. Elle savait également qu'il était inutile de tenter d'échapper à son étreinte d'acier. Son buste était tapissé de muscles durs comme la pierre, dont elle sentait les contours pressés contre son corps. Elle ne s'était encore jamais tenue si près d'un homme. Le contact était troublant… et très chaud. Elle cessa de grelotter.

Il se mit à rire doucement, émettant un son rauque qui résonna dans son dos et provoqua un étrange picotement le long de sa colonne vertébrale. Un léger parfum épicé flottait au-dessus de l'odeur iodée de la mer.

— Tu ne crois pas que tu t'es assez baignée pour ce soir ? murmura-t-il.

Il se tourna vers l'homme qu'elle avait mordu.

— On dirait que ce petit bout de femme te donne du fil à retordre, Domnall ?

Et cette voix… Grave et chaude, avec une intonation espiègle ; le genre de voix qui s'enroulait autour de vous et ne vous lâchait plus ; une voix faite pour raconter des histoires au coin du feu, réciter des poèmes ou, plus probablement, entraîner les femmes à leur perte. C'était une voix de séducteur, qui aurait fait tourner la tête même à la plus raisonnable.

Elle était prête à parier tout ce qu'elle possédait (c'est-à-dire une chemise mouillée et un plaid emprunté) qu'elle s'accompagnait d'un sourire dévastateur.

Fort heureusement, elle était immunisée contre ce genre d'artifice. L'éclat de la beauté masculine finissait toujours par se ternir. Il y avait un avantage à vivre entourée de créatures superbes.

Lorsqu'il se décida enfin à la poser et à la tourner face à lui, elle ne fut pas déçue. Son sourire était aussi ravageur que prévu. Son cœur, pourtant endurci à ce genre de tentatives, fit un léger bond. Néanmoins, son allure de dieu nordique ne la leurrait pas. Il avait beau avoir du charme à revendre, il n'en était pas moins un barbare sans pitié.

Privée de son étreinte protectrice, elle sentit le vent froid transpercer son plaid. Elle le rabattit par-dessus sa tête et le serra fort autour de son cou.

— Cette petite diablesse a les coudes pointus, grogna l'autre guerrier en se massant le ventre. Et les dents.

Le sourire du capitaine s'accentua encore, creusant deux profondes fossettes dans ses joues et révélant une rangée de dents d'un blanc éclatant. L'effet était éblouissant et, compte tenu des circonstances, parfaitement déplacé. Quel genre de monstre au cœur froid pouvait lui sourire de cette manière, en sachant ce qu'il comptait faire d'elle ?

Il s'inclina profondément.

— Toutes mes félicitations. Ce n'est pas tous les jours qu'un de mes hommes est vaincu par une… si délicieuse ennemie.

Quoi, il comptait la séduire à mort ? À quel jeu cruel jouait-il ? Au charmant violeur ? À l'assassin magnanime ?

C'en était trop. La peur la rattrapa et les larmes se mirent à couler le long de ses joues.

— Ne faites pas ça, implora-t-elle. Je vous jure que je n'ai rien entendu. Je vous en prie, ne me faites pas de mal.

Elle leva vers lui des yeux humides, le vent glacé lui piquant les joues.

Toute trace de légèreté disparut du visage du capitaine. Elle devina qu'il n'était pas souvent aussi sérieux. Il la dévisageait d'un regard intense.

— Tu n'as rien à craindre de la part de mes hommes, dit-il. Nous ne te ferons aucun mal.

Sa voix était douce et sincère. Pourtant, les larmes d'Ellie redoublèrent, lui brûlant le nez et la gorge. Elle voulait le croire et se raccrocher au moindre filet d'espoir.

— Vous avez promis de me tuer, sanglota-t-elle.

— Je n'ai pas eu le choix. L'homme à qui je m'adressais n'est pas aussi clément que moi. Si je ne m'étais pas engagé à te faire disparaître, il ne t'aurait jamais laissée partir.

Disait-il la vérité ?

— Dans ce cas, vous allez me ramener chez moi ? demanda-t-elle d'une voix tremblante.

— Malheureusement, je ne peux pas. Du moins, pas pour le moment.

— Pourquoi pas ?

Elle comprit soudain. Comme l'autre homme, il ne voulait pas courir le risque qu'elle ait surpris leur conversation.

— Je vous jure que je n'ai rien entendu. J'ignore totalement ce que vous faisiez. Je ne dirai rien à personne. Rendez-moi simplement à ma famille. Ils vont s'inquiéter de mon absence.

Elle scruta son visage en quête d'un signe d'adoucissement, sans en trouver aucun. Il paraissait aussi inflexible que sa cuirasse de muscles.

Il se tenait le dos raide, ses supplications le rendant visiblement mal à l'aise.

— Crois-moi, je ne tiens pas plus que toi à t'avoir à bord, mais, pour le moment, nous n'y pouvons rien. Je te donne ma parole que je te rendrai à ta famille dès que ce sera possible.

Il lui adressa à nouveau un de ses sourires destinés à l'éblouir, mais sa tentative tomba à plat. Elle sentit la frustration bouillonner en elle. Ce n'était pas juste. Elle ne savait rien. Pourquoi refusait-il de la croire ?

— Que vaut la parole d'un pirate nordique ? lâcha-t-elle.

Il parut d'abord surpris, puis amusé par cette accusation.

— Je ne suis qu'à moitié nordique, corrigea-t-il.

Un Islander. Elle aurait dû s'en douter à sa façon de parler. Il était *Gall-Gaedhil* : mi-nordique, mi-celtique.

Mais néanmoins pirate. Les Islanders étaient aussi notoirement connus que leurs ancêtres vikings pour leur piraterie. Elle remarqua qu'il n'avait pas démenti son métier. Il ajouta :

— Dans la mesure où ma parole est tout ce que je peux te donner, il faudra t'en contenter.

Elle fulmina tout en sachant qu'il avait raison.

— Comment t'appelles-tu ? demanda-t-il. Y a-t-il un mari qui t'attend ?

La question la prit de court. Elle l'examina attentivement, se demandant pourquoi il la lui posait. Voulait-il savoir s'il pouvait demander une rançon ou, pire encore, la forcer à l'épouser ?

— Ellie, répondit-elle prudemment. Je ne suis pas mariée. Comme je vous l'ai dit, je me trouvais avec le groupe sur la plage, je participais au plongeon des demoiselles.

— Tu viens donc du village ?

Le sang noble le plus puissant d'Irlande coulait dans ses veines et, d'instinct, elle fut sur le point de relever fièrement le menton et de rétorquer avec dédain : « Bien sûr que non ! » Toutefois, elle devait se tenir sur ses gardes. Si elle ne pouvait lui révéler son identité, elle savait aussi que son rang lui offrirait une certaine protection, incitant ces rustres à se tenir à distance.

La réponse lui vint soudain.

— Je suis la gouvernante des enfants du comte.

C'était une position respectable et pas tellement éloignée de la réalité. Et puis, quel homme n'aimait pas sa vieille gouvernante ?

Il fit une étrange grimace puis hocha la tête, acceptant son explication sans discuter. En chemise et enveloppée dans un plaid, dépouillée de ses robes luxueuses et de ses beaux bijoux, elle ne paraissait guère plus noble qu'un… pirate.

L'idée était risible, mais elle lui trouvait quelque chose d'aristocratique. Ce devait être le port fier de ses épaules, son air sûr de lui, ou la lueur arrogante dans son regard.

Elle chassa cette pensée saugrenue. Elle devait vraiment être épuisée pour oublier que ce malotru l'avait enlevée.

Il dégrafa la broche sous son cou, se défit de sa lourde cape bordée de fourrure et la lui tendit.

— Prends ça, tu dois avoir froid.

Cette attention la surprit. Apparemment, elle avait été kidnappée par un pirate galant.

Elle était fière mais pas sotte. Elle accepta le vêtement avec un signe de tête et se drapa dedans. Sa chaleur était divine et elle retint un soupir d'aise pour ne pas lui donner cette satisfaction.

— Puis-je me fier à toi pour ne pas faire de bruit, ou dois-je demander à Domnall de te bâillonner ? demanda-t-il.

À la lueur malicieuse dans son regard, elle devina que la seconde option ne lui déplairait pas.

Elle ravala son indignation et le toisa avec le même regard de lassitude qu'elle adressait à ses frères quand ils se payaient sa tête. Elle le regarda de haut, lui retournant son défi.

— Et moi, je peux me fier à vous ?

— Nous verrons, Votre Altesse, répondit-il avec une profonde courbette.

Là-dessus, il tourna les talons pour retourner à son poste en poupe. Il fanfaronnait même en marchant.

Ellie se retrouva à nouveau assise sur le coffre inconfortable à côté de celui qu'il avait appelé Domnall. Elle ne courait plus le risque de se transformer en glaçon humain et, pour la première fois depuis ce qui semblait des heures, elle était au chaud. Elle fixa l'obscurité brumeuse devant elle, chaque plongée des rames dans l'eau noire l'éloignant un peu plus de chez elle.

Elle observait discrètement le capitaine. Il semblait se disputer avec le jeune guerrier qui avait tenté de la défendre dans la grotte. Ce dernier se distinguait des autres, non seulement par ses cheveux bruns, mais également parce qu'il portait une chemise de mailles plutôt qu'un *cotun*, la tunique de guerre matelassée prisée des Celtes.

De temps à autre, il lançait des regards vers elle. Il était clair qu'ils se disputaient à cause d'elle, ce qui n'était pas bon signe. Dieu seul savait quel sort le capitaine pirate lui réservait !

Elle se redressa, résolue à ne pas se laisser sombrer dans le désespoir. Ce n'étaient pas un beau visage et un charme diabolique qui allaient la berner. Son ravisseur était un bandit, manifestement impliqué dans une affaire peu catholique. Elle ne pouvait pas lui faire confiance.

Elle scruta à nouveau l'horizon, guettant un signe. Dès qu'une occasion se présenterait, elle devait se tenir prête à s'échapper.

Sa conversation avec la fille avait troublé Erik plus qu'il ne voulait l'admettre. Ce n'était pas le fait qu'elle le prenne pour un pirate : on l'avait souvent accusé de bien pire et, en outre, ce n'était pas totalement inexact. D'ailleurs, c'était aussi bien : tant qu'elle le considérait comme un simple bandit, elle ne ferait pas le rapprochement avec Bruce.

Ce n'était pas non plus parce qu'elle avait eu peur de lui. Compte tenu des circonstances, c'était compréhensible.

Non, ce qui le dérangeait le plus, c'était son absence de réaction. Elle avait résisté à toutes ses tentatives pour la mettre à son aise. Il avait fait ce qu'il faisait depuis sa plus tendre enfance, quand, assis sur les genoux maternels, par ses sourires et ses grimaces il arrachait des roucoulements d'adoration à sa mère et à ses cinq sœurs aînées.

Il y avait trois domaines où Erik excellait : diriger un navire, se battre et plaire aux femmes. Il y était aussi à l'aise que les poissons dans l'eau ou les oiseaux dans le ciel. S'il aimait les femmes, elles le lui rendaient bien. C'était ainsi.

Il lui avait adressé un sourire qui aurait dû faire fondre toutes ses résistances, lui avait parlé gentiment et avait répondu patiemment à ses questions. Elle avait à peine remarqué ses efforts.

Il était rare qu'il se donne autant de mal pour charmer une femme. Essuyer un tel échec était déconcertant.

Peut-être souffrait-elle d'un mal étrange propre aux gouvernantes ? Il n'avait pas été surpris en apprenant sa profession. Cela cadrait bien avec son sens de la repartie et son assurance naturelle. Lorsqu'elle l'avait regardé de haut avec ce sourire condescendant, il avait cru voir ce vieux dragon d'Ada.

Quelque chose chez cette fille le mettait mal à l'aise et il avait hâte de se débarrasser d'elle. Il le fit comprendre à Randolph quand celui-ci revint à la charge.

— Je la ramènerai quand cela ne présentera plus aucun danger, répéta-t-il à voix basse. Ce n'est pas le cas pour l'instant.

Ils étaient hors de portée de Dunluce, mais pas en sécurité. Les hommes de Monthermer pouvaient être n'importe où.

Randolph prit son air borné.

— Ce n'est pas honorable. Je n'ai pas rejoint les forces de mon oncle pour enlever des jeunes filles innocentes. Cela fait de nous les pirates barbares que les Anglais nous accusent d'être.

— Tu aurais préféré que je la laisse entre les griffes de MacQuillan et de ses hommes ?

Le jeune chevalier se hérissa.

— Bien sûr que non. J'aurais exigé que…

Erik se mit à rire devant tant de naïveté.

— Tu aurais pu exiger tout ce que tu voulais. Elle aurait eu la gorge tranchée dès que nous aurions eu le dos tourné. Je l'ai sortie de là de la seule manière possible.

— Si nous ne pouvons pas la ramener, pourquoi ne pas la déposer quelque part sur le rivage ? insista Randolph. Elle rentrera par ses propres moyens.

— Crois-moi, je ne demande pas mieux. L'idée de la traîner avec nous ne m'enchante pas plus que toi. Toutefois, je ne vais pas mettre notre mission en péril pour une fille. Tu tiens à compromettre les projets de ton oncle ? Veux-tu qu'il récupère ce qu'on lui a volé ou pas ?

— Puisqu'elle a dit qu'elle n'avait rien entendu…

— Et si elle mentait ?

Erik laissa sa question en suspens quelques instants puis conclut :

— Je ne courrai pas ce risque.

— Dans ce cas, que comptes-tu faire d'elle ?

Il aurait bien aimé le savoir lui-même. Il devait rejoindre Bruce et les autres à Finlaggan, le château de son cousin sur l'île d'Islay, afin de préparer la planification de l'attaque. Si la fille ignorait vraiment tout de leurs plans, elle les comprendrait dès qu'elle verrait Bruce. D'un autre côté, s'il la conduisait auprès du roi, ce dernier se chargerait de décider ce qu'il devait en faire, ce qui arrangerait bien Erik.

Il scruta la mer devant lui, ne voyant rien que l'obscurité et le brouillard. Tout paraissait calme. Trop calme. Les navires anglais devaient être là, quelque part.

— Pour le moment, reprit-il, mon principal souci est d'éviter les patrouilles. Je m'inquiéterai de la fille plus tard.

— Ça ne me plaît pas, bougonna Randolph.

Erik lança un regard vers leur passagère. Sa silhouette menue était engloutie dans la cape en fourrure qu'il lui avait donnée. Après l'avoir vue de plus près, il n'était guère impressionné. Elle n'était pas sans charme, sans être belle pour autant. Ce n'était pas le genre de femme qui le mettait en émoi. S'il avait eu une réaction physique, c'était uniquement parce qu'il avait senti son corps à moitié nu pressé contre le sien. Pour une créature aussi maigrichonne, ses formes étaient étonnamment douces.

Pourtant, il sentit un étrange picotement sur sa peau et le long de sa colonne vertébrale en l'observant, comme quand il l'avait tenue contre lui.

C'était sans doute cette réaction qui le dérangeait plus que tout. Il n'aimait pas ça.

Pour une fois, il était d'accord avec le jeune neveu de Bruce.

— À moi non plus, mon garçon. À moi non plus.

Cela lui plut encore moins quelques minutes plus tard.

Il venait de donner l'ordre de mettre le cap à l'est sur Islay, ayant décidé de bander les yeux de la fille et de la laisser à bord du *birlinn* jusqu'à ce qu'il ait fait son rapport à Bruce, lorsqu'il aperçut une voile derrière eux.

Il n'était pas inquiet. Ils étaient pratiquement invisibles derrière l'épais manteau de brume et d'obscurité. S'ils étaient repérés, il serait toujours temps de hisser leur propre voile et de filer.

Puis trois autres taches blanches apparurent devant eux, naviguant le long de la côte et voguant droit vers eux. Cette fois, il était bien obligé d'en tenir compte.

Fichtre, cette nuit n'en finissait pas avec ses rebondissements. Ces maudits Anglais ne dormaient-ils jamais ? En dépit d'un début prometteur, cette « petite » expédition à Dunluce commençait sérieusement à lui taper sur les nerfs.

Avec trois navires devant, un derrière et la côte irlandaise sur sa droite, il n'avait plus d'autre choix que celui de bifurquer vers le nord, face au vent.

Il examina les voiles devant lui. Il était encore temps. Tant qu'ils se faisaient discrets, ils pouvaient encore se glisser entre les mailles du filet…

Son regard fut attiré par la fille une seconde trop tard. Il entendit le juron étouffé de Domnall, suivi de l'impact d'un corps dans l'eau.

Erik ne prit pas le temps de réfléchir et plongea derrière elle, tout habillé et armé. L'eau s'engouffra sous son armure, l'attirant par le fond. Il ne tenta pas de résister et attendit quelques secondes de s'être stabilisé. Il remarqua à peine la morsure de l'eau glacée qui le transperçait jusqu'aux os, ne pensant qu'à la rattraper avant qu'elle ne crie et n'alerte les Anglais.

Il suivit la direction dans laquelle elle s'était élancée. Ne la trouvant pas tout de suite, il remonta à la surface. Ballotté par les vagues, il ne la vit nulle part. Où diable était-elle passée ?

Il commençait à regretter de lui avoir sauvé la peau par galanterie. Une fois qu'il aurait remis la main sur elle, il aurait du mal à ne pas lui tordre le cou lui-même.

Il se tourna vers ses hommes penchés au-dessus du bastingage, scrutant les eaux noires.

— Vous la voyez ? chuchota-t-il.

Ils firent non de la tête.

Il jura puis replongea. Cette sotte allait se noyer. Pourquoi ne l'avait-elle pas écouté ?

Parce qu'elle a peur.

De moi.

C'était bien la première fois qu'une fille était prête à risquer sa vie pour le fuir.

Il agita les bras devant lui dans l'obscurité, espérant trouver une jambe, un bras, une mèche de cheveux. Rien. Il remonta, sachant qu'elle n'avait pu retenir son souffle si longtemps.

Effectivement.

Un cri transperça la nuit.

— Au secours ! Par ici ! Je vous en prie, aidez-moi ! J'ai été enlevée par des pirates !

Il l'avait sous-estimée. Elle était maligne. Au lieu de plonger droit devant elle comme l'auraient fait la plupart des gens, elle avait sauté à pic et était passée sous le bateau, émergeant de l'autre côté où personne ne l'attendait. C'était également une bonne nageuse. Elle avait parcouru une trentaine de mètres avant de donner l'alerte. Il aurait été admiratif si son geste ne les avait pas tous mis dans un énorme pétrin.

L'avaient-ils entendue ? Elle lança un autre appel d'une voix stridente qui le fit grimacer. Cette fois, la moitié de l'Irlande avait dû l'entendre. Toutefois, les galères anglaises n'avaient pas encore changé de cap.

Il plongea à nouveau et nagea vers elle le plus rapidement possible. Elle s'était suffisamment amusée pour cette nuit ; il était temps d'y mettre un terme.

Malheureusement, ce n'était pas si facile. Son *cotun* mouillé et ses armes l'alourdissaient et le ralentissaient.

Quand il refit surface, il entendit des cris provenant des bateaux à l'est. Les trois navires les avaient repérés et se dirigeaient droit vers eux.

La fête était terminée. Il devait attraper la fille et la ramener à bord le plus vite possible. L'infernale gouvernante se trouvait encore à quelques mètres, nageant rapidement tout en braillant. Toutefois, elle commençait à se fatiguer, ce qui n'avait rien de surprenant : lui-même, qui était bien entraîné, sentait le froid saper ses forces.

Il l'avait presque rejointe quand il entendit Domnall crier :

— Capitaine, derrière toi !

En se retournant, il aperçut une tête à moins de dix mètres de lui, accompagnée de bras battant frénétiquement l'eau en projetant de grandes éclaboussures.

Mille tonnerres, cette nuit de cauchemar ne finirait-elle donc jamais ?

Cet idiot de Randolph, se prenant pour un chevalier servant, s'était élancé à la rescousse de la fille en oubliant qu'il portait une cotte de mailles. Une vague déferla sur lui et il ne remonta pas à la surface.

Domnall avait fait demi-tour et revenait vers lui, mais Erik se trouvait plus près. Il lança un regard vers la fille. Elle avait cessé de nager et de crier. Apparemment, elle essayait de conserver son énergie. Leurs regards se rencontrèrent dans l'obscurité. Il sentit son pouls s'accélérer. Il lui sembla lire dans ses yeux un appel au secours que ses lèvres refusaient obstinément de prononcer.

D'instinct, il aurait voulu répondre à cet appel, mais sa raison prit le dessus. Elle avait encore un peu de temps devant elle, ce qui n'était pas le cas du neveu du roi.

Il rassembla toutes ses forces et plongea, s'enfonçant profondément jusqu'à ce que ses poumons soient sur le point d'exploser et ses oreilles d'éclater sous la pression.

Entraîné par son vêtement d'acier, Randolph coulait à pic. Erik le rattrapa de justesse mais, lesté comme il l'était, il eut toute la peine du monde à le remonter à la surface. Le chevalier gringalet pesait l'équivalent de trois guerriers des Highlands.

Heureusement, le temps qu'ils émergent, Domnall avait approché le bateau et ses hommes purent hisser le corps inerte de Randolph à bord. Ils lui feraient recracher toute l'eau qu'il avait avalée. Il fallait espérer que cela lui servirait de leçon.

Erik se retourna aussitôt, scrutant la houle à la recherche de la fille. Du coin de l'œil, il voyait les voiles anglaises se rapprocher dangereusement.

— Où est-elle ? haleta-t-il.

Domnall secoua la tête d'un air désolé.

— Je ne la vois plus.

Erik refusait de le croire. La colère et la frustration bouillonnaient en lui tandis qu'il fouillait frénétiquement du regard la surface des flots. Non seulement cette entêtée avait réussi à alerter les Anglais, mais elle était parvenue à se noyer par la même occasion.

4

Le moment de triomphe d'Ellie fut éphémère. La satisfaction d'avoir échappé à ses ravisseurs et d'avoir attiré l'attention des patrouilleurs anglais fut rapidement dissipée par l'étreinte mortelle de la mer glacée.

Pourtant, ce n'était ni le froid, ni la fatigue, ni les courants puissants qui l'avaient vaincue, mais un inconvénient fâcheux. La petite crampe avait commencé dans son flanc, avant d'irradier dans tout son corps tel un coup de couteau, bloquant le contrôle de ses muscles. Elle ne pouvait plus bouger.

Dans un premier temps, elle crut qu'elle s'en sortirait. Le capitaine pirate nageait vers elle à une allure qui paraissait impossible. Lorsque leurs regards se croisèrent, elle y vit quelque chose. Pirate ou pas, elle était sûre qu'il ne la laisserait pas mourir.

Puis elle aperçut l'autre homme. Il avait sauté du bateau à son tour et se débattait dans l'eau. Lorsque le capitaine se tourna à nouveau vers elle, elle comprit son dilemme. C'était le jeune homme ou elle.

Le jeune homme l'emporta.

Elle ne pouvait lui reprocher son choix. Elle s'était mise elle-même dans cette situation.

Garde la tête hors de l'eau. Il reviendra te chercher.

Toutefois, elle était à bout de forces.

Quelques instants après qu'il eut disparu sous l'eau, elle sentit ses membres se raidir comme si elle avait été frappée par la foudre. Incapable de résister, elle se sentit couler.

Elle pensait qu'un faisceau de lumière allait lui montrer le chemin vers les cieux. Que les souvenirs heureux l'assailliraient. Cependant, tandis que l'eau se déversait dans ses poumons, que la panique s'emparait d'elle et que les ténèbres l'engloutissaient, elle ne pouvait penser qu'à une chose : quelle horrible façon de mourir.

D'autant plus qu'elle avait à peine vécu.

Erik continuait de scruter les vagues, refusant de capituler. Elle ne pouvait avoir coulé depuis longtemps.

Domnall tendit la main pour l'aider à se hisser à bord, mais Erik la repoussa.

— Donne-moi encore une minute.

Il aperçut soudain une tache pâle. Une main ?

— Là ! cria-t-il. Tu l'as vue ?

— Nous n'avons plus le temps, capitaine, répondit Domnall. Ils seront bientôt sur nous.

Il avait raison, mais Erik ne pouvait abandonner la fille, même si cela signifiait affronter les Anglais. Il ne pouvait effacer de sa mémoire ce dernier regard qu'elle lui avait lancé, et savait que s'il ne la retrouvait pas, il le hanterait toujours.

— Hissez la voile, ordonna-t-il à Domnall. Et tenez-vous prêts.

Il s'élança en direction de la main qu'il avait cru voir, un soudain regain d'énergie lui donnant la force de nager encore. Il plongea sous les vagues et agita les bras devant lui dans l'obscurité jusqu'à ce que sa ténacité soit récompensée. Ses doigts s'enroulèrent autour d'une longue mèche de cheveux. Quelques instants plus tard, il encercla la taille d'Ellie et remonta vers la surface.

Elle lui tournait le dos et il l'entendait cracher et inspirer à grandes goulées. Il l'avait repêchée à temps. Sa poitrine se soulevait et s'affaissait frénétiquement tandis qu'elle essayait de remplir ses poumons d'air. Il sentait les battements précipités de son cœur contre lui ainsi que le poids délicat de ses petits seins sur son bras.

— Doucement, lui dit-il à l'oreille. Tu es en sécurité, *tè bheag*.

Ce terme affectueux, « ma petite », lui avait échappé malgré lui.

Elle se cala dans ses bras comme un nourrisson et ce fut presque à regret qu'il la confia à ses hommes.

Pendant que Domnall la hissait à bord, il regarda du côté des galères. Les Anglais les avaient pratiquement rattrapés. D'ici une minute, peut-être quelques secondes, ils seraient à portée de leurs flèches. Quelques minutes de plus et ils seraient encerclés.

Il était trop tard pour mettre le cap au nord. Les galères avaient une puissance de rames supérieure et Erik n'avait pas suffisamment d'espace pour louvoyer afin de profiter du vent. Il n'avait plus le temps non plus de faire demi-tour et de tenter de les semer. Au sud se trouvaient l'Irlande et sa côte semée d'écueils.

Ayant anticipé ce qu'ils pensaient être sa seule solution, les Anglais s'étaient déjà déployés, ne laissant entre eux qu'un couloir étroit. S'il tentait de s'y faufiler, le *birlinn* serait criblé de flèches de part et d'autre. La galère de droite s'était déjà orientée vers la côte, prête à lui barrer la route s'il tentait de la contourner.

Les options d'Erik se réduisaient comme une peau de chagrin. Les navires ennemis convergeaient vers lui, celui du milieu ralentissant tandis que les deux autres avançaient afin de l'encercler comme un nœud coulant. Il n'avait aucune intention d'attendre qu'il se resserre autour de son cou.

Il saisit la main que lui tendait un de ses hommes et se hissa par-dessus le bastingage. Sitôt sur le pont, il commença à distribuer des ordres tout en s'emparant des cordes. Quelqu'un jeta une fourrure sur ses épaules, mais le froid était le moindre de ses soucis pour le moment.

Il sentait l'énergie vibrer à bord du *birlinn*, ses hommes se rendant compte de ce qu'il comptait faire. C'était téméraire, même pour lui.

Rien de tel qu'une attaque-surprise de front, pensa-t-il en souriant intérieurement. Le plus court chemin pour se sortir de ce pétrin était de foncer droit dans le piège avant que les deux navires se trouvant sur le côté puissent se rabattre et le coincer.

C'était très risqué, mais c'était justement le risque qui donnait du piment à la vie. Tous ses sens étaient concentrés sur la tâche qu'il venait de se fixer. Il serra fort les manœuvres en chanvre et donna un peu de mou à la voile. Celle-ci s'emplit de vent, tirant sec sur les cordes. Il planta fermement ses talons sur le pont tandis que le *birlinn* partait en flèche vers la galère du milieu. Cela les mettait au moins hors d'atteinte des flèches des deux autres navires.

Randolph releva péniblement la tête, juste le temps de voir ce qui se passait. Il tremblait de froid.

— Que fait-il ? demanda-t-il d'une voix rauque.

Erik fut soulagé d'entendre que la fille s'était suffisamment remise pour lui répondre :

— Si je ne me trompe, il compte attaquer les trois galères anglaises à la fois.

— Oh non, vous ne vous trompez pas, soupira Randolph. C'est tout à fait le genre de chose qu'il fait.

Le jeune chevalier laissa retomber sa tête sur ses genoux, trop abattu pour se soucier de ce qui pouvait arriver. À toute chose malheur était bon : au moins, Erik n'aurait plus à supporter ses jérémiades pour un moment.

La fille se tourna vers lui.

— Vous voulez tous nous tuer ?

Il détourna le regard de sa cible l'espace d'un instant, juste le temps de lui répondre :

— On verra bien qui se dégonfle le premier.

Que voulait-il dire par « se dégonfler » ?

Puis Ellie comprit et écarquilla les yeux d'effroi. Non... il ne comptait tout de même pas...

Si. Vu son sourire diabolique, c'était exactement ce qu'il projetait. Au lieu de se rendre, comme l'aurait fait toute personne raisonnable une fois acculée, le pirate allait attaquer de front, fonçant droit sur la galère anglaise pour la contraindre à changer de cap pour l'éviter. C'était une joute mortelle de pure bravade. Le premier dont les nerfs lâcheraient serait le perdant.

— Vous... vous n'êtes pas sérieux ! balbutia-t-elle.

Il se contenta de sourire.

— Et s'ils ne tournent pas ? insista-t-elle. Nous allons tous finir à la mer.

— Ce ne sera pas pire que ce qu'ils ont prévu de nous faire. Et puis... mes hommes savent nager, ajouta-t-il avec un clin d'œil.

Ce qui n'était probablement pas le cas de leurs adversaires. L'ironie voulait que la plupart des marins anglais ne savaient pas nager.

Il allait vraiment le faire.

C'était téméraire. C'était effronté. C'était offensif et hardi. Autant de qualificatifs qui semblaient bien le définir. Elle le regardait avec un mélange d'incrédulité et d'admiration. Qui était cet homme ? Il était soit fou soit présomptueux... ou peut-être les deux. Il souriait comme s'il ne s'était jamais autant amusé alors qu'il se dirigeait droit vers la mort ou la capture. Les jambes écartées, les bras fléchis pour maîtriser la puissance du vent, il paraissait parfaitement à son aise et maître de la situation, comme s'il ne s'agissait que d'une charmante promenade en mer autour des îles.

En l'observant, elle comprit sans l'ombre d'un doute qu'il ne flancherait pas. Il préférerait mourir glorieusement plutôt que de se rendre. Il ne lui restait plus qu'à prier pour que le capitaine anglais soit moins courageux.

Tout se déroulait si vite, pourtant chaque seconde passait avec une lenteur atroce. Elle ne pouvait que regarder dans un silence horrifié le navire anglais qui se rapprochait à vive allure.

Domnall ayant repris le gouvernail, on l'avait assise sur le pont entre deux rameurs, avec l'ordre de ne pas bouger. L'homme qui avait failli se noyer pour la sauver, le jeune guerrier brun qui était déjà intervenu en sa faveur dans la grotte, était recroquevillé en face d'elle.

Elle se mordit la lèvre, se sentant coupable. Même dans la pénombre, il était clair qu'il était mal en point. Il avait le teint bleuâtre et ne cessait de trembler. Les autres hommes avaient simplement jeté quelques couvertures sur lui, n'ayant pas le temps de se préoccuper de son état. Comme elle, tous les occupants du navire étaient concentrés sur le drame qui se jouait devant eux. Toutefois, contrairement à elle, ils ne semblaient pas avoir peur. De toute évidence, ils avaient une foi aveugle en leur capitaine, même s'il les envoyait droit à la mort.

— Dites capitaine, lança l'un d'eux. Vous croyez que l'autre se pissera dessus avant ou après avoir dévié de sa course ?

— Comme c'est un Anglais, je parierais sur les deux, répondit le pirate.

Cela déclencha une vague de plaisanteries. Ils pariaient que l'Anglais virerait à droite ou à gauche, ou qu'il chavirerait en voulant faire demi-tour pour les suivre.

Ellie se dit qu'elle ne comprendrait jamais les hommes : comment pouvaient-ils badiner dans un moment pareil ? Même sur le point de se noyer, ils auraient parié à qui toucherait le fond le premier. Ses doigts se crispèrent sur les bords du plaid et de la fourrure qu'on avait jetés sur ses épaules après l'avoir sortie de l'eau.

Les deux navires se rapprochaient à une vitesse alarmante.

Elle entendit une voix lancer en anglais :

— Parés ?

Il y eut une pause puis :

— Tirez !

Le capitaine pirate lança à son tour :

— Couvrez-vous !

Tous les hommes à bord soulevèrent leur targe au-dessus de leur tête en formant un toit en cuir et en bois pour se protéger des flèches anglaises. Elle sursauta en entendant un bruit sec et sourd, puis constata avec soulagement que la flèche en question s'était plantée dans le bois et non dans un os.

En dépit de la pluie de projectiles, leur navire ne ralentit pas. Au contraire, il semblait accélérer, se rapprochant de la catastrophe. Elle osait à peine respirer.

Les Anglais avaient-ils compris qu'ils étaient attaqués ? Apparemment pas.

La voix anglaise retentit à nouveau par-dessus les flots, plus fort :

— Halte ! Vous êtes en état d'arrestation !

Le pirate partit d'un grand éclat de rire puis rétorqua :

— Et toi, tu es sur mon chemin !

— Cédez le passage ! cria encore l'Anglais, d'une voix cette fois moins assurée.

Une nouvelle volée de traits fusa dans leur direction, mais le capitaine pirate ne céda rien. Il poursuivit sa route droit devant lui, écartant à peine la tête pour éviter une flèche.

— Un petit effort, les gars ! lança-t-il. Ma sœur vise mieux que vous !

Il paraissait si calme. Elle, en revanche, était tellement terrifiée qu'elle en avait oublié le froid et l'inconfort.

Quelques secondes plus tard, la voix anglaise résonna à nouveau :

— J'ai dit : cédez le passage ! Cédez le passage !

Il y eut un bruit confus de panique mêlé à des jurons et des exclamations de colère.

— Obéissez ! hurla l'Anglais.

Une tension épaisse et oppressante tenait Ellie à la gorge. Les Anglais n'étaient plus qu'à une quinzaine de mètres et se rapprochaient rapidement. Elle distinguait clairement la proue de leur navire. Encore quelques mètres. La galère anglaise n'avait plus que quelques secondes pour se décider. Et si le pirate se trompait ? *Mais tourne, crétin d'Anglais, tourne !*

Elle ne pouvait pas regarder... et ne pouvait s'empêcher de le faire.

D'un œil, elle suivait leur trajectoire vers la collision mortelle, de l'autre, elle observait le capitaine. Le grand Viking ne semblait pas inquiet le moins du monde. Pas un instant il ne se départit de son sourire. Il ne sourcilla même pas.

Heureusement, ce ne fut pas le cas du capitaine anglais.

Au moment où la tension devenait insoutenable, menaçant de l'étouffer, elle l'entendit lancer à ses hommes l'ordre de virer et vit la proue de la galère anglaise bifurquer sur la droite.

Les pirates poussèrent un cri de joie tandis que le *birlinn* dépassait l'autre navire et ses marins ébahis.

Ils étaient passés ! Dans un élan d'euphorie, elle faillit se joindre au concert de cris de victoire, avant de se souvenir que les Anglais étaient son seul espoir d'être secourue et que c'était elle qui les avait alertés.

Ce n'était pas encore tout à fait terminé. Au cours des minutes suivantes, la tension baissa d'un cran mais ne se dissipa pas entièrement, car les galères anglaises faisaient volte-face pour les prendre en chasse. Le capitaine du navire du milieu, qui avait perdu la joute, parvint à exécuter un demi-tour sans faire chavirer son embarcation, au grand désappointement des pirates. Si les marins anglais avaient su ce que ces « barbares » pensaient de leurs talents de navigateurs, leur orgueil en aurait pris un sacré coup.

Ils avaient à présent quatre navires à leurs trousses. Celui qu'ils avaient aperçu derrière eux avait rejoint les autres et s'avérait le plus difficile à distancer.

Il était plus grand et comptait au moins le double de rameurs. Le pirate, lui, avait le vent pour lui, et elle sentait qu'il n'avait aucune intention de céder.

Elle l'observa avec fascination tandis qu'il bordait de plus en plus la voile, propulsant le navire encore plus vite sur la crête des vagues. Elle se demanda comment il pouvait naviguer à une telle allure alors que la visibilité était réduite par un faible clair de lune voilé par le brouillard. Il semblait parfaitement savoir ce qu'il faisait.

En se retournant, elle vit les galères qui semblaient à la traîne mais les suivaient toujours.

Puis, comme s'il l'avait invoqué, le vent devint plus violent. Il se pencha en arrière, fléchissant tous les muscles de son corps (et ils étaient nombreux) pour maîtriser la force accrue. C'était comme de voir un homme lutter au corps à corps avec la nature et l'emporter. La grande voile carrée était si tendue et emplie d'air qu'Ellie s'attendait à la voir se déchirer d'un moment à l'autre.

Elle ne pouvait imaginer la force nécessaire pour accomplir une telle prouesse. Les bras du capitaine étaient noués de muscles. Elle fut prise d'une étrange envie de les toucher pour vérifier s'ils étaient aussi durs qu'ils le paraissaient. Cette impulsion l'horrifia. Quelle mouche la piquait-elle ?

Ils filaient sur l'eau à une vitesse fulgurante. Elle n'aurait jamais cru possible d'aller aussi vite.

C'était terrifiant.

Et palpitant.

Elle n'avait encore jamais rien vécu d'aussi excitant. Cette course folle au milieu de la nuit était grisante. Elle avait envie de crier mais ne pouvait que sourire béatement tandis que le vent faisait voler ses cheveux, aspergeait son visage d'embruns, la faisait larmoyer et emplissait ses poumons d'air pur.

Elle avait de nouveau froid mais cela semblait soudain sans importance. Pour la première fois depuis des semaines, des années, elle respirait.

Soudain, le *birlinn* commença à donner de la bande. Elle dut s'agripper au bastingage pour ne pas glisser sur le pont.

— Tous à bâbord ! cria le capitaine.

Ses hommes s'exécutèrent mais, même avec le poids supplémentaire, Ellie sentit le navire se soulever encore. Le jeune homme brun qui avait voulu l'aider semblait avoir du mal à s'accrocher et plusieurs rameurs vinrent l'aider, ce qui ne sembla pas lui plaire.

Il les repoussa quand il remarqua qu'elle le regardait. Ellie détourna rapidement les yeux, ne voulant pas l'embarrasser.

Le navire chevaucha une haute vague puis retomba lourdement, lui coupant le souffle. Seigneur, combien de temps encore pourrait-il tenir ces cordages contre une telle force ? Ses bras devaient être en feu. Quand elle lui lança un regard, il avait pourtant l'air parfaitement détendu, comme si cela ne lui demandait aucun effort.

Elle sentait son cœur tambouriner dans sa poitrine. Ils étaient presque perpendiculaires à la mer. Les eaux noires bouillonnaient sous elle. Si elle avait osé lâcher le bastingage qu'elle serrait convulsivement, elle aurait pu laisser ses doigts traîner dans les vagues.

Quand la tension devint insoutenable, elle s'écria :

— Ralentissez ! Nous allons trop vite ! Vous allez nous faire chavirer !

Elle crut voir une étincelle dans son regard, puis l'éclat de ses dents blanches. Elle comprit trop tard son erreur. *Ne jamais provoquer une tête brûlée*. Il avait pris sa mise en garde comme un défi.

— Accrochez-vous ! lança-t-il sur un ton amusé.

Le chevalier brun lui adressa un regard consterné et secoua la tête comme pour dire : « Mais qu'est-ce qui vous a pris ? »

Le capitaine tendit encore la voile. Elle sentit son cœur faire un bond. Le navire sembla décoller. Il volait au-dessus des vagues tel un oiseau.

C'était la sensation la plus extraordinaire qu'elle ait jamais ressentie, à la fois terrifiante et exaltante.

Ils devaient approcher des côtes d'Écosse quand le Viking ralentit enfin et ordonna à Domnall de virer vers le nord. En manœuvrant adroitement les cordes, il rétablit l'équilibre du bateau. Les hommes purent reprendre leurs rames.

— On dirait qu'on les a perdus, capitaine, dit un adolescent qui ne devait guère avoir plus de seize ans.

— Tant mieux.

Dans le feu de l'action, Ellie avait complètement oublié les navires qui les pourchassaient. Le garçon disait vrai. Grâce à une combinaison de vitesse et de manœuvres habiles, le pirate avait semé les quatre galères anglaises.

Il était en train d'aider ses hommes à affaler la voile afin que le *birlinn* disparaisse à nouveau dans la nuit tel un vaisseau fantôme. Malgré elle, elle devait reconnaître qu'elle était impressionnée. Ce pirate fanfaron au sourire effronté et doté d'une assurance à toute épreuve devait être le plus grand marin du royaume.

Quel dommage que les Hébrides et les hommes qui les peuplaient soient si sauvages ! Pour récupérer son royaume, son beau-frère aurait eu besoin de combattants tels que lui. Hélas, la cause de Bruce semblait perdue. Ellie n'avait eu aucune nouvelle de sa sœur Beth depuis des mois et priait pour qu'il ne lui soit rien arrivé.

Elle sentit un picotement dans sa nuque, comme si on l'observait. Elle se tourna et vit le jeune homme brun. Elle fut gênée d'avoir été surprise en train d'observer le capitaine, et plus encore en se rendant compte qu'il avait deviné ses pensées.

— Ce n'est pas que de l'adresse, c'est aussi de la chance, déclara-t-il dans un français aristocratique impeccable. Je n'ai encore jamais rien vu de tel. Il pourrait tomber dans un cloaque et en ressortir en sentant la lavande.

— Vous n'avez pas l'air de beaucoup l'apprécier.

Elle s'efforçait de parler à voix basse tout en se faisant entendre par-dessus le vacarme autour d'eux, les hommes n'ayant pas fini de célébrer leur victoire.

Il la dévisagea comme si elle était un peu sotte.

— Bien sûr que je l'apprécie, rétorqua-t-il. Comme tout le monde. Comment ne pas l'aimer ?

Elle inclina la tête sur le côté, déroutée par sa réponse. Puis elle comprit : il était jaloux. C'était sans doute compréhensible. Le jeune homme brun était grand, mince et séduisant à sa manière. Toutefois, il ne pouvait espérer rivaliser avec le fringant guerrier blond dans la fleur de l'âge.

Plus grand que nature, beau comme le péché, le capitaine pirate avait assez de culot et de charisme pour que d'autres hommes le suivent jusqu'à la mort. Il débordait de passion et d'énergie. C'était une combinaison magnétique qui attirait les autres vers lui comme des phalènes vers la lumière. Comme si le seul fait de se trouver près de lui leur transmettait un peu de son aura.

Que ressentait-on en l'embrassant ?

Sainte Marie mère de Dieu ! D'où cette pensée avait-elle surgi ? Elle n'en avait encore jamais eu de telle. La seule fois où Ralph avait tenté de l'embrasser, elle avait failli être malade.

Déconcertée par la direction que prenaient ses pensées, elle changea rapidement de sujet.

— Vous vous sentez mieux ? demanda-t-elle.

— Oui. Je suis trempé et j'ai froid, mais vous aussi, je pense.

Il paraissait en effet rétabli, même s'il n'aurait probablement pas admis le contraire. Son teint était encore légèrement grisâtre, mais il ne tremblait plus comme une feuille. Ils étaient tous les deux assis sur le pont, adossés au bastingage pour se protéger du vent.

— Comment vous appelez-vous ? demanda-t-elle.

Il hésita un instant avant de répondre :

— Thomas.

— Si je puis me permettre, Thomas, vous n'avez pas l'air d'un pirate. Vous n'êtes pas avec eux, n'est-ce pas ?

Il ouvrit la bouche pour répondre puis la referma subitement. Il lança un bref regard vers le capitaine puis se redressa.

— Je ne suis pas des îles, mais je suis avec eux, déclara-t-il finalement.

Elle fronça les sourcils. De toute évidence, ce jeune homme était d'extraction noble. Cela se voyait non seulement à sa façon de parler mais également à son armure sophistiquée et luxueuse. Que faisait-il avec une bande de pirates *gall-gaedhil* ? Devinant qu'il n'en dirait pas plus, elle déclara :

— Je voulais vous remercier d'être intervenu pour moi dans la grotte… et d'avoir tenté de me secourir dans l'eau.

Il se tortilla, gêné par sa gratitude.

— La prochaine fois que je tenterai de sauver quelqu'un de la noyade, je penserai à enlever d'abord mon armure. Je n'avais pas imaginé qu'elle serait si lourde... ni que l'eau serait si froide.

Il secoua ses cheveux noirs dont les mèches avaient givré comme celles d'Ellie. Il allait en dire plus quand il fut interrompu par une toux qui se fit de plus en plus violente et profonde, comme s'il essayait de purger ses poumons. En voyant que sa quinte se prolongeait, Ellie s'alarma et posa une main sur son dos. Elle n'était pas guérisseuse mais cette toux ne lui disait rien qui vaille. Il avait besoin de regagner la terre ferme, d'être au sec et au chaud. Cette seule idée lui paraissait le paradis. La fourrure était confortable, mais, comme il l'avait dit, elle était trempée et transie.

Lorsqu'il cessa enfin de tousser, elle ôta sa main et, légèrement mal à l'aise, s'excusa :

— Je suis désolée. Je ne cherchais pas à attirer des ennuis à qui que ce soit. Je voulais juste rentrer chez moi.

Il lui adressa un regard compatissant.

— Il ne vous fera aucun mal, rassurez-vous. Il était sincère. Dès qu'il sera en mesure de le faire, il vous ramènera chez vous.

Elle fut surprise de constater qu'elle le croyait. Même si cela paraissait aberrant, le capitaine lui avait sauvé la vie. Deux fois. Quel genre de pirate risquerait ainsi sa peau pour une prisonnière sans importance ?

— Quand ? demanda-t-elle.

— Je n'en sais rien, admit-il.

Cela ne lui suffisait pas. Elle devait rentrer au château, prévenir sa famille qu'elle était indemne. Elle ne pouvait parcourir les mers ainsi indéfiniment. On l'attendait pour ses noces, enfin ! Dans sa frustration, elle en oubliait qu'elle n'était pas si pressée de se marier.

Elle se tourna vers le capitaine dans l'intention d'exiger de savoir ce qu'il comptait faire d'elle, puis elle hésita, troublée par son expression. Il plissait le front, l'air soucieux. L'excitation provoquée par leur course folle avait éclipsé la précarité de sa situation. Elle se mordit la lèvre, se rendant compte qu'il devait être furieux contre elle pour les avoir tous mis en danger.

Finalement, ses revendications pouvaient attendre.

Avant qu'elle n'ait eu le temps de détourner les yeux, il lui fit signe de s'approcher en agitant l'index, un geste dont il était apparemment coutumier.

Elle se raidit, hérissée par une telle impudence. Elle eut une vision d'un sultan sarrasin allongé sous sa tente et convoquant sa prochaine concubine. Elle était peut-être sa captive, mais pas son esclave. Elle n'était pas non plus le genre de femme à obéir aux ordres du premier venu. Même Edmond, son plus jeune frère, avait plus de manières, et le garçon de six ans était nettement plus adorable que ce grand gamin de Viking arrogant, trop beau pour son bien. Ce demi-Viking, rectifia-t-elle.

Elle lui tourna brusquement le dos.

Du coin des yeux, elle perçut un mouvement et comprit rapidement son erreur en se rendant compte qu'il marchait droit vers elle d'un pas décidé. Elle se tourna légèrement et sentit son ventre se nouer en voyant son expression. Son geste de mépris avait déclenché sa colère. La métamorphose du voyou affable en Viking sanguinaire était spectaculaire. Avec ses cheveux blonds et ses traits nordiques, il avait tout du barbare froid et sans merci.

Prise de peur, elle résista au réflexe de se signer. Qu'allait-il lui faire ?

Elle le sentit derrière elle et sut qu'elle allait bientôt le découvrir.

Qu'elle le veuille ou non, le moment du jugement était arrivé.

5

Erik plaisantait avec ses hommes, se remémorant les événements de la soirée, quand il aperçut la fille discutant avec Randolph. Sa bonne humeur s'évapora aussitôt, comme un bol d'eau froide jeté sur des pierres brûlantes.

Il espérait que Randolph saurait tenir sa langue et ne laisserait rien échapper concernant Bruce. Moins elle en savait, mieux cela vaudrait. Elle avait déjà provoqué suffisamment d'ennuis. D'ailleurs, cela lui faisait penser qu'il avait encore quelques comptes à régler avec mademoiselle la gouvernante.

Lorsqu'elle se tourna vers lui, il lui fit signe de le rejoindre. Quelle ne fut pas sa stupéfaction quand elle le regarda droit dans les yeux puis détourna la tête avec dédain ! Il était abasourdi. Non seulement elle ne répondait pas à son ordre (dans son expérience, qui était considérable, les femmes adoraient ce petit geste du doigt), mais elle le rejetait avec mépris.

La moutarde lui monta au nez. En temps normal, il aurait fallu un cas de force majeure pour le faire sortir de ses gonds, ce qu'était parvenue à faire cette petite pimbêche d'un simple mouvement de tête. Certes, elle y avait mis tout son panache, relevant son petit menton pointu, lui lançant un regard noir et rejetant ses longs cheveux gelés en arrière comme si elle était la reine d'Angleterre.

Il n'avait pas l'habitude d'être rembarré par une femme ni qu'on désobéisse à ses ordres. Pour qui cette gouvernante de rien du tout se prenait-elle ? Passagère involontaire ou pas, c'était lui le capitaine. Elle avait intérêt à apprendre rapidement quelle était la hiérarchie à bord. Il ne laisserait pas une prétentieuse semer la pagaïe chez lui. Elle avait déjà fait suffisamment de dégâts pour une nuit.

Ils n'étaient pas sortis totalement indemnes de leur escarmouche avec l'Anglais. L'un de ses hommes avait été blessé au bras par une flèche. Ce n'était rien de grave, mais il devait être soigné. Quant à Randolph, il ne semblait pas s'être remis de sa quasi-noyade.

Ne voulant pas risquer de conduire les Anglais jusqu'à la cachette de Bruce, Erik avait décidé d'accoster dans l'une des nombreuses petites îles bordant les côtes écossaises, entre la pointe du Kintyre et l'Ayrshire. Là, il pourrait s'occuper de ses hommes et attendre que les Anglais se soient lassés de les rechercher, avant de rejoindre Bruce et les autres.

Il aurait dû demander à Domnall de lui amener la fille, mais il était tellement furieux qu'il se déplaça lui-même.

Il attendit qu'elle se retourne mais elle ne bougea pas, faisant comme si elle ignorait qu'il se tenait derrière elle. Néanmoins, elle était consciente de sa présence. Il le voyait à la raideur de sa nuque et à sa respiration saccadée… une respiration étrangement érotique.

Soudain mal à l'aise, il s'éclaircit la gorge.

Elle tourna royalement la tête vers lui. Il sentit les muscles de ses épaules et de son cou se nouer.

— Je t'ai demandé de venir, déclara-t-il.

Elle inclina la tête sur le côté.

— Vraiment ? Hmm… Je ne l'avais pas remarqué.

Il crispa les mâchoires. Cette fille avait le don de saper sa bonne humeur légendaire. Il avança d'un pas vers elle, la surplombant.

— La prochaine fois que je t'appelle, tu as tout intérêt à obtempérer. Me suis-je bien fait comprendre ?

Elle écarquilla les yeux puis hocha la tête.

Erik comprit soudain deux choses : elle n'était pas aussi sûre d'elle qu'elle voulait le paraître, et elle avait peur de lui. Il jura dans sa barbe et recula, se demandant ce qui lui prenait. Il ne se souvenait pas de s'être jamais servi de sa grande taille pour s'imposer face à une femme.

Sa colère s'évanouit aussi rapidement qu'elle était apparue. Intimider les femmes, cela ne lui ressemblait pas. Il n'en avait pas besoin. Se rendant compte qu'ils étaient partis du mauvais pied, il sourit et s'assit sur un coffre en face d'elle.

— Cesse de me regarder comme ça, dit-il. Je ne vais pas te manger.

Elle le dévisagea avec méfiance, puis esquissa un sourire.

— Vraiment ? Je vous croyais adepte des sacrifices humains.

Il éclata de rire. Visiblement, son sang nordique la perturbait.

— Je t'assure que je suis totalement apprivoisé.

Elle le regarda comme si elle en doutait fortement, ce qui le fit sourire. Elle n'était pas folle.

— Si tu me trouves méchant, tu devrais rencontrer mes cousins, ajouta-t-il.

À côté des MacRuairi, même leurs ancêtres vikings paraissaient civilisés. Il avait été aussi surpris que les autres quand son cousin Lachlan avait décidé de rejoindre la garde secrète. Son nom de guerre, la Vipère, lui allait comme un gant. Lachlan avait le cœur et la morale d'un serpent ; autant dire qu'il n'avait ni l'un ni l'autre. Erik se demanda comment il s'en sortait dans le Nord. Il avait été stupéfait d'apprendre qu'il s'était porté volontaire pour accompagner les dames lorsqu'elles avaient dû se séparer de Bruce. Comme lui, Lachlan était né en mer.

Être contraint de rester sur la terre ferme si longtemps allait le rendre à moitié fou, si Bella MacDuff ne s'en chargeait pas d'abord. La fière duchesse de Buchan, qui avait tout risqué pour couronner Bruce, ne pouvait cacher son mépris pour MacRuairi.

— Merci, sans façons, répondit la fille.

Il attendit qu'elle le regarde dans les yeux, puis déclara :

— Tu n'as rien à craindre. Je ne mentais pas en disant que tu étais en sécurité.

Ils se dévisagèrent un instant et il sentit qu'elle le croyait.

Elle baissa les yeux et réarrangea la fourrure autour de ses pieds.

— Je pensais que vous m'en voudriez pour ce qui est arrivé, dit-elle timidement. Merci de m'avoir secourue. J'ai eu une crampe et je ne pouvais plus bouger.

— Ton geste était suicidaire. Les galères anglaises n'auraient pas pu te repêcher à temps. Si j'étais arrivé quelques minutes plus tard, tu serais morte.

Elle arqua un sourcil délicat.

— Vous allez me donner une leçon de prudence ?

— Ce n'est pas de l'imprudence quand on connaît déjà l'issue. J'ai toujours le vent en poupe.

Elle leva les yeux au ciel, peu impressionnée par sa rodomontade.

— Comment pouviez-vous être sûr que le capitaine anglais n'allait pas relever votre défi et vous attendre, tous ses archers prêts ?

Il lui lança un regard impressionné. Si elle avait été capitaine de la galère, les Anglais s'en seraient sans doute mieux sortis. Ils auraient effectivement dû attendre. Non seulement cela aurait donné aux autres navires le temps de venir à leur aide, mais, en ordonnant aux archers de tirer, ils auraient infligé beaucoup plus de dégâts à son équipage.

— L'orgueil anglais, répondit-il avec un sourire. Cela les perd à tous les coups.

— Et le vôtre, d'orgueil ? répliqua-t-elle.

Il éclata de rire.

— Oui, lui aussi, on peut toujours compter dessus.

Cette fille n'était pas ordinaire. Il n'avait pas l'habitude qu'une femme lui tienne tête. D'habitude, elles se pliaient en quatre pour lui plaire. Il étudia son visage pâle, s'attendant presque à le trouver changé. Elle lui retourna son regard sans tiquer. Néanmoins, il constata avec satisfaction qu'elle ne semblait plus avoir peur de lui.

Il ne put s'empêcher de la défier à son tour.

— Tu ne me la fais pas, tu sais.

Elle le regarda sans comprendre.

Plus tôt, il avait vu son expression tandis qu'ils volaient au-dessus des flots. Pour la première fois, elle avait paru moins collet monté.

Il croisa les bras sur son torse.

— Ça t'a plu, affirma-t-il.

Même dans l'obscurité, il la vit rougir.

— Pas du tout, j'étais terrifiée, protesta-t-elle.

Puis, tout en soutenant son regard, elle esquissa un demi-sourire et concéda :

— Toutefois, je dois reconnaître que c'était excitant. Je n'étais jamais allée aussi vite de ma vie.

Elle le regarda fixement et il eut l'étrange sensation d'être percé à jour. Il dut se retenir de ne pas détourner les yeux, gêné.

— Qui êtes-vous ? demanda-t-elle.

Il réfléchit un instant, se demandant ce qu'il pouvait lui dire.

— Mes hommes m'appellent le Faucon.

— D'où le dessin sur la voile.

— Oui, ainsi que la figure de proue.

Il lui indiqua la tête d'oiseau sculptée à l'avant du bateau, bien qu'il fasse trop sombre pour la voir.

— Comme sur les drakkars, observa-t-elle avec un frisson.

Il sourit. Elle en revenait toujours aux Vikings.

— C'est censé dissuader les monstres marins et autres créatures terrifiantes, expliqua-t-il.

— Et vous, qu'est-ce qui vous dissuade ?

Il se mit à rire. Cette fille était vraiment amusante.

Elle pencha la tête sur le côté.

— Comment se fait-il que je n'aie jamais entendu parler de vous ?

— Pourquoi serais-je connu ? Je ne suis qu'un pirate parmi d'autres, essayant de gagner ma vie du seul moyen que je connaisse.

Elle émit un petit bruit de dédain, lui montrant qu'elle n'était pas dupe de sa fausse modestie.

— Vous gaspillez vos talents. Vous n'avez jamais envisagé de les utiliser pour une cause légitime ?

Il l'observa attentivement, se demandant si elle n'avait pas entendu quelque chose dans la grotte.

— Celle de qui ? Du roi Édouard ?

— Entre autres. Mon beau-frère...

Elle s'interrompit brusquement, puis reprit :

— Beaucoup de gens seraient prêts à payer gros pour un homme aussi doué que vous.

Il était prêt à parier son *birlinn* qu'elle cachait quelque chose. D'un autre côté, lui aussi.

— Merci du conseil, répondit-il. Mais je préfère ma liberté, sans autre maître que moi-même. Je n'aime pas les attaches.

— Vous n'êtes donc pas marié ?

Il fut pris de court et se retint de s'exclamer « Pour rien au monde ! ». Il se ressaisit et lui fit un clin d'œil taquin.

— Pas encore, mais je suis ouvert à toutes propositions. Si tu souhaites poser ta candidature...

Elle écarquilla les yeux, mais, avant qu'elle n'ait eu le temps de riposter, il ajouta :

— Mais je dois te prévenir, la concurrence sera rude.

Il fut déçu qu'elle ne sourcille même pas. Elle continua de le dévisager d'un air songeur qui le mit vaguement mal à l'aise.

— Je n'en doute pas, répondit-elle avec un sourire condescendant. Les charmes superficiels sont toujours attrayants... pour un temps.

Erik fronça les sourcils. « Superficiels » ? Que voulait-elle dire par là ? Il avait voulu se payer sa tête et c'était lui qui se retrouvait sur la défensive. Il n'y était pas habitué et cela ne lui plaisait pas du tout.

Cette fille ne réagissait pas comme elle l'aurait dû.

Elle profita de ce qu'il était trop interloqué pour contre-attaquer et déclara :

— S'il vous plaît, vous m'avez l'air de quelqu'un de sensé. Si vous ne voulez pas me ramener au château, pourquoi ne pas me déposer sur la côte ? Je me débrouillerai pour rentrer chez moi...

— Je crains que ce ne soit impossible, l'interrompit-il.

— Mais pourquoi ? Je vous jure que j'ignore tout de ce que vous disiez avec l'autre homme. Pourquoi refusez-vous de me croire ?

Il n'était pas aussi insensible à sa supplique qu'il l'aurait voulu. Il détestait devoir refuser quoi que ce soit à une femme. Il durcit son regard, espérant que cela la dissuaderait d'insister.

— Tu perds ton temps, répliqua-t-il. Je ne changerai pas d'avis. Je te ramènerai chez toi une fois que ce sera sûr, pas avant.

Elle lui lança un regard torve et pinça les lèvres.

— C'est ridicule, s'emporta-t-elle. C'est de la folie. Savez-vous seulement où vous allez comme ça ?

— Bien sûr.

Comme s'il pouvait se perdre !

Elle ne semblait pas convaincue.

— Vous ne pouvez pas continuer à naviguer ainsi toute la nuit. Il faudra bien accoster quelque part. Le jour va bientôt se lever et les Anglais vous rechercheront. En outre (elle indiqua Randolph), cet homme a besoin de soins.

Erik n'appréciait pas qu'on lui dise ce qu'il avait à faire, surtout un petit bout de femme qu'il aurait pu soulever au-dessus de sa tête à bout de bras. Ellie la gouvernante n'allait pas tarder à comprendre que ce n'était pas elle qui commandait. Il refoula son agacement devant son ton autoritaire et parvint à sourire, savourant d'avance sa victoire. Elle aurait beau essayer, elle ne parviendrait pas à le manipuler. Cela dit, il serait amusant de la voir essayer.

— Au fait, merci de m'avoir rappelé notre accord.

— Quel accord ? demanda-t-elle, surprise.

Il prit un air faussement navré.

— D'ordinaire, je ne fais pas ce genre de choses à une femme avant de la connaître un peu mieux mais, pour toi, je ferai une exception.

Il se releva et fit signe à Domnall.

— Attache-la.

Son exclamation scandalisée lui offrit toute la satisfaction qu'il recherchait. Ce n'était plus lui qui était sur la défensive. Le monde tournait rond à nouveau.

Le mufle ! L'infâme gougnafier ! L'immonde pirate !

Ellie n'avait encore jamais été traitée d'une manière aussi ignoble. Ligotée et bâillonnée comme une vulgaire prisonnière ! Elle était tiraillée entre l'indignation et l'humiliation. Peu importait que ses liens soient lâchement noués et que son châtiment soit indubitablement mérité… ce qui était insupportable, c'était que ce maudit pirate jubilait. Chaque fois qu'il lançait un regard dans sa direction, elle voyait ses yeux briller et il ne pouvait s'empêcher de sourire.

Galant, tu parles ! Ce n'était qu'un goujat méprisable. Elle ferait bien de s'en souvenir à l'avenir.

Elle passa une bonne partie de l'heure suivante à le maudire, puisant dans un impressionnant répertoire d'imprécations et de jurons construit au fil des années passées entourée de frères… puis le sommeil finit par l'emporter sur la fureur.

Elle se réveilla enveloppée dans une chaleur douce et bercée comme si elle se trouvait encore dans les bras de sa mère. Elle poussa un soupir d'aise, frotta sa joue contre la laine soyeuse d'un plaid et sentit une odeur de myrte. Elle se blottit plus confortablement encore contre un torse dur…

Elle ouvrit brusquement les yeux. Elle n'était plus une enfant et sa mère était morte. En outre, cette dernière sentait la rose, pas le myrte. Et elle n'avait jamais eu un torse dur.

Son premier instinct fut de se libérer, mais elle était prise dans un étau puissant. Une voix grave déclara :

— À moins que tu ne tiennes à prendre un autre bain de mer, je te conseille de rester tranquille. Ne me donne pas une bonne raison de te laisser tomber.

Le pirate, bien sûr ! Qui d'autre se permettrait de la toucher avec une telle familiarité ? Il avait un bras sous ses jambes et l'autre dans son dos. Elle avait la joue collée contre sa poitrine comme un nourrisson. Toutefois, c'était surtout la manière dont sa main serrait son bras… Ses doigts effleuraient presque la courbe de son sein. À sa plus grande consternation, son corps réagissait à cette proximité. Ses tétons avaient durci sous sa fine chemise en lin, et cela n'avait rien à voir avec le froid.

Pire encore : ses fesses frôlaient une bosse imposante sous sa ceinture. Elle s'efforça de ne pas y penser, mais à chaque pas, leurs corps se joignaient d'une manière très intime. Il était plus… dur qu'elle ne l'aurait pensé. Le contact était trop bref, et elle fut prise de l'envie irrationnelle d'intensifier la friction en se blottissant contre lui.

Être trahie par son propre corps la mortifiait. Bien qu'il fasse encore sombre, elle gardait les yeux baissés de peur qu'il ne voie sa réaction. C'était d'autant plus humiliant qu'il ne remarquait sans doute même pas la manière dont leurs corps se touchaient. Il devait souvent tenir des femmes ainsi, alors qu'elle n'avait jamais été portée par un homme.

Elle se sentait aussi sotte qu'une oie blanche, ce qu'elle était. N'ayant jamais rien ressenti de tel, sa fierté féminine en prenait un coup. Elle s'était crue immunisée contre ce genre de réaction de jeune fille. En outre, elle ne pouvait se permettre d'être sensible au charme d'un voyou et d'un séducteur invétéré comme lui.

Elle ne pouvait nier son attrait. Thomas avait raison : il était impossible de ne pas être séduit. Il était beau, spirituel… On ne devait jamais s'ennuyer avec lui. Toutefois, il se reposait un peu trop sur son sourire ravageur. Il ne devait jamais prendre le temps de vraiment connaître les gens, ni laisser quiconque s'approcher de trop près. Pour lui, la vie était un jeu. Il ne prenait rien au sérieux. Il séduisait, certes avec art, mais cela ne devait jamais aller plus loin.

Malheureusement, son corps ne semblait pas le comprendre aussi bien que sa tête. Cela n'avait aucun sens. De toute évidence, sa beauté l'attirait, mais il y avait beaucoup d'hommes séduisants dans son entourage, dont Ralph, et aucun n'avait jamais suscité le moindre émoi en elle. Il était déconcertant de ne pas pouvoir contrôler les réactions de son corps. Heureusement, ils avaient presque atteint la rive.

À l'instar des longs drakkars des Vikings dont il était le descendant, le *birlinn* des Hébrides extérieures était conçu pour pouvoir entrer et sortir rapidement des eaux peu profondes, ce qui le rendait idéal pour les attaques et les raids. Et pour les pirates.

Elle fut soulagée quand le capitaine la déposa délicatement sur les galets. Il s'inclina avec une courbette parodique.

— Milady.

Elle retint un sourire, en dépit du fait qu'il était loin d'être le galant chevalier qu'il prétendait être et qu'elle était furieuse contre lui.

Elle se toucha les poignets.

— Vous avez ôté mes liens ? constata-t-elle, surprise.

— Tu as hâte que je t'attache à nouveau ? Je pensais attendre que nous soyons dans un endroit un peu plus intime, mais si tu insistes…

Les implications sexuelles de sa plaisanterie provoquèrent un étrange picotement sur sa peau. Ce devait être les effets secondaires de leur étreinte.

Elle fit mine de ne pas avoir entendu son ton suggestif et afficha un masque parfaitement impassible.

— Où sommes-nous ? demanda-t-elle.

Quand il comprit qu'elle n'était pas disposée à entrer dans son jeu de séduction, il cessa de sourire. Du coup, il parut presque bougon.

— Dans un endroit où les Anglais ne nous trouveront pas si tu te remets à hurler comme une *banshee*.

— Je n'ai pas…

Se rendant compte qu'il ne cherchait qu'à la provoquer, elle s'interrompit. Elle lui adressa un petit sourire indulgent, lui indiquant qu'il allait devoir faire mieux que ça s'il voulait obtenir une réaction de sa part. Elle regarda autour d'elle. Ils se trouvaient sur une plage en demi-lune bordée par une falaise. Elle ne distinguait pas grand-chose d'autre dans la pénombre. Ils pouvaient être n'importe où. Elle regrettait de s'être endormie. Elle aurait peut-être eu une meilleure idée de l'endroit où ils l'avaient emmenée. Elle supposa qu'ils étaient sur l'une des petites îles qui parsemaient les côtes écossaises.

Elle leva les yeux vers lui.

— Vous m'avez conduite dans votre repaire de pirates ?

— Si l'on peut dire. Les gens d'ici me sont dévoués, alors inutile de chercher leur aide pour ton… ta situation.

— Vous voulez dire mon enlèvement.

Le regard dur du pirate paraissait incongru après ses taquineries.

— Appelle ça comme tu voudras, mais ne t'avise plus de me défier. Si tu fais ce qu'on te dit, tout se passera bien.

— Charmant ! lança-t-elle, acerbe.

Il n'apprécia pas son ton.

— Ne prends pas ma patience pour de la faiblesse. J'ai été clément avec toi en raison des circonstances. Je comprends que tu aies pu avoir peur, mais si tu tentes une nouvelle entourloupe comme hier soir, tu le regretteras. À toi de décider si tu veux que ton séjour ici soit confortable ou pas.

Il était sérieux. Sous sa façade affable, elle percevait un mur d'acier. Elle n'avait aucune envie d'être ligotée à nouveau.

Il lui montra plusieurs de ses hommes qui aidaient le jeune guerrier brun à marcher jusqu'au rivage.

— Tu as déjà causé suffisamment d'ennuis.

— Où le conduisez-vous ? demanda-t-elle, contrite.

Il indiqua un point vers la falaise.

— Il y a une grotte là-bas où il pourra se reposer. J'enverrai chercher quelqu'un pour…

— Vous ne pouvez pas faire ça !

Il se raidit et crispa la mâchoire.

— Je ne suis pas un des enfants dont tu as la charge, mademoiselle la gouvernante. Tu n'as pas à me dire ce que je dois faire. Il n'y a qu'un seul capitaine ici, et c'est moi. Pus tôt tu l'auras compris, mieux ce sera.

Ellie se hâta de soulager sa fierté masculine. Les hommes étaient si susceptibles sur ce sujet.

— Je ne voulais pas menacer votre autorité…

— Tu n'as rien menacé, et surtout pas mon autorité, riposta-t-il. Je t'informe simplement d'un état de fait.

Elle l'étudia un instant, inclinant la tête sur le côté, puis déclara :

— Vous savez, j'ai eu un chien autrefois qui était tout à fait comme vous.

Il sursauta et la regarda comme s'il avait mal entendu.

— Quoi ?

— Il voulait toujours prouver qu'il était le chef. Dès qu'un autre chien approchait, il montrait les dents.

Il soutint son regard quelques instants, puis éclata de rire. Elle fronça les sourcils, n'ayant pas cherché à être drôle

— Tu es décidément impayable ! déclara-t-il. Mais tu oublies un détail important.

— Lequel ?

— Je n'ai rien à prouver.

Son regard intense la cloua sur place. Sa voix chaude résonnait en elle comme une sombre caresse, la défiant de le contredire. Elle ne le pouvait pas, car il avait raison. Il n'avait rien à prouver. La force et l'autorité émanaient de lui naturellement.

Elle jugea préférable d'en revenir à son sujet, espérant que son trouble ne se remarquait pas trop.

— Je voulais juste suggérer qu'une grotte ne fera pas l'affaire. Thomas a besoin d'un endroit chaud et sec. N'y a-t-il pas une maison ou une chaumière dans le coin où vous pourriez le conduire ?

— Tu es guérisseuse ?

Ellie songea à son frère et sentit une boule dure se loger dans sa poitrine. Hélas, non. Elle avait passé des heures à son chevet, sans pouvoir le sauver. Elle baissa la tête pour qu'il ne voie pas les larmes qui lui montaient aux yeux.

— Non, mais j'ai vu suffisamment d'hommes atteints de fièvres pour reconnaître les signes. Plus tôt il sera traité, mieux ce sera.

Son têtu de frère avait refusé de reconnaître ses symptômes. Lorsqu'il avait enfin accepté de s'aliter, il brûlait de fièvre. Ellie et sa mère étaient restées à ses côtés nuit et jour pour le soigner, mais il était trop tard.

Elle s'agrippa à son bras. *Doux Jésus !* Il était dur comme pierre. Elle sentit les muscles rouler sous ses doigts.

— Je vous en prie, l'implora-t-elle. N'y a-t-il pas un endroit où vous pouvez le conduire ?

Erik était conscient de sa main sur son bras. La légère pression de ses doigts transperça le cuir de son *cotun*. Il ressentit un étrange pincement au cœur quand il baissa les yeux vers elle. Elle paraissait sincèrement inquiète. De fait, elle semblait au bord des larmes.

Il ne supportait pas de voir une femme pleurer.

Il y avait beaucoup d'endroits où il pouvait conduire Randolph. Il connaissait l'île comme sa poche.

À l'instar de William Wallace avant eux, Robert de Bruce et ses partisans appréciaient l'emplacement stratégique de Spoon Island dans le Canal du Nord, tant comme refuge que comme poste d'observation. Édouard de Bruce y avait été assigné au mois de septembre précédent, pour faire le guet pendant qu'Erik emmenait son frère loin de Dunaverty Castle.

Bien qu'Erik puisse compter sur le soutien des habitants de l'île, il avait projeté d'attendre le lever du jour pour les informer de son arrivée et de sa situation. Toutefois, il existait un endroit, non loin, où il pouvait conduire le malade.

Il ne voulait pas créer un mauvais précédent en cédant à sa requête ; elle était déjà assez autoritaire comme ça. Toutefois, elle avait raison : Randolph paraissait mal en point. En outre, il dormirait probablement d'un sommeil plus réparateur avec ses hommes autour du feu si elle n'était pas couchée à quelques mètres de lui.

La porter depuis le bateau jusqu'au rivage avait été une mauvaise idée. Il n'aimait pas ce qu'il avait ressenti en la tenant dans ses bras. Il n'avait pas été aussi conscient du corps d'une femme depuis ses treize ans, lorsqu'une des filles du village avait gracieusement proposé de l'initier aux plaisirs de la chair.

Il ne s'était pas attendu à ce qu'une petite créature aussi quelconque réveille son désir, qui, certes, avait été assez endormi ces derniers temps. Surtout quand elle le regardait avec une expression qui ressemblait vaguement à de la commisération.

Ce n'était pas naturel. Il plaisait toujours aux femmes. Quelque chose allait sûrement de travers chez celle-ci.

Il chassa ces pensées troublantes et déclara :

— Il y a bien un endroit mais...

— Oh merci ! s'écria-t-elle sans le laisser finir.

Son visage s'illumina d'un sourire éclatant. Il fut décontenancé. Sans être franchement jolie, elle n'en était pas loin. Elle aurait dû sourire plus souvent.

Il ajusta son *cotun*, le sentant soudain légèrement étriqué, puis reprit :

— Mais tu dois me donner ta parole que tu ne tenteras pas de t'enfuir ni de profiter de la gentillesse de Meg pour lui demander son aide. Tu ne dois rien dire sur la raison de ta présence parmi nous.

— Meg ?

Elle lâcha son bras et, l'espace d'un instant, il aurait voulu qu'elle le reprenne.

— Vous voulez que j'accompagne Thomas ? demanda-t-elle.

— Tu as besoin de sommeil. Ce sera plus confortable pour toi. Mais si tu préfères dormir à mon côté dans la grotte...

D'ordinaire, il aurait prononcé cette phrase sur un ton suggestif mais, sachant qu'elle resterait de marbre, il ne s'en donna pas la peine.

— Non, répondit-elle un peu trop rapidement à son goût.

Elle avait esquivé sa demande en lui posant une autre question. Il n'était pas dupe. Il s'était déjà fait avoir une fois, on ne l'y reprendrait pas.

— Il me faut ta parole, Ellie.

Elle acquiesça à contrecœur.

— D'accord, je vous jure de ne rien tenter cette nuit.

Il plissa les yeux et insista :

— Ni demain matin, ni tant que nous serons ici.

Elle fronça le nez, agacée de ne pas avoir pu le berner.

— Fort bien, concéda-t-elle. Vous avez ma parole.

Il la fixa dans le blanc des yeux.

— Ne me fais pas regretter de t'avoir fait confiance.

Elle hocha la tête, ayant clairement perçu la menace dans sa voix.

Il se tourna pour donner des ordres à ses hommes. Outre Ellie, Randolph, les deux hommes qui le soutenaient et Duncan, son parent qui avait été blessé par une flèche, il désigna un autre guerrier pour les accompagner.

Il voulait lui faire confiance, mais la fille était trop maligne. Le guerrier posté devant la maison veillerait à ce qu'elle tienne sa parole.

Si elle tentait de s'échapper, elle ne pourrait aller bien loin, mais il ne voulait pas courir de risques. Bruce et ses compagnons de la garde secrète comptaient sur lui. Il prenait son engagement très au sérieux.

À l'origine, il avait rejoint Bruce à la demande de son cousin, Angus Og MacDonald, seigneur des îles, dans l'intention de récupérer les terres de son clan annexées par les MacDougall. Toutefois, son admiration pour le roi guerrier n'avait cessé de croître. Si quelqu'un pouvait défier Édouard, c'était bien lui. Sa loyauté envers son cousin s'était peu à peu transférée à Bruce et à ses frères de la garde.

Échouer était inconcevable. Rien ne viendrait entraver sa mission, et certainement pas une gouvernante maigrichonne et passablement jolie avec une propension à créer des ennuis.

6

Mathilda de Burgh n'avait jamais eu l'air aussi pitoyable. Ses longues boucles angéliques étaient emmêlées et pendaient mollement ; ses grands yeux bleu clair étaient rougis et bouffis d'avoir pleuré des heures durant ; son petit nez retroussé coulait profusément.

Quelle heure était-il ? Le jour n'allait pas tarder à se lever. Ellie avait disparu depuis une éternité et il n'y avait toujours aucune nouvelle. Matty ne pouvait envisager que sa sœur se soit noyée. Morte à la suite d'un défi stupide.

Son défi.

Tout est de ma faute. Pourquoi l'avait-elle poussée à participer ? Après tout ce qu'Ellie avait fait pour eux ces dernières années, comment avait-elle pu être aussi cruelle ? Quelle importance si Ellie était subitement devenue un peu vieille et rigide ? C'était la sœur la plus généreuse du monde. Elle avait veillé sur leur famille et l'avait maintenue soudée après l'épouvantable épidémie de fièvre qui avait brisé leur enfance.

Elle était assise dans la pièce de travail du comte, toujours enveloppée dans la fourrure qu'elle avait passée sur ses épaules après être sortie de l'eau, avec son père et deux de ses frères : John et son jumeau Thomas. Les plus jeunes étaient couchés, dormant douillettement dans leur lit sans soupçonner la tragédie qu'ils étaient tous en train de vivre.

Le silence pesant n'était perturbé que par le crépitement du feu de cheminée et le cliquetis des volets agités par le vent. Ils n'avaient pas été aussi abattus depuis la mort de leur mère et de leur frère. Son père supportait à peine de poser son regard sur elle.

Il lui en voulait. Ils lui en voulaient tous. Et ils avaient raison. Les larmes lui piquèrent à nouveau les yeux. Elle avait simplement voulu voir Ellie rire à nouveau ; elle n'avait jamais imaginé que…

Ne pouvant plus supporter le silence, elle balbutia :

— Je suis désolée…

Ils se turent tous, puis, au bout de quelques minutes, John prit pitié d'elle.

— Ce n'est pas de ta faute, Matty. C'était un accident.

Richard de Burgh, comte d'Ulster et l'aristocrate le plus puissant d'Irlande, tourna vers elle son regard noir. À quarante-huit ans, il était encore bel homme, mais ses traits portaient la trace des épreuves de la soirée.

Ce n'était pas un homme habitué à ce qu'on le contrarie. Depuis sa naissance, il était imbu du sens de ses privilèges et tenait pour acquis que tout devait aller comme il le désirait. Quand ce n'était pas le cas, comme lors de la mort de son épouse ou lorsque son gendre Robert de Bruce s'était rebellé contre son souverain, il devenait imprévisible, voire volcanique. Attirer l'attention sur elle à cet instant n'était pas une bonne idée ; Matty aurait dû le savoir. Elle venait de lui fournir un exutoire pour épancher sa frustration.

— Qu'est-ce qui t'est passé par la tête ? explosa-t-il. Comment as-tu pu te montrer aussi irresponsable ? Aller batifoler dans la nature comme… comme une paysanne ! Et de pousser ainsi ta sœur…

— Je voulais simplement l'aider. Elle était si mélancolique dernièrement. Je croyais que le mariage lui mettrait du baume au cœur, mais cela n'a fait qu'empirer son humeur.

— Ellie allait très bien, maugréa son père.

— C'est faux ! Vous ne vouliez pas le voir. Elle faisait tout pour que vous n'ayez à vous inquiéter de rien.

Le comte tiqua.

— Cela suffit, Matty ! Je crois que tu en as assez dit et fait pour aujourd'hui.

Matty baissa la tête, sachant qu'elle était allée trop loin. Ellie était la seule qui pouvait se permettre de critiquer leur père, et uniquement parce qu'elle était assez subtile pour qu'il ne s'en rende pas compte.

Ils se tournèrent tous vers la porte quand Ralph fit irruption dans la pièce. Matty sentit son pouls s'accélérer, comme chaque fois depuis le jour où il lui avait été présenté. Comment Ellie pouvait ne pas avoir envie de l'épouser ? Ralph de Monthermer était l'incarnation même du chevalier anglais idéal. Grand et mince, avec d'épais cheveux noirs et des yeux vert clair, il était beau, fort et honorable jusqu'au bout des ongles. Le fait qu'il ait autrefois tout risqué par amour en épousant la fille du roi ne le rendait que plus romanesque à ses yeux.

Leurs regards se croisèrent un instant, puis ils détournèrent les yeux tous les deux.

— J'ai du nouveau, annonça-t-il.

Le cœur de Matty s'arrêta. Il ne s'interrompit que quelques secondes, mais elles lui parurent une éternité tandis qu'elle attendait de savoir si les nouvelles étaient bonnes ou mauvaises.

— Certains de mes hommes ont aperçu une femme non loin d'ici. Apparemment, elle avait sauté à la mer et appelait au secours. Toutefois, elle a été reprise avant qu'ils n'aient pu la rejoindre.

— C'était Ellie ? demanda Matty.

Elle osait à peine y croire.

Ralph se tourna à nouveau vers elle, une lueur de compassion dans le regard.

— Ce ne peut être qu'elle. L'heure et la description correspondent.

Matty ferma les yeux et remercia le ciel. Elle entendit son père murmurer « Dieu soit loué ! ». Sa réaction sincère la surprit. Si le comte aimait tous ses enfants, ce n'était pas un sentimental. La mort de sa femme et de son fils l'avait-elle affecté plus qu'elle ne l'avait pensé ? À moins que ce ne soit parce qu'il s'agissait d'Ellie. Elle était le ciment de leur famille.

Le soulagement de son père céda rapidement le pas à la colère.

— Reprise ? Que veux-tu dire ? Par qui ?

— Je l'ignore, répondit Ralph. Mais il y avait un faucon sur la voile du navire.

— Il s'agit de l'homme dont nous avons déjà entendu parler ? demanda le comte.

Ralph acquiesça.

— Édouard sera content. Il le recherche depuis l'évasion de Dunaverty.

Matty écarquilla les yeux. Ses frères paraissaient eux aussi surpris par la suggestion que leur beau-frère puisse avoir un lien avec les ravisseurs d'Ellie.

— Robert ne ferait jamais une chose pareille, le défendit-elle avec véhémence. Il ne ferait jamais de mal à Ellie.

Les deux hommes ne répondirent pas. Qu'ils soient d'accord avec elle ou pas ne changeait rien. Ralph avait été autrefois un ami proche de Bruce. Il était plus difficile d'évaluer les sentiments du comte à l'égard de son gendre. S'il refusait de l'aider ouvertement, elle se demandait parfois s'il ne souhaitait pas sa victoire. Toutefois, tous deux avaient prêté allégeance à Édouard. Ils accompliraient leur devoir en dépit de leurs sentiments personnels. Et si Robert était lié à l'enlèvement…

Elle frissonna. La colère de son père pouvait être aussi virulente que celle du roi.

— Comment se sont-ils échappés ? demanda John.

Ralph blêmit de rage. Sur un ton sec et saccadé, il leur décrivit la confrontation en mer et la poursuite effrénée.

— Le bateau avec le faucon était cerné par quatre galères et il est parvenu à s'enfuir ? demanda Thomas, incrédule.

Matty lui lança un regard noir mais trop tard. Ralph se raidit.

— C'est ce qu'il semblerait, répondit-il froidement.

Sa fierté en avait pris un coup. Il était très exigeant avec ses marins et il considérait leurs erreurs comme un échec personnel. Elle avança d'un pas vers lui puis s'arrêta. Ce n'était pas à elle de le réconforter.

Son père se redressa, une lueur glaciale dans le regard.

— Peu importe ce que cela coûtera. Retrouvez-le.

7

Ils étaient d'un bleu étincelant, comme l'océan un jour ensoleillé.

Ellie s'y était préparée. En revanche, elle ne s'était pas attendue à ses fossettes. Elles étaient parfaitement alignées de chaque côté de ce sourire incorrigible. Associées à ses épais cheveux décolorés par le soleil, à ses dents blanches et à son hâle doré…

Elle plissa les lèvres, agacée. C'était absurde. Personne n'avait le droit d'être aussi séduisant, surtout quand on était déjà doté d'une personnalité magnétique. Cela faisait beaucoup pour un seul homme. Pourtant, il semblait endosser avec aise tous ces cadeaux de la nature.

Naturellement, Ellie n'était pas la seule à s'en rendre compte.

Lorsqu'ils avaient toqué à la porte de la vieille maison en bois, la fameuse Meg avait hurlé de joie et avait réservé au Faucon, comme elle l'appelait, le genre d'accueil qui laissait peu de doute sur la nature de leur relation. Depuis, il n'avait cessé d'être le centre de toutes les attentions.

L'excitation était retombée durant la nuit, pour reprendre de plus belle le matin dès qu'il avait à nouveau franchi le seuil. N'avait-il pas autre chose à faire ? Des villages à piller ? Des petits pays à conquérir ? D'autres femmes innocentes à enlever ?

Apparemment pas. Il semblait avoir tout le temps pour sa masse d'adoratrices. La pièce était bondée de visiteuses. Les femmes de l'île n'avaient pas tardé à apprendre son arrivée et débarquaient les unes après les autres.

Meg avait appris à Ellie qu'elles se trouvaient sur une petite île face à la côte du Kintyre. Dénombrant sept femmes présentes, elle en déduisit que la moitié des célibataires de l'île étaient assises autour du feu de son hôtesse, en supposant qu'elles étaient bien célibataires.

Elle entendit le Faucon roucouler :

— Bien sûr que tu m'as manqué, mon cœur. Comment oublier cette délicieuse tarte que tu m'as préparée avant mon départ ? Je n'avais jamais rien goûté d'aussi délicieux.

Ellie n'avait pas besoin de le regarder pour deviner que son regard pétillait malicieusement, mais elle ne put s'en empêcher.

Il ajouta :

— Enfin presque, car ce n'était pas aussi divin que l'autre chose que tu m'as fait goûter.

Il n'adressait ses flatteries à personne en particulier, il les laissait flotter dans l'air afin que chacune puisse les prendre à son compte.

Ellie devait admettre qu'il était doué. C'était comme de voir un maître artisan à l'œuvre. Il débordait de charisme ; cela suintait par tous les pores de sa peau. Il distribuait les compliments avec une sincérité habile, était attentif et traitait chaque femme comme une princesse. Il n'était pas difficile de comprendre pourquoi il était si populaire.

Dans ce cas, pourquoi serrait-elle les dents en l'écoutant pendant que toutes les autres se pâmaient ? On aurait dit un sultan entouré de son harem. Elles étaient agglutinées autour de son fauteuil, suspendues à ses moindres paroles. Il avait un bras passé négligemment autour des épaules de Meg. Une femme voulut s'asseoir sur son accoudoir et atterrit sur ses genoux.

Il n'était pas le seul à avoir les mains baladeuses. Elles ne se gênaient pas pour lui donner des tapes sur les fesses et les plus longues « bises » qu'elle ait vues de sa vie. Cette île devait être la plus hospitalière d'Écosse.

Elle se rendit compte qu'elle fronçait les sourcils et se concentra sur le pain et le fromage que Meg lui avait donnés pour son petit déjeuner. Après tout, il pouvait bien tripoter qui il voulait tant que ce n'était pas elle. Si quelqu'un pouvait trouver à y redire, c'était Meg, mais celle-ci ne semblait pas prendre ombrage de la concurrence.

Assise à un coin de la table, Ellie observa discrètement le groupe. Après son accueil de la veille, elle avait été convaincue que Meg était la maîtresse du Faucon. La jolie rouquine avait le profil idéal. Elle semblait un peu plus âgée qu'elle, elle avait un grand sourire accueillant, des joues roses et les plus gros seins qu'elle ait jamais vus. Avec sa sensualité débordante, elle était l'antithèse d'Ellie. À son côté, cette dernière se sentait comme une vieille prune desséchée. Toutefois, en étudiant le couple à présent, elle n'en était plus si sûre. Il la traitait avec la même bonne humeur coquine que toutes les autres.

Le plus agaçant, c'était qu'il était vraiment charmant. Néanmoins, elle ne pouvait se départir de l'impression que son affabilité n'était qu'un masque pour maintenir les autres à distance. Tous ces gens qui croyaient le connaître ne le connaissaient probablement pas du tout.

Même son nom était un mystère. Toutes les femmes l'appelaient « Faucon ». Cela dit, ça lui allait bien. L'oiseau de proie qui s'élançait au-dessus des mers, sauvage et libre, se cachant pour lancer des attaques fulgurantes… quel meilleur surnom pour un pirate ?

Elle grignota sa nourriture, écoutant le maître à l'œuvre. Derrière sa nonchalance, c'était un fin observateur. Il complimenta Maura sur sa nouvelle coiffure ; Deirdre sur sa robe ; demanda à Bessie comment son jeune fils se remettait après s'être cassé la jambe en tombant d'un arbre. Il mettait un point d'honneur à poser une question personnelle à chacune d'entre elles. En revanche, il détournait toutes celles qu'elles lui posaient avec un sourire et une boutade, généralement libertine. C'était fait avec art et elle se demanda si les autres femmes s'en rendaient compte. Cela la rendait curieuse de savoir qui était l'homme sous le vernis doré.

— Quelque chose ne va pas, Ellie ? demanda-t-il.

Un groupe de visages intrigués se tourna vers elle. Occupé comme il l'était, elle était surprise qu'il ait remarqué sa présence.

— Toujours d'aussi bonne humeur, à ce que je vois, ajouta-t-il sur un ton badin.

Ellie plissa les yeux. Elle était trop épuisée pour l'ignorer dignement. Et elle ne lui avait pas pardonné la petite histoire qu'il avait racontée à Meg la veille pour justifier sa présence avec lui.

— Je suis d'excellente humeur, grogna-t-elle.

Pour quelqu'un qui n'a dormi que deux heures après avoir été enlevée par une bande de pirates.

Il s'efforça de ne pas rire.

— Oui, ça crève les yeux.

Elle dut se retenir de ne pas le fusiller du regard quand, dans un chuchotement sonore, il l'excusa auprès des autres femmes d'être si ronchonne le matin.

Le pire était qu'il disait vrai. Elle n'avait jamais été du matin et avait le réveil difficile dans le meilleur des cas. Pour ne rien arranger, Meg était debout depuis l'aube pour faire la cuisine et, après l'avoir aidée à soigner Thomas et Duncan (l'homme blessé par une flèche), Ellie s'était effondrée sur une paillasse devant le feu à peine quelques heures plus tôt.

Elle fut soulagée quand il l'oublia à nouveau et se replongea dans la foule de ses admiratrices.

— Combien de temps resteras-tu cette fois ? demanda l'une d'elle.

Enfin, une information intéressante.

— Jusqu'à ce que je parvienne à m'arracher à la délicieuse cuisine de Meg, répondit-il.

Il se tourna vers leur hôtesse et ajouta :

— Ce ragoût que tu nous as envoyé ce matin était succulent, mon cœur. Mes hommes ont été très touchés que tu te donnes autant de mal… et moi aussi.

Meg rosit de plaisir.

— Bah, ce n'était rien. Je l'ai préparé en deux temps trois mouvements.

Tu parles, tu l'as cuisiné depuis l'aube, se retint de dire Ellie. Elle remarqua au passage qu'il avait encore éludé la question.

Il se leva péniblement de son fauteuil comme s'il rechignait à quitter le groupe. La pièce était assez grande, mais basse de plafond. Avec sa taille et ses épaules larges, il dominait l'espace.

— Hélas, je dois retourner auprès de mes hommes, déclara-t-il tristement.

Il fit taire d'un geste le concert de protestations.

— J'étais juste passé pour remercier Meg de son hospitalité et pour avoir soigné mes hommes.

Thomas et Duncan avaient tenu à rejoindre les autres sur la grève dès le lever du jour. Ellie avait eu beau insister pour qu'ils continuent de se reposer encore un peu, ils avaient pris ses suggestions pour une insulte.

Meg avait tenté de les retenir elle aussi.

— Je trouve que le plus jeune n'a vraiment pas bonne mine, dit-elle. Veille sur lui. Les hommes sont si têtus ! Tu es sûr que tu ne veux pas me laisser examiner tes mains ?

— Si je te les montre, je ne serais pas avec mes hommes avant des heures, répondit-il avec un sourire.

Meg lui donna un petit coup de poing dans l'épaule qui fit rire tout le monde sauf Ellie. Ne prenait-il jamais rien au sérieux ? Et qu'avaient donc ses mains ?

Il se dirigea vers la porte puis s'arrêta, ayant oublié quelque chose… elle, apparemment.

— Tu es certaine que ça ne t'ennuie pas ? demanda-t-il à Meg comme si Ellie ne se trouvait pas dans la pièce.

Meg fit non de la tête.

— Je suis ravie d'avoir un peu de compagnie.

Il se pencha et déposa un baiser sur sa joue.

— Je te revaudrai ça, mon cœur.

— J'y compte bien, répondit-elle coquettement. Je n'hésiterai pas à te réclamer mon dû.

— Coquine ! répliqua-t-il en lui donnant à nouveau une de ces épouvantables tapes sur les fesses.

Il se tourna vers Ellie.

— Et toi, ne fais pas de bêtises, ordonna-t-il comme s'il s'adressait à une enfant.

Elle dut lutter contre l'impulsion ridicule de lui tirer la langue.

Que lui prenait-il ? Elle le connaissait depuis moins de vingt-quatre heures et se comportait comme Joannie, sa petite sœur de cinq ans.

Leurs regards se rencontrèrent et s'attardèrent un instant de trop. Il fronça les sourcils, puis se tourna vers Meg et retrouva son sourire.

— Mets-la au travail, lui recommanda-t-il. Elle doit bien savoir faire quelque chose.

À son ton, il n'en paraissait guère convaincu.

Ellie frémit d'indignation. Elle fut sur le point de rétorquer qu'elle savait faire un tas de choses puis se retint, refusant de mordre à l'appât. S'il savait à quel point il l'énervait, cela ne ferait que l'encourager. En outre, elle n'était pas certaine que ses talents de châtelaine soient très utiles dans le petit logis de Meg.

Elle savait diriger les domestiques du château, superviser le ménage, la cuisine, l'alimentation des bêtes et la rentrée des récoltes. Toutefois, elle n'avait jamais cuit un pain, préparé un ragoût, changé les joncs, lavé des draps, trait une vache, ni récolté l'orge. Il était assez humiliant de constater que ses compétences n'étaient guère pratiques en dehors de chez elle.

Une fois le Faucon parti, la maison se vida rapidement de ses visiteuses. Elle aida Meg à débarrasser la table.

— Merci, lui dit-elle quand elles eurent fini. Je me suis régalée.

Si la nourriture était moins raffinée que ce à quoi elle était habituée, le repas simple avait été étonnamment agréable, tout comme le décor. Bien que rustique, la maison de Meg était confortable, propre et bien tenue.

— Je voulais aussi vous remercier de m'avoir accueillie, ajouta-t-elle.

Meg lui prit les deux mains et les serra.

— Je t'en prie, tutoyons-nous. Le Faucon te ramènera chez toi dès qu'il le pourra. Je parie que c'est la dernière fois que tu te caches sur un bateau, mais, au moins, tu auras une aventure à raconter plus tard à tes amies.

Ellie devint cramoisie. Elle aurait voulu protester, mais elle avait donné sa parole. Elle maudit le capitaine, se souvenant des explications qu'il avait chuchotées la veille pour expliquer sa présence à Meg. Secouant tristement la tête, il lui avait déclaré :

— Elle se croit amoureuse, la pauvre. Quand je lui ai annoncé que je devais partir, elle était éperdue de chagrin et s'est cachée sous la voile de mon *birlinn*. Le temps que mes hommes la découvrent, il était trop tard pour faire demi-tour. Jusqu'à ce que je puisse la ramener chez elle, je me sens responsable de sa sécurité.

Elle aurait voulu l'étrangler. Il devait s'en douter car il paraissait très content de lui.

De son côté, Meg le dévisageait comme un héros descendant de son grand cheval blanc.

Elle avait serré Ellie dans ses bras avec une telle chaleur et une telle compassion que cette dernière n'avait eu le cœur de démentir le boniment du pirate.

Ellie ignorait ce qui était pire : son mensonge ou le fait que Meg l'ait avalé si facilement.

Cette dernière l'observait et se méprit sur la source de son malaise.

— Ne sois pas gênée. Le Faucon est le genre d'homme qui ferait perdre la tête à la femme la plus sensée.

Ellie demanda sans réfléchir :

— Ce fut ton cas ?

Se rendant compte de ce qu'elle venait de dire, elle balbutia :

— Je veux dire... je n'ai pu m'empêcher de remarquer...

Elle se mordit la lèvre, sentant qu'elle s'enfonçait.

Loin d'être offensée, Meg se mit à rire.

— Pendant un temps, peut-être, répondit-elle. Quand j'ai perdu mon Colin...

Elle s'interrompit, ses yeux s'emplissant de larmes, puis elle se ressaisit et sourit à nouveau.

— Le Faucon m'a redonné goût à la vie, expliqua-t-elle. Pour ça, je l'aimerai toujours. Mais le genre d'amour auquel tu penses... Non, ça n'arrive qu'une seule fois, si tu as de la chance.

Ellie songea à Ralph. *Et si tu n'es pas la fille d'un comte.*

Elle ne connaîtrait peut-être jamais ce genre d'amour, mais elle savait ce que c'était de perdre un être cher. Elle prit la main de Meg et la serra doucement. Ce geste surprit l'autre femme, mais Ellie pouvait voir qu'elle l'appréciait également.

— Je sais que ce n'est pas ce que tu souhaites entendre en ce moment, reprit Meg. Mais le Faucon ne voulait pas te faire de la peine.

Ellie ne répondit rien, qu'aurait-elle pu dire ? Meg pensait qu'elle était amoureuse du capitaine. La pauvre et pathétique gouvernante en pâmoison devant le dieu nordique.

— Il aime les femmes et elles l'aiment en retour, poursuivit son hôtesse. Mais celle qui en demande plus s'y casse les dents.

— Pourquoi ? demanda Ellie malgré elle.

Meg lui adressa un sourire compatissant.

— Il aime trop les femmes pour se contenter d'une seule.

Ellie l'avait compris dès l'instant où elle l'avait vu. Il était comme son père : trop heureux d'être aimé par tous pour s'attacher à quiconque. Tomber amoureuse d'un homme tel que ce pirate revenait à se condamner à une vie de chagrin. Malheur à la pauvre fille qui l'oubliait !

Le soir tombait lorsque Erik remonta le chemin menant en haut de la falaise. Arrivé au sommet, il aperçut la volute de fumée qui s'échappait de la cheminée de la maison de Meg, perchée sur un monticule.

Il s'en voulait encore de s'être laissé démonter par Ellie le matin même. Elle pouvait bien penser de lui ce qu'elle voulait, quelle importance ? Toutefois, elle avait une façon si criante de lui signifier sa réprobation qu'on pouvait sûrement l'entendre dans toute l'Écosse.

Il ne devrait pas la taquiner, surtout quand elle avait l'air si épuisée.

Se montrer aussi dur avec une femme ne lui ressemblait pas, mais elle ne se comportait pas comme les autres. Ses réactions le déroutaient… et l'irritaient.

Bah… il serait bientôt débarrassé de cette petite mégère. Ils pourraient reprendre la mer d'ici quelques jours. Ils n'avaient aucune raison de se presser, autant attendre que les Anglais se soient lassés de les traquer.

Plus tôt dans la journée, Domnall et lui avaient grimpé au sommet de Wood Hill pour examiner les voies navigables environnantes. La situation était pire que ce qu'ils avaient imaginé. C'était à croire que toute la flotte anglaise croisait dans le Canal du Nord. Les Anglais s'étaient placés près de tous les axes, leur coupant la route vers les Hébrides au nord, vers l'île de Man au sud, vers Rathlin et l'Irlande à l'ouest.

Il ne doutait pas de parvenir à les contourner s'il le fallait mais, au-delà de son empressement à se débarrasser de la fille et à rejoindre Bruce et ses compagnons, il ne voulait pas risquer d'être capturé ou de conduire les Anglais jusqu'au roi rebelle. D'un autre côté, il devait trouver un moyen de prévenir Tor, le chef de la garde secrète, du danger. Bruce ne tarderait pas à prendre la route de Rathlin.

La patience n'était pas le fort d'Erik et il sentait que les quelques jours à venir allaient lui paraître interminables. Il avait déjà des fourmis dans les jambes.

Une fois au sommet de la falaise, il se retourna pour contempler la baie. Tout paraissait calme. Quelques petits bateaux de pêcheurs dodelinaient dans le port, mais toute trace de leur propre présence avait disparu. Ses hommes et lui avaient transporté le *birlinn* dans la grotte, où il était indétectable pour toute patrouille longeant la côte.

Il y avait des douzaines de petites îles entre l'Irlande et l'Écosse. Les Anglais pouvaient décider de les inspecter toutes, mais ils ne parviendraient pas à les trouver sans aide. Il y avait trop d'endroits où se cacher. Tant que les villageois se taisaient, ils seraient en sécurité. C'était l'une des raisons pour lesquelles il avait choisi Spoon Island. Avant que MacDougall ne se l'en accapare, elle appartenait aux MacSorley. Les habitants considéraient toujours Erik comme leur chef légitime. Lorsque Bruce remonterait sur le trône, il le serait effectivement.

Erik prit la direction de la maison basse au toit de chaume. Il n'avait pas besoin d'y aller mais ne pouvait s'empêcher de venir prendre des nouvelles d'Ellie. C'était son devoir, se répétait-il. Elle était sous sa responsabilité.

Il salua Duncan, qu'il avait posté devant la maison pour monter la garde jusqu'à ce qu'il soit remis de sa blessure, puis redressa les épaules comme s'il se préparait au combat et poussa la porte.

Les dernières traces de son irritation du matin s'évanouirent devant la vision paisible qui l'attendait. La petite gouvernante était endormie, recroquevillée dans un fauteuil devant la cheminée, un plaid drapé autour de ses épaules, les jambes repliées sous elle. Elle avait dû prendre un bain : elle portait une longue chemise propre et ses cheveux noirs étaient encore humides, les longues boucles s'enroulant autour de son visage. Une vague odeur de lavande flottait encore dans la pièce.

Elle ne ressemblait plus du tout à un petit chat mouillé.

Sa chevelure était superbe. Épaisse et brillante, elle retombait sur ses épaules comme une lourde étole en zibeline. Rien qu'à la voir, il devina la caresse soyeuse qu'elle prodiguerait à sa peau.

Au repos, elle ne ressemblait plus du tout à la femme qui lui avait causé tant de soucis. Il étudia les traits qui l'avaient dévisagé avec une telle indifférence. Elle ne serait jamais une beauté, mais elle dégageait quelque chose d'agréable. La chaleur du feu avait rosi ses joues. Son petit menton têtu était détendu, ses lèvres pincées étaient légèrement entrouvertes, ses yeux un peu trop perspicaces étaient fermés. Elle paraissait plus douce… plus jeune… beaucoup plus vulnérable.

Il ressentit un étrange pincement au cœur, qui ressemblait à de la culpabilité. Si elle avait provoqué tant de problèmes, elle n'y était pour rien. Lui non plus, mais cela ne l'empêchait pas de se sentir responsable.

Ses longs cils papillonnèrent et elle se réveilla. En le voyant devant elle, elle sursauta.

— Que faites-vous ici ?

Elle déplia les genoux, lui montrant deux pieds délicats à la courbure parfaite. Petits et pâles, avec des orteils minuscules, ils étaient adorables. Bien trop adorables pour appartenir à une gouvernante autoritaire. Il les fixa un instant de trop et elle les cacha précipitamment sous son plaid.

Il se sentit comme un gamin pris en flagrant délit la main dans le pot de miel. Sentant monter en lui une colère inexplicable, ses traits se durcirent.

— Où est Meg ? demanda-t-il sèchement.

Il n'aimait pas se retrouver seul avec elle. Ce constat l'aurait presque fait rire. C'était la première fois qu'il était mal à l'aise en compagnie d'une femme.

— Elle s'est rendue chez une des villageoises. Je crois qu'elle s'appelle Mhairi. Elle est sur le point d'accoucher.

Il se tut, la dévisageant comme si elle était responsable de son malaise. Elle paraissait aussi pressée que lui de le voir partir et demanda sur un ton encourageant :

— Vous voulez que je lui transmette un message ?

— Non, je lui parlerai plus tard.

Il tourna les talons, mais elle le retint.

— Comment va Thomas ?

Il fut surpris par l'inquiétude dans sa voix.

— Il va bien, répondit-il. Tu ne veux pas aussi des nouvelles de Duncan ?

Elle soutint son regard et riposta :

— Je n'ai pas besoin de vous demander s'il va bien. Il me suffit d'ouvrir la porte et de l'interroger directement.

Il haussa les épaules devant son ton agacé.

— Je devais l'occuper à quelque chose en attendant que son bras guérisse, justifia-t-il.

— Et m'espionner est tout ce que vous lui avez trouvé ? Je croyais que nous avions un accord.

— En effet. Duncan est là pour s'assurer que tu ne l'oublies pas.

Elle plissa les yeux.

— Qu'avez-vous aux mains ? demanda-t-elle.

Ce brusque changement de sujet le prit de court.

— Rien.

Elle se leva et s'approcha, son petit menton pointé en avant d'une manière qui ne lui disait rien qui vaille.

— Laissez-moi voir.

Il allait lui rétorquer de se mêler de ses affaires quand elle lui prit le poignet. Ses doigts étaient si petits et si doux ! Ils couvraient à peine une moitié de son articulation. Il songea aussitôt à une autre partie de son anatomie, imaginant cette main autour de son membre épais et turgescent.

Il sentit une chaleur l'envahir et, au lieu de s'écarter, la laissa lui retourner la main, exposant sa paume lacérée.

Il le regretta en voyant son air choqué.

— Comment est-ce arrivé ? demanda-t-elle.

— Ce sont les cordes. Ce n'est rien. Cela m'arrive tout le temps.

Il aimait sentir ce lien direct avec la voile et ne portait jamais de gants.

— C'est affreux ! Cela ne vous fait pas mal ?

— Non, répondit-il machinalement.

Elle lui lança un regard sarcastique.

— Laissez-moi deviner : un grand costaud comme vous, pirate de surcroît, ça ne ressent pas la douleur ?

Il sourit pour la première fois depuis qu'il était entré dans la pièce.

— Grand et costaud ? Je ne pensais pas que tu l'avais remarqué.

— Je ne suis pas aveugle.

Ses yeux brillaient à la lueur du feu. Il les avait crus marron mais, à présent qu'il se tenait si près, il remarqua des éclats verts et dorés dans ses iris. C'était inhabituel et ravissant. Hélas, elle gâcha l'effet quand elle ajouta :

— Difficile de ne pas remarquer un paon qui fait la roue en se pavanant.

Il resta sans voix, ce qui était très rare de sa part. Venait-elle de le comparer à un foutu paon ? D'abord un chien, puis un volatile ? Lui, qui était l'un des guerriers les plus redoutés des Highlands, le garde du corps personnel d'un souverain, le bras droit et le parent du seigneur le plus puissant des Hébrides intérieures, et le chef d'un clan ancien ?

— Et vous ne m'impressionnez pas avec votre étalage de virilité. N'essayez pas de me distraire.

Il était justement en train d'envisager plusieurs manières de le faire. La chaleur du feu et le parfum de lavande, qui s'était accentué maintenant qu'elle se tenait si près, avaient d'étranges effets sur lui.

Les jeunes oies blanches figuraient rarement à son menu. Il aimait séduire, certes, mais il savait choisir ses partenaires de lit. Il préférait les femmes expérimentées qui comprenaient la luxure et ne commettaient pas l'erreur de la confondre avec l'amour. Néanmoins, son corps ne semblait pas de cet avis.

Elle examina sa paume, suivant du bout du doigt les lèvres à vif de ses multiples plaies. Il resta parfaitement immobile, ne lui laissant pas voir que ses explorations lui faisaient un mal de chien.

— Il y a encore du sable dans les plaies, ainsi que des fibres de corde, déclara-t-elle sur un ton accusateur. Vous ne savez donc pas que cela peut s'infecter ?

Elle leva les yeux vers lui comme s'il était un gamin incorrigible.

— Je m'en occuperai plus tard, répondit-il.

— Je vais m'en occuper tout de suite. Vous n'irez nulle part avant que j'aie mis quelque chose là-dessus.

Il secoua la tête. Encore des ordres. Cela commençait à devenir une mauvaise habitude dont il allait devoir la débarrasser. Quand elle aurait lâché sa main.

— J'ignorais que cela t'importait, railla-t-il.

Une fois de plus, elle fit la sourde oreille, l'entraînant vers une chaise.

— Asseyez-vous, ordonna-t-elle.

Il faudrait également faire quelque chose à propos de ce ton autoritaire. Toutefois, en la voyant s'agiter autour de lui, il décida de se laisser faire encore un peu. Ce n'était pas désagréable. En outre, il la sentait moins à son aise qu'elle ne voulait lui faire croire.

Tandis qu'elle allait et venait dans la pièce à la recherche de ce dont elle avait besoin, elle se rendit compte qu'il l'observait et devint agitée. Sa nervosité s'accentua encore quand elle revint vers lui et s'avança entre ses genoux.

Il se sentit un peu comme Bruce et son araignée. Elle était piégée, même si elle ne le savait pas encore.

Elle frôla sa cuisse avec sa jambe et sursauta. Ses mains tremblaient légèrement quand elle déposa la coupe d'eau chaude sur la table à côté de sa chaise. Ils se tenaient si près l'un de l'autre qu'il pouvait voir le pouls qui battait légèrement dans son cou.

Il sourit. Voilà qui lui plaisait davantage. La petite gouvernante n'était pas totalement insensible à son charme. De la voir ainsi troublée compensait presque les ennuis qu'elle lui avait causés... presque.

Il n'était pas complètement insensible non plus, surtout quand elle se pencha pour lui plonger la main dans l'eau et que sa chevelure frôla son visage tel un voile doux et soyeux. Il avança légèrement la tête et inhala le parfum fleuri, luttant contre l'envie d'enfouir son nez dans l'épaisse masse noire.

Ce devait être l'atmosphère lourde et sombre de la pièce qui lui jouait des tours. Il se redressa sur son siège et elle releva la tête vers lui.

— Je vous ai fait mal ?

— Non, pas du tout.

Il sentait surtout un élancement dans son entrejambe. Il ne put résister à l'envie de la taquiner.

— Tu peux me toucher autant que tu veux, ajouta-t-il.

Quand elle lui répondit avec un léger sourire et un hochement de tête, il crut qu'elle n'avait pas compris son allusion lubrique… jusqu'à ce qu'elle serre sa main sans ménagement.

— Aïe ! Ça fait mal !

La diablesse l'avait fait exprès. Elle écarquilla ses grands yeux noisette et battit innocemment des paupières.

— Vraiment ? Désolée. Vous êtes moins coriace que je ne le croyais. Je tâcherai d'être plus délicate.

Il jugea préférable de ne plus l'asticoter tant qu'elle n'aurait pas terminé. En outre, il n'en avait pas besoin, sa proximité la déstabilisait déjà suffisamment.

Elle évitait de le regarder, mais il pouvait voir son teint rougir tandis qu'elle finissait d'extirper les grains de sable de ses plaies, puis lui séchait les mains dans un linge propre. Les petits plis blancs de crispation autour de sa bouche la trahissaient. Il la sentait sur ses gardes, tous ses sens en alerte, et était prêt à parier que les poils de sa nuque étaient hérissés.

Voilà qui lui convenait mieux ! C'était le genre de réaction qu'il comprenait. Il était en terrain connu, le sien.

Il dut se retenir de sourire quand, en se penchant pour prendre un pot d'onguent qu'elle avait trouvé sur une étagère, son sein frotta accidentellement contre son épaule. Elle fit un bond comme si elle s'était brûlée… comme si son corps menu n'était jamais entré en contact avec celui d'un homme.

Était-ce donc ça ? C'était un vrai gâchis qu'une fille comme elle (elle devait avoir dans les vingt et quelques) n'ait jamais connu la caresse d'un homme. À son âge, elle aurait déjà dû avoir des enfants au lieu de s'occuper de ceux des autres. Qu'attendait-elle ?

Elle était penchée d'un air concentré sur sa paume, appliquant l'onguent frais sur ses plaies puis enveloppant délicatement sa main de bandes de lin, laissant ses doigts libres. Il ne put résister à l'envie de presser sa cuisse contre la sienne pendant qu'elle travaillait, prenant un plaisir cruel à la voir s'emmêler les doigts en essayant de faire le dernier nœud.

Il lui aurait suffi de la pousser un peu pour qu'elle tombe sur ses genoux.

C'était tentant... très tentant. Cela faisait longtemps qu'il n'avait pas eu aussi chaud.

Dès qu'elle eut terminé, elle recula.

— Voilà ! annonça-t-elle sur un ton exagérément enjoué.

Il la rattrapa par le poignet.

— Merci, dit-il d'une voix rauque.

— De rien.

Elle fuyait son regard. Elle voulut détourner la tête et il la retint en lui prenant le menton, la forçant à se tourner vers lui. Elle entrouvrit les lèvres, le pouls dans son cou battant comme des ailes de papillon.

Il ne savait pas trop ce qu'il comptait faire, mais il aimait la voir ainsi troublée.

— Lâchez-moi, demanda-t-elle d'une voix tremblante.

Elle était aussi nerveuse qu'une jeune fille qui n'a jamais été embrassée.

Fichtre, c'était probablement le cas. Il baissa les yeux vers sa bouche. Elle avait de jolies lèvres, quand elles n'étaient pas pincées d'un air réprobateur... roses et pleines, avec des courbes douces et sensuelles. C'était un crime de ne pas les baiser. Au fond, il lui rendait service. Il ne faisait que son devoir de chrétien.

Pour une fois, il pouvait transgresser sa règle numéro un : ne jamais badiner avec une pucelle.

Il laissa son pouce glisser sur la courbe de son menton. Sa peau était aussi lisse et veloutée que de la crème.

Elle écarquilla les yeux.

— Que… que f-f-faites-vous ?

Il sourit, caressant doucement le renflement charnu de sa lèvre inférieure.

— Je vais t'embrasser.

Elle sembla cesser de respirer.

— Pourquoi ? demanda-t-elle d'une voix haut perchée.

Elle le fixait avec une telle intensité qu'elle ne remarqua probablement pas qu'il avait serré les genoux, l'attirant à lui.

Il glissa une main bandée autour de sa taille, et la posa sur la courbe de sa hanche.

— Aucun homme ne t'a jamais embrassée, n'est-ce pas, Ellie ?

Elle fit non de la tête, trop ahurie pour mentir.

Il caressa à nouveau sa bouche et constata avec satisfaction qu'elle s'entrouvrait en tremblant légèrement.

L'invitation était trop belle pour y résister. Il posa ses lèvres sur les siennes, doucement, les effleurant à peine, juste pour qu'elle s'habitue à la sensation.

Il avait embrassé des centaines de fois ; pourtant, ses sens s'embrasèrent. Comment pouvait-on avoir des lèvres aussi douces ? Il aurait voulu s'enfoncer en elles.

Il se redressa, légèrement perplexe. Elle avait les yeux mi-clos. Oui, c'est ainsi qu'elle aurait dû être plus souvent : le regard doux et vague, telle une suppliante attendant son baiser, et non l'air impassible ou impérieux.

Il était surpris par les battements frénétiques de son propre cœur, et de constater à quel point il avait envie de l'embrasser encore.

Il prit à nouveau sa bouche, augmentant la pression de ses lèvres, s'attardant.

Douces ? Non, ce n'était pas le mot juste. Ses lèvres étaient comme du caramel chaud, fondant contre les siennes.

Il l'embrassa plus fougueusement, oubliant son devoir de chrétien. Il ne pensait plus qu'à sa peau de velours, à son goût de miel, au parfum envoûtant de son corps. Il se sentait emporté par un délicieux courant sous-marin, sombrant dans un désir liquide.

Il avait du mal à croire qu'il puisse être autant émoustillé par un simple baiser. Son membre était tendu comme une lance. Pour soulager la tension, il l'attira à lui jusqu'à ce qu'elle soit assise sur ses genoux. La sensation de ses fesses sur sa verge dure ne fit qu'accroître son supplice, lui donnant envie de plus. Beaucoup plus.

Elle émit un petit son en sentant la masse dure sous sa fine chemise, entre un hoquet de surprise et quelque chose de plus profond révélant une sensualité qui le surprit et qu'il avait très envie d'explorer.

Il glissa les doigts dans sa chevelure et, lui tenant la nuque, joignit leurs bouches plus intimement.

Juste pour goûter, se jura-t-il en lui écartant les lèvres avec les siennes.

Maugrebleu ! Le premier contact de sa langue lui arracha un grognement de plaisir.

Elle frémit devant cette invasion inattendue mais, avant qu'elle n'ait pu s'écarter, il darda sa langue à nouveau, puis encore, et encore dans une longue caresse sensuelle jusqu'à ce qu'il la sente mollir contre lui.

Elle était chaude et douce dans ses bras, le souffle court, son corps s'ouvrant à lui. Sentait-elle le feu entre ses cuisses ? Mouillait-elle pour lui ? Gonflait-elle de désir ?

Quelle mouche le piquait ? Il savait ce qu'était le désir mais ceci allait plus loin. Cette fille était différente, même s'il n'aurait su dire pourquoi. La fièvre qui s'était emparée de lui ne se concentrait pas sous sa ceinture, elle le possédait tout entier.

Soudain mal à l'aise, il voulut s'écarter quand il sentit sa langue frôler la sienne. Cette petite réaction hésitante l'embrasa à nouveau.

Il la serra contre lui. Les pointes de ses seins pressaient son torse tandis qu'il l'embrassait fougueusement. Dieu que c'était bon !

Puis elle lui répondit, sa langue se faisant plus aventureuse à mesure qu'elle entendait ses grognements de plaisir. Il aurait voulu rugir de satisfaction mâle quand elle glissa ses bras autour de son cou. Ce qui lui manquait en expérience, elle le compensait en enthousiasme. Quel dommage de laisser enfouie une telle passion ! Elle semblait être faite pour ça.

Elle était brûlante, fondant littéralement dans ses bras. Il leva la main et la posa sous la courbe de son sein. Il n'était pas plein et moelleux comme ceux auxquels il était habitué mais ferme et souple, juste assez rond pour tenir dans sa paume. Il aurait voulu le pétrir, pincer son petit mamelon, mais il se força à procéder lentement.

Il la titilla avec sa langue et ses lèvres jusqu'à ce qu'elle ait oublié le poids de sa main sur son sein. Puis il le caressa doucement, décrivant des cercles autour de son téton avec son pouce jusqu'à la faire gémir.

Il mourait d'envie de déchirer le col de sa chemise et de sucer ce petit bourgeon dur.

Il se consumait de désir, les battements de son cœur lui martelaient le crâne. Il était sur le point de commettre une imprudence et était incapable de s'arrêter. Il voulait être en elle, la sentir se désagréger autour de lui. Il ne pensait plus à rien d'autre.

La porte s'ouvrit soudain avec fracas.

Ellie bondit sur ses pieds. Pour Erik, ce fut comme si on venait de lui jeter un seau d'eau froide à la figure. Il se leva précipitamment à son tour.

Qu'est-ce qui vient de se passer ?

Il ignorait s'il faisait allusion au baiser ou à son interruption. Il en était encore tout étourdi. Étourdi, lui !

Il posa machinalement la main sur le manche du coutelas glissé sous sa ceinture, puis se rendit compte que ce n'était que Domnall et Duncan. Ils portaient le corps inerte de Randolph.

— Que s'est-il passé ? demanda-t-il.

Domnall le regarda bizarrement. Il avait parfaitement compris la situation. Ellie n'était pas du tout le genre d'Erik ; ils le savaient tous les deux.

— Il s'est évanoui. Il est brûlant de fièvre.

Ellie réagit au quart de tour.

— Allongez-le ici, ordonna-t-elle.

Elle dirigea les hommes vers un lit encastré dans le mur, redevenant la gouvernante efficace avec une rapidité déconcertante.

Erik jura dans sa barbe. Il ignorait s'il en voulait à Randolph ou à lui-même. Quelqu'un avait été sérieusement ébranlé par ce baiser et, de toute évidence, ce n'était pas elle.

8

— Ellie !

Elle grimaça. La voix forte du Faucon fit voler en éclats la tranquillité de cette journée ensoleillée, au point qu'elle faillit lâcher la pile de draps propres qu'elle portait.

Seigneur, qu'est-ce que j'ai encore fait ?

Cela faisait environ quarante-huit heures qu'elle avait commis la grave erreur de se laisser embrasser. Depuis, quand il ne l'ignorait pas complètement, il ne lui adressait la parole que pour la houspiller pour quelque chose qu'elle avait mal fait.

C'était pourtant lui qui lui avait ordonné de se rendre utile. Pourtant, aucune de ses initiatives ne trouvait grâce à ses yeux. Si elle proposait d'aider Meg à apporter de la nourriture aux hommes, il lui reprochait de se mêler de ce qui ne la regardait pas (la grotte était une vraie porcherie et elle n'avait fait que suggérer que ses hommes ramassent leurs déchets). Si elle tentait d'aider les femmes du village à leurs travaux de couture, il l'accusait de chercher à s'attirer leur compassion pour s'évader. Il lui avait même interdit de s'approcher de Thomas alors que celui-ci délirait de fièvre, de peur qu'elle n'entende quelque chose qu'elle ne devait pas savoir (qui aurait cru que les bandits avaient autant de secrets capitaux ?). Dieu merci, la fièvre était tombée la veille et, bien qu'encore faible, il semblait que le jeune pirate soit en bonne voie de guérison.

— Ellie ! hurla-t-il à nouveau.

Elle leva les yeux au ciel et se prépara pour une nouvelle confrontation désagréable. Elle l'aperçut qui se dirigeait vers elle à grandes enjambées. En voyant son air renfrogné, elle envisagea un instant de courir se réfugier à l'intérieur de la maison.

Peut-être braillerait-il moins en présence de Meg et de Thomas ? D'un autre côté, il ne se gênait pas pour le faire devant Duncan qui se tenait de l'autre côté du jardin.

Apparemment, la bonne humeur légendaire du pirate s'appliquait à tous, sauf à elle. Même Thomas avait observé qu'il ne l'avait jamais vu aussi irascible avec une femme. Elle y aurait puisé un plaisir pervers si elle n'avait pas été contrainte de subir ses reproches acerbes.

Elle n'avait plus peur qu'il lui fasse du mal, mais se retrouver face à un immense pirate qui vous criait dessus restait une expérience intimidante.

Elle déposa la pile de linge propre sur une pierre et lui fit face, plissant les yeux face au soleil.

Il se tenait à moins d'un mètre d'elle et son corps la trahit. Avait-il besoin d'être bâti comme une forteresse ? Et de sentir aussi bon ? Une vague émanation épicée de savon lui titillait les narines.

— Tu ne m'as pas entendu t'appeler ? aboya-t-il.

— Je crois bien que toute l'île vous a entendu, répondit-elle avec un sourire.

Elle baissa les yeux malgré elle vers ses lèvres. Elle ne se souvenait que trop bien des sensations provoquées par cette bouche parfaite sur la sienne. De son goût sensuel, mêlé de whisky et de plaisirs indicibles.

Elle n'aurait jamais imaginé qu'un baiser puisse être aussi intense. Que l'appel du désir pouvait être aussi puissant. La laissant assoiffée.

Elle avait été stupéfiée par la force de sa réaction. Elle s'était crue immunisée contre les attraits de la chair. Pourtant, il avait suffi d'un baiser pour la rendre ivre de désir.

Elle frissonna, se rappelant avec quelle facilité elle était tombée dans son piège. Comment avait-elle pu se montrer aussi faible ?

Elle s'était juré d'oublier ce moment d'égarement, comme il l'avait fait lui-même. Furieuse contre elle-même, elle ne cacha pas son impatience.

— Vous voulez quelque chose ? Je suis occupée.

— Je n'en doute pas, rétorqua-t-il sèchement. Puis-je savoir pourquoi mes hommes, au lieu de s'entraîner au combat comme je le leur avais demandé, sont assis à moitié nus autour du feu dans la grotte ?

Elle haussa les épaules, sachant que ce geste l'énerverait encore plus.

— Je n'en sais rien. Peut-être parce que je leur ai suggéré d'aller se baigner dans la mer avant leur entraînement, en espérant qu'ils en profiteraient pour faire un brin de toilette.

Il sembla sur le point d'exploser. Vraiment, elle n'aurait pas dû éprouver autant de plaisir à le contrarier.

— Tu leur as ordonné d'aller prendre un bain ? vociféra-t-il.

— Suggéré uniquement, rectifia-t-elle. J'ai remarqué que leurs vêtements étaient crasseux et j'ai proposé de les laver. Pour ceux en laine, malheureusement, je n'ai pu que les brosser.

Les hommes portaient une variété de tenues, selon leurs origines. Cela allait du *leinte* traditionnel retenu par une ceinture aux plaids et aux *cotuns* celtiques, des bas et des tuniques colorées nordiques aux chausses en laine, ou pour les plus fortunés, en cuir. Thomas était le seul à porter un haubergeon et des chausses en mailles ; toutefois, le *cotun* en cuir noir et les chausses renforcées de pièces d'acier du capitaine étaient tout aussi luxueux. Apparemment, la piraterie était une activité lucrative.

Elle désigna la pile sur la pierre.

— En voici la première moitié, indiqua-t-elle. Le reste sera prêt dans l'après-midi.

Elle le regarda des pieds à la tête et huma l'air. Puis elle fronça le nez comme si elle percevait un relent désagréable au lieu de son odeur virile capiteuse.

— Si vous souhaitez me donner vos vêtements, je les laverai avec le reste.

Sa mine devint si sombre qu'elle regretta presque de l'avoir provoqué. D'un autre côté, puisqu'il ne faisait que râler après elle en faisant comme s'il ne s'était rien passé entre eux, elle prenait son plaisir où elle le pouvait.

Ce baiser qui l'avait laissée tout étourdie ne représentait rien pour lui. Il avait embrassé d'innombrables femmes des centaines de fois sans que cela le touche.

Cette absence de réaction était précisément la raison pour laquelle elle devait garder ses distances. Il ne prenait jamais rien au sérieux et rien ne pouvait pénétrer cette armure de bonhomie. Il n'avait agi que par compassion. Qu'on la considère comme une créature pathétique était déjà assez humiliant, et elle n'avait fait qu'aggraver son cas en succombant aussi facilement.

Ce qui s'était passé n'avait aucune signification. Il le lui avait démontré de la manière la plus claire possible. Celle qui attachait de l'importance à un simple baiser était vouée à perdre ses illusions et à avoir le cœur brisé.

Elle n'avait aucune intention de reproduire la tragédie de sa mère. Si elle donnait son cœur à un homme, ce ne serait pas à un mufle qui n'en aurait cure. À l'instar de l'homme qui se tenait devant elle, son père avait aimé trop librement pour confier son cœur à une seule femme. De toute manière, à quoi bon réfléchir à cette question ? L'amour n'était pas pour elle.

Il examina la pile de linge.

— Tu as lavé tout ça toute seule ?

— Plusieurs femmes du village m'ont aidée.

Lorsqu'elles l'avaient vue peiner à la tâche, elles avaient eu pitié.

— Montre-moi tes mains.

Elle rejeta la tête en arrière de la manière qui l'irritait tant, espérant détourner son attention, puis se pencha vers la pile.

— Il faut que je porte ces…

Il l'interrompit en lui attrapant un poignet. Il avait ôté ses bandages et le contact de sa peau la fit tressaillir.

— Tes mains, Ellie, répéta-t-il sans desserrer les dents. Tout de suite.

Elle pinça les lèvres. Ce n'était qu'une grosse brute. Elle tenta de se libérer, mais il la contraignit à ouvrir la main et à lui présenter sa paume. Il lâcha un juron carabiné.

— Ce n'est rien, dit-elle. Et vous ne devriez pas utiliser ce genre de langage. C'est un signe de faiblesse morale.

Si elle avait pensé que son ton de préceptrice le découragerait, c'était raté.

— Par tous les saints ! s'exclama-t-il. Qu'as-tu fait ? Elles sont couvertes d'ampoules et à vif ! On dirait que tu les as laissées macérer dans la lessive puis que tu les as martelées contre un rocher !

Elle releva le menton, trop honteuse pour lui expliquer qu'elle avait mis dix fois trop de lessive dans l'eau avant que Meg ne s'en aperçoive et rectifie la dose. Et puis, c'était de sa faute à lui.

— C'est vous qui m'avez dit de me rendre utile. Vous n'allez pas vous plaindre maintenant.

— Je ne t'ai jamais dit de te transformer en fille de cuisine ! Je parie que tu n'avais jamais lavé de linge de ta vie.

Ellie sentit ses joues s'empourprer.

— Et alors ? répliqua-t-elle. J'ai vu quelque chose à faire et je l'ai fait.

Avec un peu d'aide, certes.

— Eh bien, tu ne le referas plus. Ta carrière de blanchisseuse est terminée.

— Pourquoi ? Qu'est-ce que ça peut bien vous faire ?

Il paraissait hors de lui, ce qui la fit jubiler. C'était la première fissure qu'il laissait paraître dans son masque d'indifférence.

— Parce que je me suis engagé à te ramener chez toi en un seul morceau et je ne veux pas que tu affirmes plus tard que je t'ai condamnée aux travaux forcés.

Elle savait qu'elle jouait avec le feu mais ne put s'empêcher de rire.

— Je croyais que les Vikings aimaient avoir des esclaves, riposta-t-elle. Que vous importe ce qu'on pense de vous ? Vous êtes un pirate.

Elle le défiait de la contredire. Il avait peut-être l'air d'un pirate, mais il ne se comportait pas comme tel, du moins pas comme ceux qu'elle imaginait. Les pirates étaient sans merci ni moralité. Ils étaient les pillards de la mer, pas des voyous goguenards qui sauvaient la vie de leurs captives (deux fois), promettaient de les reconduire chez elles et s'inquiétaient quand elles avaient les mains un peu abîmées.

Quelque chose clochait. Que fabriquait-il dans cette grotte ? Et pourquoi fuyait-il les Anglais ?

Il avança d'un pas, la dominant.

— Quoi, tu as des doutes, Ellie ?

Lady Elyne, fut-elle à deux doigts de le reprendre. Seule sa famille l'appelait Ellie et elle ne s'était pas encore habituée à entendre son surnom intime prononcé avec cette voix grave et rauque.

Il était si grand et si proche qu'elle fut obligée de renverser la tête en arrière pour le regarder.

— C'est juste que… vous avez parfois des gestes nobles pour un pirate. Et pourquoi l'un des pêcheurs du village vous appelle-t-il *taoiseach* ?

Le mot désignait un chef de clan.

Si elle ne l'avait pas observé aussi attentivement, elle n'aurait pas remarqué la lueur froide dans son regard avant qu'il ne la dissimule avec un sourire nonchalant.

— Laisse-moi deviner… tu veux parler du vieux Magnus ? La plupart du temps, il ne se souvient même pas de son propre nom.

Il marqua une pause avant de reprendre :

— Je crois savoir ce qui te trouble.

— Ah bon ?

Il baissa les yeux vers sa bouche et elle sentit ses joues s'empourprer.

— Oui, poursuivit-il. Tu te demandes comment tu as pu prendre autant de plaisir en embrassant un pirate.

— Je n'ai pas pris… commença-t-elle, indignée.

Elle s'interrompit net en voyant son regard. Si elle prononçait un mot de plus, il était capable de recommencer pour lui prouver le contraire.

— Tu t'es donc convaincue que je devais être autre chose, conclut-il.

Elle se sentit honteuse. Avait-il raison ? Ce baiser lui avait-il embrumé l'esprit, lui faisant voir ce qu'elle avait envie de voir ?

Non ! Il était plus que ça. Et Thomas ressemblait encore moins à un pirate que lui. Elle avait été entourée de chevaliers toute sa vie et le jeune homme semblait baigner jusqu'au cou dans le code chevaleresque.

Le Faucon (et quel était son vrai nom, d'abord ?) essayait de détourner son attention par sa présence imposante. Cela marchait. Il était si proche qu'elle pouvait voir les petits poils drus de sa barbe naissante, les fines rides au coin de ses yeux creusées par son sourire permanent et sa longue exposition au soleil, le triangle de peau hâlée sous le col ouvert de son *cotun*, les courbes douces et sensuelles de cette bouche magnifique à quelques centimètres de la sienne.

Son regard s'attarda sur ses lèvres.

Elle se rendit compte qu'il s'était raidi et se tenait parfaitement immobile, chaque muscle de son corps bandé. Leurs regards se rencontrèrent et elle sursauta, surprise par l'intensité du sien. Il la fixait comme si…

Comme s'il avait le plus grand mal à se retenir. De quoi ? De l'étrangler ? Non, il était en colère, mais il y avait autre chose. Quelque chose d'indéfinissable qui la mettait mal à l'aise, comme si sa peau était soudain trop tendue pour la contenir. Elle ressentit un picotement dans l'endroit intime entre ses cuisses.

Gênée par sa propre réaction, elle baissa les yeux.

Il serrait les poings contre ses flancs.

— Tu ne t'occuperas plus du linge et tu ne prendras plus de décisions toute seule, déclara-t-il. Je me charge moi-même de mes hommes.

Elle redressa brusquement la tête. C'était donc ça ? Il était furieux parce qu'elle avait empiété sur son territoire ? Elle avait simplement voulu se rendre utile.

— Parfait ! répliqua-t-elle. Laissez donc vos hommes errer dans la nature en empestant comme des putois. Les Anglais n'auront plus qu'à les suivre à la trace. Je m'en contrefiche. Vous pouvez aller pourrir dans un cachot anglais jusqu'à la fin des temps avec tous les autres criminels.

Il sembla sur le point de riposter, puis changea d'avis et lui adressa son fameux sourire ravageur de voyou insouciant et affable.

— Tu vois, dit-il. Ce n'est pas si difficile d'être raisonnable.

Elle émit un grognement de dédain et marmonna :

— Comme si vous compreniez le sens du mot raisonnable !

— Pardon, Ellie ? Je n'ai pas entendu.

— Rien. Dites-moi plutôt : que suis-je supposée faire en attendant ce jour béni où vous vous déciderez enfin à me ramener chez moi ?

Il haussa les épaules et commença à s'éloigner.

— Tu es maligne, lança-t-il par-dessus son épaule. Je ne doute pas que tu trouveras quelque chose. Thomas se sent mieux. Pourquoi ne vas-tu pas lui donner quelques ordres, comme tu sais si bien le faire ?

— Je ne donne pas…

Elle s'interrompit et poussa un soupir exaspéré. Il ne servait à rien de protester. Il était insupportable.

À présent, c'était elle qui serrait les poings en le regardant s'éloigner en sifflotant.

Un jour, elle parviendrait à effacer cet air arrogant et satisfait de ce trop beau visage. Peut-être qu'alors elle découvrirait ce qu'il cachait.

Deux jours après sa conversation avec Ellie dans le jardin, Erik, sifflotant toujours, remonta le sentier qui menait à la maisonnette de Meg. Ce n'était pas pour prendre des nouvelles de la gouvernante, s'assura-t-il, mais pour savoir où en était Randolph.

Ce dernier étant toujours souffrant, Erik avait été contraint de retarder leur départ de Spoon Island au lieu de rejoindre directement Bruce sur Islay. Après tous ces mois de cavale, il avait perdu l'habitude de rester longtemps au même endroit et se sentait étrangement fébrile. Du moins, c'était la raison qu'il se donnait.

Il avait eu fort peu de nouvelles des occupants de la maisonnette. Il ne s'en plaignait pas. Au contraire, il était ravi que la petite mégère ait enfin compris, et qu'elle ait cessé de s'ingérer dans la routine de ses hommes et de le défier à la moindre occasion.

Il avait été fort occupé lui-même, surveillant de loin les soldats anglais qui avaient débarqué sur l'île la veille pour interroger les insulaires au sujet d'un *birlinn* orné d'un faucon. Heureusement, ils avaient jeté l'ancre au sud de Spoon et n'avaient eu le temps que de faire des recherches superficielles. Ils étaient repartis en laissant derrière eux de nombreuses menaces, mais rien de plus.

Oui, il avait toutes les raisons d'être satisfait. Les Anglais étaient repartis, la gouvernante avait enfin entendu raison et il ressentait encore la douce euphorie d'une mission rondement menée.

Il avait trouvé un moyen de prévenir Bruce. Le château de son cousin Angus Og MacDonald à Dunaverty ne se trouvait qu'à deux milles marins de Spoon. C'était ce même château dont il avait aidé Bruce à s'évader quatre mois plus tôt. Il était actuellement occupé par les Anglais, mais son cousin avait encore des hommes à lui à l'intérieur. Il lui suffisait de transmettre un message à Angus Og, et ce dernier le ferait suivre à Bruce.

Angus Og possédait un vaste réseau d'hommes tout le long de la côte ouest. Erik était bien placé pour le savoir : il avait été l'écuyer de l'un des hommes les plus puissants des Hébrides pendant près d'une décennie, jusqu'à ce que Bruce le recrute pour sa garde secrète.

Erik avait rechigné à quitter le service d'un homme qui avait tant fait pour lui. Son père était mort quand il avait sept ans et il avait été trop jeune pour se protéger des machinations de ses parents MacDougall. Sous prétexte de l'aider, ces derniers s'étaient approprié ses terres. Angus Og les avait alors pris sous sa coupe, lui et sa famille, et lui avait appris le sens de la loyauté. C'était Angus Og qui avait fait de lui un homme.

Aussi, lorsque son cousin avait insisté pour qu'il rejoigne la garde de Bruce, Erik s'était senti trop redevable pour ne pas s'exécuter. C'était également un moyen de récupérer ses terres volées.

La lutte de pouvoir entre les deux familles descendantes de Somerled, les MacDonald et les MacDougall, dominait la politique des Highlands occidentales. Pour le moment, les MacDougall, alliés à Édouard, tenaient le haut du pavé, mais cela changerait une fois Bruce sur le trône. Assister à la chute des MacDougall de Lorn serait aussi jouissif que de voir Édouard renvoyé chez lui la queue entre les jambes.

Erik aurait pu envoyer son message par bateau, mais il était plus simple d'y aller à la nage, du moins pour lui. Les gardes du château guettaient des navires, pas des nageurs.

C'était inattendu, dangereux, extrême. Tout ce qu'il aimait.

Et cela avait marché. La nuit précédente, il avait parcouru à la nage les deux milles entre Spoon Island et Dunaverty, puis confié son message à l'un des hommes de son cousin.

En approchant de la porte de Meg, il entendit des rires. Il reconnut celui, gras et bourru, de Duncan, mêlé à un son plus léger et féminin. Ce n'était pas celui de Meg. Il sut d'instinct que c'était Ellie.

Il fut soudain irrité. Il toqua brièvement à la porte pour la forme, et entra.

Il s'arrêta net sur le seuil.

Duncan tenait Ellie par la taille, la hissant pour qu'elle puisse attraper un objet sur une étagère taillée dans la poutre. Le garde avait les yeux fixés sur l'arrière-train étonnamment rond de la gouvernante, très visible sous la vieille chemise élimée que lui avait prêtée Meg.

Ellie et Duncan sursautèrent en le voyant entrer. De surprise, Duncan la lâcha et elle poussa un cri en tombant. Fort heureusement, il la rattrapa de justesse par la taille.

Peuh... je le connais ce coup-là ! pensa Erik, frémissant de rage.

Remise de sa surprise initiale, Ellie croisa le regard de Duncan et ils éclatèrent tous les deux de rire, ignorant totalement la présence d'Erik.

— Finalement, on aurait dû aller chercher cette échelle, déclara-t-elle. Vous ne vous êtes pas fait mal à votre bras, au moins ?

Duncan s'esclaffa.

— Mon bras va bien, comme je vous l'ai dit. Et puis je pourrais soulever une petite femme comme vous d'une seule main. Donnez-moi une autre chance de vous le prouver, autrement, mon orgueil ne s'en remettra jamais.

Il lui adressa un clin d'œil avant d'ajouter :

— En outre, c'est beaucoup plus marrant qu'une échelle.

Erik eut presque de la peine pour lui, sachant qu'Ellie était insensible à des avances beaucoup plus habiles que les piètres tentatives de séduction de son cousin. Il attendit qu'elle le rabroue et fut sidéré de constater qu'au lieu de cela, elle rosissait comme une jouvencelle.

Il fut pris d'une envie d'arracher la gouvernante des bras de Duncan, et même d'envoyer son poing dans la figure béate de son cousin.

Il plissa les yeux. La mère de Duncan affirmait qu'ils se ressemblaient. Il ne voyait pas en quoi. Duncan, qui avait trois ans de moins que lui, avait les cheveux plus sombres que les siens ; Erik le dépassait d'au moins cinq centimètres et avait bien quinze kilos de muscles de plus que lui.

Ellie se souvint enfin de sa présence. Elle lui lança un bref regard, puis fit un signe de tête à Duncan.

— Avant notre prochaine tentative, nous devrions peut-être voir ce que veut votre capitaine ?

Duncan ne semblait pas pressé de la lâcher. Toutefois, après avoir croisé le regard d'Erik, il consentit enfin à la déposer sur le sol.

— Tu voulais quelque chose, capitaine ?

Erik refoula la fureur inexplicable qui le tenaillait.

— Pourquoi n'es-tu pas à ton poste ? aboya-t-il.

Ellie vint se placer devant le garde. Erik aurait ri de son attitude protectrice si cela n'avait achevé de l'irriter.

— C'est de ma faute, expliqua-t-elle. Meg m'a demandé de préparer une infusion pour Thomas quand il se réveillera. Je ne pouvais atteindre le romarin rangé tout là-haut, alors j'ai demandé à Duncan de m'aider à transporter l'échelle qui se trouve dans le jardin.

Duncan la regarda d'un air attendri.

— Et je lui ai dit qu'on n'avait pas besoin d'échelle, ajouta-t-il.

Depuis quand son cousin, qui ne jurait que par la bataille, était-il devenu un tel don Juan ?

— Duncan m'a très gentiment aidée, reprit Ellie.

Je n'en doute pas.

— Malheureusement, on a besoin de lui au camp, déclara Erik.

Son cousin haussa les sourcils, semblant deviner qu'il mentait.

— Tu es sûr ?

Au regard d'Erik, il comprit qu'il valait mieux ne pas discuter. Il se tourna vers Ellie d'un air navré.

— Désolé, le romarin devra attendre. Mais je reviendrai.

C'est ce que tu crois ! Puisque son cousin semblait incapable de se contrôler, Erik allait devoir surveiller la gouvernante lui-même. Lui, au moins, était maître de lui-même. Certes, il s'était un peu échauffé lorsqu'il l'avait embrassée, mais c'était parce qu'il avait été surpris de découvrir une telle... sensualité chez cette fille ordinaire. À présent, l'effet de la nouveauté était passé.

Toutefois, lorsque la porte se referma sur Duncan, la pièce lui parut soudain très petite. Ellie gardait ses distances, comme si elle percevait elle aussi l'étrange énergie entre eux. Elle se plaça devant le feu, ce qui ne fit qu'exacerber la fébrilité d'Erik, car il pouvait voir les courbes de ses seins et de ses hanches à contre-jour.

Il fallait rapidement lui trouver de nouveaux vêtements. Une bonne cotte en laine épaisse, par exemple.

— Quelque chose ne va pas ? demanda-t-elle.

Se rendant compte qu'il plissait le front, il s'efforça de reprendre une expression impassible.

— Non.

— Vous vouliez quelque chose ?

Toi. Furieux contre cette pensée intrusive, il répondit sèchement :

— Prendre des nouvelles de Thomas. Où est-il ?

Elle lui montra l'alcôve au fond de la pièce.

— Il se repose. Meg dit que c'est ce qu'il a de mieux à faire pour le moment.

Anticipant sa question, elle ajouta :

— Mhairi a finalement eu son bébé la nuit dernière. Meg est à son chevet. C'est un garçon. Elle l'a appelé Alastair.

— C'est un bon prénom.

Celui de mon père. Dans les îles, les habitants donnaient souvent à leurs enfants le nom de leur chef de clan. Après des années sous l'autorité des MacDougall, il trouvait ce geste touchant.

Elle l'examinait d'un air songeur.

— Vous êtes différent, dit-elle. Je ne vous avais encore jamais vu sans votre armure.

S'il y avait bien une chose qu'Erik n'avait jamais connue jusqu'alors, c'était la timidité. Toutefois, sous ce regard noisette qui semblait tout percevoir, il se sentit soudain gauche. Il s'était enduit de graisse de phoque pour nager et avait été obligé ensuite de se récurer et de se changer. Cela n'avait rien à voir avec ce qu'elle lui avait dit plus tôt.

— Hélas, je n'ai pas d'or à piller ni de donzelle à sauver ce soir, plaisanta-t-il. Même les pirates ont droit à un jour de repos de temps à autre.

Elle esquissa un sourire, puis avança de quelques pas et toucha la manche de sa tunique en soie. Elle fit courir entre ses doigts l'étoffe rouge sombre.

— C'est superbe, déclara-t-elle. Les broderies sont exquises.

L'espace d'un instant, son visage qui brillait à la lueur du feu lui parut très beau.

— C'est ma sœur qui me l'a confectionnée, expliqua-t-il d'une voix légèrement éraillée.

— Vous avez une sœur ?

— J'en ai cinq.

— Plus jeunes ?

— Non, toutes plus âgées.

— Des frères ?

— Je suis le seul homme.

— Ah, fit-elle en hochant la tête.

— Quoi, « Ah » ?

— Rien, cela explique certaines choses.

Avant qu'il ait trouvé quoi répondre, elle leva la main et toucha une boucle de cheveux près de sa tempe. Choqué, il retint son souffle, ses membres se raidissant à son contact. Il pouvait à nouveau la sentir. Des centaines de femmes utilisaient du savon parfumé à la lavande, pourquoi l'odeur était-elle si différente sur elle ?

Les femmes le touchaient tout le temps. Il y faisait à peine attention. Cette fois-ci, tout son corps le remarquait. Une vague de chaleur se répandit dans son entrejambe ; son pouls s'accéléra. Il était à deux doigts de glisser ses bras autour de sa taille et de l'attirer à lui. Il sentait presque la pointe de ses seins frôler son torse.

Inconsciente du tumulte qu'elle provoquait en lui, elle déclara nonchalamment :

— Vous avez quelque chose dans les cheveux.

Elle abaissa sa main et frotta une substance entre ses doigts.

— On dirait de la graisse noire.

— Ce doit être de la suie provenant de notre feu de camp, répondit-il.

Elle fronça le nez.

— Non, ça ne ressemble pas à de la suie.

Elle le dévisagea si attentivement qu'il crut qu'elle allait l'interroger davantage sur l'origine de la graisse, mais elle déclara en souriant :

— Vous portez vos cheveux si courts ! Je croyais que les Highlanders préféraient les barbes et les cheveux longs… comme vos ancêtres vikings.

Il se mit à rire et se frotta le menton.

— C'est souvent le cas, mais moi, ça me démange.

Il demanda malgré lui :

— Ça ne te plaît pas ?

Elle leva les yeux au ciel, pensant sans doute qu'il plaisantait. Pourtant, il était sérieux.

— Si vous attendez un compliment de ma part, il faudra faire mieux que ça, répondit-elle. D'après ce que j'ai entendu, on vous en a déjà fait plus qu'assez.

Il sourit. Elle avait raison, mais il aurait quand même aimé savoir ce qu'elle pensait.

— Quant à toi, tu es trop cynique pour ton âge, contre-attaqua-t-il. Comment es-tu entrée au service du comte ? Tu parais bien jeune pour être gouvernante.

— Ma mère… dit-elle en baissant les yeux. J'ai pris sa place quand…

Quand elle est morte. Il acquiesça, sachant que c'était souvent le cas. Bien que la charge ne soit pas héréditaire comme d'autres positions élevées au sein des familles nobles, dans la pratique le rôle de gouvernante se passait généralement de mère en fille.

— Je suis désolé. Cela fait longtemps ?

Il vit ses épaules trembler et fut submergé par l'envie de la prendre dans ses bras et de la consoler. C'était une impulsion beaucoup plus déroutante que le désir qu'il avait ressenti quelques instants plus tôt. Avec la plupart des femmes, il n'aurait pas hésité. Pourtant, l'idée de toucher Ellie l'angoissait. C'était comme d'approcher une flamme trop près d'un parchemin.

— Cela fera trois ans en mai, répondit-elle. La fièvre…

Il acquiesça, ne laissant rien entrevoir du trouble qui l'agitait.

Il fut soulagé quand elle détourna les yeux. Il put enfin penser plus clairement.

— Ran…

Il s'interrompit de justesse, ne pouvant croire qu'il ait failli commettre une telle bourde, puis reprit :

— Thomas va mieux ?

— Oui. Il ne mange pas beaucoup, mais il devrait être remis sur pied d'ici quelques jours.

— À la bonne heure.

C'était effectivement une bonne nouvelle. Il ne tenait pas à débarquer à Rathlin avec le neveu de Bruce moribond.

— Il voulait vous rejoindre, mais Meg a menacé de l'attacher au lit s'il essayait de se lever, reprit-elle.

— Meg a toujours des idées excitantes, déclara-t-il, narquois.

Il s'attendait à ce qu'elle le sermonne et fut surpris de la voir rire.

Il avançait en terrain inconnu. Il n'était pas habitué à ce genre de conversation personnelle. D'ordinaire, il divertissait, faisait rire les gens. C'était ce que tous attendaient de lui. Tous sauf elle.

Heureusement, Meg choisit ce moment pour réapparaître, dissipant l'étrange courant entre eux. Il se retrouva à nouveau dans son élément. Pendant le restant de la soirée, il amusa les femmes, ainsi que Randolph quand celui-ci se réveilla, avec des anecdotes puisées dans son répertoire d'aventures en haute mer.

Même Ellie semblait s'amuser. Toutefois, à une ou deux reprises, il la surprit en train de l'observer avec ce regard qui semblait voir beaucoup plus qu'il ne désirait montrer, et il eut la sensation de l'avoir déçue.

Il ne comprenait pas pourquoi cela l'affectait autant.

Après le dîner, il prit la place de Duncan et monta la garde devant la maison. Il ne faisait que son devoir : la gouvernante était sous sa responsabilité. Tant qu'elle serait avec lui, il se chargerait lui-même de veiller sur elle.

Il avait connu des missions bien pires.

9

Finlaggan Castle, île d'Islay

— Mais où est-il, morbleu ? On aurait dû avoir de ses nouvelles, depuis le temps !

Robert de Bruce frappa du poing sur la table, éparpillant les petits drapeaux qu'il avait soigneusement disposés sur la carte rudimentaire.

Ce rare accès de colère fit sursauter les hommes assemblés dans la salle du conseil. Ils constituaient le cercle rapproché du roi, ou ce qu'il en restait.

De son escorte de chevaliers autrefois nombreuse, il ne restait que Neil Campbell, James Douglas, Robert Hay, James Stewart et son frère Édouard de Bruce. Parmi les membres de sa fameuse garde de Highlanders, seuls étaient présents Tor MacLeod, le « Chef », Gregor MacGregor, la « Flèche », et Robbie Boyd, le « Brigand ».

Boyd venait justement de revenir chargé de terribles nouvelles.

Pour Bruce, la douleur était quasi insoutenable. Son cher frère Nigel avait été tué, tout comme son ami le plus proche et son sauveur lors de la défaite de Methven, sir Christopher Seton. Le loyal comte d'Atholl aussi. Il avait été le premier comte exécuté en Écosse depuis deux siècles.

Seton avait été trahi par MacNab à Loch Doon, où il s'était réfugié après la bataille. Peu après que Bruce avait fui l'Écosse, Nigel et le comte avaient été capturés au château de Kildrummy avec Boyd, puis décapités à Berwick. Boyd avait réussi à s'enfuir. C'étaient les premières nouvelles de ses amis et de sa famille qui parvenaient à Bruce depuis qu'il s'était réfugié dans les Hébrides intérieures. Il aurait aimé replonger dans les ténèbres, craignant d'en apprendre davantage.

Son épouse et sa fille étaient en sécurité, se répéta-t-il. Il le fallait.

Mais Seigneur ! Nigel ! De ses quatre frères, le beau et sémillant Nigel avait toujours été son préféré. Il ressemblait beaucoup à l'homme qu'ils attendaient, MacSorley : audacieux, plus grand que nature, toujours prompt à plaisanter. Le genre qui attirait les femmes et auquel les hommes voulaient ressembler.

MacLeod intervint :

— Si le Faucon n'est pas encore ici, c'est qu'il a une bonne raison. Il nous tiendra informés dès qu'il le pourra. Il nous reste du temps.

Cela faisait une semaine qu'ils étaient sans nouvelles de MacSorley. Le marin était censé les rejoindre sur Islay après sa rencontre avec les Irlandais. La campagne sur deux flancs pour reprendre son royaume était prévue pour la semaine suivante. Thomas et Alexander, deux autres frères de Bruce, étaient prêts à partir pour l'Irlande afin d'attaquer par le sud à Galloway. Bruce devait réunir ses hommes à Rathlin puis les transporter à Arran pour attaquer par le nord, à Turnberry.

— Comment pouvez-vous rester aussi calme ? s'énerva-t-il. Mes frères ont assemblé des forces pour mener leur assaut, mais où sont mes mercenaires ? Nous devons constituer l'armée à Rathlin dans quelques jours. Comment vais-je lancer une attaque sans hommes ?

— Ils seront là, promit MacLeod.

Ce guerrier avait de la glace dans les veines. Son visage de marbre ne trahissait jamais la moindre émotion.

— Comment pouvez-vous en être aussi sûr ?

— Je connais le Faucon. On peut compter sur lui. S'il doit faire venir les mercenaires irlandais à la nage jusqu'à Arran, il le fera.

— Dans ce cas, pourquoi n'avons-nous aucune nouvelle de lui ?

— Nous en aurons bientôt, déclara MacGregor, l'air aussi sûr de lui que son capitaine. Je suis certain qu'il se cache quelque part, attendant l'occasion de nous transmettre un message. Avec tous les navires anglais qui surveillent le Canal, il doit se montrer prudent.

— Le Faucon ? s'exclama Bruce. Ce serait bien la première fois de sa vie qu'il ferait un acte de prudence !

— Vous n'êtes pas facile à trouver, indiqua Boyd. J'ai moi-même eu le plus grand mal.

— Comment avez-vous fait ? demanda Bruce.

Seuls quelques heureux élus parmi ses hommes et sa garde secrète savaient où le localiser en toutes circonstances. Sa survie en dépendait. Même son ami William Lamberton, évêque de St. Andrews, aurait été bien en peine de le contacter. Il espérait que ce dernier était à l'abri.

L'imposant guerrier soutint son regard.

— Un ami commun, répondit-il, une lueur froide dans le regard.

Bruce acquiesça, comprenant la raison de sa colère. Arthur Campbell s'avérait encore plus utile qu'il ne l'avait prévu. Le jeune homme avait été contraint de quitter la garde après avoir « échoué » à une épreuve. Il avait ensuite été recruté comme chevalier par le camp ennemi. Du moins en apparence. En réalité, il espionnait pour le compte de Bruce.

Ce dernier avait considéré crucial que personne ne le sache, hormis quelques proches. Même la plupart des membres de la garde l'ignoraient. Avec le recul, c'était probablement une erreur. Bruce sous-estimait les liens fraternels qui unissaient ses guerriers secrets.

— Il n'y a toujours aucune nouvelle de ma femme ? demanda Bruce.

— Non, sire, répondit Boyd, l'air grave. Pas depuis que les femmes ont fui Kildrummy avant l'arrivée des Anglais.

Boyd et son partenaire de la garde, le jeune chevalier anglais Alex Seton, dit « le Dragon », étaient restés en arrière avec Nigel pour couvrir la fuite des femmes. Ils avaient été capturés, mais étaient parvenus à s'évader avant leur exécution. Ils s'étaient séparés peu après, quand Alex avait appris la trahison dont son frère avait été victime à Loch Doon.

— Elles sont entre de bonnes mains, sire, tenta de le rassurer Boyd.

Bruce hocha la tête. Il espérait qu'il pouvait faire confiance à Lachlan MacRuairi, la « Vipère », et aux deux autres membres de la garde qui accompagnaient les femmes : William Gordon, le « Templier », et Magnus MacKay, le « Saint ».

— Tout comme votre neveu, ajouta MacLeod en parlant de Randolph, qui était parti avec MacSorley.

Bruce poussa un long soupir. Tout reposait désormais sur les épaules du Faucon et sa capacité à leur amener les hommes à temps. Ils ne pouvaient plus se permettre la moindre erreur. Ils l'avaient échappé belle trop de fois. Même un chat avait un nombre de vies limité.

MacGregor, qui était aussi renommé pour ses traits parfaits que pour son talent d'archer, tenta d'alléger l'atmosphère.

— Le connaissant, le Faucon est sûrement assis sur une plage en train d'amuser la moitié de la population féminine de l'île sur laquelle il s'est caché.

Bruce sourit pour la première fois depuis qu'ils étaient arrivés sur Islay sans y trouver MacSorley comme prévu.

— Vous avez probablement raison.

Un bruit au-dehors attira leur attention. MacLeod sortit voir de quoi il retournait. Il revint quelques instants plus tard avec un jeune pêcheur.

— Que se passe-t-il ? demanda Bruce.

— Il nous apporte des nouvelles, répondit le chef Highlander.

Il poussa le pêcheur en avant. Intimidé par l'aréopage suspendu à ses lèvres, ce dernier parla d'une voix tremblante :

— Léger retard. Hommes recrutés. Procédez comme prévu.

Bruce ordonna qu'on lui donne à manger et qu'on le récompense pour sa mission, puis on le fit sortir.

Bruce se tourna vers son frère.

— Édouard, toi et le Brigand, rendez-vous sur Arran et repérez la région autour de Broderick, notamment Lochranza Castle. Nous autres, nous partirons pour Rathlin comme prévu et nous y attendrons le Faucon.

— Vous voyez, dit MacGregor sur un ton enjoué, il n'y avait pas de quoi s'inquiéter.

Bruce pria pour qu'il ait raison. Il n'y avait pas que sa vie qui dépendait du fringant marin, mais également l'avenir de toute une nation.

10

Ellie enfouit son visage plus profondément dans l'oreiller, essayant d'étouffer le bruit infernal. Toutefois, les grands éclats de rire traversaient aisément la bourre de laine de mouton.

Seigneur, quelle heure était-il donc ?

Elle écarta l'oreiller enroulé autour de sa tête et entrouvrit les yeux pour les refermer aussitôt. Le rayon de soleil filtrant entre les rideaux du lit lui avait transpercé le crâne comme un coup de poignard.

Elle gémit. Le matin était déjà là.

Avec un profond soupir, elle se résolut à l'inévitable. Il fallait se lever. Elle récita ses prières et effectua ses ablutions matinales en s'efforçant de ne pas entendre les voix et les rires provenant de la cuisine de l'autre côté du bâtiment. D'ordinaire, Duncan n'était pas si bruyant le matin. Que pouvait-il trouver de si hilarant à une heure pareille ?

Il n'y avait pas de vraie chambre chez Meg, mais une cloison en bois séparait deux lits du reste de la pièce, offrant un peu d'intimité. Ce n'était pas le cas des couches aménagées dans les alcôves du mur d'en face, où dormait Thomas, et qui étaient exposées à la vue de tous les visiteurs.

Une fois débarbouillée, ses cheveux brossés, ses dents propres, Ellie se sentit la force d'émerger de derrière la cloison pour affronter le jour. Cependant, quand elle aperçut la source du raffut, elle fut très tentée de retourner enfouir sa tête dans l'oreiller encore quelques heures.

Ce n'était pas Duncan mais le capitaine pirate. Il avait à nouveau enfilé sa tenue de guerrier et, ses longues jambes drapées de chausses en cuir étirées devant lui, était assis confortablement au côté de Meg, un large sourire sur son visage perpétuellement joyeux.

Comment pouvait-on être joyeux de si bonne heure ? Elle se sentait généralement comme une vieille bique ratatinée jusqu'en milieu de matinée.

Le Faucon arqua un sourcil railleur.

— Tiens, te voilà enfin debout ! On se demandait si tu allais passer toute ta journée au lit.

À vue de nez, il était encore très tôt. Même si les jours s'allongeaient, le soleil hivernal ne pointait pas le nez avant huit heures du matin.

— Bonjour, Ellie, déclara Meg tout aussi joyeusement. Veux-tu ton petit déjeuner habituel ?

Ellie acquiesça avec gratitude et se laissa tomber sur le banc devant la table.

Elle avait développé un goût immodéré pour ce repas simple du matin : du pain frais, des œufs pochés, des tranches de porc ou de hareng fumé et une décoction à base d'eau et d'épices qui était l'un des secrets de Meg. Ellie s'était promis d'en emporter la recette. Encore fallait-il qu'elle parvienne à se lever assez tôt pour voir son hôtesse à l'œuvre.

Elle coupa un morceau de pain croustillant et le mâcha lentement, savourant la délicieuse combinaison d'avoine et d'orge.

— Où est Duncan ? demanda-t-elle.

Le regard du capitaine se refroidit presque imperceptiblement.

— Son bras est suffisamment guéri pour qu'il reprenne ses occupations. Je crains que tu ne doives te contenter de moi pendant quelques jours.

Elle sentit aussitôt une pointe d'alarme.

— Ce n'est vraiment pas nécessaire, dit-elle précipitamment. Je n'ai pas besoin d'un garde. Je vous ai donné ma parole...

— Peu importe, la coupa-t-il avec un regard appuyé vers Meg. Tu es sous ma protection jusqu'à ce que je puisse te rendre à ta famille.

Ellie comprit son erreur. Elle avait oublié que Meg ignorait qu'elle était retenue contre son gré. De fait, si elle ne s'était pas inquiétée pour ses proches qui devaient se faire un sang d'encre, elle l'aurait presque oublié elle-même. Ces derniers jours avaient été terrifiants et excitants. Le moins qu'on puisse dire, c'était qu'elle ne s'était pas ennuyée un instant. En outre, la cohabitation avec Meg lui offrait un aperçu d'un monde très différent de la vie de privilèges et de devoirs qu'elle avait connue jusqu'alors.

Elle était consciente de l'ironie de la situation : elle n'avait jamais été aussi libre que depuis qu'elle était captive. Elle se sentait libérée de ses responsabilités, de ses devoirs et du comportement qu'on attendait d'elle ; elle n'était plus obligée de penser à son avenir. Elle se sentait coupable d'y prendre autant de plaisir.

Pour être honnête, elle devait reconnaître que l'homme assis en face d'elle y était pour quelque chose. Il était excitant et le seul fait d'être dans ses parages faisait battre son cœur un peu plus vite. Il était comme un dieu doré, non pas à cause de sa beauté, mais en raison de sa personnalité solaire. Elle était attirée vers lui comme un insecte vers une flamme, tout en sachant qu'elle ne devait pas en approcher de trop près.

C'était un coureur invétéré, sûr de lui et désinvolte. Toutefois, la veille au soir, quand ils avaient parlé de leurs familles respectives, elle avait cru percevoir quelque chose de plus profond en lui. Elle n'aimait pas lui mentir et avait failli lui dire la vérité. Puis Meg était rentrée et il était redevenu le voyou charmant et taquin, un homme dont la compagnie était divertissante mais qu'elle ne pourrait jamais prendre au sérieux.

Elle le trouvait sympathique, ce qui ne voulait pas dire qu'elle devait lui faire confiance. Il trafiquait quelque chose, et, d'après ce qu'elle avait vu dans la grotte, cela avait un rapport avec son père. Il était plus sage de garder ses distances.

En revanche, elle ne comprenait pas pourquoi il s'était soudain autoproclamé son garde du corps. Il avait paru en colère contre Duncan la veille et elle espérait n'y être pour rien. Elle s'était attachée à son gardien au cours des derniers jours. Il lui rappelait son frère John qui avait récemment gagné ses éperons et ne parlait plus que de guerre et de combats.

Elle avait beau faire, elle ne voyait rien chez le capitaine qui lui rappelât un de ses frères. L'avoir constamment près d'elle ne serait pas aussi facile.

Qu'avait-il en tête ?

Elle le regarda d'un air suspicieux puis haussa les épaules.

— Comme vous voudrez, déclara-t-elle. J'espère que vous serez à l'aise sur votre rocher.

Naturellement, il n'allait pas lui simplifier la vie. Il s'adossa à sa chaise et croisa les bras, faisant saillir ses muscles. Elle but une gorgée de sa décoction, se sentant soudain la bouche très sèche.

— J'ai une course à faire, annonça-t-il. Tu pourrais peut-être m'accompagner ?

Seule ? Avec lui ? Pas question.

Consciente du regard de Meg, elle feignit d'être navrée.

— Merci, mais pas aujourd'hui. Je dois veiller sur Thomas pendant que Meg s'occupe de ses tâches.

Qui, d'après ce qu'elle avait pu voir, étaient nombreuses. Outre cultiver son propre petit lopin, elle était la guérisseuse et la sage-femme de l'île.

— Je croyais que Thomas devait se reposer, observa-t-il.

— En effet, admit-elle.

— Il peut rester seul pendant quelques heures, intervint Meg. Allez-y donc tous les deux, et amusez-vous.

Ellie lui adressa un petit sourire, s'efforçant de paraître reconnaissante tout en cherchant un nouveau prétexte.

— C'est une belle journée, insista le capitaine. J'ai pensé que tu aimerais visiter l'île.

Il affichait un sourire arrogant et moins innocent qu'il n'y paraissait, sachant parfaitement ce qu'il faisait. Comment avait-il pu deviner qu'elle rêvait d'explorer les environs ?

Le bon sens d'Ellie luttait avec son goût de l'aventure. Elle pouvait rester dans la maison et faire une douzaine de parties de jacquet avec Thomas une fois qu'il se réveillerait, ou satisfaire sa curiosité et partir à la découverte de l'île.

Le combat était déséquilibré.

— Comment pourrais-je refuser une telle offre ? déclara-t-elle avec sarcasme.

— Tu ne peux pas, confirma-t-il, satisfait.

— Quand part-on ?

— Dès que tu seras habillée.

Elle baissa les yeux vers sa chemise élimée et fronça les sourcils. De quoi parlait-il ? Le vêtement était vieux mais tout à fait décent. C'était la tenue quotidienne de milliers d'Irlandaises et d'Écossaises.

— Le Faucon est tellement prévenant ! s'enthousiasma Meg. Il a pensé que tu pourrais avoir froid. Regarde ce qu'il t'a apporté.

Elle indiqua du doigt une cotte en laine verte pliée sur une chaise. Ellie écarquilla les yeux, surprise par cette attention. Qu'est-ce que cela cachait ?

— Merci.

Meg lui avait généreusement prêté une *leine* traditionnelle pour enfiler par-dessus sa chemise, des bas et une paire de vieux souliers en cuir. Toutefois, la robe en laine, quoique loin d'être aussi luxueuse que celles auxquelles elle était habituée, ne pouvait provenir de la garde-robe de son hôtesse.

— Où l'avez-vous trouvée ? demanda-t-elle.

Le faucon et Meg échangèrent un bref regard, puis il répondit avec un sourire narquois :

— Secret de pirate.

Du butin de l'un de ses raids ? Elle plissa les yeux, essayant de comprendre s'il plaisantait. Le soupçonnant de la taquiner, elle prit le vêtement et partit l'enfiler derrière la cloison.

Elle réapparut quelques minutes plus tard. La robe était trop lâche à la taille et à la poitrine (ce qui était prévisible), mais la longueur était bonne. Ravie, Ellie eut envie de virevolter de plaisir. Elle se contenta toutefois d'un simple hochement de tête.

— On y va ? demanda-t-elle.

Ils prirent congé de Meg et partirent en direction du sud de l'île.

Il avait raison. C'était une journée splendide. Le ciel était dégagé et les derniers vestiges de brume matinale couvraient la lande verdoyante d'un voile de vapeur. Une brise marine faisait flotter un agréable parfum d'iode dans l'air frais. Elle leva son visage vers le soleil, appréciant la douce caresse sur sa peau.

L'espace d'un instant, elle se sentit à nouveau l'adolescente insouciante qui gambadait dans la campagne irlandaise jusqu'à ce que ses souliers soient crottés et ses robes tachées de traces d'herbe.

Celui lui paraissait si loin ! Elle ressentit une pointe de nostalgie, sachant que cette période ne reviendrait jamais. Ses jours de liberté prendraient bientôt fin.

Ils marchaient côte à côte à une allure tranquille et elle songea qu'il raccourcissait sans doute considérablement ses foulées pour elle. Toutefois, il n'avait pas l'air pressé. Il n'était jamais pressé.

— Où allons-nous ? demanda-t-elle.

— Tu verras, répondit-il avec un sourire énigmatique.

Elle ouvrit la bouche pour exiger qu'il le lui dise, puis se ravisa. Elle savait déjà qu'il n'en ferait rien. En outre, elle était trop contente d'être au grand air. Pour le moment, elle pouvait se laisser guider.

De temps à autre, elle lui lançait un regard du coin de l'œil. Même le soleil semblait l'aimer, faisant chatoyer les mèches blondes dans ses cheveux, sa peau bronzée, le baignant dans un halo doré.

J'ai toujours le vent en poupe, avait-il dit. Quel effet cela faisait-il d'être ainsi favorisé par les dieux ? De traverser la vie avec cette assurance inébranlable ? Il avait été doté d'un beau visage, d'un corps puissant et, d'après ce qu'elle avait vu, d'une adresse au combat extraordinaire, mais il était aussi drôle, charmant et éminemment sympathique.

Ce devait être agréable. Mais il devait sans doute se sentir un peu seul, non ? Les gens l'entouraient pour ce qu'il pouvait leur donner, des mots d'esprit ou des caresses, mais que recevait-il en retour ? Peut-être était-ce ce qui la rendait différente : elle n'attendait rien de lui.

— Je m'étonne que vous puissiez vous éloigner de vos hommes aussi longtemps, déclara-t-elle. Vous n'avez pas de travail à faire ? Comme d'agiter votre grosse épée autour de vous ?

Il se mit à rire.

— Quoi, tu m'espionnes, Ellie ?

— Bien sûr que non ! protesta-t-elle.

Elle rougit. Elle mentait et il le savait, l'ordure !

Ce n'était pas comme si elle l'avait fait exprès. Elle se trouvait au bord de la falaise quelques jours plus tôt et elle avait aperçu les hommes s'entraînant au combat sur la plage. Il se tenait au milieu d'eux, maniant sa claymore, sa hache de guerre et sa masse d'armes. Elle était restée hypnotisée par la violence des échanges, ainsi que par la puissance et l'adresse avec lesquelles il assénait chacun de ses coups.

Elle était habituée à regarder les joutes des chevaliers, mais il n'y avait rien de civilisé dans le style de combat des Highlanders. Il était tout naturel qu'elle ait été intriguée. Elle oubliait que sa curiosité avait été entièrement concentrée sur un seul homme.

Il semblait apprécier de marcher en silence. De temps à autre, il lui indiquait une ferme et lui donnait le nom de son propriétaire, lui montrait une plante ou un point de vue. C'était agréable. Trop agréable. Elle aurait aimé marcher un long moment à son côté.

Cette pensée malvenue la rappela aussitôt à l'ordre. Par sainte Bribe ! Il fallait qu'elle rentre chez elle avant d'avoir totalement perdu la raison.

— Vous comptez rester ici encore longtemps ? demanda-t-elle brusquement.

Il lui adressa un de ses éblouissants sourires.

— Prends garde, tu vas blesser mon amour-propre. Je vais finir par croire que tu n'apprécies pas ma compagnie.

Elle leva les yeux au ciel.

— Ne vous donnez pas tant de peine. Réservez votre sourire irrésistible pour quelqu'un qui y sera sensible.

— Irrésistible ? Tu trouves vraiment ?

Il était incorrigible. Elle ne pouvait imaginer ce qu'il avait été enfant et plaignait son ancienne gouvernante.

— Pour la plupart des femmes, sans doute.

— Mais pas pour toi ? Tu ne te laisses pas impressionner facilement, mademoiselle la gouvernante.

— Disons plutôt que les stratagèmes trop flagrants me laissent indifférente.

— Ah bon ? Tu n'avais pas l'air si indifférente l'autre soir.

— C'était une erreur, dit-elle en s'efforçant de conserver une voix calme.

— Ah, tu appelles ça comme ça ? rétorqua-t-il avec sarcasme.

Son arrogance était crispante. À ses yeux, elle n'était qu'une pauvre gouvernante sans attraits qui aurait dû être reconnaissante qu'un homme tel que lui lui ait consacré quelques minutes d'attention. Elle ne devait jamais lui laisser entrevoir à quel point elle avait été troublée. Même à présent, elle ne pouvait s'empêcher de se rappeler la sensation merveilleuse de ses lèvres sur les siennes. Une telle faiblesse était humiliante.

Il était peut-être sûr de lui, mais elle l'était tout autant et elle ne se laisserait pas avoir.

Elle afficha l'expression la plus nonchalante possible et déclara :

— Nous savons tous les deux que ce n'était rien, juste l'effet de la proximité, de l'heure tardive et de la chaleur dans la pièce. Cela aurait pu se produire avec n'importe qui.

Il s'arrêta et lui prit le bras. Son visage était impassible, mis à part une légère crispation des lèvres.

— Ton analyse de la situation est très rassurante.

— Nous sommes tous les deux adultes, renchérit-elle. Vous n'avez pas à vous inquiéter. Je ne vais pas jeter mon dévolu sur vous.

Elle émit un petit rire nerveux avant d'ajouter :

— Je ne risque pas de succomber à un homme tel que vous.

— Vraiment ? dit-il, une lueur dangereuse au fond des yeux.

Ne jamais provoquer une tête brûlée. Elle comprit son erreur et s'efforça de lui faire comprendre qu'elle ne le défiait pas.

— Je voulais juste dire que nous sommes trop différents. Regardez-nous. Je ne suis pas le genre de femme que vous avez l'habitude d'embrasser.

— Tu crois donc si bien me connaître ?

— Je connais votre genre. Joyeux, charmant, flegmatique. Les femmes vous aiment et vous les aimez. Toutes. Pour vous, la vie est une plaisanterie et vous ne prenez rien au sérieux.

— Tu te trompes. Il y a certaines choses que je prends très au sérieux.

Il avait une manière de la regarder qui fit battre son cœur un peu plus vite, comme s'il avait l'intention de lui démontrer très précisément ce qu'il voulait dire, et pas par un simple baiser cette fois. Il paraissait soudain très dangereux. Intense, en colère, d'une brutalité virile. Elle aurait voulu reculer d'un pas, mais ses pieds refusaient de lui obéir.

— Tu veux savoir ce que je pense, Ellie ? Je crois que ce baiser t'a bien plu, et que tu en voulais plus. Beaucoup plus. Je crois que, pour une fois, tu aurais aimé te laisser aller et goûter à la vie. Tu es responsable depuis trop longtemps et tu te caches derrière un mur d'indifférence, au point que tu as oublié comment prendre du bon temps.

Elle blêmit, se sentant percée à jour. Était-elle si transparente ?

— Si je comprends bien, je ne suis qu'une vierge desséchée qui aurait besoin d'un peu d'action dans sa vie et dont vous avez eu pitié ?

Il avança d'un pas. Elle pouvait sentir la chaleur de son corps.

— Ce n'était pas de la pitié.

C'était du désir. Elle sentit son ventre se nouer. L'idée qu'il puisse la désirer lui paraissait inexplicable. D'ordinaire, les hommes tels que lui ne la remarquaient même pas.

Elle s'efforçait de ne pas prêter attention au fait qu'il se tenait si près d'elle, mais il la surplombait, lui cachant le soleil et l'enveloppant dans son essence mâle. Puis il posa une main sur sa hanche et ce fut comme une marque au fer rouge. Comme s'il la faisait sienne.

Doux Jésus ! Il allait l'embrasser à nouveau. L'espace d'un instant imprudent, elle l'espéra, puis la prudence et l'instinct de survie l'emportèrent. Elle ne pouvait lui laisser voir comment son corps réagissait à son contact. Cela se retournerait contre elle. Elle deviendrait un jeu, un défi. Une femme de plus dans la longue liste de ses conquêtes.

Elle redressa le dos et lui fit face, ne laissant rien voir de la manière dont il l'affectait.

— Vous n'avez pas à me dire comment vivre ma vie. De quel droit me jugez-vous ? Vous, un homme qui transforme tout en plaisanterie pour éviter tout engagement.

En voyant sa mâchoire se durcir, elle se demanda si elle n'était pas allée trop loin.

— Tu ne sais pas de quoi tu parles, rétorqua-t-il.

Pourtant, si. Elle avait été entourée par la perfection toute sa vie et avait vu les ravages que cela provoquait quand on en tombait amoureux.

— Tout vous est facile, renchérit-elle. Les gens vous aiment sans que vous fassiez quoi que ce soit. Pourquoi ne vous aimeraient-ils pas ? Vous êtes beau, spirituel, charmant... sympathique. Tout vous vient si naturellement que nous n'avez jamais besoin de creuser plus en profondeur.

— Qui dit que j'ai envie de creuser en profondeur ? Peut-être suis-je parfaitement heureux tel que je suis.

Elle le dévisagea avec un petit sourire en coin.

— C'est exactement ce que je suis en train de dire.

Ce n'était pas l'homme à qui elle donnerait son amour. Elle avait besoin de profondeur. Contrairement à lui, elle prenait tout au sérieux. Elle était attirée par lui, certes, mais ce qui le rendait si attirant – l'aventure, son esprit libre et sauvage – était précisément ce qui le rendait dangereux. Il ne pouvait que lui briser le cœur.

Erik était parfaitement heureux tel qu'il était ; il n'avait pas besoin d'être sermonné par une petite gouvernante collet monté aux grands yeux noisette, même si elle se trouvait avoir une des bouches les plus pulpeuses et tentantes qui soient.

Était-ce de sa faute si les gens l'aimaient ?

Pourquoi devait-elle tout prendre tellement au sérieux ? Ne pouvait-elle pas se détendre et s'amuser un peu ?

Il ignorait ce qu'il l'avait mis en colère. Cela avait commencé quand elle avait dit : « Je ne risque pas de succomber à un homme tel que vous. » Il aurait dû être soulagé qu'elle ne se croie pas amoureuse. Toutefois, il s'était senti... défaillant. Comme si elle l'avait mesuré avec son mètre invisible de gouvernante et avait constaté qu'il lui manquait quelque chose. C'était absurde, ridicule, délirant !

Avait-elle besoin d'être si raisonnable tout le temps ? D'ordinaire, la voix de la raison, c'était lui. Il avait ses phrases toutes prêtes : « Ce n'était rien de sérieux », « C'était juste du désir ». C'était lui qui était censé amortir le coup, se débarrasser d'elle en douceur.

Il fixa le pouls dans son cou. Peut-être n'était-elle pas aussi détachée qu'elle voulait le faire croire.

Peut-être même pas détachée du tout.

Il fut très tenté d'essayer de le prouver. Il ressentait un désir pervers de la pousser dans ses derniers retranchements, de libérer la femme aventureuse et curieuse qu'il devinait derrière son masque impérieux. De démontrer qu'elle était comme toutes les autres.

Cependant, il n'était pas certain de vouloir découvrir où cela mènerait, à moins qu'il ne le sache déjà : à son corps couché sous le sien. Ou plutôt, la connaissant, à elle à califourchon sur lui.

Fichtre ! Ses petits seins fermes. Sa taille fine sur laquelle il pourrait poser ses mains. Ses longs cheveux noirs retombant devant son visage tandis qu'elle le chevaucherait, tout en essayant probablement de lui donner des ordres. Cette image, une fois dans sa tête, fut difficile à chasser.

Toutefois, cela ne ferait jamais l'affaire. Il aimait les femmes sans exigences, et Ellie, avec son regard pénétrant et ses questions dérangeantes, exigerait de lui beaucoup plus que ce qu'il était prêt à donner. Il aimait sa vie telle qu'elle était, bon sang !

Il laissa retomber son bras et recula.

— Nous partirons à la fin de la semaine, annonça-t-il.

Il devait rejoindre les MacQuillan le 13, que Randolph soit remis ou pas.

Elle soutint son regard un long moment. Il aurait renoncé aux plaisirs de la chair pendant un mois, ou du moins encore quelques jours, pour savoir ce qu'elle pensait. Était-elle déçue qu'il ne l'ait pas embrassée ? Ou simplement déçue par lui ?

Après un silence gêné, elle demanda :

— Où m'emmenez-vous ?

Il devinait ce qu'elle voulait savoir mais il ne pouvait pas la ramener chez elle. Pas encore.

— Viens, dit-il en l'entraînant sur le sentier. On y est presque.

Ils marchèrent encore une quinzaine de minutes, puis l'odeur de la mer s'accentua. Il ignorait si elle se rendait compte qu'ils avaient traversé la petite île, qui ne mesurait qu'un kilomètre et demi du nord au sud, et encore moins d'est en ouest.

Ellie aperçut les rochers qui formaient un arc au bout de la falaise et se tourna vers lui d'un air ravi.

— C'est là-bas que nous allons ?

— Oui, répondit-il, enchanté par son enthousiasme.

En plus d'être magnifique, l'arche offrait un point de vue idéal pour surveiller les positions anglaises au sud et à l'ouest.

— Je peux monter au sommet ? demanda-t-elle.

— Si tu t'en sens le courage. C'est plus dangereux qu'il n'y paraît vu d'ici.

Elle lui lança un regard de dédain et courut vers le bord de la falaise. Il eut un sursaut d'angoisse, mais elle grimpa jusqu'au sommet avec une facilité étonnante.

Puis elle se tourna vers lui avec un air de pure exultation.

— C'est magnifique ! s'exclama-t-elle.

Il crut que son cœur s'était arrêté.

C'était elle qui était magnifique. Rayonnante. Ses traits n'avaient pas changé mais, elle, si. C'était comme s'il la regardait pour la première fois. Il la voyait dans sa totalité et non plus comme une somme de détails, comme la taille de ses seins. Comme une personne à part entière, réelle et importante.

Elle était peut-être autoritaire, exigeante et beaucoup trop sérieuse, mais elle était également intelligente, sensible, généreuse. Elle avait été arrachée à sa famille sans pouvoir lui dire adieu. Elle avait subi des épreuves difficiles avec une résistance surprenante. Sans jamais pleurer ni se plaindre, acceptant sa situation avec une détermination tranquille. Et elle n'hésitait pas à le réprimander comme un mauvais garnement.

Elle avait beau l'exaspérer, il l'admirait.

— J'ai comme l'impression que ce n'est pas la première fois que tu fais de l'escalade.

— C'était il y a longtemps, répondit-elle en souriant.

Pas si longtemps que ça. Il entrapercevait la fille qu'elle avait été dans ses joues roses et ses yeux brillants.

— Vous allez rire, reprit-elle. Mais quand j'étais plus jeune, ma plus grande ambition était de visiter toutes les îles entre l'Irlande et la Norvège.

— Je ne trouve rien de drôle à ça.

Il comprenait parfaitement cette envie. Ils avaient plus en commun qu'il n'avait voulu l'admettre. Elle avait l'esprit aventureux. Lui aussi, il trouvait excitant d'explorer de nouveaux lieux, de découvrir de nouvelles choses, d'élargir sans cesse ses horizons. De se tenir sur un rocher et de se croire au bout du monde.

Ils étaient perchés au sommet de l'arche, contemplant l'étendue bleue devant eux.

— C'est tellement paisible ! s'émerveilla-t-elle à voix basse.

Le vent souleva une mèche de ses cheveux et la rabattit devant son visage. Elle la coinça derrière son oreille.

Elle avait raison. La mer était étonnamment calme, on ne voyait que quelques barques de pêcheurs. Il se demanda si les Anglais avaient enfin capitulé.

Quelques instants plus tard, il obtint une réponse à sa question : le point blanc d'une voile venait d'apparaître au loin, vers le sud. Ils étaient toujours là, ratissant méthodiquement la zone. Il avait dû les énerver plus qu'il ne l'avait pensé.

Ellie ne les avait pas vus ; elle fixait un point vers l'ouest.

Elle pointa un doigt.

— C'est… ? demanda-t-elle d'une voix chargée d'émotion.

— Oui, c'est la côte d'Antrim.

L'Irlande. Sa terre.

Il n'aurait pas dû la regarder. Elle paraissait soudain si triste qu'il eut immédiatement envie de la prendre dans ses bras et de faire n'importe quoi pour la consoler.

— Ta famille te manque ?

— Ils me croient morte, répondit-elle d'une voix tremblante. Ils ont déjà tellement souffert.

— Ta mère ?

Elle acquiesça, refoulant ses larmes.

— Et mon frère aîné.

Bigre. Erik était profondément navré pour elle. Il prit soudain une décision. Il ne pouvait pas changer la situation, du moins pas avant que l'attaque ne soit lancée, mais il pouvait peut-être atténuer sa tristesse et son inquiétude. De toute manière, il devait retourner à Dunaverty cette nuit.

— Et si je leur faisais parvenir un message leur disant que tu es en sécurité ?

Elle écarquilla les yeux.

— Vous êtes sérieux ?

Il hocha la tête.

— À une condition, précisa-t-il.

Elle devint aussitôt méfiante et il se demanda ce qui lui passait par la tête.

— Laquelle ? demanda-t-elle.

— Que tu essaies de t'amuser un peu pendant le restant de ton séjour sur l'île.

— Je ne pourrais pas…

Il se contenta de hausser les sourcils.

— Mais en quoi cela vous importe-t-il ? reprit-elle.

Erik l'ignorait, si ce n'était qu'il voulait la voir sourire, et qu'elle soit heureuse.

— C'est pour ton bien, pas pour le mien. Alors, nous avons un accord ?

Elle inclina la tête sur le côté, le dévisageant avec une telle intensité qu'il se sentit soudain tout petit. Il n'avait pas l'habitude qu'on le regarde ainsi. Toutefois, elle dut être satisfaite de ce qu'elle voyait car son visage s'illumina.

— Quand pourriez-vous l'envoyer ?

— Ce soir, ça t'ira ?

Elle ne s'y était pas attendue et se jeta à son cou.

— Merci, murmura-t-elle contre le cuir de son *cotun*.

Il sentit presque son souffle sur sa peau.

Quand il baissa les yeux vers la petite femme blottie contre son torse, ses cheveux satinés chatoyant au soleil, il fut envahi par un étrange et puissant sentiment protecteur.

— De rien, répondit-il.

Il glissa les bras autour de sa taille, ressentant un profond contentement. Il avait souvent tenu des femmes dans ses bras, mais aucune ne lui avait jamais procuré cette étrange sensation.

11

Le premier choc était toujours le pire. La morsure du froid lui coupa le souffle, lui arrachant un hoquet et insensibilisant tout son corps, pénétrant jusqu'aux os. Puis toutes ses fonctions vitales semblèrent tourner au ralenti.

Erik ne s'était jamais habitué aux premières secondes après un plongeon dans la mer glacée. L'entraînement et la graisse de phoque n'y changeaient rien. Néanmoins, une fois les premiers effets estompés, il se mit à nager, son esprit reprit le dessus et il oublia la température. Il se concentra sur ses battements de jambes et de bras, sur sa respiration régulière et sur sa mission.

Peu d'hommes auraient tenté de nager en plein hiver, et d'affronter les courants traîtres au beau milieu de la nuit. Heureusement pour Bruce, Erik n'était pas n'importe quel homme.

Lorsqu'il sortit de la baie et s'avança vers le large, le courant devint plus fort et les vagues plus hautes, requérant plus d'énergie et de concentration. Il suivit le sillon de la lune sur les eaux noires. Heureusement pour lui, le ciel était dégagé, mais cela pouvait changer d'un moment à l'autre. Les insulaires disaient toujours : « Si le temps qu'il fait ne vous plaît pas, il suffit d'attendre quelques minutes. »

Dieu qu'il aimait se trouver ainsi dans les ténèbres ! La paix, la solitude. Affronter la nature dans toute sa majesté omnipotente. Aller au bout de ses limites, puis ressentir l'euphorie de la victoire... Il n'y avait rien de tel.

Une demi-heure plus tard, il aperçut la silhouette sombre du château de Dunaverty. Il ressemblait comme deux gouttes d'eau à celui de Dunluce, perché sur un promontoire rocheux à la pointe du Kintyre.

Ancienne forteresse de ses ancêtres nordiques, Dunaverty appartenait désormais à son cousin Angus Og qui en avait hérité de leur arrière-arrière-grand-père Somerled, le puissant roi des îles auquel le clan d'Erik devait son nom : MacSorley, fils de Somerled.

La longue nage et le froid avaient sapé ses forces, mais toucher au but lui donna un regain d'énergie. Le danger ne faisait que commencer.

La porte d'accès par la mer se trouvait juste devant lui. Comme la dernière fois, il était entièrement enduit de graisse de phoque noire. Outre le fait de l'isoler du froid, cela lui permettait également de se fondre dans la nuit. La herse protégeant l'entrée était conçue pour arrêter les bateaux, pas un nageur solitaire.

Les Anglais avaient dû faire le siège du château durant des mois avant de percer ses défenses ; il y parviendrait en moins d'une minute.

Il prit une profonde inspiration, puis plongea dans les profondeurs sépulcrales. Il ne lui fallut que quelques secondes pour atteindre le fond. Il rampa sur le lit rocailleux jusqu'à être sûr d'avoir franchi la herse puis remonta à la surface, doucement et sans bruit.

Quand il rouvrit les yeux, il se trouvait dans une grande salle en pierre illuminée de torches, dans les entrailles du château de Dunaverty. Il était entré.

Mais il n'était pas seul.

Il resta parfaitement immobile, respirant à peine, tandis que la sentinelle achevait sa ronde devant la herse. La chance était avec lui, une fois de plus. Le garde ne lança pas un regard vers l'eau à ses pieds.

Pourquoi l'aurait-il fait ? La herse était baissée. À moins que les bateaux ne soient soudain capables de plonger sous la mer (cette idée absurde fit sourire Erik), il n'y avait rien à craindre.

Erik attendit que la lueur de la torche de la sentinelle disparaisse au loin, puis se hissa sur le quai en pierre.

Il était entièrement nu et ne portait que son coutelas attaché à une ficelle nouée autour de sa taille. Afin de se procurer des vêtements, il fut tenté de recourir à la « mort silencieuse » que son cousin Lachlan MacRuairi avait mise au point : un coup de poignard dans le dos transperçant les poumons. Toutefois, il était préférable que ses allées et venues passent inaperçues. Bruce tenait à ce que sa garde de Highlanders opère dans l'ombre. Cela la rendait plus difficile à appréhender et plus terrifiante aux yeux de l'ennemi.

Il monta l'escalier, s'engagea dans une galerie humide et déboucha dans les caves du château. De là, rasant les murs, il se dirigea vers les cuisines.

Comme la dernière fois, il ne croisa personne.

L'augmentation de la température ambiante lui indiqua qu'il approchait du but. Lorsqu'il passa sous la porte voûtée des cuisines, le souffle chaud des fours, dont le feu couvait toute la nuit, enveloppa son corps glacé. Il examina la pièce plongée dans la pénombre et fut soulagé en apercevant la silhouette d'un homme drapé dans un plaid, endormi devant la cheminée.

Seamus MacDonald était l'un des meilleurs cuisiniers des Highlands. Angus Og avait rechigné à se séparer de lui, avant de comprendre qu'il était dans son intérêt de le laisser au service des Anglais. La plupart des serviteurs du château étaient ses parents. Les Anglais amenaient de nombreux soldats et armes mais, pour la main-d'œuvre, ils recouraient aux locaux. Dans leur arrogance, les chevaliers, habitués aux principes du féodalisme, considéraient les « paysans » comme inoffensifs, oubliant que de nombreux emplois dans les châteaux des Highlands étaient des signes de prestige.

Erik poussa doucement l'homme du pied.

— Seamus, chuchota-t-il.

Il recula prudemment d'un pas, sachant qu'il était dangereux de réveiller un Highlander endormi. Il fut bien inspiré car l'autre bondit aussitôt sur ses pieds, un couteau à la main.

— Je croyais que tu m'attendais, lui dit Erik en souriant.

Le cuisinier irascible (ce qui, selon Erik, était un pléonasme) se mit à bougonner :

— À ton avis, qu'est-ce que je fais ici couché par terre au lieu de dormir confortablement dans mon lit ?

Il inspecta le corps noir et graisseux d'Erik et ajouta :

— Crénom de nom ! On dirait une chose sortie tout droit des latrines.

Il lui lança un plaid.

— Couvre-toi, tu vas terroriser tout le monde avec ce monstre entre tes jambes.

— Les filles ne le trouvent pas si monstrueux, répliqua Erik.

Le vieux cuisinier n'avait jamais eu le sens de l'humour.

— Des nouvelles de notre ami ? lui demanda Erik.

— Pas encore.

— Mais tu as pu lui transmettre mon message ?

— Mon homme est parti dès le lendemain de ton passage. S'il lui était arrivé quelque chose, je le saurais.

Erik hocha la tête. Il aurait préféré avoir la confirmation que Bruce avait bien reçu la nouvelle.

— Je vais devoir dormir sur le sol encore longtemps ? ronchonna Seamus.

— Peut-être encore quelques nuits. J'espère pouvoir revenir une fois avant notre départ.

— Prends garde, mon garçon. Les Anglais recherchent notre ami, mais ils te veulent toi aussi. Ta tête a été mise à prix à deux cents marks.

— C'est tout ? répondit Erik en feignant d'être déçu.

Cela représentait une petite fortune. C'était moins que ce qui avait été offert pour Wallace ou Bruce, mais plus que pour n'importe qui d'autre.

— Ce n'est pas drôle, le sermonna Seamus. Il se passe quelque chose de bizarre.

— Tu t'inquiètes trop, mon vieux.

En voyant les traits tendus de son ami, il ajouta avec un soupir :

— Je te promets d'être prudent. Crois-moi, je n'ai pas plus envie que toi de me retrouver dans un cachot anglais. En attendant, j'ai un autre service à te demander.

— Encore un message ?

— Oui, mais cette fois, pour l'Irlande. Tu as quelqu'un qui peut s'en charger ?

Les sourcils de Seamus se joignirent comme deux chenilles velues. Il tripota sa longue barbe broussailleuse puis répondit :

— Oui, qu'est-ce qu'il te faut ?

— Joindre quelqu'un de la maison d'Ulster.

— C'est pour notre ami ?

Erik fit non de la tête. Seamus avait sans doute pensé que Bruce voulait contacter un membre de la famille de son épouse.

— C'est une longue histoire, reprit Erik. Je dois prévenir le sénéchal d'Ulster qu'Ellie la gouvernante est en sécurité et rentrera bientôt.

Le cuisinier était intrigué, mais il se garda de poser des questions. Il plissa soudain le front.

— Qu'y a-t-il ? demanda Erik.

— Ce ne serait pas à cause de cette gouvernante que les Anglais sillonnent les parages avec autant de zèle ?

Erik réfléchit, puis écarta cette hypothèse. Même s'ils avaient établi un lien entre la gouvernante disparue et la femme tombée à la mer qui les avait appelés à l'aide, les Anglais ne se seraient pas autant démenés pour une petite Irlandaise sans importance.

— Non, répondit-il. C'est après moi qu'ils en ont.

— Je n'ose pas imaginer ce que tu as fait pour les mettre dans une telle colère.

Erik se contenta de sourire.

— Il te faudra combien de temps pour acheminer le message ? demanda-t-il.

— Un jour, deux tout au plus.

Satisfait, Erik donna une tape sur l'épaule du cuisinier.

— Parfait, prends un peu de repos, mon vieux. Je tâcherai de revenir d'ici quelques jours.

Il lui rendit son plaid. Il ne pourrait pas le garder dans l'eau et il était inutile de gaspiller un bon plaid pour quelques minutes de chaleur.

Seamus le contempla en secouant la tête.

— La première fois que je t'ai vu comme ça, tu m'as fichu une frousse bleue. J'ai cru que Satan avait envoyé un de ses suppôts me chercher.

— Pas encore, mon vieux, répondit Erik. Il te reste encore un peu de temps pour racheter tout le mal que tu as fait au cours de ces soixante dernières années.

— Soixante ? s'indigna le cuisinier. Je n'ai que quarante-neuf ans, crétin !

Erik éclata de rire et prit congé.

Il avait parcouru la moitié de la galerie quand il perçut un danger. Il se plaqua contre le mur, sortit son coutelas et attendit. Quelques instants plus tard, il distingua un vague brouhaha lui confirmant ce que son instinct lui avait déjà indiqué.

Une douzaine d'hommes discutaient dans la salle du débarcadère. Une galère venait d'arriver.

Ils choisissaient mal leur moment !

En temps normal, Erik n'aurait pas hésité à affronter seul une douzaine de soldats. Il avait été bien entraîné. Le fait qu'il soit nu et armé d'un simple coutelas ne faisait que donner une chance aux Anglais.

Toutefois, il ne pouvait se permettre de laisser un tas de cadavres sur place, informant ainsi les Anglais de sa présence. Non seulement il ne pourrait plus utiliser Dunaverty comme relais de communication, mais cela attirerait l'attention sur une région qui était beaucoup trop proche d'Arran, à une semaine de l'attaque.

Avant que les hommes ne s'engagent dans l'étroite galerie, il rebroussa chemin. Il se cacherait dans les caves de la cuisine jusqu'à ce qu'ils soient passés.

Du moins, c'était son plan.

Il était bon, sauf que, lorsqu'il se glissa dans la première réserve et l'inspecta brièvement du regard, il ne vit pas le jeune garçon couché parmi les sacs et les tonneaux de farine, d'avoine et d'orge. Il était tellement concentré sur les bruits de voix qui approchaient qu'il ne perçut pas tout de suite le mouvement derrière lui.

Il fit volte-face. Le gamin ouvrit la bouche pour crier et projeta un couteau devant lui dans l'obscurité.

La réaction d'Erik fut quasi instantanée. Il plaqua une main sur la bouche de l'enfant et le coinça contre le mur avec son avant-bras. Ce fut assez rapide pour étouffer le bruit mais pas pour éviter la lame qui s'enfonça dans son abdomen.

La douleur cuisante le fit grimacer et il sentit le sang couler le long de son bas-ventre. Il ne pouvait le croire. Un gamin de sept ou huit ans, qui avait sans doute été posté là pour empêcher les rats de piller les réserves, était parvenu non seulement à le surprendre, mais, surtout, à le blesser.

Heureusement que d'autres membres de la garde n'avaient pas assisté à la scène ; il en aurait entendu parler jusqu'à la fin de ses jours. Surtout de la part de Seton et de MacGregor, qui essuyaient généralement le gros de ses railleries. C'était de leur faute, ils étaient des cibles trop faciles ; Seton parce qu'il était anglais, et MacGregor en raison de son visage d'Apollon.

— Tu as entendu ça ? dit une voix.

Il se figea. Plusieurs soldats s'étaient arrêtés dans la galerie et tendaient l'oreille. Il regarda le garçon dans les yeux et secoua la tête, lui ordonnant de ne pas faire de bruit.

L'enfant terrorisé écarquillait les yeux, le fixant comme s'il avait affaire à un fantôme.

Erik encouragea silencieusement les soldats : *Passez votre chemin.*

En vain.

Quelques instants plus tard, il entendit la voix d'un commandant :

— William, va voir ce que c'est.

Erik souleva l'enfant et vint se placer derrière la porte sans un bruit. Il espérait que William n'était pas trop méthodique.

La porte s'ouvrit. Il retint son souffle et tint l'enfant un bras sous son cou, menaçant de l'asphyxier. Il entendait la respiration de William entre les lattes en bois. Ce dernier avança sa torche et illumina l'intérieur de la cave.

Tous les muscles de son corps étaient tendus. Il était prêt à lâcher le garçon et à se battre.

— Il n'y a rien, déclara le soldat à ses compagnons. Ce devait être un rat.

La porte se referma. Erik attendit que les bruits de pas se soient tus pour reposer l'enfant.

— Ne t'avise pas de crier, le prévint-il. Je ne veux pas te faire de mal.

Il ôta lentement sa main de sa bouche. L'enfant fila aussitôt dans un recoin de la pièce pour se cacher derrière un fût.

— Je vous en prie, je vous jure d'être sage, gémit-il d'une voix tremblante. Ne m'emmenez pas en enfer avec vous. Je vous promets d'écouter ma mère.

Le premier réflexe d'Erik fut de le rassurer. Puis, il réalisa que sa peur pouvait lui servir. Si le gamin racontait ce qu'il avait vu, on penserait que son imagination lui avait joué des tours. D'autres que lui n'auraient sans doute pas hésité à égorger le garçon, mais Erik refusait de tuer des innocents. À l'instar d'Ellie, le gamin s'était simplement trouvé au mauvais endroit au mauvais moment.

Il s'efforça de prendre une voix d'outre-tombe et déclara :

— Ferme les yeux, ne bouge pas et n'émets pas un son jusqu'au lever du jour, autrement, je reviendrai. Tu m'as compris ?

L'enfant hocha frénétiquement la tête.

Sachant que le bruit d'une armée fantôme se propageait dans les campagnes, Erik ne put s'empêcher de lui lancer un autre avertissement.

— Dis aux Anglais de quitter l'Écosse ou il leur en coûtera. Nous sommes en marche !

Il entendit un gémissement étouffé et comprit que le garçon avait entendu les rumeurs. Bruce savait que la terreur était une arme puissante et encourageait les contes sur sa mystérieuse armée de maraudeurs déterminée à trucider jusqu'au dernier Anglais en Écosse.

Erik songea un instant à chercher un linge pour bander sa plaie, mais il ne tiendrait sûrement pas une fois en mer. Il s'assura qu'il n'y avait plus personne puis retourna sur le quai. Il pressait une main sur sa plaie pour étancher le sang. Il s'arrêta un instant pour l'examiner et constata avec soulagement que, bien qu'elle saigne profusément, elle ne semblait pas profonde. En revanche, une fois dans l'eau salée, la brûlure serait cuisante.

Il fallait espérer qu'il ne croiserait pas de requin. Erik ne connaissait pas la peur, mais se retrouver face à une de ces grandes bestioles n'était jamais plaisant.

Quarante minutes plus tard, il se traîna hors de l'eau sur la plage de Spoon Island et fut aussitôt entouré par ses hommes. La perte de sang et la longue nage l'avaient exténué au point qu'il était à deux doigts de tourner de l'œil. Mais il avait réussi.

Lorsque Domnall vit la plaie, il s'agita comme une vieille femme et voulut envoyer quelqu'un chercher Meg sur-le-champ. Erik l'arrêta. Il ne voulait pas réveiller les femmes. Ellie était une grande dormeuse. Elle se hérissait comme un ours mal léché quand on la dérangeait trop tôt. Sa blessure pouvait attendre jusqu'au matin.

Ellie était en train de terminer la dernière part du délicieux gâteau confectionné par Meg quand on toqua à la porte.

Elle fut étonnée de voir Duncan entrer au lieu du Faucon. Il la salua puis se tourna vers Meg qui venait d'apporter un plateau à Thomas.

— Meg, quand vous aurez le temps, on a besoin que vous descendiez sur la plage pour recoudre une plaie, annonça-t-il avec un sourire.

— Je vais chercher mes affaires, répondit-elle aussitôt.

— Le capitaine vous oblige à vous entraîner de si bon matin ? s'étonna Ellie.

C'était la seconde fois que Meg était appelée pour soigner des hommes blessés durant « l'entraînement ».

Duncan se tourna vers elle d'un air goguenard. Comme tout le monde, il aimait la taquiner sur ses réveils difficiles.

— Il est presque midi, ma fille. Toutefois, non, nous ne nous entraînions pas. C'est pour le capitaine.

Elle bondit de sa chaise.

— Que lui est-il arrivé ? C'est grave ?

En voyant l'air surpris de Duncan, elle se rendit compte de sa réaction excessive. *Qu'est-ce qui m'a pris ?*

— Non, ce n'est qu'une égratignure, répondit-il.

Elle ne pouvait imaginer ce qu'était une « égratignure » pour des guerriers endurcis tels que le Faucon et ses hommes. Des images de membres tranchés et de ventres éviscérés plein la tête, elle suivit Meg et Duncan sur le sentier qui menait à la plage.

Elle leur était reconnaissante de ne pas s'être opposés à ce qu'elle les suive. Elle aurait été bien en mal d'expliquer pourquoi elle venait, si ce n'était qu'elle avait besoin de vérifier s'il allait bien. Il lui avait dit la veille qu'il transmettrait un message à sa famille. Elle ne voulait pas qu'il ait été blessé en lui rendant ce service.

Toutefois, cela n'expliquait pas le martèlement de son cœur, ni cette sensation qu'une charrette lui avait roulé en travers de la poitrine.

Un groupe d'hommes était assemblé autour du feu au fond de la grotte. Ils s'écartèrent en voyant Meg approcher, révélant le capitaine étendu sur un plaid et adossé à un petit rocher.

Le ventre d'Ellie se noua. Ce n'était pas en raison de sa pâleur sous les grandes traînées de graisse noire, ni de la longue entaille oblique en travers de son ventre, mais parce qu'il ne portait ni *cotun*, ni tunique, ni *leine*, rien pour couvrir son torse. Elle baissa les yeux vers le plaid rabattu bas sur son aine. Elle en eut la gorge sèche. Visiblement, il ne portait rien en bas non plus.

Il était magnifique. À la fois puissant et svelte. Son torse était ciselé et aussi dessiné que la paroi rocheuse derrière lui. Ses bras étaient tapissés d'épais faisceaux de muscles. Son ventre plat semblait dur comme l'acier. Il n'y avait pas une once de chair superflue sur lui.

Elle devait avoir un instinct féminin primal profondément enfoui en elle, prêt à s'embraser devant toute manifestation de force physique. Elle n'avait pas besoin d'être protégée mais, le cas échéant, elle voulait cet homme à ses côtés. Il devait être resplendissant sur un champ de bataille.

Il croisa son regard et le retint. Elle ne pouvait plus détourner les yeux. Un courant passa entre eux, puissant. Elle n'aurait pu le briser si elle l'avait voulu.

Il se passait quelque chose, même si elle ignorait quoi. C'était comme si tous les faux-semblants s'étaient soudain évanouis, ne laissant qu'un homme et une femme. Ce n'était plus un pirate et sa captive ; plus le dieu doré et la femme juste passablement jolie ; plus l'homme qui fuyait la loi et la jeune aristocrate fiancée à l'un des hommes les plus puissants d'Angleterre. L'espace d'un instant, tout ceci n'eut plus la moindre importance.

Il ne l'avait jamais dévisagée avec une telle ardeur. Avec un tel sérieux. Elle avait l'impression qu'il pouvait voir à travers elle, lire son inquiétude, sa peur et sa réaction très féminine à sa nudité.

Ce n'était pas là l'homme qui se riait de tout, mais un être aux désirs profonds et à l'intensité féroce. C'était un homme qu'elle pouvait aimer.

Cette idée terrifiante l'ébranla.

Elle dut se forcer à rester derrière Meg et à ne pas se précipiter à ses côtés.

— Quelle bêtise as-tu encore faite ? demanda Meg.

Il détourna enfin les yeux et le masque de désinvolture retrouva sa place sur son visage.

— J'ai juste eu un petit accident avec un couteau. Ça ne m'a pas l'air bien méchant, mais Domnall a insisté pour que tu y jettes un œil. Je lui ai pourtant dit que les filles adoraient les cicatrices, mais tu sais combien il est têtu.

Domnall émit un grognement de dépit.

— Je n'ai pas envie de trimballer ton cadavre puant dans toutes les îles, voilà tout.

Erik se mit à rire.

— N'écoute pas ce vieux fou, déclara-t-il à Ellie. Je vais bien.

— Laisse-moi en juger par moi-même, déclara Meg.

Elle s'agenouilla près de lui et Ellie vint regarder pardessus son épaule.

« L'égratignure » était une entaille d'environ douze centimètres qui partait à gauche sous ses côtes et allait jusqu'au flanc droit. Elle était incrustée de sable et de graisse noire, la même qu'elle avait remarquée dans ses cheveux la veille. D'après les grandes traînées sombres sur son corps, elle devina qu'il s'en était enduit des pieds à la tête mais que le plus gros avait été essuyé.

Il s'était rendu quelque part à la nage, et ce n'était pas la première fois. Que manigançait-il ? Cela la confortait dans l'idée qu'il était plus qu'un simple pirate.

Meg se tourna vers elle.

— Ellie, viens m'aider.

Elle écarquilla les yeux, saisie d'effroi. Elle ne voulait surtout pas le toucher.

Elle resta figée sur place.

— Ellie ? insista Meg.

Se rendant compte que tout le monde la regardait, y compris le Faucon, elle s'agenouilla enfin auprès de Meg.

— Que dois-je faire ? demanda-t-elle.

— Nettoie la plaie de ton mieux avec ce linge pendant que je prépare l'aiguille et le fil à suture.

Ellie déglutit péniblement, puis plongea le chiffon dans le bol d'eau froide que Meg venait de préparer. Elle commença à nettoyer la plaie, veillant à ne pas toucher directement la peau nue. Elle était consciente des muscles tendus sous le linge, ainsi que de son regard fixé sur elle. Il semblait habité par la même tension et tout aussi conscient de ses mains sur lui.

Malheureusement, le contact ne pouvait être évité éternellement.

— Mets tes mains ici, indiqua Meg.

Ellie posa ses mains de chaque côté de la plaie, l'une sur les côtes d'Erik, l'autre sur le bas de sa hanche. La chaleur de sa peau pénétra ses paumes.

Il sursauta et elle les retira précipitamment.

— Pardon, je vous ai fait mal ?

Il secoua d'abord la tête pour dire non, puis admit :

— Ça pique un peu plus que je ne l'aurais cru.

— J'essaierai d'être plus délicate.

Elle le toucha à nouveau et, cette fois, il ne broncha pas, même s'il semblait souffrir. Ses lèvres étaient crispées et tous les muscles de son corps contractés.

Le contact n'avait pas le même effet sur elle. La chaleur et l'énergie sous ses paumes lui donnaient envie de promener ses mains sur tout son corps, de tester la force de ses muscles sous ses doigts, de les glisser le long de son ventre, sous le plaid…

Il émit un grognement sourd et remua légèrement, comme s'il avait deviné ses pensées. Puis Meg tira un petit coup sec sur l'aiguille tandis que le fil de suture filait sous la peau.

— Merci Ellie, dit-elle au bout d'un moment. Je peux finir toute seule.

Elle dévisageait le Faucon avec une expression étrange.

Cherchant à briser le silence gêné, Ellie demanda :

— Comment est-ce arrivé ?

— Ah, c'est la question à ne pas lui poser ! gémit Duncan.

Le Faucon lui adressa un regard de reproche, puis se lança dans une longue explication rocambolesque : il était parti nager à minuit quand il était tombé sur la plus grande bande de voyous anglais qu'il avait jamais vue (en armures et armée jusqu'aux dents, bien entendu). Ils venaient d'aborder une galère remplie de religieuses et d'orphelins en route pour l'île sainte d'Iona. Il ne pouvait laisser passer une telle injustice (car il était bien connu que les pirates avaient un sens inné de la justice, pensa-t-elle), et était donc grimpé à bord pour les secourir, vainquant les malfrats à l'aide de son seul coutelas. Hélas, alors qu'il s'apprêtait à sauver un enfant qu'un des Anglais voulait jeter par-dessus bord, le misérable était parvenu à lui taillader le ventre.

Lorsqu'il termina son histoire, Meg avait noué le dernier point de suture et regardait son héros avec vénération.

Des orphelins et des religieuses ? Cela faisait un peu beaucoup, même si son récit était divertissant.

— C'est une histoire remarquable, observa Ellie. Y a-t-il un mot de vrai dans tout ça ?

Duncan se mit à tousser pour cacher son rire et le Faucon lui lança un regard torve.

— La fille t'a bien mouché, capitaine, s'esclaffa Domnall. Je n'aurais jamais cru voir ça un jour.

— Alors ? insista Ellie.

Le Faucon haussa les épaules.

— C'est bien ce qu'il me semblait, conclut-elle. Si la piraterie ne vous sied plus, je vous conseille d'essayer le métier de barde.

Il prit un air faussement penaud.

— C'est à cause des orphelins, c'est ça ?

— Entre autres. Le nombre d'adversaires aussi. Personne ne peut vaincre une vingtaine d'hommes à lui seul armé d'un simple coutelas.

— Le capitaine le peut, objecta Domnall le plus sérieusement du monde. Je l'ai déjà vu faire.

— Tu n'aurais pas du travail à faire ? lui lança le Faucon d'un air mauvais. Je croyais que tu devais remplacer certains des gréements.

Ellie n'en croyait pas ses oreilles. Le fanfaron était gêné. Il inventait des récits abracadabrantesques sur ses prouesses mais, quand quelqu'un disait la vérité sur lui, il devenait modeste.

C'était... curieux. Inattendu. Émouvant, même.

Elle essayait toujours d'absorber la possibilité qu'il puisse abattre une vingtaine d'hommes à la fois, si c'était humainement possible, quand Domnall et les autres commencèrent à se disperser.

Meg les observait tous les deux d'un air perplexe. Mal à l'aise, Ellie déclara :

— Je dois retourner auprès de Thomas...

— Non, je m'en occupe, l'interrompit Meg. Reste donc ici avec lui. Ne le laisse pas se lever tant que le baume que j'ai mis sur sa blessure n'est pas sec.

La substance en question était gluante et peu ragoûtante. Ellie n'avait jamais rien vu de tel, mais elle avait pu constater ses effets remarquables sur la blessure de Duncan.

— Mais j'ai des choses à faire ! gémit le Faucon.

— Elles attendront, rétorqua fermement Meg.

Ellie ne l'avait encore jamais entendue lui parler sur ce ton. Finalement, elle n'était peut-être pas aussi éperdue d'admiration que ça.

Meg partit avant qu'elle n'ait pu trouver une raison de protester. Au moins, ils n'étaient pas seuls. Quelques hommes s'attardaient encore au fond de la grotte.

Elle s'assit sur une pierre en face de lui, essayant de se détendre, ce qui n'était pas facile avec ce torse impressionnant sous les yeux. Elle s'efforçait de ne pas le fixer mais son regard fut attiré par une marque sur le haut de son bras. On aurait dit un dessin, mais, avec les résidus de graisse noire, elle ne parvenait pas à le déchiffrer.

— Qu'est-ce que vous avez, là ? demanda-t-elle en indiquant la tache du doigt.

Il se raidit légèrement et ajusta le plaid autour de ses épaules pour couvrir son bras.

— Ce n'est rien. Une vieille cicatrice.

Elle n'avait jamais vu une cicatrice comme celle-ci. *Il cache quelque chose*. Tout comme elle, se rappela-t-elle. Les secrets entre eux lui parurent soudain comme un mur. Elle en oublia que ce mur la protégeait. Elle aurait voulu l'abattre afin de mieux le connaître.

— Cela a dû être un sacré incendie, observa-t-elle.

Il la regarda sans comprendre. Elle ne se démonta pas ; elle tenait à lui montrer qu'elle savait qu'il lui avait menti.

— La « suie », reprit-elle. Vous en êtes couvert.

Il soutint son regard sans rien dire. Sans doute pour éviter de lui mentir à nouveau.

— Allez-vous enfin me dire ce qui vous est arrivé ? demanda-t-elle doucement. Comment vous êtes-vous blessé ?

Il ne répondit pas, ce qui était une forme de réponse. Il n'avait pas envie de se confier. La trêve ténue qu'ils avaient conclue n'irait pas plus loin. Il ne voulait rien de plus profond. Elle n'aurait pas dû être aussi déçue.

— Un gamin de sept ans m'a pris par surprise, dit-il soudain.

— Ben voyons ! s'esclaffa-t-elle. Dites-moi simplement… est-ce à cause de ce que je vous ai demandé de faire ?

— Non, répondit-il catégoriquement. Cela n'avait rien à voir avec toi. Ce n'est qu'une égratignure, Ellie. Je n'ai jamais vraiment été en danger.

Elle sentit qu'il disait la vérité et se sentit rassérénée. Les étranges sentiments contradictoires qu'il lui inspirait la troublaient, mais elle était sûre d'une chose : elle ne voulait pas qu'il lui arrive malheur.

Si son père lui mettait la main dessus, il le ferait décapiter. Elle s'efforça de chasser cette pensée terrifiante. Cela n'arriverait pas. Elle trouverait un moyen de le protéger.

— Ton message est en route, reprit-il.

Elle poussa un profond soupir de soulagement, se sentant libérée d'un énorme poids. Sa famille serait toujours inquiète mais, au moins, elle saurait qu'elle était en vie.

— Merci, dit-elle, les larmes aux yeux.

— Ne me remercie pas encore, dit-il avec une lueur sournoise dans le regard. Nous avons conclu un accord. Tu es à moi pendant quelques jours.

À *moi*. Son cœur fit un léger bond et elle sentit l'excitation lui picoter la peau.

Cela ne veut rien dire, se répéta-t-elle. Toutefois, pour la première fois, elle se demanda si elle n'avait pas tenté le diable.

Il adorait la déstabiliser. Erik vit les joues d'Ellie s'empourprer et en ressentit une profonde satisfaction. C'était cruel de sa part de prendre un tel plaisir à la mettre mal à l'aise, mais elle le torturait depuis des jours... ce n'était donc que justice.

Elle avait beau le nier, elle n'était pas indifférente. Il avait vu son visage quand elle s'était précipitée dans la grotte. Elle avait été inquiète pour lui... puis il avait vu la manière dont elle fixait son torse.

Il avait l'habitude que son corps attire les œillades admiratives des femmes, mais cela ne l'avait jamais autant affecté physiquement que le regard fasciné d'Ellie.

Puis elle l'avait touché, le faisant tressaillir. Sentir ses mains sur sa peau, puis sur son ventre, ses doigts si près de son sexe, l'avait rendu comme fou.

Il était certain que toutes les personnes présentes s'étaient rendu compte de sa réaction, sauf Ellie. Les coups d'œil curieux qu'elle avait lancés vers le plaid n'avaient fait qu'accroître son supplice.

Il lui était chaque jour plus difficile d'ignorer le désir que lui inspirait la petite gouvernante. Maintenant qu'il savait qu'elle ressentait le même...

Cela le fit presque revenir sur son intention de passer les quelques jours suivants avec elle. Cela risquait d'être tendu. D'un autre côté, il pouvait contrôler ses pulsions.

Elle se leva pour attiser le feu. Il devina que c'était surtout pour s'occuper les mains, car il crépitait déjà joyeusement. Quand elle revint s'asseoir en face de lui, elle avait retrouvé son air posé et le regardait à nouveau avec cette expression raisonnable et franche à laquelle il commençait à s'habituer.

Elle ne lui laissait rien passer. Cela aurait dû être agaçant mais il trouvait plutôt reposant d'être avec quelqu'un qui n'attendait rien de lui.

Si seulement elle n'avait pas été aussi curieuse et observatrice. Il n'en revenait toujours pas qu'elle ait remarqué son tatouage. Elle le soupçonnait déjà de ne pas être celui qu'il prétendait être. Il n'osait pas imaginer ce qu'elle penserait si elle savait qu'il avait un lion tatoué sur le bras, le symbole de la monarchie écossaise et le signe que portaient tous les membres de la garde secrète. Combien de temps lui faudrait-il pour comprendre son implication dans la rébellion de Bruce ?

Pas longtemps, assurément.

Elle arqua un sourcil et demanda :

— Vous avez toujours voulu devenir pirate, ou votre vocation de sauver des nonnes et des orphelins vous est venue récemment ?

Il se mit à rire. Il aurait dû se douter qu'elle ne laisserait pas tomber aussi facilement.

— C'est dans mon sang, tu l'as oublié ?

— Ah oui, votre sang. Mais pourquoi ai-je l'impression qu'il y a bien plus en vous que ce que vous laissez paraître ? Qu'est-ce qui pousse un homme tel que vous à devenir un hors-la-loi ?

Un homme tel que vous. Sa foi en lui, en dépit de ce qu'il lui cachait, le mettait mal à l'aise. Son mensonge initial, qui lui avait paru une bonne idée, ne le satisfaisait plus.

Il ne pouvait lui raconter toute la vérité, mais il pouvait toujours lui en confier une partie.

— Les raisons habituelles, je suppose. Les terres de mon clan ont été volées. J'ai fait ce que j'avais à faire.

— Volées comment ?

Sachant qu'il s'aventurait sur un terrain dangereux, il expliqua prudemment :

— Mon père est mort quand j'étais enfant. Un de mes parents en a profité. En prétextant agir en mon nom, il s'est accaparé mes terres.

John de Lorn, ce chien avide de MacDougall, aspirait à contrôler toutes les îles, que les terres appartiennent à d'autres ou pas.

— Il m'aurait assassiné si un de mes cousins ne m'avait pris à son service, poursuivit-il. Je lui dois tout.

— Même si vous avez été contraint d'adopter ce mode de vie au départ, vous savez bien que cela ne peut durer indéfiniment.

— Que veux-tu dire ?

Elle lui montra son ventre blessé.

— Je doute que les pirates aient une longue vie. Un de ces jours, ceux qui vous recherchent finiront par vous attraper.

Si elle savait ! Sa situation était beaucoup plus précaire qu'elle ne l'imaginait. Il avait de fortes chances de mourir avant la fin de la semaine.

Les hommes de Bruce s'apprêtaient à lancer une attaque contre l'armée la plus puissante de la chrétienté avec seulement quelques centaines d'hommes. Même s'ils y parvenaient, rien ne disait que les autres seigneurs d'Écosse se rallieraient sous la bannière du « roi-bouffon ». Ils ne l'avaient pas fait précédemment, alors que Bruce avait été dans une position beaucoup plus avantageuse.

Selon toute logique, Bruce et ses partisans étaient condamnés à la défaite. Pourtant, Erik était convaincu qu'ils l'emporteraient. Ils mèneraient une guerre différente, comme Édouard n'en avait encore jamais vu. Une guerre de Highlanders. Une guerre de pirates. Les Anglais ne comprendraient même pas ce qui leur tombait dessus.

— Je suis un très bon pirate, déclara-t-il avec un clin d'œil.

Elle fit une moue de dédain.

— Je n'en doute pas, mais vous attendez sans doute autre chose de la vie que de fuir d'île en île, avec une simple grotte pour abri et une femme ou deux dans chaque port ?

Cela lui paraissait une vie tout à fait agréable, mais il devinait qu'elle allait lui expliquer en quoi ce ne l'était pas. Sachant déjà qu'il le regretterait, il demanda :

— Comme quoi ?

— Le mariage. Une famille. L'amour.

— Ça, j'en ai suffisamment.

Elle leva les yeux au ciel.

— Ce n'est pas la même chose, le corrigea-t-elle.

Voilà qu'elle remettait ça ! Mademoiselle Je-sais-mieux-que-tout-le-monde. Naturellement, il se marierait... un jour, pour accroître le pouvoir de son clan. Si son épouse lui plaisait, tant mieux, mais ce n'était pas indispensable. D'après ses souvenirs, ses parents s'étaient bien entendus, et leur union n'avait rien eu d'un mariage d'amour.

— Et tu es une experte en la matière ?

Il promena son regard sur elle, s'attardant sur son corsage, puis ajouta :

— Que caches-tu d'autre sous tes dehors de gouvernante ombrageuse ?

— Cela ne vous regarde pas, répliqua-t-elle sèchement. Je ne suis pas une experte, mais je sais faire la différence entre l'amour et la luxure. Que ce ne soit pas votre cas ne m'étonne guère.

Son ton légèrement méprisant le fit tiquer. Il en avait assez de ses jugements et de ses analyses. Après tout, ce n'était pas lui qui était aussi austère qu'une nonne en carême.

— Et toi, Ellie, que désires-tu ?

Elle sursauta, prise de court. C'était à croire qu'elle ne s'était jamais posé la question. Puis elle se rembrunit et il regretta presque de l'avoir interrogée.

— Ce que je veux est sans importance, répondit-elle en fixant les flammes.

— Bien sûr que non, dit-il doucement. C'est ta vie. Tu as toujours le choix.

Loin de la réconforter, ses paroles semblèrent la mettre en colère.

— C'est facile à dire, pour vous. Vous ne respectez aucune règle. Vous êtes un hors-la-loi sans responsabilité, sans loyauté ni sens du devoir. Vous faites ce que vous voulez, quand ça vous chante.

Elle se trompait totalement. Sans responsabilité ? Non seulement il était responsable du recrutement de pratiquement toute l'armée de Bruce, mais il devait également l'acheminer à travers le Canal jusqu'à Arran.

Rien ne comptait plus à ses yeux que la loyauté. La loyauté envers Bruce, envers la garde et envers son clan. C'était la raison pour laquelle il se trouvait sur cette île, traqué par les Anglais ; la raison pour laquelle il suivrait Bruce dans la bataille quelles que soient leurs chances ; la raison pour laquelle il ne pouvait échouer. Échouer était inconcevable.

Bruce et ses frères de la garde comptaient sur lui et il aurait préféré mourir plutôt que de les décevoir.

Il aurait été furieux contre elle s'il n'avait pas perçu la note d'envie dans sa voix. Elle aspirait à cette liberté. Quelles que soient ses entraves, elle pensait ne pas pouvoir s'en défaire.

Il l'étudia attentivement, notant son air d'autorité, son assurance tranquille, l'élégant port de son menton, son maintien gracieux et régalien. La parfaite gouvernante collet monté et comme il faut. Pourtant, quelque chose lui échappait et il ne pouvait mettre le doigt dessus. Il y avait anguille sous roche. Que cachait-elle ? Et quelle importance ? Sa mission devait être sa seule préoccupation, et rien ne devait la mettre en danger. Même pas elle.

Comment se débrouillait-elle pour transformer chaque conversation en débat grave et profond ? Au cours des jours à venir, il s'attellerait à la faire sourire et à lui démontrer que tout dans la vie n'avait pas besoin d'être pris tellement au sérieux.

— Je ne fais pas toujours ce que je veux, déclara-t-il en la regardant dans les yeux.

Il en avait assez de résister à cette étrange attraction entre eux, surtout après avoir vu le désir sur son visage. Une fois son envie assouvie, elle cesserait de le fasciner. Le fait qu'elle soit vierge ne l'inquiétait pas. Il savait se contrôler.

— Autrement, reprit-il, je ne me serais pas arrêté à un baiser et je n'aurais certainement pas passé ces dernières nuits seul à la belle étoile.

Elle tressaillit et devint cramoisie.

— Vous ne devriez pas dire ces choses-là ! s'indigna-t-elle.

— Pourquoi pas ? J'ai envie de toi. Et tu sais quoi ?

Elle le regarda d'un air méfiant.

— Tu me veux, toi aussi, poursuivit-il.

— Vous vous trompez, protesta-t-elle en détournant les yeux. Je sais que c'est dur à comprendre pour un être aussi arrogant que vous, mais tout le monde ne vous trouve pas irrésistible !

C'est ce que nous verrons. Il sourit et décida de la laisser s'accrocher à ce mensonge encore quelque temps. Il lui avait jeté le gant. Il allait se délecter de la voir lutter pour ne pas le relever, et plus encore une fois qu'elle l'aurait fait. Car Erik MacSorley ne doutait pas un instant qu'elle finirait par succomber.

12

Ralph de Monthermer était un homme patient. C'était une qualité qu'il avait développée au cours du mois où il avait croupi dans un cachot, attendant de savoir si Édouard déciderait de le séparer de sa tête pour avoir épousé sa fille sans son consentement.

Cette fois-là, comme à présent, sa patience avait été récompensée.

Il avait recherché lady Elyne et le navire au faucon pendant des jours. Il avait veillé à ce que la disparition de la jeune femme ne s'ébruite pas, afin que le forban n'exige pas de rançon. Chaque fois, il était rentré bredouille, le visage brûlé par le vent, les reins rompus, les bras endoloris.

Partout, il s'était heurté à des barbares rebelles. Les insulaires les cachaient, il en était convaincu. Toutefois, retrouver un bateau parmi les centaines d'îles qui bordaient la côte ouest de l'Écosse revenait à chercher une épingle au fond de l'océan.

Et voilà qu'enfin, ils avaient du nouveau.

Finn, le sénéchal du comte, avait reçu un message le matin même, annonçant que « Ellie la gouvernante » était indemne et serait bientôt rendue à sa famille. Ce ne pouvait être qu'elle. Lady Elyne était maligne. Elle avait dû comprendre qu'il valait mieux cacher son identité. Le messager avait disparu avant qu'il ait pu l'interroger mais il avait lancé ses limiers à ses trousses.

Ils ne tarderaient plus à retrouver sa fiancée et le hors-la-loi qui la détenait.

Ralph sauta par-dessus le bastingage et atterrit sur le quai, laissant ses hommes amarrer la galère. Il ne s'arrêta pas avant d'avoir franchi la herse du château de Dunluce. Il ôta son heaume et le lança à un homme qui accourait à son service. Il passa une main dans ses cheveux ébouriffés pendant qu'un autre garde le débarrassait de la lourde cape qu'il portait par-dessus son armure et son tabard.

Il n'était pas qu'un vulgaire chevalier. Le roi l'avait à nouveau fait comte, un titre qu'il avait détenu autrefois mais qu'il avait dû abandonner à la mort de sa première épouse. Sa douleur était encore vive. Il aurait tout donné, ses titres, sa fortune, sa vie, pour retrouver Joan. Hélas, elle n'était plus de ce monde et il était désormais le dixième comte d'Atholl, le neuvième du nom ayant été exécuté après avoir commis l'erreur fatale de se rallier à Bruce.

Ralph fit une grimace. Il n'appréciait guère les effusions de sang d'Édouard. Ce dernier était implacable. Sa rancœur à l'égard de Bruce, qu'il avait autrefois traité comme un fils, et de ses partisans ne connaissait pas de limites. Ralph préférait ne pas penser jusqu'à quelles extrémités le roi était prêt à aller pour écraser la rébellion. Cela risquait de trop lui déplaire.

Il entra dans la grande salle dans un cliquetis de mailles d'acier. Son arrivée avait été annoncée. Le comte et sa famille l'attendaient, y compris la personne qu'il cherchait à éviter.

Même s'il s'abstenait de regarder dans sa direction, il savait que lady Mathilda se trouvait dans la pièce à la manière dont ses sens s'embrasaient. Son attirance pour la jeune femme le mettait en colère. C'était mal. Non seulement parce qu'il était fiancé à sa sœur, mais aussi parce que Joan n'était morte que depuis seize mois. La réaction de son corps lui apparaissait comme une trahison envers celle qu'il avait aimée de tout son cœur.

Lady Elyne lui convenait mieux. Elle n'était pas extravagante ni vive, mais sereine et digne. Elle ne l'embarrasserait pas à la cour en disant ce qui lui passait par la tête et serait une bonne mère pour ses enfants. Plus important encore, elle ne lui ferait pas oublier l'amour qu'il avait eu pour sa première femme.

— Vous les avez retrouvés ? demanda le comte dès qu'il entra.

Ralph sentait le poids du regard de lady Mathilda et s'efforça de l'ignorer.

— Pas encore, mais nous approchons du but.

Ils attendirent ses explications.

— J'ai suivi la trace du messager jusqu'à un bateau qui est arrivé ce matin à Ballycastle en provenance du Kintyre.

Ils avaient eu de la chance. Le messager n'avait pas été assez discret. D'un autre côté, il ne s'attendait sans doute pas à avoir les gardes de deux comtes à ses trousses pour avoir porté un message au sujet d'une simple gouvernante. Quand Ralph avait débarqué avec une flotte de soldats armés jusqu'aux dents, il ne lui avait pas été très difficile de « persuader » les gens de parler.

Ulster ne semblait guère impressionné.

— Le message aurait pu venir de n'importe où.

— Peut-être, mais j'en doute. Je sens qu'ils se cachent tout près. Le roi a sans doute raison.

Édouard était convaincu que Bruce préparait quelque chose. C'était la raison pour laquelle Ralph et Ulster avaient reçu l'ordre de conduire leurs flottes sur la côte de l'Ayrshire en Écosse le plus rapidement possible. Ils devaient partir le lendemain à l'aube.

— Pourquoi ? demanda Ulster. Qu'avez-vous trouvé ?

— Le bateau de pêche est parti d'un village près du château de Dunaverty. Quand j'ai interrogé le commandant de la garnison, il a mentionné un détail intéressant. Il m'a dit qu'il n'avait rien remarqué d'inhabituel hormis des allusions à des apparitions de spectres.

— Quel rapport avec Ellie ? demanda lady Mathilda.

Cette fois, il fut bien obligé de la regarder. Il eut beau se préparer mentalement, il ne put éviter le choc habituel. Elle avait tenté de dompter la masse de sa chevelure dorée en la relevant en chignon, mais des boucles rebelles retombaient de chaque côté de son visage et le long de son long cou gracile. Ses grands yeux bleu ciel encore rouges n'étaient plus bouffis par les larmes. C'était l'une des plus belles créatures qu'il ait jamais vues. Il refoula son émotion et la rangea à sa place, sous une bonne dose de culpabilité.

Il afficha une expression qui ne reflétait rien d'autre qu'une préoccupation fraternelle.

— Au début, je ne pensais pas qu'il y en avait un, répondit-il. Les Highlanders sont un peuple superstitieux. Ils voient des spectres et des fées partout. Puis je me suis souvenu des rumeurs qui courent partout depuis quelques mois, au sujet d'une bande de maraudeurs fantômes qui hanteraient les alentours de Turnberrry et d'Ayr.

— Vous pensez qu'ils sont liés à Bruce et à ses hommes, comprit Ulster.

— En effet.

Il leur raconta le témoignage d'un jeune garçon de cuisine qui affirmait s'être trouvé nez à nez avec l'un de ces fantômes.

— Si ce spectre est à l'origine de notre message, c'est qu'il doit se terrer dans les parages. Les environs du château me paraissent un bon endroit pour commencer les recherches.

— Vous pensez qu'il nous mènera à Bruce ? lui demanda John.

— Le roi le croit.

Les ordres d'Édouard étaient clairs : Suivez la trace du navire au faucon et vous trouverez Bruce.

— Peu m'importe Bruce pourvu que vous retrouviez Ellie, déclara lady Mathilda.

Il entendit la supplique dans sa voix et sut qu'il ne pouvait la décevoir. Elle comptait sur lui. Il trouverait lady Elyne et la ramènerait saine et sauve, quel qu'en soit le prix.

Puis il l'épouserait et fermerait une porte qui n'avait jamais été vraiment ouverte.

13

— Où allons-nous aujourd'hui ? Vais-je enfin voir la grotte dont vous m'avez parlé ?

Elle s'efforçait de cacher son excitation et sa curiosité. Toutefois, après ces deux jours passés ensemble, le Faucon ne serait pas dupe. Elle pouvait jouer la désinvolte autant qu'elle le voulait, il savait qu'elle s'amusait.

Un peu trop, même. Son esprit aventureux et son intrépidité étaient contagieux. Il la taquinait et la provoquait, jusqu'à ce qu'elle n'ait plus d'autre choix que de rire avec lui.

Depuis quand ne s'était-elle pas sentie aussi insouciante ? Aussi heureuse ?

Matty avait raison. Depuis la mort de leur mère et de leur frère, elle avait oublié comment profiter de la vie. Comment sourire, se détendre. Comment courir pieds nus dans le sable avec le vent dans les cheveux. Maintenant que la joie de vivre lui était revenue, comment allait-elle retourner à l'existence confinée qui l'attendait ?

À un mariage dont je ne veux pas.

Le mot était lâché. Pour la première fois, elle formulait en pensée ce que son corps avait essayé de lui faire comprendre. Elle ne voulait pas épouser Ralph de Monthermer.

Le Faucon se trompait. Elle n'avait pas le choix. Elle était la fille du comte d'Ulster.

Le moment venu, elle accomplirait son devoir sans rechigner. En attendant, elle comptait bien profiter de chaque instant de bonheur que la vie lui offrait. Plus tard, lors de ses longues journées mornes, lorsqu'elle serait assise dans sa tour sans rien d'autre pour s'occuper que sa broderie, elle pourrait toujours se souvenir des bons moments d'autrefois.

Elle eut un pincement au cœur en se rendant compte que bon nombre de ces souvenirs seraient associés à l'homme qui se tenait à côté d'elle.

J'ai envie de toi. Après l'avoir entendu prononcer ces paroles, il était plus difficile d'ignorer son propre désir. S'ils s'esquivaient avec art depuis deux jours, la phrase restait suspendue entre eux.

— Non, pas de grotte aujourd'hui, répondit-il.

Elle fit une moue désappointée.

— Je commence à me demander si cette grotte sous-marine existe vraiment.

— Oh oui, elle existe, répondit-il en souriant. Mais j'ai une autre surprise pour aujourd'hui.

Il saisit une pierre et la lança dans la mer.

— Vous ne devriez pas faire ça, le sermonna-t-elle machinalement. Vous allez rouvrir votre plaie.

— Ma plaie se porte très bien et je croyais que tu devais cesser de te comporter comme ma gouvernante.

— Quand vous cesserez de vous comporter comme un gamin récalcitrant. Ce n'est pas parce que je suis la seule femme sur cette île qui ne vous prend pas pour un surhomme...

— Pas que sur cette île.

Elle leva les yeux au ciel.

— Vous êtes incorrigible. Très bien, rouvrez votre blessure. Il y aura une dizaine de femmes qui feront la queue pour vous dorloter.

— Aha ! Je savais bien que tu étais fâchée. Puisque je te dis que je ne pouvais pas savoir qu'elles viendraient.

La veille au soir, Meg avait préparé un panier pour qu'Ellie l'apporte au camp du Faucon. En arrivant, elle avait trouvé trois autres femmes qui avaient eu la même idée.

— Je ne suis pas fâchée. Cela m'a permis de reprendre ma partie d'échecs avec Thomas.

Menteuse. Après la journée délicieuse qu'ils avaient passée à explorer les grottes au sud de la baie (et où il lui avait parlé de la fameuse grotte sous-marine), cela lui avait fait l'effet d'une douche froide. Surtout lorsqu'une jolie blonde plantureuse avait déposé un baiser sur sa bouche. Le fait qu'il ne le lui ait pas rendu importait peu. Il ne l'avait pas repoussée non plus.

Ellie avait détalé au plus vite. Le nœud dans sa gorge lui avait rappelé que le bon temps de ces derniers jours n'était que temporaire.

Combien de fois avait-elle vu sa mère s'efforcer de cacher sa tristesse lorsque son père s'entichait d'une autre femme ? « C'est plus fort que lui, répétait-elle en feignant un détachement amusé. Il est si beau. Les femmes l'adorent. »

Ellie avait peut-être retenu l'attention du capitaine pour un temps, mais cela ne durerait pas. Il n'était pas habitué à ce qu'on lui résiste et elle représentait un défi.

— Ce garçon et toi, vous semblez avoir beaucoup en commun, déclara-t-il, acerbe.

— C'est vrai, répondit-elle.

Elle fut étonnée par son ton. Thomas et elle partageaient de nombreux intérêts : les échecs, le jacquet, la poésie, la fauconnerie. Elle était convaincue qu'il était aristocrate. Toutefois, il esquivait ses questions avec presque autant d'adresse que le Faucon.

— Il n'aime pas que vous l'appeliez « garçon ». C'est un adulte.

— Tu m'en diras tant !

Il lui lança un regard de biais puis jeta une autre pierre. Quand il grimaça de douleur, elle bondit.

— Que se passe-t-il ? Vous vous êtes fait mal ?

— Non, je voulais juste vérifier si tu t'en souciais.

Il était vraiment insupportable.

— Recommencez et vous n'aurez plus besoin de faire semblant.

Il afficha un grand sourire, un peu trop content de lui à son goût.

— Tu n'es pas curieuse de découvrir ma surprise ?

— À quoi bon vous interroger puisque je sais d'avance que vous ne me direz rien.

— Il existe d'autres moyens de persuasion, Ellie.

La suggestion dans sa voix fit mollir ses genoux. Il était de plus en plus difficile de résister à cette étrange électricité entre eux. Lorsqu'elle se tenait si près de lui, c'était presque écrasant.

Il la tentait avec son regard et sa proximité. Il serait si facile de le toucher pour sentir sa chaleur irradier sous ses doigts. Elle voulait le goûter à nouveau, sentir sa bouche sur la sienne.

Pourquoi pas ? De toute évidence, il l'encourageait. Après tout, toutes les autres y avaient droit...

Sauf qu'elle ne voulait pas être comme toutes les autres.

Préférant changer de sujet, elle demanda :

— Quand comptez-vous me montrer votre surprise ?

— D'ici quelques heures.

Il indiqua le ciel qui, pour un mois de février, était resté remarquablement clair depuis plusieurs jours.

— Je crois bien qu'on va encore avoir du soleil.

Il avait raison et, quelque temps plus tard, lorsqu'elle découvrit sa surprise, elle en fut ravie.

Elle se tenait contre lui, oubliant son intention de ne pas le toucher, et regardait le bouillonnement des vagues du haut d'une falaise d'environ sept mètres de haut.

— Vous plaisantez ! s'exclama-t-elle. C'est ça, votre surprise ?

— La surprise viendra plus tard, et je suis on ne peut plus sérieux.

— Mais on est en plein hiver !

— Et alors ? L'eau froide ne t'a pas arrêtée, l'autre jour.

Elle rit malgré elle. Elle avait du mal à croire que la Chandeleur n'avait eu lieu que neuf jours plus tôt.

— Et voyez où ça m'a menée, rétorqua-t-elle. Sans parler des deux jours qu'il m'a fallu pour me réchauffer.

— Cette fois, ça ne prendra pas aussi longtemps, je te le promets.

Sa curiosité était piquée. Elle l'étudia attentivement, mais il se contenta de lui lancer un regard entendu.

Irrésistible, pensa-t-elle. Ou presque.

— Allez, Ellie. Tu adores nager. Tu nages comme une sirène.

Elle rougit. Le compliment lui allait droit au cœur venant du meilleur nageur qu'elle ait jamais connu.

Il ôta ses armes, les plaça sous une pierre d'où elles ne seraient pas visibles depuis le sentier, puis commença à se déshabiller, laissant tomber ses vêtements un à un sur le sol. Elle était tellement fascinée qu'elle ne songea même pas à les ramasser pour les plier.

— Où est ton goût de l'aventure ? la défia-t-il.

Elle ne pouvait pas répondre. Son cœur battait trop vite. Cet homme n'avait aucune vergogne. Pourquoi aurait-il été gêné, avec un corps aussi parfait ? Il commença à soulever la tunique qu'il portait sous son *cotun*. Elle savait qu'il ôterait ensuite ses braies en lin.

— Non ! s'écria-t-elle dans un élan de pudeur virginale.

Il pouffa de rire et elle se rendit compte qu'il la provoquait. *Incorrigible*. Au moins, elle ne serait pas confrontée à son torse nu… ni au reste.

— Comme tu voudras, dit-il. Si tu as trop peur, tu peux toujours regarder.

— Je n'ai pas…

Il s'était déjà élancé dans le vide. Il tournoya sur lui-même dans les airs puis transperça l'eau avec la grâce naturelle d'un homme qui a plongé du haut des falaises toute sa vie.

Elle resta plantée là quelques minutes, contemplant l'horizon, le ciel, tout sauf l'homme nageant en contrebas.

Un flot régulier de navires croisaient dans le Canal, bon nombre d'entre eux semblant être des galères anglaises. Elle s'était habituée à les voir au cours de ses expéditions autour de l'île. Ils semblaient plus nombreux qu'à l'accoutumée. Elle sentit une pointe d'appréhension, se demandant ce qui se passait. Parfois, elle avait du mal à se souvenir qu'il existait un monde au-delà de cette île.

Elle baissa les yeux vers l'épée qu'il avait cachée sous une pierre et remarqua une inscription près de la garde. Les guerriers avaient coutume de faire inscrire une devise sur leur lame. Elle dégagea légèrement l'arme pour mieux lire : *Dçleas an cïmhaidh*. « Toujours fidèle. » Voilà qui n'était pas commun de la part d'un pirate coureur de jupons. Elle s'était attendue à quelque chose du genre « sans foi ni loi » ou « pas de quartiers ».

Elle entendit des bruits d'éclaboussures et regarda au pied de la falaise. Il semblait s'amuser comme un petit fou, l'ordure.

Sa retenue avait duré au moins cinq minutes.

Tout en marmonnant quelques-uns des jurons favoris de ses frères, elle se débarrassa du plaid drapé autour de ses épaules, puis ôta ses souliers, ses bas et sa cotte qu'elle plia soigneusement.

Vêtue uniquement de la chemise qu'elle portait à son arrivée, elle s'approcha du vide jusqu'à ce que ses orteils se recroquevillent sur le bord de la falaise. Son cœur battait comme les ailes d'un papillon. Il fallait espérer que c'était comme de monter à cheval car cela faisait au moins cinq ans qu'elle n'avait pas fait cela.

Elle ferma les yeux, prit une profonde inspiration et se laissa tomber en avant.

L'espace d'un bref instant, elle se sentit comme portée par l'air, puis le vent siffla dans ses oreilles tandis qu'elle tombait en chute libre. Elle cambra le dos, pivota, replia les genoux contre sa poitrine, décrivit un tour sur elle-même puis étira tout son corps juste avant de pénétrer dans l'eau.

L'onde de froid pénétra jusque dans ses os. Elle se laissa couler sur quelques mètres puis remonta à la surface, la transperçant dans une gerbe d'eau.

Il était à son côté avant qu'elle ait retrouvé son souffle. Elle fut surprise par son expression féroce. Il était pâle et avait de nouveau son air effrayant de Viking.

— Qu'est-ce qui t'a pris, corbleu ! Tu étais censée sauter. Tu aurais pu te rompre le cou.

Elle éclata de rire, ce qui sembla l'énerver encore plus.

— C'était formidable ! s'écria-t-elle. Je n'avais pas fait ça depuis des années. Et vous devriez vraiment cesser de jurer en ma présence.

Il lâcha un chapelet de jurons furieux tandis qu'elle plongeait pour s'éloigner de lui, l'évitant de justesse tandis qu'il tentait de la rattraper par la cheville.

Toutefois, il était impossible de le semer et sa fuite fut de courte durée. Il glissa un bras autour de sa taille, l'attira à lui et ils remontèrent ensemble à la surface.

Elle se sentit plaquée contre une surface dure. Elle n'essaya pas de se débattre, sachant que c'était inutile. Elle était consciente de la puissance de son corps intimement pressé contre le sien, leurs jambes s'entremêlant, ses seins écrasés contre son torse. C'était… parfait.

Quand il la regarda, elle eut du mal à respirer. C'était la raison pour laquelle les femmes l'aimaient tant. Il les faisait se sentir comme la personne la plus importante au monde. La seule personne au monde.

— Je crois que tu t'es assez amusée pour aujourd'hui, bougonna-t-il.

— Où est votre goût de l'aventure ? le taquina-t-elle.

— Il est resté là-haut sur la falaise quand tu as plongé, rétorqua-t-il.

Elle se retint de rire, le sentant contrarié. En outre, elle devinait ce qu'elle risquait en le provoquant un peu trop.

Il la désirait. Elle le sentait dur contre son ventre et cela la rendait prudente.

Elle frémit lorsqu'il effleura sa joue du bout de ses doigts rugueux. Son regard s'était soudain chargé de tendresse. Ne sachant pas ce qu'il avait l'intention de faire, elle retint son souffle. Il glissa une mèche derrière son oreille, son pouce s'attardant un long instant sur la courbe de son menton.

Son cœur battait frénétiquement. Il devait sûrement le sentir, se rendre compte de l'effet qu'il lui faisait.

Elle voulait désespérément ce qu'elle savait lui être interdit. Il fouilla son regard, semblant chercher la réponse à une question restée en suspens. Il la serra plus fort contre lui.

Elle savait qu'il allait l'embrasser et ne tenta pas de l'arrêter. Elle voulait sentir ses lèvres sur les siennes, vérifier si c'était aussi merveilleux que dans son souvenir.

Ça l'était.

C'était comme si sa bouche avait été conçue dans ce seul but : se joindre à la sienne.

Ses lèvres étaient douces et chaudes, effleurant les siennes comme une caresse, puis les pressant doucement pendant un long moment.

Ce fut si bref qu'elle en fut dévastée. Elle voulait tellement plus. Cela n'avait fait que raviver la passion qui avait éclaté entre eux la première fois. Une passion refoulée en elle, sous pression, et qui ne demandait qu'à être libérée.

Il la lâcha et elle dut se retenir de se raccrocher à lui. Cependant, le moment était passé.

— Pourquoi avez-vous fait ça ? balbutia-t-elle.

Il parut amusé.

— Il faut vraiment une raison à tout ?

— Oui, répondit-elle machinalement.

— Tu ne peux pas te détendre un peu, apprécier l'instant présent et suivre les élans de ton cœur ?

S'abandonner au plaisir pour le plaisir… cette notion lui était totalement étrangère. C'était incompatible avec son devoir et avec son rang.

— Viens, dit-il. Je vais enfin te montrer ta surprise. On fait la course jusqu'au rivage.

— Ce n'est pas très juste, protesta-t-elle. Je vous ai vu nager.

— Soit, je te donne une longueur d'avance.

Naturellement, il gagna quand même. Ellie se traîna sur la plage et se laissa tomber à son côté, grelottante et épuisée par l'effort. La faible chaleur du soleil hivernal ne pénétrait pas son corps glacé.

Elle frotta ses membres, essayant de récupérer ses sensations.

— La prochaine fois, au lieu d'une longueur d'avance, j'exigerai que vous n'utilisiez pas vos jambes.

Il se mit à rire. Elle était sûre qu'il gagnerait quand même.

— Tu nages vite, observa-t-il. Pour une…

— Ne dites pas ça ! rétorqua-t-elle en claquant des dents. Mes frères l'ont vite appris à leurs dépens. Je ne suis peut-être qu'une fille, mais lorsqu'il s'agit de me venger, je ne manque pas de ressources.

Il la jaugea du regard, ses yeux s'attardant un instant sur ses tétons qui pointaient sous sa chemise mouillée.

— Je n'en doute pas un instant, conclut-il.

Il se leva soudain et tendit la main pour l'aider à en faire autant. Puis il l'entraîna de nouveau vers la falaise.

— On peut replonger ? demanda-t-elle, ravie.

Il s'arrêta net.

— Ça, pas question ! Tu ne veux pas voir ta surprise ?

Elle regarda autour d'elle.

— Où est-elle ?

— Juste devant toi.

Elle scruta le paysage, ne voyant d'abord que la vaste étendue de la plage grimpant doucement sur un coteau verdoyant d'un côté et bordée de la falaise de l'autre.

Puis elle l'aperçut. À une quinzaine de mètres de l'eau, niché entre le versant et la falaise, se dressait un cabanon. Il était trop petit pour être habité. Il aurait été presque invisible s'il n'y avait eu une fine volute de fumée qui s'échappait du toit. Construit entièrement en terre battue, il se fondait dans le décor.

— Qu'est-ce que c'est ?

— J'ai promis que tu te réchaufferais rapidement, non ? répondit-il. C'est ce que mes ancêtres utilisaient après un bain de mer glacé.

Elle écarquilla les yeux.

— Un sauna ?

Il acquiesça, surpris qu'elle ait deviné si rapidement.

— Tu en avais déjà vu un ?

— Non, mais j'en ai toujours eu envie.

Elle le suivit avec empressement, remarquant au passage comment sa tunique et ses braies trempées adhéraient à sa musculature puissante.

Quand il ouvrit la petite porte, ce fut comme si elle se tenait devant un soufflet de forge.

— Vite, dit-il. Il ne faut pas laisser sortir la chaleur.

À l'intérieur, c'était une véritable fournaise. Elle eut d'abord du mal à respirer. L'air était épais et humide, lui emplissant les poumons. Sa peau glacée se réchauffa aussitôt.

Lorsque ses yeux se furent accoutumés à la pénombre, elle regarda autour d'elle. On se serait cru dans une grotte ronde en terre. Le plafond était si bas que le Faucon devait baisser la tête. Le sol était tapissé de larges dalles en pierre. Il y avait un four sur sa gauche empli de gros galets. Face à la porte, deux bancs avaient été sculptés dans le mur, l'un légèrement plus haut que l'autre. Quelques grands seaux d'eau étaient posés dans un coin.

— À quoi servent-ils ? demanda-t-elle.

— Ce que tu es impatiente ! Ils sont pour la fin, mais je peux te montrer tout de suite si tu veux.

Elle acquiesça et il la conduisit au milieu de la pièce.

— Reste là, ordonna-t-il. Et ferme les yeux.

— Pourquoi ?

— Tu veux que je te montre, ou pas ?

Elle fit la grimace et ferma les yeux. Elle l'entendit remuer derrière elle et frémit d'anticipation. Une part d'elle-même espérait que…

— Prête ? demanda-t-il.

En entendant son ton hilare, elle fut prise de doutes.

Trop tard. Un seau d'eau froide se déversa sur sa tête.

Elle resta un moment pétrifiée et ruisselante. Un petit trou à ses pieds faisait office de drain. Derrière le rideau de sa chevelure trempée, elle le vit qui se tordait de rire.

— Désolé, hoqueta-t-il. Je n'ai pas pu résister.

Elle écarta ses cheveux de son visage en pestant, ce qui le fit rire de plus belle. Se rendant compte à quel point elle devait paraître ridicule, elle ne put s'empêcher de l'imiter.

Le premier choc passé, elle devait reconnaître que l'eau l'avait rafraîchie. Ce devait être parfait quand on avait passé un certain temps dans la pièce. Elle essora ses cheveux et secoua sa chemise. Au moins, cela avait rincé le sel sur sa peau.

Elle indiqua l'autre seau.

— Je peux ? demanda-t-elle.

— Je t'en prie.

Il était plus lourd qu'elle ne l'avait cru et elle eut besoin de son aide pour le hisser au-dessus de sa tête. Un déluge d'eau froide se déversa sur lui. Il s'ébroua, l'aspergeant au passage, puis lissa ses cheveux en arrière. Même dégoulinant, il était superbe.

— Ah que ça fait du bien ! s'exclama-t-il.

Il lui montra les bancs dans le mur en terre.

— Assieds-toi. Dans quelques minutes, tu vas vouloir un autre seau.

Elle s'exécuta et ne fut pas surprise quand il prit place à son côté. C'était étrangement relaxant d'être ainsi assise près de lui, en silence, savourant la chaleur purificatrice. Lorsqu'elle devenait trop intense, il jetait un bol d'eau sur les galets et la pièce s'emplissait d'une délicieuse vapeur rafraîchissante.

Elle poussa un long soupir de satisfaction.

— C'est divin. Je pourrais rester ici toute ma vie.

— Les pierres finiront par se refroidir, dit-il avec un sourire. Mais nous avons quand même quelques heures devant nous.

Elle rouvrit les yeux.

— Je plaisantais, précisa-t-elle.

— Pas moi.

Il la regarda d'une manière qui fit mollir ses os, lui indiquant clairement comment il aimerait passer les quelques heures en question.

— Vous m'avez conduite ici pour me séduire ?

Sa franchise le fit sourire.

— C'est ce que tu souhaites ?

— Non, répondit-elle avec plus de véhémence qu'elle n'en ressentait. Je ne peux pas.

La lueur amusée dans son regard se transforma en une détermination féroce. Elle eut l'horrible impression que la danse de séduction de ces derniers jours était terminée.

Il n'avait pas bougé et était toujours adossé au mur, en apparence détendu. Dans ce cas, pourquoi avait-elle en tête l'image d'un serpent prêt à bondir ? Il se pencha vers elle et elle sentit son pouls s'accélérer.

— Pourquoi pas, Ellie ? N'es-tu donc pas curieuse ?

Elle fit non de la tête. Il avait tout l'air de l'oiseau de proie dont il avait emprunté le nom. Et elle se sentait comme un lièvre sans défense.

Il laissa son regard se promener sur son corps et s'attarder sur ses seins. Elle sentit ses tétons durcir sous le poids de cette inspection. Elle savait ce qu'il s'apprêtait à faire mais était incapable de l'en empêcher. Elle ne pouvait même plus respirer.

Il effleura son bras du dos de l'index et elle frémit. Puis il suivit le contour de sa hanche, remonta le long de sa taille jusque sous son sein.

Oh, Seigneur !

Elle sentait la chaleur de sa main à travers le lin de sa chemise. Elle gémit et frissonna quand il toucha enfin l'endroit attendu, décrivant du bout du doigt de petits cercles autour de son téton.

— Je peux te procurer du plaisir, *tè bheag*. Plus de plaisir que tu ne peux imaginer.

C'était déjà le cas. Elle serrait les cuisses pour calmer le picotement entre ses jambes, ses seins étaient lourds et son téton l'élançait.

Ses caresses la rendaient folle. Elle se sentait fébrile et brûlante. Elle voulait que ses mains la caressent, la pétrissent, la marquent de son désir.

Elle voulait céder à la tentation.

Le plaisir pour le plaisir. Rien de plus. Pouvait-elle tout oublier et juste savourer l'expérience ?

C'était ce qu'il faisait : il rendait les femmes folles de plaisir. Toutefois, elle n'était pas comme toutes les autres. Elle était trop raisonnable pour s'abandonner.

Il dut sentir sa lutte intérieure. Il prit son sein dans sa main, le malaxa légèrement, puis pinça son mamelon entre son pouce et son index.

— Laisse-moi te montrer, Ellie. Laisse-toi aller au plaisir. Juste un avant-goût. Je m'arrêterai si tu me le demandes.

Il la regardait droit dans les yeux.

Sans savoir pourquoi, elle lui faisait confiance. À moins qu'elle ne soit prête à croire n'importe quoi tant elle avait envie de lui.

Elle prit sa décision. Pour une fois, elle ne voulait pas réfléchir. Elle ne risquait pas d'y laisser son cœur ; elle était suffisamment maligne pour savoir qu'elle ne devait pas y mêler ses sentiments. Toutefois, c'était une occasion de goûter à la passion ; une passion qu'elle ne trouverait pas dans son lit conjugal.

C'était sans doute mal. Un péché au regard de Dieu. Elle jurait d'être vertueuse jusqu'à la fin de ses jours si elle pouvait jouir de ce moment. Tout serait bientôt terminé et ce séjour idyllique serait oublié. Elle rentrerait chez son père et épouserait Ralph comme son devoir l'exigeait. Mais, pour le moment, elle voulait vivre cette expérience.

Elle le voulait, lui.

L'attente était un supplice. Son petit halètement le rendait fou. Il pouvait voir la passion bouillonner sous la surface, prête à exploser. Seigneur, elle était pratiquement en train de se désagréger sous ses doigts.

Il voulait prendre son sein dans sa bouche, sucer et mordiller ce petit mamelon pointé.

Il était dur comme la pierre. Ces derniers jours avaient été suffisamment difficiles. Être près d'elle, la toucher, la sentir. La voir s'épanouir telle une fleur au soleil. Toutefois, son désir avait atteint un nouveau paroxysme en l'observant dans ce sauna. Rien ne pouvait être plus érotique que de la contempler sur ce banc. Les yeux clos, les joues roses, ses boucles humides retombant autour de son visage... on aurait dit une femme qui venait de connaître un orgasme phénoménal.

Il ne pouvait plus se retenir. Sa patience, déjà limitée, était à bout. Il la voulait et elle le voulait.

Pourquoi s'obstinait-elle à lui résister ?

Il n'avait pas l'habitude qu'on se refuse à lui, ce qu'Ellie n'avait cessé de faire. Le désir entre eux était devenu incontrôlable. Il ne pouvait plus penser à rien d'autre.

Même sa mission était passée au second plan, alors que l'attaque était prévue dans quelques jours. Peut-être était-ce le sentiment d'urgence qui le poussait ainsi, le fait de savoir que, bientôt, ils allaient devoir se séparer.

C'étaient les circonstances qui rendaient son désir si vif. Il n'avait jamais passé autant de temps avec une femme qu'il désirait sans céder à cette attirance. Il obtenait généralement ce qu'il voulait. Le plus surprenant, c'était qu'il ait pris du bon temps sans cette satisfaction.

Il n'était pas resté aussi longtemps sans femme depuis son entraînement sur l'île de Skye avec la garde secrète. Et encore, dans ce cas, cela n'avait pas été volontaire, il n'avait pas eu d'occasions. Or, depuis son arrivée sur Spoon, ce n'était pas les possibilités qui lui avaient manqué. Pourquoi n'en avait-il pas profité ?

Parce qu'il ne voulait qu'elle.

Il repoussa cette idée dérangeante. Il appréciait la gouvernante et, même, l'admirait, mais elle n'était pas différente des autres.

Plus autoritaire, sans doute. Plus intelligente et moins encline à gober tout ce qui sortait de sa bouche. Et certainement plus frustrante. Mais elle n'était pas plus spéciale que toutes les autres femmes qu'il avait voulues dans son lit. Une fois qu'il aurait soulagé la tension qui s'était accumulée en lui, tout rentrerait dans l'ordre.

Il soutint son regard pendant un instant qui lui parut une éternité. Lorsqu'elle acquiesça, il se sentit envahi par une satisfaction purement masculine. Il allait la prendre dans ses bras, mais elle l'arrêta.

— Attendez.

Il se figea. *Je t'en prie, ne change pas d'avis.*

— Vous ne…

Elle était trop gênée pour achever sa question, mais il la comprit néanmoins.

Il ne put s'empêcher d'être amusé. Elle craignait qu'il ne soit incapable de se contrôler. C'était mal le connaître. Comme si le plaisir pouvait lui faire perdre la tête ! Surtout avec une pucelle sans expérience.

— Tu resteras vierge, la rassura-t-il.

Sa vertu resterait intacte pour son mari. Il plissa le front. Avait-elle quelqu'un en tête ? Était-ce la raison de sa résistance ?

Il ressentit une pointe de colère en se rendant compte qu'il ne savait pratiquement rien d'elle. Il fut tenté de l'interroger, avant de se souvenir que cela ne le regardait pas. Toutefois, il avait la ferme intention d'effacer tout autre homme de son esprit.

Il avait hâte de la faire crier. Pour lui. Rien que lui.

Il se pencha sur elle et l'embrassa à nouveau, sentant un étrange élancement dans sa poitrine quand elle glissa les bras autour de son cou et s'abandonna à lui.

Enfin.

14

Lorsqu'il la prit dans ses bras et pressa sa bouche contre la sienne, Ellie sentit une bulle éclater en elle. Les émotions, le désir, la passion qu'elle avait tant retenus explosèrent dans un torrent de sensations et de chaleur.

Toutes ses hésitations disparurent. C'était ce qu'elle désirait. Elle le désirait, lui. Plus que tout au monde. Il serait toujours temps de le regretter plus tard. Pour l'heure, elle voulait savourer ce moment.

Le velours de ses lèvres, le goût épicé de son souffle, l'incroyable dureté de son corps, la chaleur de sa peau… Elle voulait fondre en lui et croire que cela durerait toujours.

Ses lèvres étaient douces mais insistantes, réclamant une réponse qu'elle était prête à donner. Elle lui rendit son baiser avec toute la ferveur de sa passion innocente.

Il semblait vouloir prendre son temps, laisser ses caresses s'attarder, la rendre folle d'anticipation. Il lui avait promis du plaisir et il le lui donnait. Mais pas assez vite.

Il procédait lentement, de manière réfléchie, ce qui lui rappela qu'il avait déjà fait ça d'innombrables fois. Or, elle voulait connaître sa fougue, sentir la pleine puissance de son désir pour elle, savoir que la folie qui s'était emparée d'elle le brûlait lui aussi.

Elle s'était allongée sur le banc et il était penché sur elle. Cela ne suffisait pas. Elle avait besoin de sentir le poids de son corps sur elle. Elle l'attira à elle, essayant de lui communiquer silencieusement son envie, mais il redressa la tête et émit un petit rire.

Il caressa sa lèvre, encore humide de son baiser.

— Patience, *tè bheag*. Chaque chose en son temps.

Il ne comprenait donc rien ?

— Mais je…

Il posa l'index sur ses lèvres pour la faire taire.

— Pas d'ordres, Ellie. Tu veux que j'arrête ou tu vas me laisser procéder à ma manière ?

Elle envisagea de le provoquer. Après tout, elle n'était pas la seule à avoir le souffle court. Puis elle se ravisa. Maintenant qu'il avait commencé cette danse diabolique, elle ne voulait surtout pas qu'il s'arrête avant la fin. Elle acquiesça.

— Bien, dit-il avant de remplacer son doigt par ses lèvres.

Il était cruel. Il la torturait avec chacune de ses caresses mesurées jusqu'à la faire frémir d'impatience. Quand il lui écarta enfin délicatement les lèvres, elle gémit de satisfaction en sentant la chaleur délicieuse de sa langue envahir sa bouche. La sensation était encore suffisamment nouvelle pour la faire frissonner de plaisir.

Cette fois, elle savait comment lui répondre. Lorsque leurs langues s'entremêlèrent, elle fut récompensée par un profond grognement de plaisir mâle qui résonna dans tout son corps. Sentant qu'il commençait à perdre un peu de son sang-froid, elle se jeta à corps perdu dans ce baiser.

Cela fonctionna. À chaque coup de langue érotique, il devenait plus exigeant. L'embrassant plus fort, plus profondément.

L'air étouffant du sauna brouillait ses sens. Tout paraissait si intense ! Les pointes dures de ses seins l'élançaient, réclamant la pression de ses mains ou le poids de son torse. La fente douce entre ses cuisses était humide et palpitait.

Elle enfonçait les doigts dans les muscles de son dos et les sentait rouler sous ses mains.

Il abandonna sa bouche et posa ses lèvres sur sa gorge, puis sur la courbe sensible de son épaule.

Elle s'efforça de refréner les battements frénétiques de son cœur quand il s'écarta pour dénouer les lacets de sa chemise. Elle sentit à peine l'air chaud sur ses seins nus avant qu'il ne les prenne dans ses mains, et soupira de plaisir quand ses paumes calleuses les pressèrent.

— Dieu que tu es belle !

Elle le regarda sous ses paupières mi-closes, gênée de se rendre compte qu'il fixait ses seins comme s'il n'avait jamais rien vu d'aussi spectaculaire. Ce n'était pourtant pas les proportions généreuses auxquelles il était habitué.

Il laissa glisser un doigt sur la pointe de l'un de ses mamelons.

— Tu as de tout petits tétons roses, observa-t-il. Je n'en ai jamais vu d'aussi adorables.

Elle sentit son souffle brûlant sur sa peau. Sa bouche n'était qu'à quelques centimètres. Tout en la regardant dans les yeux, il lui donna un petit coup de langue qui la fit frémir. Elle aperçut dans ses yeux une lueur sombre qu'elle ne reconnut pas, puis il prit son sein entre ses lèvres.

Des décharges exquises la parcoururent. D'instinct, elle cambra les reins pour s'offrir davantage à sa bouche et glissa les mains dans la masse de ses cheveux, lui tenant la nuque pour accentuer la pression. Il suça avidement son téton puis le mordilla doucement jusqu'à lui arracher un petit cri de plaisir.

C'était comme s'il aspirait quelque chose profondément enfoui en elle. Chacune des sensations provoquées par les mouvements de sa bouche se répercutait dans l'endroit sensible entre ses cuisses. L'élancement. La chaleur. L'urgence.

Il émit un grondement sourd et viril puis se déplaça légèrement pour pouvoir glisser une main sous l'ourlet de sa chemise. Le frôlement de ses doigts sur sa cuisse l'extirpa soudain de sa douce hébétude. Elle se raidit et serra les genoux, lui emprisonnant la main.

— Non, gémit-elle. Il ne faut pas.

Il releva la tête et sourit.

— Détends-toi, mon cœur. Tu n'as pas à t'inquiéter. Je vais juste te caresser. Ça va te plaire.

Mais cela paraissait si... intime.

Elle se mordit la lèvre et il se redressa pour l'embrasser.

— Fais-moi confiance, murmura-t-il contre ses lèvres.

Puis il l'embrassa à nouveau, goulûment, dardant sa langue vorace profondément en elle.

Lentement, elle desserra les cuisses, libérant sa main.

Un instant plus tard, elle ne le regretta pas.

Le premier effleurement de son doigt la fit trembler. Dès le second, elle en redemandait. Puis, la troisième fois, il plongea son index en elle et elle gémit, venant d'entrapercevoir le paradis.

Il s'écarta de sa bouche et elle entendit son souffle court et saccadé.

— Seigneur, tu es si douce et humide.

À sa voix rauque, elle devina que c'était une bonne chose.

Posant sa paume sur son mont de Vénus, il décrivit de petits cercles en elle. Une onde de chaleur tourbillonnait entre ses cuisses et elle sentit une tension électrique s'accumuler dans tout son corps. Il accéléra ses mouvements, décrivant de rapides va-et-vient avec son doigt jusqu'à ce qu'elle soulève ses hanches pour l'inviter toujours plus profondément.

Erik luttait pour contrôler le martèlement puissant de son propre cœur. La réactivité d'Ellie le sidérait. Qui aurait cru que derrière cette façade de bienséance se cachait l'âme d'une tentatrice ? Il avait vu juste au sujet de sa nature passionnée trop longtemps refoulée, mais il n'avait pas prévu qu'elle la libérerait avec un tel enthousiasme. Elle semblait vouloir rattraper le temps perdu.

Devant un tel déferlement, un homme risquait vite d'être dépassé. Heureusement pour elle, il était à la hauteur. Cela dit, il avait un mal fou à se rappeler qu'il ne pouvait pas la pénétrer, surtout quand elle pressait ses hanches contre sa main tandis qu'il caressait le petit point tendu et moite entre ses cuisses.

Quant à ses délicieux petits seins... Ils l'avaient surpris, au point qu'il se demandait s'il n'avait pas eu tort de ne pas s'intéresser davantage aux petites poitrines par le passé. Ce qu'elle n'avait pas en volume et en poids, elle le compensait largement par la forme. Il n'avait encore jamais vu d'aussi jolies masses de chair crémeuse. Ronds et fermes, ils tenaient parfaitement dans ses mains. Et puis il y avait ces merveilleux petits tétons... Ravissants et roses, ils lui rappelaient deux baies bien mûres qu'il ne lui restait plus qu'à cueillir entre ses dents.

Elle gémit et se trémoussa contre sa main.

Magnifique. Il contempla son visage métamorphosé par le plaisir et ressentit une étrange pression dans sa poitrine, une aspiration profonde comme il n'en avait encore jamais ressenti. C'était une nouvelle forme de désir. Un désir important, qui avait du sens. Il ne voulait pas simplement la faire jouir, il la voulait tout entière avec une férocité qui tenaillait tout son corps.

Fichtre. La sueur perlait sur son front tandis qu'il s'efforçait de procéder lentement. Elle était si ardente et humide. Sa peau était si douce et veloutée ; son corps si réceptif. Et ces petits gémissements qui le rendaient fou.

Il ne se souvenait pas d'avoir autant désiré une femme. Sa verge dure frottait contre son bas-ventre, si tendue qu'elle en était presque douloureuse. Son cœur battait jusque dans ses tempes.

Le sauna n'était peut-être pas une si bonne idée que ça. La chaleur lui jouait des tours, altérant ses perceptions. Sa peau paraissait en feu. Toutes ses sensations semblaient intensifiées.

Ralentis. Respire.

Cela ne fonctionnait pas. Sa poitrine semblait comprimée, ses muscles raides.

Que lui arrivait-il donc ? Cela ne se passait pas du tout comme prévu. Il voulait prendre son temps, lui faire profiter de chaque instant, de chaque caresse. Pour Ellie, c'était la première fois et il tenait à ce que ce soit parfait. Au lieu de cela, il avait les doigts lourds, les gestes maladroits et saccadés. Pire encore, il était à deux doigts de se répandre dans ses braies comme un puceau surexcité.

Sa réputation d'amant exceptionnel risquait d'en prendre un sérieux coup.

Ellie ne pouvait plus retenir ses gémissements à présent. Elle haletait et se tortillait sous sa main.

— Je t'en prie… supplia-t-elle.

Son imploration libéra en lui des pulsions primaires et il ne pensa plus qu'à arracher leurs vêtements, à frotter leurs corps nus l'un contre l'autre jusqu'à ce qu'ils ruissellent de sueur, jusqu'à ce qu'il la pilonne profondément et que ses râles de plaisir résonnent à ses oreilles.

Il ne tiendrait plus ainsi bien longtemps.

Elle approchait de son paroxysme. Elle en était si près qu'elle ne lui opposerait aucune résistance quand elle découvrirait ce qu'il comptait lui faire. Même s'il était au supplice, il tenait à faire de ce moment une expérience qu'elle n'oublierait jamais.

Elle cria de frustration quand il retira sa main. C'était comme si elle avait grimpé progressivement vers un sommet extraordinaire qui lui avait été interdit au dernier instant.

— Ne t'inquiète pas, mon cœur. Ce sera encore mieux. Il faut absolument que je te goûte.

Il va m'embrasser à nouveau, pensa Ellie en se délectant d'avance. Tout ce qui pourrait libérer ce plaisir comprimé en elle était bienvenu.

Il s'agenouilla entre ses jambes et remonta lentement sa chemise jusqu'en haut de ses cuisses. Quand il se baissa, un éclair de lucidité transperça son esprit embrumé par le plaisir.

Elle sursauta, choquée et... honteusement curieuse. Non, il ne ferait pas ça. C'était trop dépravé.

D'instinct, elle voulut serrer les cuisses mais il était trop tard. Elle sentit sa langue et le plaisir fut si intense que ses réserves fondirent aussitôt en une onde de chaleur. Elle mourrait de honte plus tard ; pour le moment, il ne fallait pas qu'il s'arrête.

Elle n'aurait jamais imaginé connaître des sensations aussi délicieuses.

Il avait posé les mains sur ses hanches, la tenant fermement.

— Ouvre les yeux, Ellie.

Elle s'exécuta.

— Je veux que tu me regardes te lécher.

Leurs regards se rencontrèrent. Voir sa bouche si près... cela paraissait si délicieusement érotique et osé qu'elle en oublia toute pudeur. Elle tremblait de désir. Jamais elle ne s'était sentie aussi vulnérable et pourtant, elle avait pleine confiance en lui.

Il déposa un baiser entre ses cuisses et elle fondit. Sa bouche était si chaude et douce. Sa langue s'insinua en elle, puis décrivit de petits mouvements circulaires jusqu'à ce qu'elle referme ses cuisses autour de son cou. Elle crut mourir de plaisir.

Son baiser se fit plus fougueux, sa langue s'enfonçant plus profondément, titillant, léchant. Elle souleva les hanches vers lui, sentant un séisme venir. La tension en elle approchait son point d'éruption.

— Oh, mon Dieu ! cria-t-elle.

Elle ne pouvait plus se retenir, elle était en ébullition.

— C'est ça, mon cœur, susurra-t-il. Jouis pour moi.

Elle se désagrégea, une boule de feu entre ses cuisses explosant en une myriade d'étincelles qui s'éparpillèrent jusque dans les moindres recoins de son corps. Elle palpitait contre sa bouche et il la maintint entre ses lèvres jusqu'à ce que le dernier spasme de plaisir l'ait parcourue.

Peu à peu, les battements de son cœur ralentirent et elle reprit conscience de son environnement. Il s'était écarté mais serrait encore le bas de sa chemise entre ses doigts.

Il avait le souffle court et paraissait soudain raide. Elle posa une main sur son épaule nouée et il sursauta.

— Que se passe-t-il ? demanda-t-elle.

Il leva la tête vers elle. Ses beaux traits étaient tirés et son regard sombre. Il semblait souffrir terriblement.

— Rien, grogna-t-il.

Il se redressa et inspira laborieusement. Puis il ajouta plus doucement :

— Si tu veux sortir d'ici encore vierge, j'ai besoin d'une petite pause.

Elle écarquilla les yeux, comprenant qu'il luttait pour se maîtriser.

— Oh, fit-elle en rabaissant sa chemise.

Il n'avait pas pris de plaisir. Était-ce pareil pour lui ? Se sentait-il comme elle lorsqu'il avait retiré sa main ?

— Je... je peux faire quelque chose ?

Il crispa les mâchoires et secoua la tête.

— Je m'en occuperai plus tard, répondit-il.

S'en occuper ? Elle comprit soudain. Elle ne voulait pas qu'il aille avec une autre femme.

— Non ! S'il te plaît, je veux le faire. Montre-moi comment.

Erik n'en croyait pas ses oreilles. Il avait déjà suffisamment de mal à se maîtriser. La voir jouir l'avait excité à un point qu'il n'aurait jamais cru possible, le poussant à l'extrême limite de son sang-froid. Il aurait suffi d'un rien pour qu'il perde la tête et sa proposition n'arrangeait rien.

Il fit non de la tête.

— Tu ne sais pas à quoi tu t'engages.

Elle était vierge, nom de nom !

Ellie posa une main sur sa jambe et il se raidit.

— Je sais que je veux te donner du plaisir, déclara-t-elle. Comme tu m'en as donné.

Elle se mordit la lèvre et lui lança un regard timide.

— C'est possible ? demanda-t-elle.

Et comment ! De multiples façons.

Erik ferma les yeux tout en sachant qu'il ne servait à rien de tergiverser. La perspective de ses caresses était simplement trop tentante pour qu'il les refuse.

Elle voulait le faire jouir. D'ordinaire, c'était lui qui donnait du plaisir, que ce soit dans un lit ou en divertissant les autres autour du feu. Personne ne lui demandait jamais ce qu'il voulait. Décidément, Ellie ne faisait rien comme tout le monde.

— Explique-moi comment, insista-t-elle.

Il la regarda dans les yeux, chaque parcelle de son corps tendue comme un arc. Il eut du mal à prononcer les mots.

— Je ne peux pas.

Au lieu de cela, il lui montra. Sans la quitter des yeux, il lui prit la main et la posa doucement sur son sexe.

Le contact le fit gémir, tout comme le petit hoquet de surprise qui s'échappa de ses lèvres entrouvertes. Elle déglutit péniblement. Quand elle ne retira pas sa main, il remercia tous les dieux du ciel.

Il savoura la sensation aussi longtemps qu'il le put.

Il n'allait pas tenir longtemps. Sa fameuse endurance n'était plus ce qu'elle était. Ellie était en train de ruiner sa réputation, même si personne ne la croirait. Il avait lui-même du mal à le croire.

Elle sembla se remettre rapidement de sa surprise initiale. Il le regretta presque, jusqu'à ce que sa petite gouvernante trop curieuse commence à l'explorer méticuleusement, le touchant tout doucement comme si elle avait peur de le casser. Elle promena ses doigts sur toute sa longueur à travers ses braies, puis tenta de mesurer sa circonférence. Sa main était petite, lui ne l'était pas. Elle pouvait à peine faire le tour avec ses doigts.

Elle le pressa doucement. Il émit un grognement qui était à la fois de plaisir et de douleur. Sa verge se contracta et se mit à palpiter.

Elle ôta précipitamment sa main.

— Pardon, je t'ai fait mal ?

Il secoua vigoureusement la tête. Il était tellement sur le point d'exploser qu'il ne parvenait plus à penser.

— Pas du tout, c'est parfait, parvint-il à dire.

Elle sourit et le toucha à nouveau. Il soupira d'aise en sentant sa main sur lui. Il se pencha en arrière et ferma les yeux, essayant de ne pas penser à ce qu'elle lui faisait tout en savourant chaque sensation. Sa chaleur, la caresse de son doigt qu'elle laissa traîner lentement de la racine de sa verge jusqu'à la pointe de son gland épais et hypersensible. Puis la pression exquise quand elle referma enfin la main sur lui.

Quand elle commença à tripoter les lacets de ses braies, son pouls s'accéléra. Il retint son souffle, priant à nouveau les dieux.

Ils étaient à l'écoute.

— Je peux ? demanda-t-elle.

Il acquiesça, tout son corps entièrement tendu dans l'attente. Elle s'empêtra les doigts dans les nœuds.

Seigneur, comment une femme aussi efficace pouvait-elle prendre autant de temps ?

Enfin elle le libéra et son érection jaillit à l'air libre.

Elle écarquilla les yeux et il se sentit durcir encore sous le poids de son regard fasciné. Au bout de quelques instants, elle leva les yeux vers lui.

— Tu sembles beaucoup plus puissant que les autres hommes que j'ai vus.

Il parvint à esquisser un sourire. Pour une fois, elle ne trouvait rien à lui reprocher.

— Tu en as vu tant que ça pour pouvoir comparer ?

Elle rougit furieusement et il en aurait ri s'il n'avait pas été si tendu.

— Bien sûr que non ! protesta-t-elle. Mais j'ai des frères, et j'ai souvent vu des hommes se soulager dans la nature.

Il était trop excité pour la taquiner davantage.

— Prends-moi dans ta main, Ellie.

Elle avança timidement les doigts. Il grogna en les sentant sur sa peau nue, puis en voyant l'émerveillement dans ses yeux.

Elle l'explora à nouveau, ses petites observations le rendaient fou. Il devait se retenir de pousser son membre brûlant dans sa main et de s'abandonner au puissant désir qui le consumait.

Lorsque, tout en humectant sensuellement ses lèvres, elle passa son pouce sur la tête de sa verge en faisant perler une goutte épaisse, il crut défaillir.

Il saisit son poignet et la regarda dans les yeux.

— Tu me tues.

— Vraiment ?

Elle en parut ravie.

Petite dévergondée. Il referma sa main sur la sienne.

— Caresse-moi, Ellie.

Il lui montra comment, lui faisant décrire des va-et-vient en appliquant une légère pression jusqu'à ce qu'elle trouve son rythme.

Il sentit la tension s'accumuler à la base de sa colonne vertébrale. Ses bourses se contractèrent, les muscles de son ventre se nouèrent. Il luttait pour retarder l'échéance, ne voulant pas que cela se termine trop vite, désirant étirer au maximum chaque instant de plaisir.

Il n'en pouvait plus. Un instant encore...

Il allait exploser, libérer la tension comme il l'avait fait d'innombrables fois. Puis il commit une erreur. Il la regarda dans les yeux et se sentit emporté par un courant plus puissant que tous ceux qu'il avait affrontés en mer. Il se noyait dans un tourbillon d'émotions auxquelles il ne pouvait résister.

Le lien qu'il sentait entre eux ne ressemblait à rien d'autre. Il était sauvage, intense et plus puissant qu'il ne l'aurait cru possible.

C'en était trop. Il se sentait nu, comme si elle venait de voir une partie de lui qu'il n'avait jamais montrée à personne. Il voulait détourner les yeux mais en fut incapable.

Il poussa un cri rauque et cambra les reins tandis que la tension explosait enfin et que de profonds spasmes naissaient entre ses jambes.

Elle ne le lâcha pas un instant, ni du regard ni de la main, drainant jusqu'à la dernière goutte de son plaisir. Il s'effondra à ses pieds, vidé, épuisé, comme s'il venait d'effectuer l'un des exercices d'entraînement de MacLeod. Lorsqu'il eut repris son souffle et leva les yeux vers elle, elle l'observait avec une adorable expression émerveillée. On aurait dit qu'elle venait d'élucider un passionnant mystère.

Il sentit sa poitrine s'emplir de tendresse. Il lui prit le menton et regarda dans ses pupilles lumineuses parsemées d'éclats verts. Il déposa un baiser sur ses lèvres puis murmura :

— Merci.

Elle rosit de plaisir.

— Je n'aurais jamais pensé que...

Elle n'acheva pas sa phrase, mais il comprit ce qu'elle avait été sur le point de dire : que ce pouvait être si merveilleux.

Lui non plus. Il n'avait pas été aussi excité depuis... Diable, il ne s'en souvenait même pas. Sa petite gouvernante s'avérait une très agréable surprise.

Et elle n'avait pas encore terminé.

— On peut recommencer ? demanda-t-elle avec toute l'exubérance d'un enfant à Noël.

Il gémit. Voulait-elle sa mort ?

— Un homme a besoin d'un temps de repos, expliqua-t-il.

Toutefois, quand il la prit dans ses bras et l'embrassa, glissant une main entre ses cuisses pour l'emmener à un nouveau paroxysme, il se rendit compte qu'il n'avait pas besoin d'autant de temps que cela.

Ce devait être l'effet du sauna.

15

Le lendemain, Ellie était lovée contre le Faucon, sa tête reposant sur sa poitrine tapissée de cuir, encore inondée du bien-être que leur avaient procuré leurs ébats. Elle écoutait les battements puissants et rapides de son cœur en se disant qu'elle n'avait jamais entendu une musique aussi merveilleuse.

C'était elle qui l'avait mis dans cet état. Ce qui s'était passé la veille n'était pas le fruit de son imagination. Qu'une fille comme elle puisse tenir un homme comme lui dans le creux de la main, littéralement, et le rendre fou de désir était une découverte grisante. Sa première expérience du pouvoir des sens lui avait tourné la tête, l'enivrant au point qu'elle s'était éclipsée au milieu de la journée pour une autre petite escapade galante.

C'était un péché, c'était mal, c'était une trahison de la promesse qu'elle avait faite à Ralph. Elle le savait pertinemment. Toutefois, quand il s'était approché par-derrière dans le jardin et lui avait chuchoté de le retrouver dans la grange, sa conscience n'avait lutté qu'une trentaine de secondes. La tentation était encore plus grande maintenant qu'elle avait goûté au fruit défendu.

Elle soulagea son sentiment de culpabilité en se répétant qu'elle ne faisait rien d'irréparable. Après avoir été l'incarnation même de la bienséance et avoir veillé aux besoins de tout le monde durant des années, elle méritait bien ces quelques moments de bonheur égoïste. Toutefois, au fond d'elle-même, elle savait qu'elle essayait de justifier l'injustifiable.

Cela paraissait pourtant tellement évident. Quand elle regardait ses yeux tandis qu'ils s'entraînaient l'un l'autre vers des sommets de plaisir inouï, elle savait qu'elle ne connaîtrait plus jamais rien de semblable. Peut-être avait-elle commis une erreur, car, désormais, elle devrait poursuivre sa vie en sachant ce qui lui manquait.

Mais elle n'aurait aucun regret.

Elle se blottit contre lui et soupira de contentement. Elle voulait retenir cet instant le plus longtemps possible. Qui aurait pensé que lady Elyne de Burgh, l'une des plus grandes héritières d'Irlande, se sentirait aussi bien couchée sur un tas de foin dans une grange délabrée qui sentait le moisi et le bétail, lovée dans les bras d'un pirate ?

Pourtant, elle ne s'était jamais sentie aussi choyée et protégée… ni aussi heureuse.

Elle aurait presque pu se convaincre qu'il y avait quelque chose entre eux ; que ces émotions qu'ils ressentaient en se caressant mutuellement n'étaient pas que de la luxure ; que lorsqu'il la regardait dans les yeux, il ressentait la même connexion émouvante et intense qu'elle.

Presque.

Elle ne devait jamais oublier que ce n'était qu'une passade sans importance. *Le plaisir pour le plaisir*. Même s'il était de plus en plus difficile de s'en souvenir quand ses propres sentiments étaient tellement confus.

Il dessinait de lents cercles dans son dos.

— À quoi penses-tu ? demanda-t-il doucement.

Elle hésita, ne voulant pas mettre à l'épreuve la frontière tacite qu'ils avaient tracée entre eux.

— Je ne connais même pas ton vrai nom.

Il se raidit. L'espace d'un instant, elle n'entendit plus que le bruit de son cœur. Elle savait déjà quelle serait sa réponse.

— Je ne peux pas te le dire. Il y a des choses qui… C'est compliqué. Crois-moi, il vaut mieux que tu l'ignores.

Compliqué… alors que leur histoire ne l'était pas. Elle eut un pincement au cœur. *Ce n'est rien de spécial, rien de sérieux*.

— Je comprends, murmura-t-elle.

Il inclina la tête et la força à le regarder.

— Tout ceci est nouveau pour toi, *tè bheag*. Ce que tu ressens… c'est parfaitement normal, mais ne confonds pas le plaisir avec autre chose.

La bonté de son regard ne rendit sa remarque que plus cuisante. Elle sentit ses joues s'empourprer. Si elle n'avait pas été aussi mortifiée, elle aurait vu l'ironie de la scène : n'était-ce pas elle qui, quelque temps plus tôt, l'accusait de confondre le plaisir et l'amour ? Dans son état de trouble intérieur, ce fut comme une pincée de sel sur une plaie à vif.

Le regret dans sa voix soulagea un peu sa blessure.

— Tu ne peux pas comprendre, dit-il. Nous ne pouvons pas faire autrement, pour le moment.

Pour le moment. Elle s'efforça de ne pas attacher trop d'importance à ces quelques mots, mais son cœur déraisonnable s'y raccrocha quand même.

Elle se répéta toutes les raisons pour lesquelles leur histoire était impossible. Outre le fait qu'elle était fiancée et fille de comte alors que lui était hors la loi, ce qui constituait déjà des barrières considérables, il y avait également ses sentiments pour elle, ou plutôt leur absence. Pour lui, ce n'était qu'une façon agréable de tuer le temps, rien de plus.

Pourtant, ce n'était pas l'impression qu'il lui donnait.

— Et si tu m'appelais par un autre nom ? proposa-t-il.

La lueur espiègle dans son regard la mit sur ses gardes.

— Comme Dieu, peut-être ? poursuivit-il. Tu aimes bien prononcer ce mot quand tu es sur le point de…

— Tu es un monstre ! l'interrompit-elle en lui donnant un coup sur l'épaule.

Elle aurait dû lui en vouloir de reprendre ses plaisanteries, mais cela lui rappelait qu'elle ne devait pas se laisser emporter par ses sentiments. Elle lui adressa son air renfrogné de gouvernante.

— Tu mets en péril l'immortalité de ton âme avec de tels blasphèmes.

— Mon âme est en péril depuis bien longtemps… et pour bien pire.

— J'imagine.

Il poussa un profond soupir et lâcha sa taille afin qu'ils puissent se relever.

— Il faut que je rejoigne mes hommes, et tu ferais bien de rentrer à la maison avant que ton chien de garde ne te cherche.

Elle rougit. Thomas, qui était presque rétabli, ne cachait pas sa désapprobation de la voir partir tous les jours seule avec le Faucon.

— Il n'est pas mon chien de garde, protesta-t-elle.

Il lui lança un regard auquel elle ne daigna pas répondre.

Ils remirent de l'ordre dans leurs tenues, faisant tomber la terre et la paille. Elle avait l'air de s'être roulée dans le foin. Ce qui était plus ou moins le cas.

Pour ajouter encore à l'aspect clandestin de leur rencontre, ils étaient tous les deux entièrement habillés. Ils ne pouvaient risquer d'être surpris et le Faucon n'avait pas eu beaucoup de temps. Ils n'avaient pas pu explorer l'île aujourd'hui et elle devinait pourquoi. Son château de cartes allait bientôt s'effondrer.

Il glissa la lanière de son épée en bandoulière, puis saisit sa hache et sa targe qu'il avait adossées à une stalle en bois. À l'odeur, elle supposa qu'elle renfermait des moutons.

— Dans combien de temps partons-nous ? demanda-t-elle.

Il grimaça.

— Tu sais vraiment comment saper l'assurance d'un homme, railla-t-il. Tu t'ennuies déjà ?

Elle sourit, mais ne se laissa pas distraire.

— Ta confiance est indemne. Quand ?

— Demain, soupira-t-il. Tard dans la nuit.

Son ventre se noua. Seigneur, il ne leur restait même pas deux journées pleines. Elle comprit à quel point elle était tombée sous son charme quand la vérité lui sauta au visage : elle ne voulait pas rentrer chez elle. Elle voulait rester avec lui. Elle se mordit la lèvre, scrutant son visage, mais son expression était indéchiffrable.

— Déjà ?

Il haussa les épaules avec un sourire espiègle.

— Je peux toujours décider de te garder avec moi, dit-il.

Son cœur fit un bond. Bien sûr, il n'était pas sérieux. Elle s'efforça de sourire à son tour.

— Je doute que ma famille apprécie.

— Je pourrais t'obliger à rester, déclara-t-il avec une note étrange dans la voix.

Elle ne pouvait croire qu'il le pensait réellement. Il avait trop d'honneur pour commettre un acte aussi barbare.

— Ton numéro de pirate ne prend pas avec moi, rétorqua-t-elle.

— Ah non ?

— Tu veux savoir ce que je pense ?

— Je n'ose pas l'imaginer.

Elle ne se laissa pas démonter par son sarcasme.

— Je pense que cette île fait partie des terres volées à ton clan. Je crois aussi que, lorsque ce vieux villageois t'a appelé *taosiseach*, il ne s'est pas trompé.

Cela expliquait pourquoi il connaissait l'île dans ses moindres recoins ; les grottes, le sauna. Bien qu'il se soit efforcé de la tenir à l'écart des insulaires durant leurs promenades, ceux qu'ils croisaient le traitaient toujours avec la plus grande déférence, presque comme un roi.

Elle observa sa réaction pour vérifier si elle avait vu juste, mais il demeura parfaitement neutre.

— Tu remets ça avec tes délires de grandeur ? dit-il en feignant la déception. Tu devrais me laisser raconter les histoires, je suis plus doué que toi. Quels que soient les rêves qui se promènent dans ta tête, mon cœur, il faudra te faire une raison : je ne suis qu'un hors-la-loi. Ne l'oublie pas.

Elle perçut l'avertissement, sans pour autant être convaincue qu'elle se trompait. De toute manière, il ne le lui dirait pas. Elle ne saurait jamais si cela changeait quelque chose.

Erik n'en revenait pas. Comment avait-elle pu deviner ? Il n'aurait jamais dû lui parler de son clan et de ses terres. Il ne l'avait fait que parce qu'il ne voulait pas la blesser. Or, c'était exactement ce qu'il venait de faire.

Il aurait dû savoir qu'elle prendrait leur petite aventure à cœur. Ellie était le genre de femme qui prenait tout au sérieux.

Il percevait le danger : elle commençait à trop s'attacher. Pourtant, il ne pouvait s'empêcher de revenir vers elle. Son petit avant-goût ne lui avait pas suffi, il voulait plus. Beaucoup plus.

En fait, le sauna n'y était pour rien. Aujourd'hui encore, il avait eu autant de mal à se contenir. Quelque chose chez cette fille lui faisait perdre la tête.

Il aurait dû être avec ses hommes, se préparant pour la bataille la plus importante de leur vie, et planifiant leur retour en Irlande à travers un canal infesté d'Anglais. Au lieu de cela, il s'éclipsait comme un jouvenceau avec sa première conquête pour quelques moments de badinage clandestin.

Dieu que cela en valait la peine ! Cela faisait bien longtemps qu'il n'avait pas connu un plaisir pareil.

Toutefois, le plaisir devenait trop compliqué.

Il espérait être parvenu à dissiper ses rêveries romanesques. Pirate ou pas, il était bel et bien un hors-la-loi et n'était pas en posture de lui offrir quoi que ce soit, même s'il l'avait voulu. Ce qui n'était pas le cas.

Il avait plaisanté en proposant de la garder avec lui. S'il avait été piqué par son refus immédiat, ce n'était que par orgueil.

Il l'observa tandis qu'elle achevait de remettre de l'ordre dans sa tenue. Elle évitait soigneusement de le regarder, ce qui signifiait qu'elle avait compris le message.

Alors qu'ils se dirigeaient vers la porte de la grange, il sentit à nouveau cette tension s'accumuler dans sa poitrine. L'envie irrépressible et folle de la rendre heureuse.

Elle posa la main sur la poignée. *Laisse-la partir. Cela vaut mieux ainsi.*

— Attends ! lâcha-t-il malgré lui.

Elle se retourna lentement et pencha la tête sur le côté, l'air interrogateur.

Il ne savait pas quoi dire, ce qui était un comble pour lui.Elle attendait. Pour un peu, il aurait piétiné de frustration. Puis un détail attira son attention et il trouva sa planche de salut. Il tendit la main et ôta un brin de paille pris dans ses cheveux.

— Tu risques d'avoir du mal à expliquer ça, observa-t-il.

Les joues d'Ellie rosirent. Il n'avait jamais vu une femme rougir d'une manière plus adorable.

Ils se dévisagèrent un long moment, puis il se détourna enfin.

— Tu devrais partir la première, suggéra-t-il.

Elle acquiesça et ouvrit la porte. Elle se retourna sur le seuil et demanda :

— On se voit ce soir ?

Il savait qu'il aurait dû dire non ; cela rendrait la séparation plus facile. Il hocha la tête malgré lui.

La chaleur de son sourire l'enveloppa dans une douce étreinte. C'était insensé ; il pouvait percevoir ses émotions presque aussi clairement que les siennes. Comme si le bonheur de cette femme lui importait plus que le sien.

Il l'observa s'éloigner et attendit qu'elle eût disparu dans la maison avant de sortir à son tour.

Il avait presque rejoint le bord de la falaise quand il entendit quelqu'un derrière lui. Au pas lourd et bruyant, il devina de qui il s'agissait avant même de se retourner.

Randolph, le visage rougeaud, avait endossé son armure pour la première fois depuis sa mésaventure. Apparemment, l'eau de mer avait été plus bénéfique à la cotte de mailles qu'au jeune chevalier. Elle rutilait comme une pièce d'argenterie venant d'être astiquée. En revanche, Randolph avait maigri et marcher à grands pas semblait l'avoir épuisé. Il était à bout de souffle et la sueur perlait sur son front.

— Ravi de te voir à nouveau sur pied, Randolph.

— Par tous les saints ! s'écria le chevalier. Qu'es-tu en train de faire ?

— Je rentre au camp. Tu m'accompagnes ?

En dépit de sa jeunesse, Randolph n'était pas sans panache. Derrière ses épaules carrées, la lueur d'acier dans son regard et le port opiniâtre de son menton, Erik pouvait entrevoir l'homme qu'il deviendrait. S'il pouvait perdre un peu de son arrogance et son ton moralisateur, il ferait un jour un sacré guerrier… pour un Lowlander.

— Tu sais très bien que ce n'est pas ce dont je parle. Que fabriques-tu avec Ellie ?

Les traits d'Erik se durcirent. Il était profondément agacé que Randolph s'érige en protecteur d'Ellie et se prenne pour son chevalier servant. Ellie était à lui. Elle était sous sa responsabilité.

— Cela ne te regarde pas, rétorqua-t-il.

— Si, si tu la déshonores. Je l'ai vue sortir de la grange. As-tu perdu la tête ? Nous l'avons enlevée. Nous n'avions peut-être pas le choix, mais la moindre des choses serait de la rendre indemne.

— C'est bien ce que je compte faire.

— Après l'avoir souillée ? Ce que tu fais est mal et je refuse d'en être complice.

Erik plissa les yeux, excédé par ce jeune pédant qui se permettait de lui faire la leçon.

— D'où te vient cette soudaine bravade chevaleresque ? lança-t-il. Ce n'est pas la première fois que tu me voies avec une femme et ça ne t'a jamais gêné.

— Ellie n'est pas ton genre de femme. Elle est différente. C'est une dame.

Erik tiqua et rétorqua :

— C'est une gouvernante de vingt-quatre ans, sans attaches, et parfaitement capable de prendre ses décisions toute seule.

— C'est une jeune femme innocente et tu abuses d'elle, contre-attaqua Randolph. Cela ne te ressemble pas.

Erik serra les poings, pris d'une furieuse envie d'en envoyer un dans la figure de Randolph pour l'avoir obligé à reconnaître ce qu'il refusait de voir.

Il s'efforça de se calmer et afficha un air nonchalant.

— Tu en fais une montagne, Tommy. On s'amuse un peu, rien de plus. Cela n'a rien de sérieux. La fille rentrera chez elle aussi immaculée qu'elle en est partie.

À peu de chose près.

Randolph ne paraissait guère convaincu.

— Tu as donc l'intention de la rendre ?

— Naturellement ! Quoi, tu t'imaginais que j'allais la garder ?

À l'entendre, c'était la suggestion la plus farfelue qui soit.

— Je n'en étais pas sûr. Je ne t'ai jamais vu aussi intéressé par une fille.

Erik émit un rire forcé. C'était absurde, il n'était pas si intéressé que ça.

Il aimait sa vie telle qu'elle était. Tant pis s'il ne trouvait plus jamais quelqu'un avec qui parler comme il parlait avec elle. Peu importait qu'il ne puisse penser à autre chose, qu'elle ait la peau la plus douce qu'il ait jamais touchée, les lèvres les plus délicieuses qu'il ait jamais goûtées, que son odeur de lavande soit le parfum le plus extraordinaire qu'il ait jamais senti ou que son sourire le fasse se sentir comme s'il venait d'occire mille dragons. Ellie n'était pas une femme pour lui.

Quand bien même il aurait envisagé de se marier, ce qui n'était pas le cas, il lui fallait une épouse qui accroisse la puissance et le prestige de son clan. Une gouvernante ne faisait pas l'affaire. En outre, avec sa tête mise à prix, ce n'était pas le moment de se chercher une femme.

— Sincèrement, Tommy, tu me vois m'attacher à une seule femme ?

Sa question arracha enfin un petit sourire à Randolph.

— Non, tu as sans doute raison, concéda-t-il.

Erik pensait en avoir terminé, mais Randolph continua :

— Quand la ramèneras-tu ?

Erik haussa les épaules comme s'il s'agissait d'un détail trivial et qu'il se souciait comme d'une guigne du fait que, dans moins de quarante-huit heures, il ne la verrait probablement plus jamais.

— Lorsque nous irons chercher les Irlandais.

— Tu penses qu'elle n'a rien entendu ?

— Non. Et si c'est le cas, il sera alors trop tard.

— Tu vas la laisser tranquille jusqu'au départ ? insista Randolph.

Erik en avait par-dessus la tête de ce sire Galaad voulant sauver des pucelles qui n'en avaient pas besoin.

— Tu n'as pas à t'inquiéter, Tommy. Je sais ce que je fais.

Comme d'habitude.

La nuit tombait quand Erik et Domnall reprirent le chemin du camp après leur tour d'inspection au sud de l'île. L'heure du départ approchant, Erik voulait surveiller les patrouilles anglaises et tenter de comprendre leurs mouvements.

Il s'était attendu à ce que leur nombre diminue. Au contraire, elles semblaient s'être multipliées au cours des derniers jours. Le vieux Seamus avait raison : il se passait quelque chose de bizarre. Il était sans doute temps qu'ils quittent Spoon Island, même si cela signifiait se séparer d'Ellie.

— Quelque chose ne va pas, capitaine ?

Erik se rendit compte qu'il fronçait les sourcils.

— Je me disais que c'était une bonne chose que nous quittions l'île bientôt.

Domnall acquiesça.

— Oui, ça ne ressemble pas à ces chiens d'Anglais d'être aussi tenaces.

Il lui lança un regard de biais avant d'ajouter :

— Je croyais que tu pensais à la fille.

— Je suis toujours en train de penser aux filles.

Domnall n'était pas dupe.

— Elle te plaît.

Quoi, d'abord Randolph, maintenant Domnall ?

— Cela n'a rien d'inhabituel, la plupart des filles me plaisent.

Son écuyer le connaissait depuis trop longtemps pour se laisser décourager aussi facilement. Il poursuivit comme s'il se parlait à lui-même.

— Mais pas comme celle-ci. Au début, j'ai pensé que c'était l'attrait de la nouveauté : enfin une fille qui ne tombait pas à tes pieds. Puis je me suis dit que ça allait plus loin. Cette fille te fait du bien. Elle n'avale pas tes histoires.

Erik écarta une branche en travers du chemin, la laissant se rabattre en cinglant son écuyer.

— En admettant que j'aie des histoires à vendre, ce n'est pas franchement un point en sa faveur.

Domnall gratta sa barbe.

— J'ai vu la manière dont tu la regardes. Depuis que je te connais, je ne t'ai jamais vu regarder une femme de cette façon.

— Avec irritation ?

— Appelle ça comme tu veux. Que comptes-tu faire ?

— La rendre à sa famille comme je l'ai promis.

— Tu vas la laisser partir ?

Erik n'aimait pas qu'on l'interroge, surtout quand ses propres réponses le mettaient hors de lui.

— Qu'est-ce que tu voudrais que je fasse ? s'énerva-t-il. Je l'ai enlevée à sa famille. Je dois la ramener. Je ne suis pas franchement en mesure de lui offrir quoi que ce soit d'autre en ce moment.

— Tu pourrais lui laisser le choix. Tu pourrais lui dire que tu l'aimes. Elle t'attendra peut-être.

— Pourquoi ? explosa Erik. Pour devenir ma maîtresse ? Tu ne crois tout de même pas que j'épouserais une gouvernante !

— Pourquoi pas ? répliqua son vieil ami du tac au tac. Tu as toujours fait ce que tu as voulu. Ta mère et tes sœurs n'y verraient aucune objection à partir du moment où elle te rend heureux.

Il était déjà heureux, bon sang ! Et il n'avait certainement pas besoin d'une épouse pour ça.

— C'est ridicule. Je n'ai aucune intention de me marier. Je ne la connais que depuis dix jours, et dans dix jours, je l'aurai oubliée.

Il en était certain.

Domnall lui adressa un regard compatissant. Fort heureusement, ils approchaient du camp et la conversation prit fin. Tout le monde prenait cette affaire beaucoup trop au sérieux.

Il siffla pour avertir l'homme de garde de leur arrivée. Un autre sifflement lui répondit. Toutefois, lorsqu'ils arrivèrent en vue de la baie, Erik s'arrêta net. Un petit bateau de pêche entrait dans le port.

Cela n'avait rien d'inhabituel en soi. La pêche était le principal moyen de subsistance des insulaires et cette baie était l'un des deux ancrages de l'île. Toutefois, il ne reconnaissait pas ce bateau. Il espérait que le garde surveillant la baie l'avait repéré à temps pour prévenir les hommes dans la grotte.

La petite embarcation mit plusieurs minutes à atteindre le rivage. La lueur de la pleine lune leur permit de compter cinq silhouettes à bord. L'un des hommes attira son attention. Il était trop grand et trop imposant pour être un pêcheur. Erik ne connaissait qu'une poignée de guerriers ayant cette corpulence.

Il se tendit. Il ne pouvait croire que les Anglais soient assez malins pour ce genre de tactiques furtives. En outre, ces lâches ne se déplaçaient jamais en petits groupes sans une armée pour les protéger.

Quelques minutes plus tard, deux hommes sautèrent par-dessus le bastingage, dont le grand gaillard, et pataugèrent jusqu'à la grève. En dépit de ses habits de pauvre pêcheur, son bonnet de laine et son plaid brun drapé autour des épaules, l'homme le plus fort d'Écosse était reconnaissable entre tous.

Un large sourire illumina le visage d'Erik.

— Ça par exemple !

— Que se passe-t-il, capitaine ?

— Il semblerait que nous ayons de la visite.

Erik descendit vers la plage d'un pas allègre.

— Regardez donc ce que la marée nous apporte ! lança-t-il.

Le gaillard se retourna au son de sa voix. Bien qu'ils ne se soient pas vus depuis des mois, son visage taillé dans le granit ne trahit pas la moindre émotion.

— Je m'étonne que personne ne t'ait encore tué, déclara-t-il.

Erik lui donna une grande tape dans le dos. C'était comme de frapper un rocher.

— Ne sois pas si déçu, ce n'est pas faute d'avoir essayé. Qu'est-ce que tu fais ici, Brigand ?

Erik se tourna vers l'homme qui l'accompagnait en s'attendant à voir le partenaire de Boyd, Alex Seton dit le Dragon. Ce n'était pas lui mais un des frères du roi. Son enthousiasme faiblit d'un cran. Édouard de Bruce était un prétentieux caractériel et arrogant qui, contrairement à son frère aîné, incarnait tous les défauts de l'aristocratie. Des quatre frères Bruce, c'était celui qu'il supportait le moins. Il s'inclina brièvement.

— Milord, le salua-t-il.

Puis il se tourna à nouveau vers Boyd.

— Comment m'as-tu trouvé ?

— C'est une longue histoire, du genre à raconter autour d'un bon feu.

Boyd se tourna vers les pêcheurs et leur demanda de venir les rechercher avant l'aube.

Erik pointa le doigt en direction de la grotte.

— Venez, j'ai hâte de l'entendre.

— Et moi, je suis très curieux de savoir pourquoi tu as la moitié de la flotte anglaise qui te colle au cul.

16

Quelques heures plus tard, les hommes étaient toujours assis autour du feu de camp, après avoir dégusté l'un des bons petits plats de Meg et sifflé un fût de la bonne bière des villageois. Édouard de Bruce était occupé à discuter avec Randolph et c'était la première occasion qu'avait Erik de parler seul à seul avec Boyd.

S'il était ravi de retrouver son compagnon d'armes, ce dernier était porteur de bien mauvaises nouvelles. Nigel Bruce, Christopher Seton et le comte d'Atholl avaient été exécutés. On ignorait toujours ce qu'il était advenu de la Vipère, du Saint et du Templier depuis qu'ils avaient fui vers le nord avec les femmes. Il en allait de même pour le Dragon.

— Alors, comment m'as-tu retrouvé ? demanda-t-il.

— Un coup de chance, répondit Boyd. Le roi nous a envoyés préparer le terrain à Arran. Sur le chemin du retour, nous nous sommes retrouvés face à un barrage de galères anglaises. Nous nous sommes alors réfugiés dans le village au pied du château de Dunaverty en attendant que la voie soit libre. Là, j'ai discuté avec notre ami le cuisinier. Quand il m'a parlé de tes allées et venues, j'ai compris que tu n'étais pas loin. Édouard m'a dit qu'il avait été posté sur cette île lorsque Bruce s'est échappé de Dunaverty. J'ai décidé de tenter ma chance. Qu'est-ce que tu as fait pour énerver Monthermer à ce point ?

Erik lui avait déjà raconté sa rencontre avec les MacQuillan, comment il avait été contraint d'emmener Ellie et la confrontation qui s'était ensuivie avec les navires anglais.

— Je l'ai juste un peu vexé, c'est tout.

— Ça n'explique pas tout. D'après notre ami au château, Monthermer a fait irruption à Dunaverty il y a quelques jours. Il a interrogé les domestiques au sujet d'un fantôme.

Erik lui raconta sa rencontre inattendue avec le jeune garçon dans les réserves, omettant soigneusement la partie où ce dernier lui avait planté un couteau dans le ventre.

Que faisait Monthermer à Dunaverty ? Avait-il appris quelque chose ? L'étau se resserrait.

— Tu as rencontré des problèmes sur Arran ? demanda-t-il à Boyd.

— Non. Les Anglais ont débarqué sur l'île la semaine dernière, mais ils n'ont pas poussé leurs recherches très loin. Cela dit, ils surveillent toutes les voies navigables. J'ignore comment tu vas te débrouiller pour traverser leurs lignes, sans parler de faire passer toute une armée.

Erik n'était pas inquiet. Il trouverait un moyen, quitte à faire lui-même diversion pour entraîner les Anglais ailleurs. Bruce parviendrait à Arran.

Ils discutèrent encore un peu puis décidèrent que Boyd et Édouard rentreraient à Arran pour y préparer l'arrivée de l'armée plutôt que de tenter de se faufiler à travers les navires ennemis. Erik devant partir la nuit suivante pour rencontrer les Irlandais et les conduire à Rathlin, il informerait lui-même Bruce de ce que Boyd et son frère avaient découvert.

— Tu joues gros en amenant les Irlandais sur Rathlin à la dernière minute, tu ne trouves pas ? demanda Boyd.

— Le roi trouvait trop risqué de cacher des centaines d'hommes sur une petite île. En outre, il sait qu'il peut compter sur moi.

— Et si tu ne parviens pas à passer ?

— Je passerai, répondit Erik en riant. Nous voyagerons de nuit. Ils ne se rendront même pas compte de notre présence. Après tout, ce ne sont que des Anglais.

Boyd sourit. De tous les membres de la garde de Highlanders, c'était celui qui avait le plus de raisons de haïr les Anglais. Il venait de la région des Marches écossaises, à la frontière de l'Angleterre, celle qui avait subi le plus gros des persécutions anglaises durant des années.

— Je vois que ta confiance en toi est indemne. Tu es toujours le même bâtard impudent.

— Et toi, tu n'as toujours pas digéré le coup de la fille à Stone. Tu ne peux pas lui reprocher d'avoir préféré la beauté et le charme à la force brute.

Erik savait qu'il n'avait pas vraiment été amoureux de la jolie serveuse.

— Va te faire foutre, répliqua Boyd. Si elle t'a choisi, c'est uniquement parce que la Flèche n'était pas là.

Il avait probablement raison. Dès que Gregor MacGregor entrait dans une pièce, les filles n'avaient plus d'yeux que pour lui. Le célèbre archer ne supportait pas d'être l'objet de tant d'attention, ce qui, de l'avis d'Erik, était un vrai gâchis.

Édouard de Bruce choisit ce moment pour approcher avec Randolph.

— J'apprends que tu n'as pas chômé, Faucon, lança-t-il. Il n'y a que toi pour t'isoler sur une île avec ta propre captive.

Erik lança un regard vers Randolph en se demandant ce qu'il lui avait raconté. Ce garçon n'allait pas faire long feu s'il n'apprenait pas à la fermer. Les sœurs d'Erik avaient été de véritables cancanières quand elles étaient jeunes, mais cela leur avait passé avant d'avoir dix ans.

— Ce n'est pas ma captive, répliqua-t-il sèchement.

Il n'avait pas envie de parler d'Ellie.

Édouard ne prit pas garde à son ton et enchaîna :

— Randolph me dit que tu es complètement entiché d'elle. Ce doit être une beauté, hein ? Douce et pulpeuse, avec de gros seins bien juteux ? Quand tu auras fini de la sauter, je prendrais bien la rel...

Erik l'avait plaqué contre la paroi, une main sur la gorge, avant qu'il n'ait achevé sa phrase.

Le sang rugissait dans ses oreilles et une fureur noire lui brouillait l'esprit. Il ne pensait plus qu'à lui broyer le cou pour le faire taire.

Édouard tentait désespérément de desserrer ses doigts pour lui faire lâcher prise.

— Lâche-moi, haleta-t-il. Espèce de brute sauvage.

Erik serra un peu plus fort, jusqu'à ce que les yeux d'Édouard commencent à saillir.

— Lâche-le, Faucon.

La voix calme de Boyd transperça la brume dans son cerveau. Lentement, Erik reprit ses esprits et se rendit compte qu'il était sur le point d'étrangler le frère du roi. Il le lâcha.

Le visage rouge vif, Édouard se plia en deux en se tenant la gorge. Il suffoquait.

— Pour qui te prends-tu ? cracha-t-il. De quel droit oses-tu porter la main sur moi ? Le roi en entendra parler !

C'était tout le problème d'Édouard. Il n'apprendrait jamais à vivre hors de l'ombre de son frère. Ce n'était qu'un imbécile grossier et arrogant qui s'imaginait que son rang noble l'autorisait à faire et dire n'importe quoi. D'ordinaire, Erik ne lui prêtait aucune attention, mais quand il avait parlé d'Ellie...

Il avait voulu le tuer. Sa réaction excessive le déconcertait. Sa réflexion était le genre de gaudriole qu'Erik débitait lui-même régulièrement, quoique avec moins de vulgarité. De fait, il n'y avait pas si longtemps, il avait lancé une boutade similaire à MacLeod au sujet de sa nouvelle épouse, et avait bien failli se faire arracher la tête par son ami qui n'avait pas goûté la plaisanterie. C'était à ce moment qu'il s'était rendu compte que le Chef était vraiment amoureux.

Toutefois, sa propre situation était très différente.

Il lança un regard méprisant à Édouard.

— Fais ce que tu as à faire, monsieur le second.

Edouard frémit de rage. Erik lui avait trouvé ce sobriquet quelques mois plus tôt, allusion à son ordre de naissance mais également au fait qu'il passait toujours après son frère beaucoup plus brillant et admiré.

Édouard sortit de la grotte d'un pas furieux et Erik se rassit sur sa pierre.

Il sentait le regard intrigué de Boyd sur lui. Pour une brute, il était un peu trop perspicace.

— Alors c'est comme ça que ça se passe quand tu te fâches ? Le Chef m'en avait parlé mais je dois avouer que je ne l'avais pas cru.

Erik but une longue gorgée de bière, se sentant piteux.

Boyd siffla entre ses dents.

— Ce doit être une sacrée femme ! En attendant, tu viens de te faire un puissant ennemi.

— Ça n'a rien à voir avec elle, rétorqua Erik. Édouard n'est qu'un sombre crétin. Ça lui pendait au nez depuis un certain temps.

C'était vrai, mais cela n'expliquait pas sa réaction.

Boyd le dévisagea encore un long moment, puis, heureusement, changea de sujet.

Ellie lança un nouveau regard par la petite fenêtre, l'air froid lui piquant les joues. Elle ne voyait pas grand-chose au-delà du halo projeté par les deux torches plantées de chaque côté de la porte de Meg.

Où était-il ? Après lui avoir dit qu'ils se verraient ce soir, il avait envoyé un messager pour annoncer qu'il dînerait au camp avec ses hommes et pour demander à Thomas de les rejoindre le plus rapidement possible.

Ellie les avait vus se disputer plus tôt et craignait que cela n'ait un rapport avec elle. Elle se mordit la lèvre. Thomas l'avait sans doute vue quitter la grange. Que devait-il penser ? Exactement ce qu'elle méritait : qu'elle n'était qu'une dévergondée.

Elle scruta à nouveau la nuit, guettant sa haute silhouette carrée. Elle ne pouvait se défaire de l'impression qu'il s'était passé quelque chose.

— Tu attends quelqu'un ?

Ellie referma précipitamment le volet et se tourna vers Meg. Cette dernière paraissait amusée.

— Je… j'admirais la pleine lune, mentit-elle.

Meg lui sourit, trop bonne pour contredire son mensonge.

— À ta place, je ne m'inquiéterais pas. Il a probablement perdu la notion du temps. Si le Faucon t'a dit qu'il viendrait, il viendra. En dépit de ses fanfaronnades et de ses airs insouciants, c'est l'homme le plus fiable que je connaisse. Tu peux compter sur lui.

C'était curieux, mais vrai. Ellie se sentit rougir.

— Ce n'est pas ce que tu crois, commença-t-elle.

— Je sais ce que je vois. Il n'y a pas si longtemps, c'était moi qui guettais Colin à cette fenêtre. Ah, l'amour !

— Je ne suis pas amoureuse, se défendit Ellie.

Elle en oubliait l'histoire que le Faucon avait concoctée. D'un autre côté, elle connaissait suffisamment Meg désormais pour se douter qu'elle n'avait jamais été dupe.

Elle ne pouvait pas être amoureuse. Elle se sentit soudain oppressée, comme si la pièce manquait d'air. Elle n'était pas idiote au point de donner son amour à un homme avec lequel elle n'avait aucun avenir possible. Un homme qui ne pouvait que lui briser le cœur.

Meg ne sembla pas l'avoir entendue. Elle secoua la tête d'un air consterné.

— Je n'aurais jamais cru voir le Faucon avec un fil à la patte.

— Que veux-tu dire ?

— Il ne le sait pas encore, mais cet homme est amoureux de toi.

Le cœur d'Ellie battait à tout rompre. Meg se trompait forcément.

— Ce n'est pas toi qui me disais qu'il aimait trop les femmes pour se contenter d'une seule ?

Meg haussa les épaules.

— J'ai vu le Faucon avec de nombreuses femmes, mais je ne l'avais jamais vu en lorgner une comme il te lorgne.

Ellie avait un mal fou à contrôler le tumulte de ses émotions. Et si elle n'avait pas rêvé ?

Elle s'efforça de redevenir raisonnable.

— Peu importe, dit-elle. Même si c'était le cas, il a l'intention de me rendre à ma famille dès que nous quitterons l'île.

Meg lui prit la main et la serra.

— Donne-lui un peu de temps. La situation est compliquée en ce moment et ce n'est pas le genre d'homme à exprimer ses sentiments facilement. Il aura peut-être besoin qu'on le pousse un peu, mais il y viendra.

Ellie sentit les larmes lui piquer les yeux et la gorge. Elle leva le regard vers celle qui était devenue son amie. Le besoin de se confier était trop fort.

— Je n'ai pas le temps, murmura-t-elle.

Meg fronça les sourcils.

— Tu es mariée ?

— Pas encore, mais je suis fiancée.

Meg se détendit aussitôt.

— Alors il est encore temps. Tu n'as qu'à le pousser un peu plus fort.

À l'entendre, c'était si simple ! Même si elle avait été convaincue des sentiments du Faucon, ce qui n'était pas le cas, il restait le problème de son contrat de mariage. Comment réagirait son père si elle lui demandait de l'annuler ? Une femme de son rang n'était pas censée faire intervenir ses sentiments personnels.

Il fallait également penser aux réactions de Ralph et du roi Édouard. Même s'il ne l'aimait probablement pas, Ralph serait furieux. Toutefois, ayant lui-même fait un premier mariage d'amour, il comprendrait peut-être. En revanche, il était impossible de prévoir comment le roi le prendrait.

Son père l'aimait et elle voulait croire qu'il ne la forcerait pas à se marier contre son gré. Cela ne signifiait pas qu'il accepterait un gendre pirate.

Il existait une autre alternative. Elle pouvait s'enfuir avec le Faucon et risquer d'être reniée par sa famille. Pour une fille qui s'était toujours efforcée de faire ce qu'on attendait d'elle, qui croyait aux devoirs et aux responsabilités, cela paraissait presque inconcevable. C'était plutôt le genre de chose que ferait Matty, pas elle. Elle n'était pas impétueuse ; elle était sérieuse et…

Ennuyeuse. Condamnée à une vie dont elle ne voulait pas, avec un mari qu'elle n'aimait pas.

— Le Faucon est au courant, pour tes fiançailles ? lui demanda Meg.

— Non, mais cela ne change pas grand-chose. Il m'a bien fait comprendre que notre relation était… euh… passagère.

Meg se mit à rire.

— Il y a un monde entre ce que disent les hommes et ce qu'ils ressentent. Tu ne sauras jamais ce qu'il pense tant que tu ne lui auras rien dit.

En voyant l'indécision sur le visage d'Ellie, elle ajouta :

— Si tu es sûre que c'est ce que tu veux.

Ellie n'était plus sûre de rien. Toutefois, s'il y avait une chance que Meg ne se trompe pas, elle devait le découvrir. Il ne lui restait plus beaucoup de temps.

— J'allais justement descendre au camp pour récupérer les casseroles que j'y ai envoyées tout à l'heure, déclara Meg.

Ellie plissa le front, ne comprenant pas tout de suite.

— Duncan n'a-t-il pas dit qu'il les rapporterait lui-même plus tard ?

Meg posa les poings sur ses hanches.

— Étant donné qu'il ne l'a toujours pas fait, je compte aller les chercher moi-même.

Ellie sourit.

— Tu n'aurais pas besoin d'un peu d'aide ?

— Comme c'est gentil de ta part. Je n'osais pas te le demander.

Les deux femmes échangèrent un sourire complice et décrochèrent leurs capes. Le vent s'était levé et leur torche vacillait dans la nuit tandis qu'elles descendaient le sentier de la falaise en direction de la grotte. Ellie avait la sensation d'être observée et comprit que le Faucon avait posté des sentinelles autour du camp. Toutefois, ce ne fut qu'à l'entrée de la caverne qu'un jeune garde les arrêta.

— Vous ne pouvez pas voir le capitaine, il est occupé, annonça-t-il.

Il paraissait mal à l'aise et se dandinait d'un pied sur l'autre.

Ellie entendait des éclats de voix et des rires au fond de la grotte. Occupé à quoi ? À festoyer ?

Meg semblait aussi perplexe qu'elle.

— Je suis juste venue récupérer mes casseroles.

— Ruairi va aller vous les chercher.

Le garde fit signe à un autre homme, qui lui lança un regard furtif puis s'exécuta rapidement.

Voilà qui était curieux. C'était la première fois qu'on leur interdisait l'accès à la grotte. Visiblement, le jeune garde était impatient de se débarrasser d'elles. Ellie tenta de regarder par-dessus son épaule, mais il était grand et bloquait une bonne partie de l'entrée. Y avait-il quelque chose qu'elles ne devaient pas voir ?

Sentant elle aussi qu'elles n'étaient pas les bienvenues, Meg prit Ellie par le bras.

— Ce n'est pas grave. Duncan nous les rapportera plus tard.

Elle se tourna pour reprendre le chemin de la maison et bouscula Ellie, qui se cogna contre un homme qui venait d'arriver derrière elles.

— Pardon, s'excusa-t-elle machinalement.

Ellie leva le regard vers le nouveau venu et se figea. Elle cligna des yeux, pensant avoir mal vu. En dépit de sa tenue de pêcheur, elle avait bien reconnu le séduisant brun devant elle : Édouard de Bruce, l'un des frères de Robert et son beau-frère par alliance.

Qu'est-ce que...

Bien sûr ! En un instant, tout s'éclaircit et le dernier élément du puzzle trouva sa place. *Le Faucon est avec Bruce*. Ce n'était pas un pirate mais un rebelle se battant aux côtés de Robert contre le roi Édouard. Contre son père.

Elle retint son souffle, attendant le moment où il la reconnaîtrait et exigerait de savoir ce que lady Elyne de Burgh faisait ici, déguisée en paysanne.

Édouard ne réagit pas. Son regard glissa sur elle sans aucune lueur d'intérêt, comme la première fois qu'ils s'étaient rencontrés lors du mariage d'Elizabeth et de Robert. Si elle n'avait pas été assez jolie pour mériter son attention parée de beaux bijoux et vêtue d'une somptueuse robe en velours, ce ne serait certainement pas le cas maintenant.

Seigneur, il ne la reconnaissait pas ! Loin d'être vexée, elle n'en croyait pas sa chance.

Ne voulant pas lui donner l'occasion de se souvenir, elle tourna les talons. Toutefois, avant qu'elle ait pu entraîner Meg au loin, une voix familière retentit.

Le Faucon la retint par le bras et la fit pivoter sur elle-même.

— Ellie ? Que fais-tu ici ?

Le regard d'Édouard revint sur elle et il l'examina de haut en bas.

— Alors c'est ça, ta captive ?

Visiblement, elle ne correspondait pas à son attente.

— Je ne suis pas sa captive.

— Elle n'est pas ma captive.

Le Faucon et elle avaient répondu à l'unisson.

Édouard la dévisageait avec une intensité qui la mit mal à l'aise. L'espace d'un instant, elle crut qu'il l'avait reconnue. Il esquissa un sourire moqueur.

Puis il se détourna, concluant :

— Ce n'est pas ton genre habituel.

Erik avait la plus grande peine à se rappeler qu'Édouard était le frère du roi et que lui flanquer son poing dans la figure n'était pas judicieux.

Pourtant, cela lui aurait fait un bien fou.

Tout d'abord, il avait commis l'erreur de se laisser voir par les deux femmes. Il y avait toujours un risque qu'on le reconnaisse. Ensuite il avait insulté Ellie en la comparant à d'autres femmes.

Et pourquoi ne serait-il pas attiré par elle ? Qu'importait qu'elle n'ait pas de gros seins et qu'elle ne semble pas descendue tout droit de l'Olympe ? N'importe quel crétin pouvait voir à quel point elle était ravissante avec ses grands yeux noisette, son petit nez et cette jolie bouche qui ne mâchait pas ses mots.

Si ce bâtard l'avait blessée, sa filiation royale ne lui serait d'aucun secours. Il lança un regard à Ellie. À son menton fier et aux deux taches rouges sur ses joues, il était clair qu'elle avait compris l'implication et s'apprêtait à dire ce qu'elle en pensait.

Il aurait dû le prévoir. Ellie ne basait ni sa propre valeur ni celle des autres sur les qualités physiques.

C'était une qualité qu'il admirait chez elle et une des raisons pour lesquelles son opinion comptait pour lui.

Toutefois, il ne la voulait pas dans les parages d'Édouard de Bruce.

— Tu as raison, dit-il en se plantant entre Ellie et l'aristocrate. Ellie est trop unique pour qu'on la compare à d'autres.

Il le pensait réellement.

Ellie l'observait avec ce regard perçant qui le mettait mal à l'aise. Ne souhaitant pas qu'elle se méprenne sur ses mots et en tire des conclusions erronées, il passa à l'offensive.

— Que fais-tu ici ?

— C'est de ma faute, intervint Meg. J'ignorais que tu étais occupé. Nous sommes venues chercher les casseroles.

Erik fut soulagé de constater qu'Édouard s'était rendu compte qu'il ne devait pas se montrer et était rentré dans la grotte.

Meg paraissait gênée de l'avoir interrompu. Ce n'était pas de sa faute. Ses ordres n'avaient pas été assez explicites. Il se demanda ce qui avait réellement amené les deux femmes. Il avait du mal à croire qu'elles se soient déplacées pour quelques ustensiles de cuisine.

— Il est tard, déclara-t-il. Je vous raccompagne.

Elles protestèrent, mais il ne voulut rien entendre. Si Meg avait l'habitude de marcher seule la nuit le long de la falaise, ce n'était pas le cas d'Ellie. L'idée qu'elle puisse glisser ou faire un faux pas dans l'obscurité le mettait dans tous ses états. Il lui prit donc fermement le bras et l'entraîna vers le sentier.

Les deux femmes étaient étrangement silencieuses. Dès qu'ils eurent franchi la porte, Meg se mit à bâiller d'une manière théâtrale, puis s'excusa en déclarant qu'elle allait se coucher.

Ellie paraissait nerveuse. Elle mit un temps fou à ôter sa cape, puis s'affaira dans la pièce avant de se décider à se réchauffer les mains devant le feu.

— Tu voulais quelque chose ? lui demanda-t-il.

— Non, répondit-elle précipitamment, avant de se raviser. Enfin… oui.

Elle enfouit les mains dans les plis de sa jupe et se tourna vers lui.

— Tes invités… c'est à cause d'eux que tu n'es pas venu ce soir ?

Fichtre. Il avait oublié. Enfin… presque.

— Oui, je suis navré, répondit-il avec un petit sourire. Le devoir avant tout.

Son effort pour paraître léger fut anéanti quand elle lui asséna :

— Tu n'es pas un pirate. Tu es avec Bruce. C'est pour cela que les Anglais te recherchent.

Il s'esclaffa comme si elle venait de raconter une bonne blague, tout en fulminant intérieurement. Elle avait sûrement reconnu Édouard.

— Tu es encore en train de m'inventer des aspirations nobles, Ellie ? Je croyais qu'on avait décidé que c'était moi le barde.

— Ne plaisante pas avec ça, dit-elle doucement. Ne mens pas.

Il aurait dû tourner les talons et sortir. La situation était déjà assez complexe. Pourtant, il ne pouvait remuer les pieds.

— Pour ta sécurité, il vaut mieux que tu ne poses pas de questions.

— Je me fiche de ma sécurité. Je veux connaître la vérité. Pour quelle autre raison le frère de Bruce serait ici ?

— Moi je ne m'en fiche pas, Ellie !

Il se passa nerveusement la main dans les cheveux. Ne comprenait-elle donc pas qu'il cherchait à la protéger ?

— Ellie, tu n'imagines pas ce qu'ils seraient capables de te faire s'ils te soupçonnaient de savoir quelque chose. Le roi Édouard ne reculera devant rien pour capturer Bruce. Ne crois pas que le fait d'être une femme te sauvera.

Sa réaction enflammée n'eut aucun effet sur elle. Elle avança d'un pas vers lui, l'air anxieux.

— La reine... As-tu des nouvelles de la reine Elizabeth ?

Il fut surpris par sa question, puis se souvint qu'elle était au service de la maison Ulster.

— Aucune depuis qu'elle s'est séparée du roi il y a quelques mois.

— J'ai entendu dire qu'elle était partie pour la cour de Norvège pour se réfugier auprès de la sœur de Bruce, la reine Isabelle.

— Je l'ignore.

Devant sa déception, il se demanda si, en dépit de sa position chez le comte d'Ulster, elle n'était pas favorable à la rébellion. Compte tenu des liens de Bruce avec l'Irlande, il n'en aurait pas été surpris. Peu importait, il était trop dangereux pour elle d'être associée à un homme dont la tête était mise à prix.

— Que faisais-tu dans la grotte sous le château à Dunluce ? demanda-t-elle.

— Ellie... commença-t-il sur un ton menaçant.

Elle ne l'écoutait pas.

— Ces hommes que tu as rencontrés dans la grotte. Les Irlandais. Ce sont des guerriers qui vont se battre pour Bruce, n'est-ce pas ? Tu prépares quelque chose.

Il traversa la pièce en deux enjambées et l'attrapa par les épaules.

— Arrête ! Ne pose plus de questions. Oublie ce que tu as entendu. Oublie-moi.

Il hurlait littéralement. La peur lui nouait les tripes. Avait-elle besoin d'être aussi intelligente ?

Elle sursauta. Son mouvement de colère semblait avoir enfin porté ses fruits.

— Est-ce vraiment ce que tu souhaites ? demanda-t-elle.

— Oui, répondit-il sans hésiter.

Elle releva le menton. Il sentit le courant entre eux s'embraser. Elle soutint son regard, le défiant.

— Je ne peux pas, déclara-t-elle.

C'était décidément la femme la plus insupportable et la plus contrariante qu'il ait jamais rencontrée. La situation lui échappait totalement. Il avait envie de la prendre dans ses bras et de l'embrasser jusqu'à ce qu'elle entende raison. De la balancer sur son épaule et de l'emmener le plus loin possible. Hors de danger.

Or, elle ne serait en sécurité que loin de lui.

Il recula. Elle finirait par l'oublier, comme lui l'oublierait.

— Va te reposer, dit-il. Nous partons demain pendant la nuit.

Les traits d'Ellie se décomposèrent.

— Mais...

Elle s'interrompit, comprenant qu'il était inutile de protester. Puis elle leva les yeux vers lui.

— Je te verrai demain ?

Il devait refuser. Il valait mieux en terminer une fois pour toutes. Toutefois, dans vingt-quatre heures, chacun partirait de son côté. L'idée de passer une dernière journée avec elle était trop tentante. La toucher. Voir son visage se colorer de plaisir.

— Je ne sais pas, hésita-t-il. Je vais être très occupé.

À rester assis avec ses hommes dans la grotte en attendant que la nuit tombe.

— Ah, fit-elle en s'efforçant de cacher sa déception. J'espérais que nous aurions le temps de visiter cette fameuse grotte. Si elle existe vraiment.

Il sourit. Au fond, il était ridicule. Quel mal y avait-il à profiter d'une dernière journée ensemble ?

— Oh, elle existe bien. Je n'avais pas promis de t'emmener la voir ?

Elle acquiesça, un petit sourire au bord des lèvres. Elle avait gagné.

— Nous devons y aller à marée basse. Tu peux être prête demain matin ? Et quand je dis le matin, je parle du vrai matin.

Elle lui fit une grimace.

— Très drôle. À quelle heure ?

Édouard de Bruce et Boyd devant partir quelques heures avant l'aube, il ne dormirait pas beaucoup de toute façon.

— Au lever du soleil ?

Il se mit à rire devant son expression horrifiée.

— Si tu ne veux pas…

— Je serai prête, grommela-t-elle.

Avant de partir, il ne put s'empêcher de déposer un baiser sur ses lèvres.

— Tu ne le regretteras pas, promit-il.

— J'espère bien, à une heure aussi indue !

17

Ellie contempla la petite grotte dont les pierres scintillaient tel de l'ivoire poli dans la pénombre. C'était un vrai palais de roche.

— C'est magnifique ! chuchota-t-elle.

— Je suis content que ça te plaise, dit le Faucon, des étincelles dans les yeux. Cela valait bien un bon bain, non ?

Elle projeta une gerbe d'eau dans sa direction, l'éclaboussant.

— Misérable, tu t'étais bien gardé de mentionner ce détail, hein ?

Il s'ébroua en riant.

— Tu ne me l'as pas demandé.

Ellie avait hésité, c'était le moins qu'on puisse dire, quand elle avait compris qu'il fallait nager jusqu'à la grotte. Contrairement à leur dernier bain, ce n'était pas un jour chaud et ensoleillé.

Ils étaient partis peu après l'aube, dans un vieil esquif délabré emprunté à un pêcheur. L'embarcation était si petite qu'elle les contenait à peine tous les deux. Ellie avait eu du mal à comprendre comment cet assemblage de planches tordues et usées pouvait flotter.

Erik avait ramé dans l'épaisse brume matinale jusqu'à la pointe nord de l'île, où une avancée de roche brune cachait une petite crique. Après avoir tiré l'esquif sur la plage, il lui avait annoncé qu'elle devait laisser ses vêtements dans le bateau.

Si l'idée d'entrer à nouveau dans l'eau glacée ne l'enchantait guère, elle avait craint qu'il ne la ramène chez Meg si elle refusait. C'était sa dernière occasion d'être seule avec lui. Sa dernière chance.

Elle s'était donc mise en chemise et l'avait suivi en nageant jusqu'à une paroi de rochers déchiquetés. Ces derniers cachaient l'entrée de la grotte.

Plonger dans l'inconnu n'était guère rassurant. Il lui avait tenu la main tandis qu'ils s'engouffraient dans un étroit goulot. En émergeant de l'autre côté, elle s'était trouvée dans un bassin peu profond, de l'eau jusqu'à la poitrine, au cœur d'une merveille naturelle. Il y avait juste assez de lumière pour discerner la forme oblongue de la grotte.

— On ne peut nager jusqu'ici qu'à marée basse, expliqua-t-il. Cet après-midi, l'eau atteindra le plafond.

Ce dernier se trouvait à près de trois mètres de haut. Il paraissait incroyable que la mer puisse monter si haut en quelques heures.

— Je n'aimerais pas rester coincée ici, dit-elle en frissonnant.

Il l'entraîna vers une corniche qui servait de banc naturel. Enserrant sa taille, il la souleva pour qu'elle y grimpe, puis se hissa à son côté. C'était la première fois qu'il la touchait depuis qu'ils étaient partis. Pour un homme qui avait le contact facile, il semblait faire particulièrement attention à ne pas l'effleurer.

Elle essora ses cheveux puis glissa ses pieds sous sa chemise.

— Tu as froid ? demanda-t-il.

Elle constata avec surprise que ce n'était pas le cas, même si elle avait la chair de poule. Il ne faisait pas vraiment chaud, mais il y avait au moins vingt degrés de plus qu'à l'extérieur.

— Il fait bien plus chaud ici que dans l'eau, observa-t-elle.

— Oui, c'est comme cela toute l'année. Je ne sais pas vraiment par quel phénomène.

Elle tendit l'oreille, guettant des bruits extérieurs tels que celui du vent ou des vagues se brisant sur les rochers. Toutefois, hormis le clapotis des gouttes tombant du plafond, il régnait un silence absolu.

— C'est si calme.

— On se croirait dans un autre monde, pas vrai ?

— Comment as-tu découvert cet endroit ?

— Ce n'est pas moi. Les habitants du coin le connaissent depuis toujours.

— C'est une cachette formidable, observa-t-elle. Tu venais souvent ici quand tu étais enfant ?

Il lui lança un regard de biais et ne répondit pas. Elle ne se laissa pas décourager.

— C'est pour ça que tu as rejoint Bruce ? Pour récupérer tes terres ?

— Tu n'abandonnes donc jamais ?

Elle réfléchit un instant puis répondit :

— Non.

Il soupira. Elle ne s'attendait pas à une réponse ; pourtant, au bout d'un moment, il déclara :

— C'est une des raisons, mais c'est surtout parce que mon chef me l'a demandé. Ne me pose pas de questions. Je ne peux pas t'en dire plus.

Elle se mordit la lèvre et fixa les eaux noires. Elle ne voulait plus de secrets entre eux. Elle devait lui dire la vérité. Toutefois, elle devait d'abord connaître ses sentiments pour elle.

— Tu ne peux pas, ou tu ne veux pas ?

— Les deux.

Il lui prit le menton et la regarda dans les yeux.

— C'est trop dangereux pour toi, Ellie. J'essaie de te protéger.

Il avait raison, c'était dangereux, et cela rendait son engagement dans les rangs de Bruce d'autant plus terrifiant.

— Et les dangers que tu cours, toi ? objecta-t-elle.

Elle sentit les larmes lui monter aux yeux. Bien que son père soit loyal au roi Édouard, elle comprenait ce qui animait son beau-frère qu'elle avait toujours admiré, même si elle savait qu'il s'agissait d'une cause perdue. Bruce avait échoué à s'emparer de la couronne. Ses partisans et lui vivaient en sursis. Son sang se glaçait quand elle pensait à ce que le roi Édouard leur ferait subir quand il les tiendrait. Ce n'était qu'une question de durée.

— Combien de temps encore pourras-tu échapper à la flotte anglaise ? demanda-t-elle.

Ses traits se durcirent et il laissa retomber sa main.

— Aussi longtemps qu'il le faudra.

— Et ensuite ? Tu mourras sur un champ de bataille, ou pire encore, au bout d'une corde ou sur un billot ?

— Peut-être, mais pas forcément.

Elle frémit de frustration. Rien n'était jamais sérieux avec lui. Il semblait ignorer le danger.

— Tu te fiches de mourir ?

— La mort fait partie du combat, Ellie. C'est mon métier, je me bats. Généralement, je gagne.

Elle n'en doutait pas après l'avoir vu à l'entraînement.

— Tu ne pourras pas l'emporter cette fois. Édouard est trop puissant. Vous êtes combien, quelques centaines d'hommes ?

— Nous n'avons pas encore dit notre dernier mot.

— Tu crois que Bruce a une chance de gagner ?

— J'en suis sûr.

Elle perçut quelque chose de nouveau dans sa voix. Une note grave, révérencieuse et déterminée. Il lui fallut quelque temps pour l'identifier : de la loyauté. Elle se souvint soudain de l'inscription sur son épée : toujours fidèle.

— Tu le suivrais quoi qu'il en soit, murmura-t-elle.

Même jusqu'à la mort.

Finalement, il pouvait s'engager. Il n'était pas comme son père. Elle avait eu tort de présumer qu'il était incapable de sentiments profonds simplement parce qu'il était beau et charismatique.

Elle voyait ses actions de la dernière semaine sous un autre jour, à présent. Il avait passé tout son temps libre avec elle, trouvant des prétextes pour la retrouver. Elle n'était pas la seule à s'être amusée. Il avait ri et souri autant qu'elle. Il lui avait raconté des détails personnels qu'il avait probablement partagés avec peu de gens. Puis il avait transmis un message à sa famille. Rien ne l'obligeait à le faire et cela n'avait pas été sans risques.

Il se comportait avec elle comme avec personne d'autre.

Ce n'était pas que ses actes. Elle avait l'intime conviction qu'il avait des sentiments pour elle. Elle le sentait à sa manière de lui parler ; aux réactions de son corps chaque fois qu'elle le touchait, à la tendresse dans son regard quand il la caressait. Cela signifiait forcément quelque chose.

Même Meg s'en était rendu compte.

Elle prit une profonde inspiration et se tourna vers lui.

— Je n'ai pas envie de te dire adieu.

Il s'immobilisa. Un muscle tressaillit sous sa mâchoire. Puis il retrouva son sourire et elle se demanda si elle ne l'avait pas imaginé.

— Ellie, tu retrouveras bientôt ta famille et tu oublieras tout ça.

— Ne me fais pas la leçon. Je sais ce que je ressens.

— C'est ce que tu ressens en ce moment, mais cela te passera. Plus vite que tu ne le crois.

Il paraissait si sûr de lui. Il avait dû dire cette phrase d'innombrables fois.

Cette fois, c'est différent.

Elle étudia son visage, cherchant une faille et n'en trouvant aucune.

— C'est ce que tu feras ? demanda-t-elle. Tu m'oublieras ?

Il soutint son regard et répondit sans hésiter :

— Oui.

Elle ne pouvait le croire. Si c'était le cas, pourquoi évitait-il de la toucher ?

C'était comme s'il avait peur de ses propres réactions et s'efforçait de les contrôler. Il était adossé à la paroi, un genou fléchi, l'autre pied dans l'eau, dans une posture en apparence parfaitement détendue. Toutefois, il ne la trompait pas. Elle sentait la tension qui irradiait de lui. Il était comme un morceau d'amadou sur le point de s'embraser.

Meg avait raison. Ce n'était pas un homme qui reconnaîtrait facilement ses sentiments. Il avait besoin qu'on le pousse un peu.

Elle se pencha vers lui. Elle n'essaya pas de le séduire, sachant qu'elle ne parviendrait qu'à se rendre ridicule. En revanche, elle savait paraître hardie et pratique.

Ce dut être efficace car elle le vit se raidir. Il semblait avoir cessé de respirer.

— Que fais-tu ?

— Je pensais que ça coulait de source, répondit-elle. Ce que nous avons fait ces derniers jours… Je voudrais m'amuser un peu.

Il plissa les yeux. Elle le défiait.

— Je ne crois pas que ce soit une bonne idée, répondit-il.

Elle arqua un sourcil.

— Pourquoi ? Où est le mal ? Ce n'est rien de sérieux… n'est-ce pas ?

S'il ne répondit pas, c'était peut-être parce que sa mâchoire était trop crispée pour desserrer les dents.

Pousse-le.

Elle s'approcha encore, déposa un baiser sur sa bouche, puis laissa glisser ses lèvres sur sa joue et dans son cou. Même trempé d'eau de mer, il sentait bon. Il ne s'était pas rasé depuis plusieurs jours et l'ombre de sa barbe lui donnait un air sauvage.

Elle s'écarta un instant pour évaluer le résultat de ses efforts. Il était toujours immobile. Les muscles de son cou et de ses épaules étaient noués. Il la fixait d'un regard de prédateur, ardent et intense. Il paraissait sombre et dangereux, l'image même du redoutable guerrier des Highlands.

Elle en ressentit un petit frisson pervers qui ne fit que l'enhardir.

— Tu oublieras vite tout ça, déclara-t-elle. Ce n'est rien de sérieux, juste un jeu.

Elle lui adressa un de ces sourires radieux qu'il avait perfectionnés et le toucha.

Ses doigts glissèrent sur son torse puis sur les muscles raidis de son ventre. Ils tressaillirent à son contact. Elle joua avec lui un moment, mettant sa résistance à l'épreuve, décrivant des cercles sur son bas-ventre et évitant soigneusement la masse dure et tendue sous sa ceinture.

Elle ne lâcha pas son regard un instant. Ses yeux devenaient de plus en plus sombres et brillants.

Elle posa la main sur son cœur qui battait frénétiquement.

— Et là ? Tu ne sens rien non plus ?

— Non.

Il mentait. Elle le sentait. Toutefois, il était résolu à ne pas céder.

Lorsque son poignet frôla l'extrémité turgescente de sa virilité, il émit un grondement sourd. Elle sentait sa chaleur à travers le lin fin de ses braies. Elle referma la main sur lui.

— Je t'en prie, Ellie, gémit-il enfin. Je ne veux pas te faire de mal.

À en juger par le poids dans sa poitrine, c'était déjà trop tard. Il lui retint le poignet, mais elle ne le lâcha pas.

— Je ne peux pas te donner ce que tu veux, ajouta-t-il.

Elle sentit ses derniers espoirs s'envoler et retira lentement sa main. *Il ne veut pas de moi*. La douleur était intense. Elle ne s'était pas attendue à ce que cela fasse si mal.

Toutefois, une part d'elle-même refusait d'abandonner. Si c'était tout ce qu'il pouvait donner, alors autant prendre ce qu'il avait à offrir.

Avec un regain de détermination, elle s'attaqua au cordon de ses braies. Le tissu étant mouillé, défaire les nœuds nécessita un peu de patience. Quand le vêtement s'ouvrit enfin, elle leva les yeux vers lui.

— Ce que je veux ? Rien de plus que ça.

Comme il ne répondait pas, elle le prit dans sa main. La peau chaude et veloutée était étirée sur une épaisse tige d'acier.

— Juste un peu de plaisir, acheva-t-elle. Une dernière fois.

Qu'elle aille au diable ! Qu'essayait-elle de prouver ? Pourquoi insistait-elle autant ? Ne pouvait-elle pas laisser tomber ? Il ne voulait pas lui faire de mal et s'efforçait de la protéger. Cette nuit, ils quitteraient l'île et chacun reprendrait le fil de sa vie. Ils oublieraient. C'était la meilleure chose à faire.

Quand elle avait posé ses mains sur lui, le touchant, le caressant… toutes ses bonnes résolutions s'étaient envolées en fumée. Il avait senti l'empreinte de sa main sur son cœur.

Il savait où elle voulait en venir avec son petit jeu pervers, mais il ne changerait pas d'avis, bon sang ! Il allait le lui prouver. Si elle voulait du plaisir, il allait lui en donner. Plus de plaisir qu'elle n'en pourrait supporter.

Elle avait lancé la partie, mais ils la finiraient selon ses propres termes.

Il enfonça ses doigts dans ses cheveux mouillés et attira son visage vers lui, couvrant ses lèvres d'un long baiser profond.

Il la dévora pendant qu'elle caressait sa verge, leurs langues s'entremêlant toujours plus vite dans un besoin avide de consumer l'autre. Pourtant, cela n'apaisait pas la soif qui l'habitait.

Il n'aurait pas dû faire ça, pas quand il était si peu sûr de lui. Il était en colère et débordait d'émotions étranges et contradictoires qu'il ne comprenait pas. Il n'était plus lui-même. Une force incontrôlable et sauvage grandissait en lui. Il sentait sa pression contre sa poitrine, comme une lourdeur qui ne cessait de s'amplifier sans aucune échappatoire.

Il était conscient des risques, mais n'en tint pas compte.

Ce n'est que du plaisir. Un peu de lubricité, rien de plus.

Pourtant, chaque va-et-vient de sa main augmentait sa folie. Son corps était déjà proche de l'explosion sous l'effet de ses caresses.

Une dernière fois.

Il tenait à ce que cela soit mémorable. Il repoussa sa main avant qu'il ne soit trop tard, l'attira à lui et l'étendit sous lui sur la pierre.

Il promena ses mains sur tout son corps, sur ses seins, ses fesses. Il pressait, pétrissait, caressait, la serrant contre lui, essayant désespérément de soulager cette tension et les émotions dangereuses qui s'accumulaient en lui.

Elle fondait dans ses bras, se cambrant, pressant son corps contre le sien. Elle semblait avoir perdu toute retenue. Elle répondait à chaque mouvement de sa langue, à chaque caresse avec un abandon qu'il n'aurait jamais cru possible.

C'était comme de jeter de l'huile sur le feu et cela ne faisait qu'attiser l'incendie en lui.

Il moulait son corps contre le sien, hanches contre hanches, poitrine contre poitrine. Les pointes dures de ses seins frottaient contre son torse tandis qu'elle ondulait sous lui.

Cela ne lui suffisait pas.

Il voulait sentir sa peau glisser contre la sienne ; la voir nue, entièrement nue, pour la première fois. Plus de chemise, plus de tunique, plus de braies entre eux.

Il s'écarta et ôta sa chemise d'un geste rageur. Elle écarquilla les yeux, contemplant son torse et ses bras nus. Le désir brut dans ses yeux ne fit que l'exciter davantage.

Il se débarrassa ensuite de ses braies et, avant qu'elle ait pu objecter, tira sa chemise par-dessus sa tête.

Seigneur !

Elle était belle. Pas maigrichonne, mais svelte et délicate. Ses yeux se repurent de chaque centimètre de sa peau crémeuse. Et ses jambes… elles étaient superbes. Longues et fines, avec un galbe parfait.

Ne supportant pas d'être séparé d'elle un instant de plus, il l'attira à nouveau à lui et leurs corps nus se rencontrèrent pour la première fois. Il sentit sa peau s'embraser à ce contact.

Il prit un sein dans une main, une fesse dans l'autre, les pétrissant. Elle était si douce qu'il ne pouvait cesser de la toucher. Toute honte bue, il glissa directement une main entre ses cuisses. Tout en l'embrassant fougueusement, il enfonça un doigt en elle et grogna de plaisir. Elle était si chaude, si humide. Elle se trémoussa sous lui en gémissant, pressant ses hanches contre sa main.

Il introduisit un autre doigt, l'entrouvrant un peu plus. Ce n'était toujours pas assez. Il voulait être en elle plus que tout au monde.

Elle gémit à nouveau, cette fois avec plus d'insistance, puis pressa son mont de Vénus contre son érection. La sensation de sa fente humide glissant sur son membre raide faillit lui faire perdre la raison.

Si près.

Ne fais pas ça.

Il serra les dents, luttant contre le désir de plonger en elle.

Mais Dieu qu'il en avait envie !

Une dernière fois. Il ne pouvait faire taire cette ritournelle qui hantait son esprit, le poussant en avant.

— Je t'en prie, Faucon.

— Erik, rectifia-t-il.

Il avait envie – besoin – de l'entendre prononcer son nom.

— Erik, dit-il à nouveau.

— Erik, répéta-t-elle.

Quand il vit le sourire sur ses lèvres et dans ses yeux, la tension dans sa poitrine menaça d'exploser.

— Je t'en prie, Erik. Je le veux.

Sa tête lui tournait. Sa supplique innocente causait des ravages dans son esprit. Il savait à quel point ce serait bon. Il ne pensait plus qu'à être en elle. Rien d'autre n'avait d'importance. C'était la seule chose à faire, la seule qui ferait cesser ce martèlement dans sa poitrine et apaiserait ce désir fou.

Il se redressa et appuya les mains de chaque côté de ses épaules. Il se positionna entre ses cuisses. Leurs regards se rencontrèrent. Ils ne parlaient pas ; ils n'en avaient pas besoin. Il lui donna une dernière chance de se rétracter. Elle lut sa question dans ses yeux et hocha la tête.

Il n'hésita plus. Son corps n'écoutait plus sa raison, il n'obéissait plus qu'à un seul objectif : la faire sienne.

Mienne. C'était un instinct sauvage et irrésistible.

Il frémit d'impatience en s'enfonçant lentement en elle.

Ellie savait qu'elle devait lui dire d'arrêter. En dépit de la passion dévorante qui s'était emparée d'eux, elle le savait.

Mais elle ne le voulait pas.

Elle l'aimait. Erik. Il lui avait dit son nom.

Elle aimait son air effronté, son sourire incorrigible, son sens de l'honneur et sa noblesse d'âme qu'il cachait derrière une façade de voyou. Elle aimait sa chaleur, sa bonté et sa prévenance. Elle aimait cette sensation de liberté quand elle était avec lui. L'aventure. L'excitation. Mais aussi s'asseoir à son côté sur une colline pour regarder les vagues se briser sur les rochers.

L'union de leurs corps semblait être l'expression la plus parfaite de cet amour.

Il avait forcément des sentiments pour elle. Lorsqu'il s'était tenu au-dessus d'elle, son regard lui avait coupé le souffle. Il était féroce, possessif, intense. C'était l'affirmation qu'il la voulait sienne.

Elle lui appartenait. Et il était à elle. Le destin les avait conduits dans ce lieu pour qu'ils s'unissent.

Elle agrippa ses épaules, sentant l'extrémité soyeuse de son membre caresser les plis sensibles entre ses cuisses.

Ses yeux bleus perçants étaient fixés sur les siens. Il crispait les mâchoires, les traits tendus, tous ses muscles contractés. Il semblait lutter contre un ennemi invisible.

Il poussa, l'ouvrant peu à peu. La sensation nouvelle lui arracha un hoquet de surprise. Puis il s'enfonça encore un peu.

C'était étrange et merveilleux. La chaleur. L'union. Elle l'engloutissait ; il l'emplissait.

Elle sentit son corps mollir, s'ouvrir autour de lui, sa moiteur le guidant en elle.

Lorsqu'elle crut qu'il était allé aussi loin qu'il le pouvait, il soutint son regard, et poussa encore un peu plus.

— Pardonne-moi, dit-il entre ses dents.

Elle poussa un cri en ressentant une douleur cuisante et son corps se contracta contre cette intrusion inattendue. Il l'embrassa jusqu'à ce que ses muscles se détendent et que le désir l'enveloppe à nouveau dans son étreinte érotique.

La frénésie s'empara à nouveau d'elle, le besoin de bouger et de sentir son poids sur elle.

Elle enfonça ses doigts dans la masse de muscles qui couvrait ses épaules et ses bras, et l'attira sur elle. Elle gémit quand les pointes tendues de ses seins rencontrèrent la peau brûlante de son torse. Sentir son corps contre elle était merveilleux.

Il la pénétra plus profondément de sa langue tandis qu'elle se trémoussait sous lui, cherchant à soulager la fièvre qui la consumait dans le frottement de leurs peaux. Elle entendait son cœur tambouriner contre le sien.

Il commença à onduler du bassin, lentement d'abord, en décrivant de petits mouvements circulaires, puis, lorsqu'elle souleva ses hanches vers lui, en s'enfonçant profondément en elle jusqu'à ce que chaque coup de reins se répercute dans tout son corps.

Elle reconnut cette tension qui s'accumulait entre ses cuisses, mais elle était différente. Elle était plus intense, plus riche. L'union de leurs corps décuplait toutes les sensations.

Il le sentait lui aussi. Il écarta ses lèvres des siennes, comme si ses efforts pour se contrôler le faisaient suffoquer.

Il la pilonnait plus fort à présent, plus profondément, plus brutalement, l'entraînant vers un précipice.

Elle haletait à chaque coup de reins, se cambrant pour encourager ses assauts.

Les sensations se déployaient en elle, s'enroulant sur elles-mêmes, se concentrant en une boule de feu, puis...

Elle cria quand les spasmes ébranlèrent tout son corps, se répandant en ondes brûlantes de plaisir qui la firent trembler des pieds à la tête.

Il plongea une dernière fois en elle et cria à son tour, tous ses muscles se contractant sous la puissance de sa décharge. Il se convulsa contre elle, le jet brûlant de sa semence se mêlant aux vagues d'extase qui la parcouraient.

Elle aurait voulu figer cet instant pour l'éternité.

Emportée par l'euphorie d'avoir vécu le moment le plus merveilleux de sa vie, elle fut surprise quand il se retira soudain et roula sur le côté. Sans sa plénitude en elle et son poids sur son corps, elle eut froid. Une pointe d'inquiétude se fraya un chemin dans sa conscience.

Elle s'attendait à ce qu'il la prenne dans ses bras et la berce contre lui comme il l'avait fait les autres fois. Il resta allongé sur le dos, fixant le plafond, son torse se soulevant et s'affaissant tandis qu'il récupérait lentement son souffle.

Elle lui lança un regard discret. Pourquoi ne disait-il rien ? Quelques secondes s'écoulèrent, durant lesquelles son silence lui parut interminable.

Dis quelque chose.

— Je suis désolé.

Non, pas ça.

Son visage était impavide. Il refusait de la regarder.

— Cela n'aurait jamais dû se produire, ajouta-t-il.

Le regret dans sa voix fut comme un coup de poignard droit au cœur. Elle avait secrètement espéré qu'il se déclarerait et sa déception avait un goût amer.

Elle sentit ses entrailles se nouer. Quelle idiote elle faisait ! Elle avait misé son innocence et avait perdu. Elle n'était parvenue qu'à prouver qu'il la désirait. Or, le désir n'était pas l'amour. Finalement, c'était elle qui n'avait pas su faire la différence entre les deux.

Il aimait les défis et la compétition. Il aimait gagner. Désormais, elle n'avait plus de trophée à lui offrir.

Mon Dieu, qu'avait-elle fait ?

Qu'est-ce qui lui avait pris ?

La vérité atteignit Erik de plein fouet. Il avait perdu la tête, brisé sa parole, pris son innocence.

Il n'avait jamais voulu aller aussi loin. Il n'était qu'un imbécile présomptueux, croyant qu'il pouvait jouer avec le feu sans se brûler.

Qu'allait-il faire à présent ?

Il ne pouvait pas l'épouser. C'était une gouvernante, nom de nom ! En tant que chef, il avait le devoir de former une union qui augmenterait le pouvoir et le prestige de son clan. En outre, il était trop jeune pour se lier à une femme. Il ne voulait pas décevoir toutes les autres.

Même s'il n'avait pu penser à aucune autre depuis qu'il avait rencontré Ellie, cela reviendrait.

Il se rendit compte qu'elle ne disait rien et lui lança un bref regard. Son expression lui fendit le cœur. Elle était pâle, le menton tremblant. Ses yeux étaient emplis de désillusion.

Crénom ! Il se comportait comme le dernier des mufles. Il était tellement accaparé par sa propre culpabilité qu'il en oubliait à quel point ce devait être difficile pour elle.

Pour un homme censé avoir la parole facile, il s'était exprimé comme un manche à un moment où les mots étaient de la première importance. Au lieu de s'excuser, il aurait dû la prendre dans ses bras et la rassurer, lui dire que cela avait été fantastique et à quel point elle était belle, comme il le faisait toujours.

Mais jamais des ébats ne lui avaient fait un tel effet et il était encore submergé par des émotions inconnues.

Il tendit une main vers elle, mais elle se détourna et saisit sa chemise.

— Tu n'as pas à t'excuser, déclara-t-elle sur un ton détaché. Je savais ce que je faisais. Je l'ai voulu.

Elle enfila son vêtement puis ajouta :

— Merci, c'était bien.

Bien ? Erik fut pris de court. Cela n'avait pas été « bien ». Certes, elle était novice et ne pouvait pas comparer mais cela avait été carrément extraordinaire !

Elle lui tendit ses affaires.

— Nous devrions rentrer. Tu as sûrement beaucoup à faire avant le départ.

Il n'en croyait pas ses oreilles. N'était-ce pas lui qui était censé prendre ses jambes à son cou ?

Il lui retint le bras.

— Cela peut attendre. Nous devons discuter de ce qui vient de se passer.

Il se passa une main dans les cheveux. Il ne s'était encore jamais trouvé dans cette situation et ne savait pas quoi dire.

— J'ai pris ta virginité.

Elle s'écarta comme si ses doigts la brûlaient.

— Je t'en prie, tu n'as pas besoin de dire quoi que ce soit. Je ne te demande rien. Ce n'était que pour le plaisir et rien d'autre, tu te souviens ? Ce qui s'est passé ne change rien. C'était ma virginité et je l'ai donnée librement.

Il était abasourdi. Elle lui tirait une épine du pied.

Il aurait dû être soulagé. Au lieu de cela, il était furieux.

Il se rhabilla avec des gestes secs et saccadés. Elle aurait pu au moins s'attendre à ce qu'il la demande en mariage. Le croyait-elle totalement dépourvu d'honneur ? Elle ne pouvait le considérer comme le genre d'homme qui déflorerait une innocente sans prendre ses responsabilités. Elle avait dit elle-même qu'elle appréciait sa noblesse d'âme.

Et que voulait-elle dire par « bien » ? Elle manquait peut-être d'expérience, mais pas lui. Il n'avait jamais rien vécu de tel. Cela avait été absolument parfait.

Elle avait visiblement hâte de partir et était déjà dans l'eau. Il sauta dans le bassin et lui prit la main avec une colère possessive, avant de l'entraîner à nouveau dans le goulot sous les rochers.

Allait-elle simplement laisser tomber sans se battre ? Rependre ses fonctions de gouvernante et refouler toute cette passion derrière sa façade guindée ?

Une pensée lui traversa l'esprit et il manqua de boire la tasse. Et si elle ne la refoulait pas ? S'il l'avait initiée aux plaisirs de la chair pour qu'elle en profite avec un autre ?

Plutôt crever !

Il jaillit hors de l'eau et se tourna vers elle d'un air menaçant. Si elle s'imaginait que cette conversation était terminée, elle se trompait.

— Ellie, il faut qu'on parle.

Elle rejeta la tête en arrière et se détourna comme elle l'avait fait la première nuit sur le *birlinn*.

— Je n'ai pas envie de…

Elle s'interrompit, son regard ayant été attiré par quelque chose derrière lui. Elle écarquilla soudain les yeux d'effroi.

— Erik ! Attention !

Il se tourna une seconde trop tard.

Quatre hommes. Anglais. Une lance. Fondant sur lui. Pas le temps…

Il bondit sur sa gauche, mais la lance l'atteignit au flanc, l'entraînant à la renverse dans les eaux noires.

Le hurlement d'Ellie fut la dernière chose qu'il entendit avant que la mer se referme sur lui.

18

— Non !

Le cri jaillit des profondeurs de son âme.

Elle était tellement concentrée sur son propre désespoir qu'elle ne vit les quatre soldats sur la plage qu'une fraction de seconde avant que la lance ne traverse le ciel, fusant droit vers le dos d'Erik. Tout sembla se dérouler très lentement et, pourtant, elle semblait figée, incapable de bouger. Dans un moment cauchemardesque, elle assista impuissante à la scène, regardant l'homme qu'elle aimait sur le point de mourir.

Elle tendit les bras vers lui, trop tard. Il poussa un grognement tandis que la lance atteignait sa cible et le propulsait en arrière, l'entraînant sous l'eau. Elle plongea vers lui et crut sentir sa main. Puis quelqu'un l'attrapa par la taille et la remonta à la surface.

Prise de panique, elle se débattit comme une diablesse, frappant à l'aveuglette, ne pensant qu'à repêcher Erik. Son ravisseur poussa un cri de douleur quand elle donna un grand coup de tête dans sa mâchoire, la seule partie de son anatomie qui n'était pas protégée.

Quelqu'un criait. Un long hurlement strident lui transperçait les tympans.

Elle entendit vaguement une voix masculine dire :

— Tout va bien, ma dame. Vous êtes en sécurité.

Puis elle comprit que c'était elle qui hurlait.

— Lâchez-moi ! s'écria-t-elle.

Elle se contorsionnait dans les bras du soldat, fixant des yeux l'endroit où Erik avait disparu et apercevant un horrible nuage rouge remonter et s'étendre à la surface.

— Je dois le retrouver, sanglota-t-elle. Il est blessé !

— Il est mort, répondit froidement l'autre. Ou il le sera bientôt. Nous devons vous ramener à la galère.

— Non !

Il ne pouvait pas être mort et elle ne pouvait pas l'abandonner ainsi.

Elle parvint à se libérer et plongea à nouveau. Elle fouilla désespérément l'eau autour d'elle avant que le soldat ne l'attrape à nouveau. Il l'entraîna vers la plage, suffoquant et battant frénétiquement des pieds. Cette fois, il ne prenait aucun risque et la maintenait fermement contre lui en enserrant ses bras.

— Cherchez-le, ordonna-t-il aux trois autres hommes.

Puis il baissa les yeux vers elle.

— Cessez de vous débattre, ma dame. Nous sommes là pour vous aider.

Les autres soldats ne semblaient guère enthousiastes à l'idée de se mouiller mais obtempérèrent néanmoins. Les minutes s'égrainèrent douloureusement tandis qu'ils cherchaient Erik. Le visage ruisselant de larmes, Ellie priait pour un miracle. Erik pouvait retenir sa respiration un long moment. Il avait peut-être pu retourner dans la grotte.

Celui qui la tenait semblait être arrivé à la même conclusion.

— D'où veniez-vous, ma dame ? Nous regardions la mer quand vous avez semblé surgir de nulle part.

Elle réfléchit rapidement avant de répondre :

— Nous nagions de l'autre côté des rochers.

Il parut dubitatif. Heureusement, un de ses hommes revint au même moment.

— Il n'y a rien, capitaine.

Ellie ne savait pas si elle devait être horrifiée ou soulagée. S'ils l'attrapaient, ce ne serait que pour tenter de le tuer à nouveau.

Le capitaine hocha la tête.

— Dis à Richard et à William de reven…

Il s'interrompit, scrutant la mer.

— Où est William ?

L'autre homme prit un air perplexe.

— Trouve-le !

Ellie reprit espoir. Ce ne pouvait être que…

Sa foi en Erik fut récompensée quand il jaillit soudain hors de l'eau et planta la lance qui l'avait blessé dans la poitrine du dénommé Richard. En moins d'une seconde, il avait arraché la dague accrochée à la ceinture du corps inerte et s'était tourné vers le troisième soldat qui approchait en brandissant son épée.

L'homme qui la tenait poussa un juron et la laissa tomber à ses pieds. Il prit son arc et sortit une flèche du carquois attaché dans son dos. Il visa Erik, qui se battait toujours dans l'eau.

Ellie ne prit pas le temps de réfléchir. Elle bondit sur ses pieds et frappa la main du capitaine au moment où il décochait sa flèche, l'envoyant voler haut dans le ciel.

Le soldat dans l'eau abattit à nouveau son épée. Erik para le coup, bloquant son bras avec une telle force que l'arme vola dans les airs. Puis il bondit sur lui. Ne parvenant pas à pénétrer la cotte de mailles avec sa dague, il coinça sa gorge sous son bras puis lui tordit le cou d'un coup sec.

L'homme sur la plage jura, puis appela à l'aide.

Il devait y avoir d'autres soldats non loin.

Erik courut vers eux. On aurait dit un démon surgi des profondeurs.

Le soldat attrapa Ellie par le poignet et se mit à courir vers une petite colline au sud de la crique. Les efforts de la jeune femme pour se libérer le ralentissaient. Erik les rattrapa avant qu'ils n'aient atteint le bout de la plage.

— Lâche-la ! tonna-t-il.

Sa voix était différente. Plus dure, plus brutale, plus sombre que jamais.

Le soldat s'arrêta et poussa Ellie derrière lui. Dégainant son épée, il se tourna vers Erik, mais ce dernier était déjà sur lui. Il lui envoya un coup de poing dans la mâchoire, le faisant tituber en arrière, puis un autre du tranchant de la main sur son poignet, lui faisant lâcher son arme. D'un rapide crochet du pied, il le fit tomber à la renverse. Il lui enfonça un genou dans la poitrine puis, d'un geste souple, lui trancha la gorge.

Ellie détourna rapidement les yeux. La mort, la guerre et le sang étaient peut-être le lot quotidien des guerriers, mais pas le sien.

La technique de combat d'Erik était inouïe, froide et impitoyable. Cela n'avait duré que quelques secondes, durant lesquelles elle avait assisté à une véritable démonstration de violence. Elle comprenait à présent que Domnall n'exagérait pas quand il racontait l'avoir vu affronter une vingtaine de soldats à la fois.

Erik l'aida à se relever et la serra dans ses bras. Elle sentit sa bouche se poser sur le sommet de son crâne. La métamorphose du tueur sans merci en tendre amant était spectaculaire.

— Tu n'as rien, Ellie ?

Elle secoua la tête et pressa sa joue contre le lin de sa chemise. Les battements réguliers de son cœur l'apaisèrent. Puis elle releva la tête.

— Et toi ?

Elle baissa les yeux vers son flanc où le trou laissé par la lance était auréolé de sang.

— Ce n'est rien, juste une égratignure.

Elle refusa de le croire jusqu'à ce qu'il relève sa chemise pour lui montrer. Il n'avait qu'une fine entaille superficielle au-dessus de la hanche.

Elle ferma les yeux et remercia le ciel. À quelques centimètres près, la lance lui aurait transpercé les viscères.

— Tu as eu de la chance, soupira-t-elle. Ils auraient pu te tuer.

Il sourit et l'embrassa sur la bouche.

— Il faudra plus que quatre bâtards d'Anglais pour m'abattre, mon cœur. J'ai le vent en poupe, tu l'as oublié ?

Elle acquiesça. La chance semblait l'accompagner. En d'autres circonstances, elle aurait levé les yeux au ciel en l'entendant se vanter. Pour le moment, elle était trop soulagée pour s'en soucier.

Il retrouva soudain son sérieux.

— Nous devons partir. Ces hommes ne sont pas venus seuls. Il doit y avoir un navire dans les parages.

Elle indiqua le corps à leurs pieds d'un geste du menton.

— Il a appelé à l'aide.

— Cela signifie qu'ils sont tout près. Retourne à l'esquif et rhabille-toi. Tu dois être gelée.

Elle ne s'en était pas rendu compte sous l'effet du choc, mais elle tremblait effectivement comme une feuille.

— Où vas-tu ? demanda-t-elle.

Après ce qui venait de se passer, elle ne voulait pas le lâcher des yeux. Il indiqua la colline.

— Voir où sont les autres, répondit-il. Fais vite.

Il ramassa au passage l'épée du soldat mort et courut vers le sommet pendant qu'elle s'exécutait.

Elle enfila à la hâte ses bas, la robe en laine et ses souliers. Elle était en train de draper le plaid autour de ses épaules quand elle le vit revenir.

À ses pas brusques et à son expression sombre, elle comprit qu'il se passait quelque chose. Ce devait être grave pour lui faire perdre son flegme habituel.

— Que se passe-t-il ? Tu as vu leur galère ?

Il s'habilla à son tour tout en répondant :

— Oui, elle est ancrée juste de l'autre côté de la colline. Ils sont une douzaine de soldats.

— Mais ce n'est pas ce qui t'inquiète, devina-t-elle.

Il accrocha le fourreau de son épée dans son dos et se tourna vers elle. Il paraissait furieux.

— Il y a quatre autres galères anglaises mouillant dans la baie et de la fumée s'élève au-dessus de la plage.

Il pointa un doigt vers le sud et elle aperçut une volute grise se détachant sur un ciel à peine un ton plus sombre.

— Les Anglais nous ont trouvés.

Le temps ne lui avait jamais paru aussi long. Erik rongeait son frein en attendant que les Anglais aient fini de fouiller l'île. Ils semblaient particulièrement zélés, cette fois, retournant chaque pierre.

Il avait dû faire un effort considérable pour ne pas se précipiter dans la grotte sur la plage. Deux choses l'en empêchaient : il devait protéger Ellie (il n'était pas près de laisser un autre sale Anglais lui mettre la main dessus) ; et il devait penser à sa mission.

S'il était capturé, Bruce n'aurait pas ses mercenaires à temps. Erik ne pourrait pas non plus conduire la flotte jusqu'à Arran. Sa mission passait d'abord. Ses hommes étaient bien entraînés ; ils sauraient se défendre.

Toutefois, se cacher dans une grotte au lieu de se jeter dans la mêlée ne lui ressemblait pas. À mesure que les heures passaient, il se sentait comme un lion dans une toute petite cage.

Comment les avaient-ils trouvés ?

Sachant que les Anglais chercheraient leurs soldats disparus, il avait remis l'esquif à l'eau en veillant à laisser le plus de traces possible. Il fallait leur faire croire qu'ils avaient pris la fuite. Qu'ils ignoraient que leur vieille embarcation ne tiendrait pas cinq minutes dans les courants puissants du Canal.

Il rama jusqu'à un grand îlot près de la pointe nord de Spoon. De là, il pouvait surveiller toute la partie ouest de l'île ainsi que les navires anglais gardant la baie, sans pour autant voir la plage elle-même.

Il avait laissé Ellie dans une petite grotte sous une arche naturelle pendant qu'il observait, faisait les cent pas et s'efforçait de calmer ses nerfs.

Le temps jouait contre lui. Les MacQuillan l'attendaient dans la nuit et devaient arriver sur Arran la nuit suivante, ce qui lui laissait une marge très réduite. À mesure que la journée passait, et ne sachant pas ce qui l'attendrait quand il retournerait dans la baie, les vingt-cinq kilomètres qui le séparaient de l'Irlande lui paraissaient soudain constituer une distance considérable.

Il ne pouvait rien faire et l'option la plus prudente était de rester caché. Pourtant, la tension montant, il était assailli de doutes. Lorsque Ellie s'approcha derrière lui et posa une main sur son bras, il fit un bond.

— Ils sont partis ? demanda-t-elle.

— Oui, il n'y a pas longtemps.

Peu après qu'Ellie et lui avaient quitté la crique, deux galères y étaient entrées. Les Anglais avaient minutieusement et méthodiquement inspecté les environs. Ils venaient de repartir, l'un des bateaux voguant vers le sud, et l'autre vers le Kintyre au nord. Erik espérait que les Anglais les croyaient en fuite.

— Ils vont revenir ? demanda-t-elle.

— Probablement, mais pas aujourd'hui. Il fera nuit dans quelques heures.

— Où sont passés les autres bateaux ?

— Je l'ignore. Je ne les vois plus à l'entrée de la baie.

Si la flotte repartait vers le Ayrshire, où les Anglais étaient stationnés, elle devait contourner la pointe sud de l'île, à l'opposé de là où ils se trouvaient actuellement.

— Quand pourrons-nous rentrer ?

— Bientôt.

Percevant son angoisse, il la prit dans ses bras et la serra contre lui. Cela avait été une journée chargée pour eux deux, à plus d'un titre. Il était fier de la force et du courage dont elle avait fait preuve de bout en bout. Elle se blottit contre lui et enfouit son visage dans le creux de son épaule. Il lui caressa les cheveux, se sentant calme pour la première fois depuis des heures.

— Tu dois avoir faim, observa-t-il.

— L'idée de manger ne m'a même pas traversé l'esprit.

Il comprenait. Comme lui, elle se rongeait les sangs pour ses hommes et les villageois.

— Tu penses que...

Elle n'acheva pas sa phrase, mais il devina sa question. Il lui prit le menton et déposa un baiser sur ses lèvres.

— Ils s'en sortiront, répondit-il avec plus d'assurance qu'il n'en ressentait.

Il espérait que les Anglais ne s'en prendraient pas aux villageois innocents. En revanche, ses hommes étaient des hors-la-loi.

Il vit les yeux d'Ellie se brouiller de larmes.

— Je suis désolée, dit-elle. Je sais que tu serais parti les aider si je n'avais pas été là.

Il ne voulait pas qu'elle s'accable de reproches. En fait, sa présence avait sans doute sauvé sa mission. Sans elle, il aurait été piégé avec ses hommes.

— Non, tu te trompes. Je ne pouvais pas me permettre de courir ce risque. J'ai une chose encore plus importante à faire.

— Pour Robert ?

Il lui lança un regard surpris et elle devint cramoisie.

— C'est ainsi que l'appelle la famille d'Ulster, expliqua-t-elle.

Il se tut. Même s'il savait désormais qu'il pouvait lui faire confiance, il avait des ordres : sa mission devait rester secrète.

Toutefois, elle avait déjà compris.

— Les soldats irlandais... Tu dois les conduire jusqu'à lui. Quand ?

— Cette nuit.

Elle écarquilla les yeux.

— Mais si tu arrives en retard ?
— Je ne peux pas l'être.
— Je vois.
Elle comprenait ce que cela signifiait : une attaque était imminente.
— Je n'ai pas besoin de te dire tout ce qui est en jeu, précisa-t-il.
Elle se tut, l'air songeur.
Il attendit encore un peu, puis, une heure avant le coucher du soleil, il aida Ellie à grimper dans l'esquif et rama jusqu'à la baie, longeant la côte et vérifiant soigneusement que la voie était libre.

Il régnait un silence de mort lorsqu'ils arrivèrent enfin en vue de la plage. Quelques feux y avaient été allumés et fumaient encore. L'odeur âcre de la cendre se mêlait à l'air marin. La baie était vide et il n'y avait plus un seul bateau de pêche. Il jura, comprenant avec quoi les feux avaient été alimentés. Les Anglais ne voulaient courir aucun risque. Ils avaient détruit toutes les embarcations pour l'empêcher de quitter l'île au cas où il y serait encore.

Même s'il savait qu'il était peu probable que ses hommes n'aient pas été découverts, il s'attendait presque à apercevoir Domnall sortir de la grotte. À ce stade, il aurait même été ravi d'entendre Randolph rouspéter.

Personne ne vint à leur rencontre.

Il tira l'esquif sur la grève puis ordonna à Ellie de rester dedans. Elle dut comprendre pourquoi car elle ne protesta même pas.

Il passa entre les vestiges calcinés de plusieurs bateaux de pêche. D'après les empreintes sur le sable, les Anglais avaient débarqué en force. Même si ses hommes avaient été prévenus à temps, ils n'auraient pas fait le poids face à autant de soldats.

Ses soupçons furent confirmés quelques instants plus tard quand il aperçut un corps à l'entrée de la grotte. Il y en avait deux autres un peu plus loin. Il était habitué à la mort, mais la douleur de perdre un homme était toujours aussi vive.

Il ravala sa rage et se prépara au pire. Toutefois, il n'y avait pas d'autres cadavres parmi les affaires éparpillées de son équipage.

Que leur était-il arrivé ?

Il revint vers la plage, se répétant qu'il devait mettre de côté son inquiétude pour ses hommes et se concentrer sur sa mission. Lorsqu'il raconta ce qu'il avait vu dans la grotte à Ellie, elle demanda :

— Où sont passés les autres ?

— Je l'ignore.

— Et Meg ?

— J'y vais de ce pas.

— Je viens avec toi.

— Je ne pense pas que ce soit une bonne idée, Ellie.

Il ignorait ce qu'il allait trouver.

Elle prit son air têtu de gouvernante.

— Je viens quand même. Meg est aussi mon amie.

Il lut sa détermination dans son regard et acquiesça.

Il n'y avait aucune lumière dans la maison de Meg quand ils approchèrent et il ne fut pas surpris de la trouver déserte. Espérant qu'elle s'était réfugiée à l'intérieur des terres à l'arrivée des Anglais, ils poursuivirent leur chemin jusqu'à la prochaine habitation.

Meg devait les guetter car elle jaillit de la ferme voisine et accourut vers eux. Ellie et elle tombèrent dans les bras l'une de l'autre, les larmes aux yeux. Erik partageait leur soulagement.

— Dieu soit loué ! s'exclama Meg. J'ai cru qu'ils vous avaient trouvés, vous aussi.

— Que s'est-il passé ? demanda Erik.

Elle leur raconta que les Anglais étaient arrivés peu après leur départ. Il y avait eu près d'une douzaine de navires encerclant l'île.

— C'est à croire qu'ils savaient que tu étais ici.

Erik en était arrivé à la même conclusion.

Comme il s'en doutait, l'alerte avait été donnée mais trop tard pour que ses hommes puissent s'enfuir. Depuis le haut de la falaise, Meg avait vu les Anglais escorter ses hommes hors de la grotte.

Erik fronça les sourcils. Ses hommes n'étaient pas du genre à rendre les armes. Les Highlanders se battaient jusqu'à la mort.

Meg devina ses pensées.

— J'ai vu Thomas discuter avec leur chef.

Randolph capitulant, voilà qui était plus plausible. Meg lui expliqua ensuite que les soldats avaient rassemblé les villageois et les avaient interrogés un à un. Pendant ce temps, d'autres fouillaient toutes les maisons.

— Tu n'as rien ? demanda Erik.

— Ils n'ont fait aucun mal aux habitants, répondit-elle. Leur commandant était moins pire que les autres.

Erik fut soulagé et surpris. Faire preuve de retenue ne ressemblait pas aux Anglais, surtout face à des gens abritant des fugitifs.

— Et mon *birlinn* ?

— Ils l'ont pris.

Il jura dans sa barbe. Il aurait préféré le voir brûler que de le savoir commandé par un de ces chiens d'Anglais.

— Il me faut un navire tout de suite.

— Il ne reste rien, répondit Meg. Pas même un bateau de pêche. Ils ont tout détruit.

Elle lui expliqua que les pêcheurs de l'île étaient tous réunis dans l'église du village, dévastés par la perte de leur unique moyen de subsistance. Erik se jura de remplacer chacune des embarcations détruites. Toutefois, pour le moment, il devait trouver un moyen de quitter l'île.

— Ils vous cherchaient tous les deux, précisa Meg. Ellie aussi.

— Moi ? dit Ellie en écarquillant les yeux.

— Ils n'ont pas cité ton nom. Ils savaient juste que le Faucon se trouvait avec une fille.

— Comment l'ont-ils appris ? demanda Erik.

— Un de tes hommes ou un villageois a dû le leur dire.

Erik s'efforça de maîtriser sa colère. Si les Anglais étaient au courant au sujet d'Ellie, ils pouvaient se servir d'elle pour exercer des pressions sur lui. Elle leur offrirait une arme redoutable. L'idée qu'elle coure un danger lui donnait des sueurs froides.

— Je ne crois pas qu'ils aient abandonné leurs recherches, poursuivit Meg. Ils reviendront.

— J'espère ne plus être ici d'ici là.

Son meilleur espoir, pour ne pas dire le seul, était le vieil esquif. Il allait devoir improviser afin de le rendre apte à prendre la mer. Il ne lui restait plus beaucoup de temps, la nuit tombait déjà.

— Je vais avoir besoin de ton aide, dit-il à Meg.

— Dis-moi ce que je dois faire, répondit-elle avec un sourire.

Il lui expliqua ce dont il avait besoin et elle fila vers la ferme pour obtenir de l'aide et des fournitures.

— Comment puis-je t'aider ? demanda Ellie.

Elle avait son air déterminé qui signifiait « J'ai la ferme intention de participer et n'essaie pas de m'en empêcher ». Il avait surtout envie de la mettre à l'abri, de préférence au sommet d'une haute tour imprenable, mais il sentait qu'il aurait du mal à la convaincre.

— Tu n'aurais pas vu une haute tour dans les parages, non ? demanda-t-il quand même.

Elle leva les yeux au ciel.

— Tu ne te débarrasseras pas de moi aussi facilement.

— C'est bien ce que je craignais.

Il aimait cet aspect de sa personnalité. Elle ne se laissait pas intimider. Comment avait dit Domnall déjà ? « Elle n'avale pas tes histoires. »

— Tu pourras aider Meg quand elle reviendra. Tu sais faire partir un feu ?

— Oui, je crois.

— Parfait. Et trouve de quoi manger.

Elle plissa les lèvres, le soupçonnant de vouloir l'éloigner.

— Je n'ai pas faim.

— Moi si. Quant à toi, tu ne me seras d'aucune utilité le ventre vide.

Une longue nuit les attendait.

Il la conduisit dans la maison de Meg puis lui annonça qu'il reviendrait bientôt.

— Où vas-tu ?

— Voir si je peux récupérer quelque chose dans la grotte. Et puis j'ai un bateau à construire.

— Tu ne comptes tout de même pas semer la flotte anglaise avec ce vieux rafiot déglingué ?

— Si, répondit-il en déposant un baiser sur son front.

Il allait sortir quand elle le rappela :

— Tu ne partiras pas sans…

Moi. Au-delà du fait de la vouloir nourrie et au chaud, il n'avait pas encore réfléchi à ce qu'il ferait d'elle.

Il avait juré de la ramener chez elle, mais il n'en avait plus le temps. Il ne pouvait la laisser sur l'île au cas où les soldats reviendraient. Elle en savait trop. Il avait confiance en elle, mais il connaissait les moyens de persuasion des Anglais.

S'il parvenait à retaper suffisamment l'esquif pour lui faire traverser le Canal, elle serait plus en sécurité avec lui. Il la voulait à ses côtés afin de pouvoir la protéger. S'il la laissait sur place, ne pas savoir ce qui se passait le rendrait fou d'inquiétude.

— Je reviendrai. Tiens-toi prête à partir.

Il la vit sourire pour la première fois depuis le matin et se rendit compte à quel point la voir triste lui avait pesé.

Il espérait avoir pris la bonne décision.

Ellie n'avait jamais rien vu de pareil. En travaillant plusieurs heures avec détermination et acharnement,

Erik avait équipé la petite embarcation d'un mât constitué de trois branches, d'un gouvernail fait de quelques planches, et d'une voile confectionnée dans des draps en lin. Entre ses mains, la hache qui avait trucidé tant d'ennemis sur le champ de bataille se transformait en un outil de précision.

Elle se tenait sur la plage, réchauffée et nourrie, emmitouflée dans des plaids et une épaisse cape en fourrure, admirant son travail tandis qu'il effectuait les derniers préparatifs pour leur voyage.

S'il n'était pas aussi robuste que le *birlinn*, l'esquif avait considérablement changé d'allure. Erik avait remplacé certaines planches par d'autres plus solides, calfeutré les interstices et peint la coque d'une substance noire pour l'imperméabiliser.

Erik acheva de ranger dans un coffre les provisions que Meg lui avait apportées : des couvertures, de la nourriture, de l'eau et de la bière. Il avait fixé le coffre sur le pont afin qu'elle puisse s'asseoir dessus tandis que lui se tiendrait debout derrière elle.

Il se tourna vers elle et fit une courbette accompagnée d'un moulinet du bras.

— Votre navire vous attend, ma dame.

Elle lui adressa un sourire sarcastique.

— Y a-t-il une chose que tu ne saches pas faire ?

— Je ne crois pas, mais si c'est le cas, je ne doute pas que tu seras la première à me le faire savoir.

— Compte sur moi, répondit-elle en riant.

Elle lui prit le bras et il l'entraîna vers l'embarcation. Les villageois s'étaient assemblés sur la plage pour leur souhaiter bonne chance. Elle fut surprise quand la plupart la serrèrent dans leurs bras ou lui donnèrent une petite tape d'encouragement dans le dos. Quand ce fut le tour de Meg, sa gorge se noua.

Celle-ci embrassa d'abord Erik.

— Prends bien soin de toi et d'Ellie, lui recommanda-t-elle. Je te demanderais bien de ne rien faire d'imprudent, mais ce serait gaspiller ma salive. Et n'oublie pas que tu m'as juré de me rapporter mes draps avant l'été !

Erik se mit à rire et l'embrassa sur la joue.

— Ne t'inquiète pas, ma belle. Je t'en offrirai de nouveaux, promis.

— J'espère bien. Et ramène-nous Ellie quand tu reviendras.

Avant qu'il puisse répondre, elle se tourna vers Ellie et l'étreignit chaleureusement.

— Veille bien sur lui, lui glissa-t-elle à l'oreille.

— Je ne pourrais jamais assez te remercier pour ta bonté, dit Ellie en retenant ses larmes.

Meg l'embrassa et les deux femmes se dévisagèrent un instant, les yeux humides, se comprenant parfaitement.

— Sois heureuse, lui dit Meg.

Puis Erik et elle grimpèrent à bord. Les villageois les poussèrent à l'eau. Elle contempla le petit groupe réuni sur la plage jusqu'à ce qu'il disparaisse dans la nuit et la brume.

Elle était douloureusement consciente que le moment de bonheur qu'elle avait connu sur cette île prenait fin. Restait à savoir si cela n'avait été qu'un rêve ou si ce qui avait germé entre Erik et elle sur ce rocher idyllique pouvait s'épanouir et fleurir dans le monde réel. Un monde bientôt en guerre.

Elle se blottit dans la cape et rabattit les plaids autour de ses épaules. La bruine avait cessé, mais la brume glacée était toujours aussi pénétrante. Malheureusement, le vent était faible. Erik parvenait tout juste à remplir la voile tandis qu'ils sortaient de la baie.

Lorsqu'ils atteignirent le large, la température chuta vertigineusement et le brouillard s'épaissit. Elle ne voyait pas à plus de quelques mètres. La voile commença à claquer mollement et Erik dut prendre les rames.

— Il nous faudra combien de temps pour traverser le Canal jusqu'en Irlande ? demanda-t-elle.

— Tout dépend. Quelques heures, peut-être plus.

— Sans vent ?

— Il se lèvera, répondit-il avec assurance.

Il était assis en face d'elle, maniant les rames dans une synchronisation parfaite et lui offrant une vue superbe sur les muscles roulant sous ses bras et ses épaules. Finalement, l'absence de vent avait du bon.

— Comment peux-tu en être sûr ?

Il arqua un sourcil narquois et elle se mit à rire.

— Ah oui, bien sûr ! Tu as toujours le vent en poupe.

— Tu vois, tu commences à comprendre.

Elle ne daigna pas répondre et s'installa confortablement pour admirer le spectacle, qui s'était encore amélioré depuis qu'il avait ôté sa cape.

En dépit du froid et du brouillard sinistre, le mouvement des vagues et le bruit lancinant des rames était étonnamment relaxant. Elle sentit ses paupières s'alourdir. Les événements et le stress de cette longue journée l'avaient enfin rattrapée.

Elle dut s'endormir car, quand elle reprit brusquement conscience, une pluie battante lui cinglait le visage. Le fracas de la foudre résonna jusque dans ses os.

19

Le fait qu'il n'y ait pas un souffle d'air n'inquiétait pas Erik outre mesure. L'absence de vent présentait un avantage : si les Anglais étaient tapis quelque part, ils ne verraient pas leur voile. Même lui aurait du mal à distancer toute une flotte de galères anglaises dans un esquif de trois mètres de long.

Il rama dans l'obscurité, s'orientant grâce à la côte ouest de Spoon aussi longtemps que possible. Toutefois, une fois entrés dans le Canal du Nord, il ne restait plus entre eux et l'Irlande qu'une mer d'un noir d'encre. Sans l'aide des étoiles et de la terre, il devait se reposer uniquement sur son instinct et son expérience pour se guider.

Ils étaient partis quatre heures après le coucher du soleil, soit vers environ 9 heures du soir. Cela signifiait qu'il lui restait près de dix heures d'obscurité pour atteindre l'Irlande puis acheminer les Irlandais jusqu'à Rathlin, qui ne se trouvait qu'à trois kilomètres.

Cela lui laissait largement le temps, même s'il devait ramer jusqu'à la côte. En outre, une brise se lèverait tôt ou tard. Ils étaient dans les Hébrides intérieures : le froid, le brouillard et le vent ne pouvaient pas manquer.

Il passa les premières heures à ramer à un rythme tranquille et régulier, tout en contemplant Ellie paisiblement endormie.

Pour une fille aussi sérieuse et raisonnable, elle était ridiculement adorable quand elle dormait. Il aimait la manière dont ses longs cils noirs frôlaient ses joues, ses petits poings recroquevillés sous son menton, ses lèvres entrouvertes. Elle ne cessait de changer d'expression, tantôt fronçant les sourcils, tantôt souriant béatement. À quoi pouvait-elle rêver ?

Il aurait voulu se lover contre elle et s'endormir en la serrant dans ses bras. Après lui avoir fait à nouveau l'amour.

Il fut pris de honte. Les événements de la journée l'avaient empêché de rectifier son comportement ignoble de ce matin. Quand il songeait à quel point elle avait été remarquable au cours des dernières heures, il se sentait d'autant plus coupable. Elle lui avait apporté un soutien sans faille. Sans poser de questions, sans exigences, sans crises de larmes ni d'hystérie, l'aidant quand il le fallait.

Il aurait pu trouver pire, comme épouse.

Une épouse.

Il laissa l'idée se développer en lui, surpris qu'elle ne lui donne pas envie de sauter par-dessus bord.

Pourquoi pas ? Ellie ferait une bonne épouse. Il aimait l'avoir à ses côtés. Elle le faisait rire, le défiait comme nulle autre avant elle, ce qui était étrangement rafraîchissant. Avec elle, il pouvait se détendre.

Plus important encore, s'il l'épousait, il pourrait l'avoir dans son lit chaque fois qu'il le souhaiterait. Il soupçonnait qu'il le souhaiterait souvent. Son corps se réchauffait au seul souvenir de leurs ébats. Lui faire l'amour avait été… intense. Incroyable. Parfait.

Naturellement, son désir pour elle finirait par s'estomper avec le temps ; c'était toujours le cas, non ? Il se montrerait discret et veillerait à ne pas la blesser quand il prendrait une maîtresse, comme le voulait la coutume. Cela dit, pour le moment, les autres femmes ne l'intéressaient pas.

Pas le moins du monde.

C'était assez déconcertant.

Il y avait une autre considération à prendre en compte. S'il la laissait partir, elle serait tentée de chercher quelqu'un d'autrc. Toute cette passion qu'elle avait contenue si longtemps pouvait devenir dangereuse entre de mauvaises mains. Beaucoup d'hommes pourraient chercher à abuser d'elle. Elle avait besoin de quelqu'un pour la protéger.

Il fallait donc que ce soit lui qui s'en charge.

Plus il y pensait, plus l'idée lui plaisait. Domnall avait raison. Sa mère et ses sœurs ne trouveraient rien à redire au fait qu'elle soit gouvernante, quant aux autres…

Il se fichait pas mal de ce que les autres pensaient. Il ne s'en était jamais préoccupé.

Il lui donnerait sa fortune, son rang, une demeure. Des enfants auxquels elle pourrait donner des ordres à volonté. Il l'imaginait déjà, se précipitant hors de son château pour l'accueillir à son retour de voyage, les yeux brillants du bonheur de le voir et le ventre rond. Une émotion étrange et profonde étreignit son cœur à l'idée d'Ellie portant son enfant. Il voulait ce lien entre eux ; il le désirait avec une intensité qui le surprit lui-même.

Il sourit. Oui, l'idée le séduisait de plus en plus.

Elle allait être surprise en découvrant que son pirate était le descendant de Somerled et le chef de l'un des clans les plus anciens du pays. Elle serait probablement bouleversée ; reconnaissante, même.

Il rama avec une vigueur renouvelée dans le courant de plus en plus fort et la houle croissante. Il avait hâte qu'elle se réveille pour lui annoncer sa décision. Il imaginait sa réaction : elle serait d'abord interloquée, surtout quand elle découvrirait l'honneur qu'il lui faisait, puis sans doute enchantée, survoltée et soulagée.

Peut-être même verserait-elle une larme ou deux.

Soudain, il vit une goutte sur sa joue, comme si sa pensée s'était matérialisée. Puis il comprit que ce n'était pas une larme mais une goutte de pluie.

En bon marin, il était habitué aux brusques changements du temps et savait les anticiper. Sa vie et celle de son équipage en dépendaient. Toutefois, la pluie était arrivée sans prévenir, ses signes annonciateurs masqués par l'épais brouillard. Le climat des îles était lunatique. « Si le temps qu'il fait ne vous plaît pas, il suffit d'attendre quelques minutes » ; le vieil adage ne mentait pas.

Il ne s'en inquiéta pas outre mesure. Le vent se levant, il put reposer ses rames et hisser la voile improvisée. Le minuscule esquif prit une bourrasque et franchit en quelques minutes la même distance que celle qu'il avait parcourue à la rame en une heure.

Toutefois, la brise et la pluie n'étaient que les prémices de ce qui les attendait.

Il avait essuyé suffisamment de tempêtes en mer pour en reconnaître les signes. La pluie s'intensifiait. Le vent tournait et explosait en courtes rafales violentes. Les vagues se creusaient. Les courants s'entrecroisaient, les attirant d'un côté puis de l'autre.

Il avait de plus en plus de mal à garder son cap. Il y avait peu d'endroits pires que le Canal du Nord durant une tempête hivernale, surtout dans une petite embarcation qui n'avait pas été conçue pour une telle traversée.

L'air se chargea d'électricité. L'orage approchait et il ne pouvait rien y faire.

Il était près de minuit et ils devaient être à mi-chemin. La côte d'Irlande se trouvait encore à une dizaine de kilomètres. Sa seule option était de gagner la terre ferme avant que la tempête ne les cueille de plein fouet.

Il aimait les défis et celui-ci promettait d'être corsé. Mais cette fois, il n'y avait pas que sa vie qui était en jeu ; Ellie était avec lui. Une étrange oppression s'insinua dans sa poitrine et il lui fallut un certain temps pour l'identifier : la peur. Il avait pourtant connu des situations bien pires sans s'émouvoir.

C'était pour elle. L'idée qu'elle coure un danger lui tordait les tripes et le faisait se sentir… vulnérable. Il n'aimait pas cela du tout.

Un coup de tonnerre assourdissant la réveilla en sursaut.

— Que se passe-t-il ? demanda-t-elle d'un air étourdi.

— Rien qu'un petit orage, l'assura-t-il.

Si rien dans son ton ni dans son expression ne laissait entrevoir qu'ils étaient en difficulté, il pouvait difficilement dissimuler les violentes secousses du bateau, le rugissement du vent, la pluie battante et les éclairs. Et ce n'était qu'un début.

Il lut l'inquiétude dans ses yeux.

— Je peux faire quelque chose ? demanda-t-elle.

Il lui indiqua un seau attaché près de la proue.

— Essaie d'écoper l'eau qui s'accumule dans la coque. Et accroche-toi, ça risque de secouer.

C'était un prodigieux euphémisme. Plus leur allure augmentait, plus cela devenait périlleux. Il devait constamment rectifier sa vitesse tout en évitant les lames déferlantes. Il s'efforçait de maîtriser les changements du vent en tirant sur la voile d'une main, maintenant la proue face aux vagues, tout en tenant le gouvernail de l'autre.

Il fallait continuer de naviguer à la voile le plus longtemps possible afin de conserver le cap dans la bonne direction. Il ne lui restait qu'à prier pour que son mât de fortune tienne bon.

Le frêle esquif s'avérait étonnamment robuste. Son fond plat les maintenait plus ou moins stables tandis qu'ils gravissaient les vagues monumentales.

Pendant les quelques kilomètres suivants, la voile résista à la pression, les rapprochant de la côte. Du moins, il l'espérait car il avait perdu toute possibilité d'évaluer leur direction. Il naviguait entièrement à l'instinct.

Il lança un regard vers le visage pâle d'Ellie et sentit son cœur se serrer. Elle était terrifiée, même si elle s'efforçait de le cacher. Il n'avait jamais autant admiré sa force qu'à ce moment. Il n'oublierait jamais cette vision : elle était si menue, trempée, les cheveux collés au visage, s'efforçant de ne pas être entraînée par-dessus bord, écopant consciencieusement tout en observant chacun de ses gestes de ses grands yeux sombres. Ils exprimaient une confiance et une admiration qu'il craignait de ne pas mériter.

Il s'efforça de sourire et hurla par-dessus le vent :

— Sacrée petite tempête, hein, *tè beahg* ?

Elle le dévisagea comme s'il avait perdu la raison.

— À partir de quand une tempête devient grosse, selon toi ?

— Ce n'est rien. Je t'ai déjà raconté la fois où…

— Erik… l'interrompit-elle avec un cri exaspéré.

Elle dut s'interrompre pour s'accrocher au bastingage de toutes ses forces quand une grosse rafale les projeta de côté. Il avait noué une corde autour de leurs tailles, mais Ellie était si fine qu'il craignait de la voir s'envoler comme un fétu de paille.

— Ça t'ennuierait de me le raconter plus tard ? reprit-elle. Une fois que ta « petite » tempête sera terminée ?

— Comme tu voudras, mais c'est une bonne histoire.

— Je n'en doute pas, et elle s'améliore sans doute à chaque fois que tu la racontes.

Il secoua la tête. Quelle femme ! Même en plein pandémonium, elle conservait son sarcasme.

Elle claquait des dents. Lorsqu'un nouvel éclair zébra le ciel, il vit la terreur sur son visage et dut lutter contre l'envie de se précipiter pour la réconforter.

Il aurait tout donné pour la protéger, mais serait-ce suffisant ? Il le fallait, crénom de nom ! La chance ne pouvait pas l'avoir complètement abandonné.

Cependant, lorsqu'il entendit un craquement sinistre et vit le mât s'incliner sur le côté, il commença à en douter.

Ellie entendit le craquement, suivi du cri d'Erik :

— Attention !

Il bondit sur elle et la plaqua sur le plancher juste au moment où le mât, la voile et les gréements volaient au-dessus de sa tête. Elle regarda avec horreur le carré blanc rebondir sur les vagues pendant quelques instants avant d'être entraîné par le fond et de disparaître dans les eaux noires.

Nous sommes perdus. Sans la voile, ils étaient totalement impuissants.

Erik la prit dans ses bras et la serra contre lui, lissant ses cheveux trempés. Elle pouvait entendre les battements de son cœur, même au travers des couches de laine, de cuir et de fourrure.

Elle leva les yeux vers lui.

— Allons-nous mourir ?

Elle soutint son regard, l'implorant de ne pas mentir.

Il lui agrippa les épaules et la secoua.

— Pas question !

Comme pour le contredire, une immense lame les souleva et les hissa presque à la verticale avant de les laisser retomber lourdement de l'autre côté. Erik saisit les rames et les utilisa pour orienter de nouveau l'esquif face aux vagues. Toutefois, les minces lattes de bois ne faisaient pas le poids face au courant.

— Je n'ai pas besoin d'une voile pour aller jusqu'en Irlande, hurla-t-il. Tu ne crois tout de même pas que je vais capituler ?

Elle fit non de la tête. Si quelqu'un pouvait y arriver, c'était bien lui.

— J'ai besoin de ton soutien, Ellie. Tu me fais confiance ?

Elle refoula sa panique et acquiesça. Elle devait être forte.

— Que comptes-tu faire ? Tu ne peux pas ramer par ce temps.

— Je n'en ai pas besoin. Mais, puisque nous avons perdu la voile, je vais devoir t'emprunter ta chemise.

Il rit en voyant son expression choquée.

— J'ai besoin de créer une sorte de traînard pour ralentir le bateau, expliqua-t-il. Il permettra également de mieux orienter la proue pour prendre les vagues de face.

Compte tenu du déchaînement des éléments autour d'eux, elle ne perdit pas de temps à poser d'autres questions. Il l'aida à se débarrasser des couches de vêtements mouillés jusqu'à atteindre sa chemise. Il déchira le lin d'un coup sec au niveau de la taille. Il fit deux trous à une extrémité du vêtement et y passa des cordes. Il attacha ces dernières à la poupe puis lança la chemise à la mer.

Il faisait trop sombre pour voir, mais cela sembla fonctionner. Au bout d'un moment, le bateau ralentit et sembla se stabiliser.

— Et à présent ? demanda-t-elle.

Il écarta une mèche mouillée de son visage et déposa un baiser salé sur ses lèvres.

— À présent, on attend que le courant nous guide jusqu'à ce que la tempête soit terminée.

Il la fit s'allonger dans le fond du bateau, se coucha en chien de fusil derrière elle et rabattit des couvertures sur eux.

Ils étaient entièrement à la merci de la tempête, sous une pluie torrentielle, ballottés dans tous les sens par des vagues gigantesques qui menaçaient à tout instant de les renverser. Toutefois, douillettement lovée contre lui, protégée par son étreinte solide, Ellie ressentit un moment d'apaisement.

Jusqu'à la vertigineuse vague suivante. Elle sentit son cœur s'arrêter et enfonça ses ongles dans le bras d'Erik en se sentant propulsée vers le ciel, puis en entendant les craquements terrifiants de l'esquif tandis qu'il retombait sur l'eau dure. Elle sentait sa présence derrière elle telle une ancre. Comment pouvait-il rester si calme ? C'était presque inhumain.

Une autre lame les souleva de biais et les projeta contre une muraille liquide avec une telle violence que ses dents s'entrechoquèrent.

— Tu n'as pas peur ? demanda-t-elle d'une voix tremblante.

— Non, répondit-il machinalement.

Puis, la serrant un peu plus fort, il rectifia :

— Si, un peu.

Cet aveu la soulagea. Peut-être n'était-il pas totalement immunisé contre les faiblesses humaines.

Avant qu'elle ait pu rétorquer, il ajouta :

— Ne t'avise pas de le répéter. J'ai une réputation à préserver.

Son sourire se mua en cri lors d'une nouvelle ascension fulgurante suivie d'une chute brutale. Cette alternance entre les moments de panique et de soulagement était épuisante. Elle le sentait dans sa poitrine, dans ses poumons. Elle ignorait combien de temps encore elle pourrait tenir.

Elle s'agrippa au cuir de son *cotun*, le serrant de toutes ses forces en tremblant.

— Je n'en peux plus, gémit-elle.

Il l'apaisa en murmurant des mots doux à son oreille et en caressant doucement son bras, puis sa taille. Ses hanches. Ses fesses.

Ses membres se détendirent légèrement. Sa respiration devint plus régulière.

Il la caressa encore, glissant sa main sur tout son corps. Possessif, insistant. Elle se sentit fondre contre lui, sa peau réagissant à son contact.

Il essayait de détourner son attention, et cela marchait. Elle remarqua à peine le choc de la vague suivante lorsqu'il posa la main sur son sein, pinçant son mamelon entre ses doigts jusqu'à le faire durcir. Lorsque sa douce stimulation ne lui suffit plus, elle se cambra contre lui. Elle pouvait sentir son membre massif et dur contre le bas de son dos. Ses nerfs, déjà à vif, s'embrasèrent. Sa peur instinctive se mua instantanément en désir ardent.

Elle se frotta contre lui. Elle le désirait en elle avec une force qui supplantait la terreur qu'elle avait ressentie quelques instants plus tôt.

Les doux murmures dans son oreille devinrent des grognements d'excitation. Il embrassait avidement sa nuque, son cou.

La tempête faisait rage autour d'eux, projetant leur petite embarcation d'un côté et de l'autre et la faisant tournoyer comme un jouet.

Pourtant, blottie dans leur cocon sous les couvertures, le déchaînement des éléments lui paraissait soudain lointain. S'ils devaient mourir, elle voulait vivre une dernière fois. C'était sans doute sa dernière occasion de connaître l'extase dans les bras de l'homme qu'elle aimait.

Elle se retourna et chercha son regard dans l'obscurité. Les yeux d'Erik brûlaient de désir.

— Prends-moi, l'implora-t-elle.

Il répondit à sa demande par un baiser qui la laissa sans souffle. Un baiser aussi fougueux et frénétique que la tourmente autour d'eux.

Il utilisait toute la force de son corps pour s'arcbouter et les protéger des secousses violentes de l'esquif. Leur étreinte était si enfiévrée et elle était tellement avide de ses caresses qu'elle se retrouva sous lui sans même en avoir conscience. Ses jupes étaient retroussées au-dessus de la taille. Il avait dénoué le cordon de ses braies juste assez pour libérer son sexe bandé. Puis, d'un seul coup de reins, il la pénétra.

Son invasion soudaine lui arracha un cri de bonheur. Cette fois, elle ne ressentit pas la moindre douleur, uniquement du plaisir pur en sentant son membre épais et brûlant en elle. Elle aurait voulu que cette union de leurs deux corps ne cesse jamais.

L'esquif fit une brusque embardée et il s'enfonça encore plus en elle.

Ils bougèrent l'un contre l'autre. Elle soulevait le bassin en rythme tandis qu'il la martelait d'assauts puissants qui semblaient épouser la cadence de la pluie et du vent. C'était bestial et délirant ; sauvage et brutal.

C'était l'amour physique sous sa forme la plus élémentaire et primordiale. Dans le fracas du vent, de la pluie et des vagues, ils ne semblaient faire plus qu'un avec la nature déchaînée.

Il la pilonnait encore et encore, toujours plus vite et plus fort. Comme si sa passion pour elle était aussi incontrôlable que les éléments. Ses cheveux étaient collés à son front, la pluie ruisselait sur son visage, ses traits étaient figés en une expression féroce.

Elle enroula les jambes autour de ses hanches, le voulant toujours plus profondément en elle. Elle agrippa ses épaules, s'accrochant à sa force et aux mille sensations qui tourbillonnaient en elle.

Elle se mit à trembler de tout son corps, ses membres parcourus de décharges électriques. Elle sentait le feu se concentrer entre ses cuisses et de délicieuses vagues de volupté se répandre en elle à chaque coup de reins. Elle le pressa plus fermement contre elle puis se sentit soudain se désagréger. Ses cris se perdirent dans le hurlement du vent tandis que les spasmes de plaisir se succédaient, parcourant tout son corps.

Elle le sentit se raidir puis il poussa un long râle puissant tandis qu'il explosait à son tour et se vidait en elle. Soudés l'un à l'autre, ils chevauchèrent le tumulte jusqu'à ce que la dernière vague de plaisir soit emportée par le vent.

Lorsque ce fut terminé, elle n'avait plus la force de bouger. Il paraissait aussi fourbu et s'effondra sur elle. Elle crut d'abord qu'elle allait suffoquer sous son poids puis découvrit qu'au contraire, elle aimait se sentir ainsi clouée sous lui.

Au bout d'un moment, il roula sur le côté, rabattit les couvertures sur eux et la blottit contre lui.

C'était ainsi qu'ils devaient être après l'amour, pensa-t-elle. Sans silence embarrassé, sans récriminations, sans attentes. Juste un contentement agréable et partagé.

Ils restèrent ainsi immobiles un long moment, puis elle sentit que l'esquif était moins ballotté. Les vagues semblaient moins hautes et le vent moins violent.

— Tu ne trouves pas que c'est plus calme ? demanda-t-elle.

Il se mit à rire contre son oreille.

— Tout me paraît plus calme après ce qu'on vient de vivre. Les vieux loups de mer croient que laisser le navire partir en fuite apaise les tempêtes.

C'était peut-être encore une de ses histoires à dormir debout, mais elle espérait qu'elle était vraie.

— Tu penses que le pire est passé ?

Il réfléchit un instant avant de répondre :

— C'est possible. Repose-toi, Ellie. Tu l'as bien mérité.

Elle ne pouvait pas dormir en pleine tempête, même si ses paupières étaient lourdes. Pourtant, quelques minutes plus tard, ses yeux se fermèrent d'eux-mêmes.

Lorsqu'elle les rouvrit, il faisait toujours nuit.

Elle avait froid et ne pouvait plus bouger les bras. Il lui fallut quelques instants pour se souvenir : la tempête, leur dérive, leurs ébats débridés. Elle était toujours dans les bras d'Erik.

— Tu te sens mieux ? demanda-t-il en desserrant son étreinte.

Elle étira ses bras et ses jambes.

— Oui. Tu as dormi aussi ?

— Un petit peu.

Elle lui lança un regard. *Menteur*. Il n'avait probablement pas fermé l'œil. Elle se redressa brusquement.

— Il ne pleut plus !

Ils avaient réussi. Ils avaient survécu à la tempête. Il avait dit vrai : ils ne mourraient pas.

— Cela fait quelques heures, répondit-il en souriant. La pluie s'est arrêtée peu après que tu te sois endormie. L'orage s'en est allé aussi subitement qu'il est apparu.

En levant les yeux vers le ciel, elle remarqua que le brouillard s'était dissipé, lui aussi. Elle apercevait même un fragment de la lune entre les nuages.

— Quelle heure est-il ?

— Quelques heures avant le lever du jour.

Elle se mordit la lèvre. Erik ne pourrait jamais accomplir sa mission à temps. Elle posa une main sur son bras.

— Je suis désolée.

Il la dévisagea d'un air perplexe, puis comprit ce qu'elle voulait dire.

— Ce n'est pas encore l'aube, Ellie. Nous arriverons à temps.

Ne jamais capituler.

— Mais tu ne sais même pas où nous sommes ! Nous pourrions être à des lieues de la côte.

— Peut-être, mais j'en doute.

Il pointa un doigt devant eux, vers la droite.

— Je crois bien que c'est l'Irlande.

Dans l'obscurité, il était impossible d'en être sûr mais elle distinguait effectivement une grande masse sombre se détachant sur la nuit. Il avait déjà saisi les rames et se mit à avancer dans cette direction.

La masse se rapprocha. Lorsque l'aube commença à disperser les ténèbres, elle en eut la confirmation : c'était bien l'Irlande. Plus précisément, sa pointe nord-est. Elle reconnaissait la silhouette des falaises blondes et crayeuses de Fair Head.

Il avait raison : ils pouvaient encore arriver à temps. Ils n'étaient plus qu'à deux ou trois kilomètres de la côte.

— J'espère que tu es prête à rencontrer le roi, déclara-t-il avec un clin d'œil.

— Quel roi ? demanda-t-elle, perplexe.

— Après avoir retrouvé ton charmant ami en Irlande, auquel je vais devoir expliquer pourquoi tu es toujours en vie (elle grimaça en comprenant qu'il parlait du rustre qui avait voulu la tuer la première nuit dans la grotte), j'ai l'intention de t'emmener avec moi à Rathlin pour rejoindre Bruce.

Il lui sourit comme s'il venait de lui faire un merveilleux présent.

— Mais... je croyais que tu allais me ramener chez moi ?

Il fronça les sourcils. Elle semblait avoir gâché sa belle surprise.

— Ellie, tu te rends bien compte que nous n'en avons plus le temps. Et puis... il m'a semblé que tu n'en avais pas très envie.

C'était le cas. Ou pas. Elle ne savait plus, il la déboussolait totalement.

Toutefois, s'il voulait la conduire chez Bruce...

Elle ne pouvait retarder l'échéance plus longtemps. Elle devait lui dire. Elle se tordit les mains dans les pans de sa jupe, sachant que tout changerait une fois qu'il saurait la vérité.

Avant tout, elle devait lui avouer ses sentiments ; autrement, elle ne saurait jamais ce qu'il pensait.

— Je t'aime, dit-elle doucement.

Il ne sourcilla pas. Elle sut qu'il l'avait entendue uniquement parce qu'il cessa de ramer.

Puis il lui sourit et lui brisa le cœur.

Elle n'aurait jamais pensé qu'un sourire compatissant puisse vous anéantir à ce point.

— J'en suis flatté, mon cœur. Tu me diras, je m'en doutais un peu après ce qui s'est passé dans la grotte ce matin.

On aurait dit qu'elle venait de lui offrir une délicieuse tarte aux pommes, comme l'une de ses admiratrices.

À quoi s'était-elle attendue ? À ce qu'il lui déclare sa flamme en retour ?

Non, mais elle avait espéré un peu plus, une indication qu'elle comptait pour lui, que ce qu'ils avaient partagé était spécial. Un signe qu'il serait peut-être capable de l'aimer en retour. Rien n'était pire que cette acceptation bienveillante.

Sa déclaration ne différait pas de celles qu'il avait déjà entendues d'innombrables fois. Il s'y était attendu, l'appréciait sans doute, ni plus ni moins.

Rien ne pouvait pénétrer sa cuirasse.

Erik se remit à ramer.

Ce n'était pas la première fois qu'une fille lui avouait son amour ; toutefois, de la bouche d'Ellie, c'était différent.

D'une part, cela ne l'avait pas hérissé ni donné une crise d'urticaire. Au contraire, l'entendre prononcer ces paroles lui avait… fait plaisir. Non, plus que ça : il s'était senti fier, ému et heureux.

C'était dans la logique des choses : une épouse devait aimer son mari.

La tempête l'avait convaincu qu'il avait pris la bonne décision. La passion qui s'était emparée d'eux l'avait surpris. Il ne voulait pas la laisser partir. Le fait qu'elle l'aime la rendrait d'autant plus heureuse.

Pour le moment, elle n'en avait pas l'air. Elle semblait sur le point de fondre en larmes. Cela le mettait mal à l'aise et lui pesait sur la poitrine.

Il savait ce qu'elle voulait : qu'il le lui dise à son tour. Elles attendaient toutes ça. Il était habitué à leur déception, mais pas à l'envie de faire le nécessaire pour les rassurer.

Même en prononçant quelques mots.

C'était absurde. Il ne l'aimait pas. Certes, il avait des sentiments pour elle : de la passion, une possessivité féroce, un besoin de la protéger, une peur irrationnelle à l'idée de la perdre.

Mais de l'amour ? Du genre : « un homme et une femme, pour l'éternité » ? Très peu pour lui ! Il aimait trop la conquête, la séduction, le badinage.

N'est-ce pas ?

Il était peut-être incapable de lui dire qu'il l'aimait, mais il avait mieux à lui offrir. Sa proposition de mariage effacerait cet air triste de son visage. Si elle pleurait, ce serait des larmes de joie.

Il n'en eut jamais l'occasion.

— J'ai quelque chose à te dire, déclara-t-elle d'une voix étrangement distante, presque régalienne. Je n'ai pas été tout à fait honnête avec toi.

Il reposa un instant ses rames.

— À quel sujet ?

Elle se tenait le dos droit et le regardait dans les yeux.

— Au sujet de mon identité.

Il attendit. Il l'avait toujours soupçonnée de cacher quelque chose.

— Je ne suis pas la gouvernante des enfants du comte d'Ulster.

— Ah non ?

Elle prit une profonde inspiration.

— Je m'appelle Elyne de Burgh.

20

Erik s'immobilisa, puis éclata de rire. Il avait certainement mal entendu.

— L'espace d'un instant, j'ai cru que tu avais dit de Burgh.

Elle releva fièrement le menton.

— Tu as bien entendu.

De Burgh. Il refoula la sourde angoisse qui montait en lui.

— Tu es de la famille du comte d'Ulster ? demanda-t-il d'une voix incertaine.

Il n'y avait peut-être qu'un lointain lien de parenté.

— C'est mon père.

Erik crut que le ciel lui tombait sur la tête. Il la fixa comme s'il la voyait pour la première fois, ce qui était peut-être le cas. En fait, il ne l'avait jamais vraiment connue. Il plissa les yeux, ses muscles se contractèrent.

— Tu m'as menti !

— Oui.

Il aurait aimé qu'elle nie, tergiverse, prenne un air coupable ou tente de s'expliquer. Rien de tout cela. Elle le regardait droit dans les yeux. Elle ne faisait jamais rien comme tout le monde.

Il se sentit bizarre, nauséeux. Comme s'il venait de prendre un grand coup de poing dans le ventre.

— Pourquoi ?

— Dans la grotte de la sirène, l'un des Irlandais a mentionné le nom de mon père. Si j'avais révélé mon identité, cela n'aurait fait qu'empirer mon cas.

— Et après ?

— Tu veux dire, après avoir compris que tu n'allais pas me violer puis me jeter par-dessus bord ?

Son sourcil impérieux l'agaçait encore plus que son sarcasme. C'était bien le genre d'attitude hautaine et aristocratique qu'on pouvait attendre de la fille d'un comte.

Il serra les poings, essayant de calmer le tumulte de ses émotions.

— Tu m'as dit que tu étais gouvernante.

— Ce n'était pas si éloigné de la réalité. Après la mort de ma mère, je me suis occupée de mes petits frères et sœurs. L'image m'a paru amusante. Et si je ne t'ai pas dit la vérité plus tard, c'est parce que je croyais que tu étais un pirate.

Il entendit le sarcasme dans sa voix. Elle n'était pas la seule à avoir menti. Il s'était efforcé, lui aussi, de mettre une distance entre eux. Elle ajouta :

— Et je n'étais pas certaine que tu ne me forcerais pas à t'épouser.

C'était ce qu'aurait fait un vrai pirate s'il avait mis la main sur une fille noble. Toutefois, il était trop furieux pour écouter des explications rationnelles.

L'ironie du sort était comme un coup de poignard dans le dos. Il avait réellement envisagé de l'épouser, croyant lui offrir un rang et une fortune inespérés pour une gouvernante. Il avait cru qu'elle avait besoin de lui. Il s'était trompé de fond en comble. La fille d'Ulster était l'un des partis les plus convoités de la chrétienté. Elle pouvait aspirer à bien mieux qu'un chef de clan hors la loi, même s'il était d'une ancienne lignée noble.

Il savait qu'il n'en avait pas le droit, mais il ne pouvait s'empêcher de se sentir trahi.

— Et lorsque tu as découvert la vérité, Ellie – ou dois-je t'appeler lady Elyne ? –, pourquoi ne pas me l'avoir dit alors ?

Elle le dévisageait calmement, son visage formant un masque d'albâtre dans le clair de lune.

— Parce que je ne voulais pas que ça s'arrête.

Pour le plaisir. Sacredieu. Son esprit commençait à percevoir toutes les ramifications de cette nouvelle donne. Si son orgueil avait été blessé en découvrant que la gouvernante qu'il avait voulu élever en lui donnant son nom était l'une des plus riches héritières d'Irlande, il y avait plus grave encore : il avait défloré la fille d'Ulster.

Pire encore ! Il lui agrippa le bras et la secoua.

— Tu es la sœur de Bruce !

L'homme auquel il devait toute sa loyauté.

— Par alliance seulement, précisa-t-elle.

Elle gardait la tête haute et ne faisait même pas semblant d'avoir honte de l'énormité de sa duperie.

— Pourtant, Édouard de Bruce t'a vue l'autre soir. Pourquoi n'a-t-il rien dit ?

Elle laissa échapper un petit rire cynique.

— Je ne l'avais rencontré qu'une seule fois auparavant, lors du mariage de ma sœur. Apparemment, je ne lui ai pas fait forte impression.

Erik était écœuré. C'était la première fois qu'il dépucelait une femme et il fallait qu'il tombe sur une fille intouchable. La belle-sœur de son seigneur. Si Bruce avait adopté les méthodes guerrières des Highlanders, il restait un chevalier jusqu'au bout des ongles. Il ne lui pardonnerait jamais cette offense.

De son côté, Ulster reprocherait sûrement à Bruce les actions de son guerrier. Cela créerait un fossé entre eux. Le comte cesserait de fermer les yeux sur les activités de son gendre. S'il lui coupait les routes commerciales de l'Ouest, Bruce serait privé d'un approvisionnement indispensable.

Si Ulster ne le tuait pas, Bruce s'en chargerait.

Sa mission n'incluait pas de débaucher des pucelles.

Soudain, il comprenait pourquoi les Anglais s'étaient montrés si tenaces. Il serra le bras d'Ellie un peu plus fort.

— Ils n'en avaient pas après moi, c'est toi qu'ils recherchaient.

Elle parut surprise, comme si l'idée ne lui avait jamais traversé l'esprit. Puis elle secoua la tête.

— C'est impossible. Ma famille ignore ce qui m'est arrivé.

— C'était le cas au début, mais plus depuis que j'ai transmis ton message.

Sa galanterie déplacée et son besoin de lui plaire avaient guidé ses ennemis droit sur eux.

Ellie resta un instant interdite. Était-ce vraiment elle que les Anglais recherchaient quand ils avaient débarqué sur Spoon puis tué et capturé ses hommes ? La déférence du soldat sur la plage s'expliquait soudain. « Ma dame », l'avait-il appelée. Ils voulaient la protéger.

— Je suis vraiment désolée, dit-elle.

Il refusait de croiser son regard.

— Nous nous marierons dès que j'aurai mis la main sur un prêtre, annonça-t-il froidement.

Son cœur cessa de battre en entendant ces mots tant attendus prononcés sans la moindre émotion. C'était précisément ce qu'elle avait craint. Elle avait su que si elle lui révélait son identité, il se sentirait obligé de protéger son honneur.

Cela pouvait paraître illogique mais, même si elle l'aimait, elle refusait d'épouser un homme motivé uniquement par le devoir et non par les sentiments. Elle ne se faisait aucune illusion sur l'amour non partagé. Elle ne commettrait pas l'erreur de sa mère en croyant qu'elle pourrait forcer un homme à l'aimer.

Au fond d'elle-même, elle avait envie de se recroqueviller et de pleurer tout son saoul sur son petit cœur meurtri. Sa fierté l'en empêchait. Elle était lady Elyne de Burgh. Il ne saurait jamais à quel point il l'avait blessée ni combien il lui était difficile de refuser.

— Ce ne sera pas nécessaire, répondit-elle aussi froidement que lui.

— Ai-je besoin de te rappeler pourquoi ça l'est ? rétorqua-t-il.

Elle ne lui offrit même pas la satisfaction de rougir. Elle n'avait pas honte de ce qu'ils avaient fait.

— J'apprécie ta galanterie, mais je te répète que c'est inutile. Je suis déjà fiancée.

Elle croyait l'avoir déjà vu en colère ; elle avait tort. Sa métamorphose fut si frappante qu'elle se recroquevilla instinctivement. Dans la pénombre, ses yeux devinrent bleu acier. Le Viking impitoyable était de retour et ne ferait pas de quartiers.

Il se pencha vers elle et, l'espace d'un instant, elle prit peur.

Sa question tomba comme un couperet :

— Qui ?

Un frisson lui parcourut l'échine, mais elle refusait de se laisser impressionner.

— Ralph de Monthermer.

— Tu es décidément pleine de surprises, lady Elyne. J'avais entendu parler de votre union prochaine, mais j'avoue n'avoir pas fait le rapprochement avec ma gouvernante captive. Je comprends mieux que ton cher comte se soit autant intéressé à un message provenant de Dunaverty.

Ellie pâlit.

— Il me cherche, lui aussi ?

— Activement, à ce qu'il semblerait. Et comment comptes-tu lui expliquer que tu n'es plus vierge ? Tu crois qu'il voudra encore de toi ? À moins que tu espères qu'il n'y verra que du feu ?

Elle se raidit. Comment pouvait-il la croire capable d'un tel déshonneur ? Elle ne se faisait aucune illusion sur les sentiments de Ralph. C'était l'alliance qu'il voulait.

— Cela ne te concerne pas. C'est entre mon fiancé et moi.

Il la tira brutalement contre lui.

— C'est ce qu'on verra !

Ellie ne l'avait jamais vu perdre son sang-froid. Son visage était à quelques centimètres du sien et son expression était féroce. Elle ignorait ce qu'il comptait faire.

Il lança soudain un regard par-dessus son épaule et se figea. Sa fureur s'évanouit brusquement.

— Tiens ! Nous n'allons pas tarder à le découvrir.

— De quoi parles-tu ?

Elle se retourna. Dans la lueur bleutée de l'aube, elle aperçut des taches de couleur à l'horizon. Des voiles. Il y en avait une demi-douzaine et elles approchaient rapidement.

— Je crois que ton fiancé vient d'arriver.

Ellie vit sur ses traits une expression qu'elle n'aurait jamais imaginé y lire : la défaite. Il l'avait compris dès l'instant où il avait vu les bateaux : ils étaient piégés. La côte était trop loin. Sans voile, ils n'avaient aucun espoir de leur échapper. Même ses talents de marin hors pair n'y pourraient rien. Il ne distancerait jamais à la rame une flotte de galères toutes voiles dehors.

Il allait échouer à cause d'elle. Jamais il ne le lui pardonnerait.

Elle lança un regard vers l'Irlande et sentit poindre une idée. Il avait peut-être encore une chance de s'en sortir.

La saisirait-il ?

Elle rassembla son courage. Elle ne devait pas lui laisser le choix.

Il allait manquer à son devoir envers le roi, envers ses compagnons de la garde, envers tous ceux qui comptaient sur lui.

Même au cœur de la tempête, il n'avait jamais envisagé l'échec. À présent, il avait le goût amer de la défaite dans la bouche.

Ils étaient faits comme des rats.

Il n'allait pas pour autant leur faciliter la tâche. Il se creusa les méninges, cherchant un moyen de leur échapper.

— Pars, déclara soudain Ellie. Avant qu'ils te voient.

— À moins que tu ne caches un mât et une voile dans ta manche, je ne vois pas comment.

— Tu peux nager.

Il s'immobilisa, puis rejeta l'idée.

— Si tu crois que je vais te laisser…

— Je ne cours aucun danger, l'interrompit-elle. C'est moi qu'ils veulent. Je leur dirai que tu t'es noyé pendant la tempête. Personne ne te cherchera. Tu as encore le temps, si tu pars tout de suite.

Il lança un regard vers la côte. Elle avait raison. Il pouvait y arriver. Les Irlandais l'attendraient jusqu'à l'aube, et même un peu plus. Cela signifiait qu'il devrait faire la traversée jusqu'à Rathlin puis jusqu'à Arran en une seule nuit, mais ce n'était pas impossible. Bruce arriverait quand même à temps pour lancer son attaque le jour prévu. Il pouvait encore accomplir sa mission.

Toutefois, il ne pouvait se résoudre à la laisser derrière lui. Même si elle lui avait menti, elle restait…

Quoi donc ? Qu'était-elle pour lui ?

Elle sentit son hésitation.

— Pars. Rien ne te retient.

Pourtant si. En sauvant sa mission, il renoncerait à leur relation.

Quelle relation ? Elle était fiancée à Monthermer, grand Dieu ! L'ex-gendre d'Édouard d'Angleterre et l'un des principaux amiraux de sa flotte.

Elle appartient à un autre. Cette notion était comme un acide qui se répandait dans sa poitrine.

Elle était parfaitement immobile, les traits aussi durs et fragiles que du verre. Quelque chose clochait. Elle était trop posée, trop calme. Quelques minutes plus tôt, elle lui avouait son amour et, à présent, elle avait hâte de se débarrasser de lui.

Il lui prit le bras et la secoua.

— Qu'attends-tu de moi, à la fin ?

— Rien. Tu ne le comprends donc pas ? Pars, afin que je puisse reprendre le cours de ma vie et oublier ce qui s'est passé.

Elle aurait aussi bien pu lui asséner un coup de massue sur le crâne. Il la força à le regarder dans les yeux, la défiant de lui mentir.

— Dis-moi une seule chose : tu veux l'épouser ?

Elle ne sourcilla pas.

— Pourquoi pas ? Sir Ralph est l'un des chevaliers les plus séduisants et éminents du royaume. N'importe quelle femme serait honorée d'être son épouse.

Erik serra les dents. Il aurait dû être soulagé. Sa mission était prioritaire et il pouvait désormais partir la conscience tranquille. Il lui avait posé la question. Elle ne voulait pas de lui. Il avait fait son devoir ; son honneur était sauf.

Alors pourquoi cette vive douleur, pourquoi cette colère ? Pourquoi avait-il envie d'étrangler Ralph de Monthermer à mains nues ?

L'aube se levait. C'était maintenant ou jamais.

Il lança un dernier regard vers elle avant d'enjamber le bastingage. Enveloppée dans ses plaids et ses fourrures, elle paraissait si petite et sans défense. C'était une illusion. Elle n'avait jamais eu besoin de lui.

C'était sans doute mieux ainsi. Il se laissa glisser dans l'eau et se mit à nager. Il était tellement groggy qu'il sentit à peine la morsure du froid.

Peu avant d'atteindre le rivage, il s'arrêta et se retourna. La première galère anglaise venait d'atteindre l'esquif. Il reconnut les armoiries de Monthermer : un aigle vert sur fond jaune. Quelques instants plus tard, Ellie fut hissée à bord. Un grand chevalier en armure portant le même blason sur son tabard l'accueillit en la serrant contre lui.

La voir dans les bras d'un autre lui brûla les poumons comme s'il avait avalé de l'eau de mer. Au moins, elle était en sécurité. Il l'avait rendue à sa famille comme promis. Son devoir était accompli.

Il replongea sous l'eau et nagea avec toute la force qui lui restait, se concentrant sur un seul objectif.

Sa mission ; rien d'autre n'avait d'importance.

Lorsque Ralph la serra dans ses bras, la façade stoïque soigneusement composée d'Ellie s'effondra. Peu lui importait que des dizaines de soldats la regardent. Toutes les émotions qu'elle avait retenues remontèrent à la surface dans un déferlement de larmes.

Attribuant ce débordement au soulagement d'avoir été sauvée, Ralph tenta de la calmer avec des paroles de réconfort. Tout allait bien. Elle était en sécurité, à présent. Plus personne ne lui ferait de mal.

Il était robuste et chaleureux, grand et fort. Son large torse sentait la mer et le vent. Lorsqu'il baissait les yeux vers elle, son beau visage était empreint de bonté et d'inquiétude.

Mais Ralph de Monthermer n'était pas l'homme qu'elle voulait et ne le serait jamais. Elle avait perdu celui qu'elle aimait, même s'il n'avait jamais été sien.

La vérité faisait mal, mais sa douleur lui donna de la force. Gênée de s'être donnée en spectacle, elle recula et essuya ses larmes. Il serait toujours temps de pleurer plus tard ; pour le moment, elle devait couvrir la fuite d'Erik.

— Pardonnez-moi, dit-elle en reniflant.

— Vous n'avez pas à vous excuser, dit doucement Ralph. Je suis tellement soulagé de vous avoir retrouvée. La tempête... C'est un miracle que votre embarcation n'ait pas sombré.

Non, pas un miracle. Juste le talent d'un homme.

Les traits de Ralph se durcirent.

— Où est-il ? Où est l'homme qui vous a enlevée ?

Bien qu'elle rechigne à lui mentir, Ellie devait le convaincre qu'Erik était mort.

— Il a disparu. Je ne sais pas ce qui s'est passé. La tempête était épouvantable. Il faisait nuit et on n'y voyait rien. Il m'a ordonné de rester dans le fond du bateau. Un instant, il se tenait devant moi ; l'instant suivant, il n'était plus là.

— Le Faucon est mort ? s'exclama une voix incrédule.

Ellie se retourna. Un homme venait de s'avancer entre les soldats agglutinés autour d'eux.

— Thomas !

Elle était tellement soulagée de le voir qu'elle se précipita vers lui avant de s'arrêter brusquement.

— Mais... que faites-vous ici ? demanda-t-elle.

Thomas devint écarlate. Ralph répondit à sa place :

— C'est grâce à sir Thomas que nous vous avons trouvée.

Sir Thomas ? Elle s'en était toujours doutée mais fut néanmoins surprise.

Thomas s'inclina devant elle.

— Sir Thomas Randolph, pour vous servir, lady Elyne.

Il lui fallut un certain temps pour faire le rapprochement, puis son horreur s'accrut.

— Vous êtes le neveu de Robert !

Le jeune chevalier acquiesça.

Ellie était écœurée. L'homme qu'elle avait considéré comme un ami avait non seulement trahi le Faucon, mais aussi son propre oncle.

Que leur avait-il dit d'autre ?

Elle se tourna vers Ralph.

— Comment m'avez-vous retrouvée, au juste ?

— Randolph était convaincu que le rebelle tenterait de rejoindre l'Irlande.

Seigneur, il leur avait dévoilé le plan ? S'efforçant de masquer la panique qui montait en elle, elle lança un regard vers Thomas.

— Le Faucon m'avait dit qu'il comptait vous ramener chez vous, expliqua-t-il.

Elle ravala son soupir de soulagement. Peut-être ne les avait-il pas complètement trahis.

— Nous avions dressé un piège dans le Canal la nuit dernière, reprit Ralph. Toutefois, nous avons été contraints de battre en retraite quand la tempête a éclaté. Je pensais que le rebelle ferait de même, mais Randolph m'a assuré que l'orage ne l'arrêterait pas. Dès qu'il s'est calmé, nous avons filé vers l'Irlande. Il est encore plus téméraire que je ne l'imaginais. Il aurait pu vous tuer !

Elle posa une main sur son bras.

— Il m'a sauvé la vie. Plus d'une fois. Peu importe ce qu'il a fait. Je suis en vie et il est mort. Tout ce que je souhaite, c'est rentrer chez moi et oublier.

Ralph prit un air contrit.

— Bien sûr, je vous comprends. Vous devez être épuisée. Nous discuterons ultérieurement. Votre famille sera aux anges de vous retrouver saine et sauve.

Il lança à son capitaine l'ordre de faire demi-tour. Elle fronça les sourcils.

— Nous n'allons pas en Irlande ?

— Pardonnez-moi, j'oubliais que vous n'étiez pas au courant. Votre père se trouve au château d'Ayr sur ordre du roi.

En Écosse. Elle n'en revenait pas. Pendant qu'elle était sur l'île de Spoon, son père se trouvait à deux pas.

Ralph la fit asseoir sur un coffre près de la proue, l'enveloppa de couvertures et lui prit la main.

— Je suis ravi de vous voir de retour, lady Elyne. Lady Mathilda sera tellement soulagée.

Une ombre étrange passa sur son visage et il rectifia :

— Tous vos frères et sœurs seront infiniment soulagés.

Il était bon. Elle l'avait toujours su, même si le malaise qu'elle ressentait toujours en sa présence les avait empêchés de se rapprocher. Elle se sentit coupable. Elle devait lui dire la vérité.

— Mon seigneur... Je... Je dois vous dire quelque chose.

— C'est inutile, répondit-il fermement.

Elle voulut protester, mais il l'arrêta.

— Vous n'avez rien à vous reprocher. Randolph m'a dit que vous étiez devenue... assez proche de votre ravisseur.

Elle ne pouvait le croire. Il savait, ou du moins pensait savoir, et ne la blâmait pas. Sa compréhension ne faisait qu'accentuer sa gêne. Elle ne pouvait le laisser croire qu'elle avait été forcée.

— Ce n'était pas contre mon gré, mon seigneur, murmura-t-elle.

Il la dévisagea longuement, d'un air plus songeur qu'accusateur.

— Tout cela appartient au passé, à présent. Vous êtes hors de danger, c'est tout ce qui importe.

Il voulait soulager sa conscience, encore plus qu'elle ne l'aurait cru ; plus qu'elle ne le méritait.

— Reposez-vous, dit-il. Nous pourrons en parler plus tard.

Il hésita, puis ajouta :

— Je crains que votre père ne vous assaille de questions. Le roi Édouard tient coûte que coûte à capturer ce capitaine rebelle qu'ils appellent le Faucon. Il est convaincu que Bruce prépare quelque chose.

Elle s'efforça de ne pas blêmir.

— J'ai bien peur de ne rien pouvoir lui apprendre.

Il soutint son regard, comprenant sans doute un peu trop, puis sourit.

— Quoi qu'il en soit, j'ai jugé préférable de vous prévenir.

Elle hocha la tête, reconnaissante de cette mise en garde. Ralph et Bruce avaient été bons amis autrefois. Se pouvait-il qu'il soit plus favorable à sa cause qu'il ne le paraissait ?

Il retourna auprès de ses hommes, l'abandonnant à la cruelle solitude de ses pensées. Sa séparation d'avec Erik avait été si soudaine et inattendue qu'elle n'avait pas encore eu le temps de l'assimiler. À présent, alors que chaque minute qui passait l'éloignait un peu plus de lui, elle prenait conscience de l'ampleur de ce qu'elle venait de perdre. Son avenir paraissait bien morne et austère. Elle ne pouvait croire qu'elle ne le reverrait plus jamais, que la liberté et le bonheur qu'elle avait connus était bel et bien terminés.

Elle se raidit en voyant Thomas approcher. Il s'assit auprès d'elle ; elle fit mine de ne pas le remarquer.

— Il a nagé jusqu'à Fair Head, n'est-ce pas ? demanda-t-il à voix basse.

— Si vous voulez parler du capitaine, je vous ai déjà raconté ce qui est arrivé.

— Je ne leur ai rien dit, Ellie... je veux dire lady Elyne, je vous le jure.

— Sauf où nous trouver.

Il rougit, mais redressa le dos.

— Le Faucon n'aurait pas dû vous traiter de cette manière. Après avoir découvert qui vous étiez, je me devais d'intervenir.

Ellie fulminait intérieurement. Il avait mis en péril la mission d'Erik simplement parce que ses sensibilités chevaleresques avaient été offensées. Elle s'assura que personne autour d'eux ne pouvait les entendre, puis chuchota :

— C'est pour cela que vous avez lancé les Anglais à nos trousses ? Vous ne savez donc pas ce qui est en jeu ? Ou vous vous en fichez, peut-être ?

— Je sais ce qui est en jeu, même si je n'en connais pas les détails. Pour une fois, je ne suis pas fâché de ne pas avoir été dans les confidences de mon oncle. Je ne leur ai dit que le strict nécessaire afin qu'ils puissent vous trouver. Quant au Faucon, il retombe toujours sur ses pattes, au cas où vous ne l'auriez pas encore compris.

Il semblait tenir désespérément à ce qu'elle le croie, comme si son opinion était de la plus haute importance. Toutefois, elle ne pouvait l'absoudre aussi facilement.

— Vous avez quand même changé de camp, souligna-t-elle.

Il soutint son regard accusateur sans tiquer.

— Je n'avais pas le choix. Vous auriez préféré que nous soyons tous massacrés ?

— Bien sûr que non.

— C'est pourtant ce qui se serait passé si je ne m'étais pas rendu.

Elle imaginait combien cela avait dû plaire à Domnall. Néanmoins, elle ne pouvait reprocher à Thomas d'avoir fait son possible pour sauver leurs vies. Elle en aurait fait autant.

— Où sont les autres hommes ?

— Dans les prisons d'Ayr.

— Et vous, vous êtes ici.

Il se raidit.

— Voilà un certain temps que mon oncle et moi sommes en désaccord, se justifia-t-il. Je ne suis pas un pirate mais un chevalier, et je souhaite me battre comme tel.

Ainsi, quand on lui avait donné la possibilité de changer de camp, il l'avait saisie.

Elle ne pouvait pas le condamner. Au-delà de son amour de la chevalerie, il avait fait ce que d'innombrables hommes avaient fait avant lui : suivre ses intérêts plutôt que son cœur. L'opportunisme avant les principes. Bon nombre des partisans d'Édouard ne le suivaient que par prudence, et non parce qu'ils croyaient en lui. Son propre père en était un exemple.

Il existait peu de William Wallace prêts à mourir pour une noble cause.

Erik en faisait partie. La loyauté, le devoir, l'honneur ou quelque nom qu'on lui donne… les liens qui l'unissaient au peuple qu'il aimait comptaient plus que tout pour lui.

Plutôt mourir que capituler.

Avait-il rejoint les Irlandais à temps et avait-il pu les conduire jusqu'à Robert ? L'ultime tentative de Bruce pour reprendre sa couronne porterait-elle ses fruits ?

Il faudrait sans doute un certain temps avant qu'elle n'obtienne des réponses à ces questions, si l'angoisse de ne pas savoir ce qui lui était arrivé ne la rendait pas folle avant.

21

Après une longue attente (presque douze heures s'étaient écoulées depuis qu'il avait quitté Ellie), Erik MacSorley entra dans la baie de Rathlin accompagné des trois cents soldats irlandais qu'il s'était engagé à amener à Bruce.

Lorsqu'il était arrivé à Fair Head, les MacQuillan chargeaient déjà leurs navires pour rentrer chez eux, pensant qu'il s'était passé quelque chose et que l'attaque était annulée. Selon leur chef, ils comptaient revenir l'attendre le lendemain soir, mais Erik n'en était pas convaincu. Ils avaient déjà empoché la moitié de leur solde et, dans la mesure où ils avaient tenu leur part du marché, cela représentait déjà un dédommagement confortable.

Quoi qu'il en soit, il était arrivé à temps. Après avoir dissimulé les navires pour les rendre invisibles aux patrouilles anglaises, ils avaient patienté jusqu'à la nuit afin de faire la traversée jusqu'à Rathlin.

Tout en manœuvrant le premier des cinq navires dans le port, Erik se dit qu'il pouvait être fier d'être arrivé jusque-là en dépit de tous les obstacles en travers de sa route. Pourtant, sa réussite lui apportait peu de satisfaction.

Sa dernière conversation avec Ellie lui nouait toujours la gorge.

Le roi devait être informé. Toutefois, cette conversation pénible attendrait. Erik devait d'abord conduire l'armée à Arran et, après tous les retards imprévus de la veille, il voulait se donner le plus de temps possible.

La quarantaine d'hommes qu'il avait quittés quelques semaines plus tôt étaient assemblés sur la grève pour l'accueillir : le roi, ses plus proches fidèles, la poignée de vassaux loyaux qui s'étaient échappés avec lui de Dunaverty en septembre dernier. Le groupe s'était enrichi d'une centaine de soldats, des habitants des îles envoyés par son cousin Angus Og.

Erik sauta dans l'eau et marcha vers eux.

— Où étais-tu passé ? tonna le roi avant même qu'il ait mis un pied sur la plage de galets. Tu étais censé arriver hier. C'est un peu raide, même pour toi, Faucon !

Il lança un regard par-dessus son épaule.

— Où est ton navire ? Et mon neveu ?

— Les Anglais nous ont découverts sur Spoon quelques heures avant notre départ, sire. Je vous raconterai tout une fois que nous serons sur Arran. Randolph et mes hommes ont été capturés.

Bruce tressaillit. Il avait beau avoir subi de nombreuses désillusions, le coup n'en était pas moins dur.

— Il est mort ?

— Je ne le pense pas, sire.

Pour le moment, il préférait taire ses soupçons. Toutefois, le roi était perspicace. Il se demandait comme lui de quel gré Randolph s'était rendu.

Le regard de Bruce se durcit.

— J'espère que tu as une bonne explication pour tout ceci.

Erik hocha la tête. Il l'espérait aussi.

Il lança un regard vers le Chef qui se tenait à côté du roi.

— Tout est prêt ?

— Oui.

À l'expression de MacLeod, il devina que ce dernier aurait aimé, lui aussi, lui poser quelques questions. Comme Bruce, il devrait attendre.

Ils répartirent les commandements des sept navires de leur flotte, cinq *birlinn* appartenant aux Irlandais et deux appartenant à son cousin. Erik commanderait le tout depuis l'un des bateaux irlandais.

Moins d'une heure plus tard, ils étaient en route. Erik ouvrait la voie avec les mercenaires, distançant légèrement les autres afin de donner l'alerte en cas de danger.

Contrairement à la nuit précédente, le temps était propice à la navigation. Le ciel était relativement dégagé et un vent régulier soufflait du nord. Arran, leur destination, se situait au nord-est de Spoon, nichée entre la péninsule du Kintyre et la côte du Ayrshire, à une soixantaine de kilomètres de Rathlin.

La distance était courte mais périlleuse. Le danger pouvait surgir derrière chaque vague. Échapper aux Anglais avec un navire était une chose, avec sept, c'était une autre paire de manches.

Erik se montrait particulièrement vigilant aux carrefours, sachant que les Anglais aimaient se poster là où plusieurs voies maritimes se rencontraient. Après avoir contourné Rathlin par le nord, il ordonna aux navires d'affaler les voiles.

Ce fut une bonne chose, car il lui sembla apercevoir une tache vers le sud, là où le détroit de Rathlin se jetait dans le Canal du Nord. Au-delà, il n'y avait plus que la haute mer entre eux et l'Écosse.

Il scrutait l'horizon, guettant tout signe d'un navire. Il ne voyait que le ciel nocturne et l'ondoiement des vagues noires et luisantes.

Après le tumulte de la veille, cela lui paraissait trop calme.

Il chassa ses pensées avant qu'elles aient fini de se former. Ellie s'insinuait dans son esprit trop souvent et il était déterminé à ne pas penser à elle. Cette fois, rien ne viendrait affecter sa mission.

Pas même une petite mégère autoritaire aux yeux parsemés d'éclats d'émeraude, au menton têtu et à la peau la plus douce qu'il ait jamais touchée.

Il l'oublierait, crénom de nom ! Il l'oublierait.

Plus il approchait du cap du Kintyre, plus il flairait anguille sous roche. Bien que sa prescience du danger ne soit pas aussi développée que celle de Campbell, il se reposait entièrement sur son instinct.

À un kilomètre du cap, il ordonna à nouveau d'affaler et demanda aux autres capitaines d'attendre tandis qu'il partait repérer les lieux.

Il ordonna à ses hommes de ramer en silence. Lorsque plusieurs mercenaires chuchotèrent entre eux, il les menaça de leur couper la langue. Ils durent le croire car il n'y eut plus un bruit à bord.

Le *birlinn* avança lentement dans le noir. Il scrutait la mer, tous ses sens aux aguets. Il ne voyait pas une seule voile.

Une ombre à la forme étrange au loin attira son regard. Il fit signe aux hommes de s'immobiliser.

Fichtre. C'étaient eux.

Ces petits malins attendaient en embuscade, voiles baissées. Il compta au moins six masses sombres entre Spoon et la petite île d'Ailsa Craig, à l'entrée de l'estuaire de la Clyde, attendant d'attraper un navire dans leur toile. Il était impossible d'accéder à Arran.

Erik donna l'ordre de faire demi-tour, discrètement afin de ne pas être repérés, et retourna auprès des autres navires. Accostant le *birlinn* du Chef, il informa le roi et son capitaine du piège tendu un peu plus loin.

Bruce frappa du poing sur le bastingage en jurant.

— Comment ont-ils pu savoir ?

— Je ne pense pas qu'ils sachent, objecta MacLeod. Si c'était le cas, il y aurait beaucoup plus que six navires.

Erik était du même avis. Boyd avait rencontré un barrage similaire en route vers Rathlin.

— Ils ont simplement eu la chance de choisir le bon jour, supposa-t-il.

— Et nous, nous jouons de malchance ! s'exclama Bruce. Nous devons trouver une solution. C'est la seule route pour accéder à Arran. Ne pouvons-nous tenter de passer un à un à travers les mailles du filet ?

— C'est trop risqué, répondit Erik.

La nuit était trop claire et les voies d'eau trop étroites pour passer sans se faire repérer.

La seule route... L'observation de Bruce réveilla un souvenir en lui.

Bien sûr ! D'ordinaire, il aurait affiché un grand sourire, mais sa bonne humeur semblait l'avoir déserté en même temps que la petite gouvernante.

— J'ai une autre idée, déclara-t-il en se tournant vers MacLeod. Nous emprunterons la même route que nos ancêtres : à pied.

MacLeod le dévisagea un instant, puis ses lèvres esquissèrent un petit sourire diabolique.

— C'est une nuit idéale pour se dégourdir les jambes, déclara-t-il.

Le seul moyen de rejoindre Arran par bateau était d'entrer dans l'estuaire de la Clyde par le sud. Toutefois, il existait une autre route moins conventionnelle. Leurs ancêtres l'avaient utilisée autrefois pour éviter d'avoir à contourner la longue péninsule du Kintyre.

À l'instar de Magnus aux pieds nus, le roi de Norvège, plus de deux siècles plus tôt, l'armée remonta le long de la côte occidentale du Kintyre. Puis les hommes portèrent leurs embarcations à travers l'isthme de Tarbert, rejoignant ensuite Arran par le nord et évitant ainsi le piège tendu par les Anglais.

L'armée était en place. Erik avait accompli sa mission.

Dans moins de vingt-quatre heures, Bruce lancerait son attaque sur le château de Turnberry, son siège ancestral, annonçant ainsi son retour en Écosse et sa dernière tentative pour récupérer son trône.

Château d'Ayr, Ayrshsire

Après l'excitation de son retour et des retrouvailles larmoyantes avec son père et ses deux frères aînés, John et Thomas, Ellie s'excusa, déclarant qu'elle était exténuée, et se retira seule dans sa chambre.

Elle était parvenue à repousser les questions de son père pour la journée. Toutefois, le lendemain matin, elle fut convoquée dans son bureau après le petit déjeuner.

Une surprise l'attendait.

Dès qu'elle ouvrit la porte, Matty se précipita vers elle et se jeta dans ses bras. Elle sanglotait si fort qu'Ellie comprenait à peine ce qu'elle disait, mais les mots avaient peu d'importance. Elle était profondément émue par ce débordement d'émotion sincère. Elle avait toujours su que ses frères et sœurs l'aimaient profondément et les voir le lui manifester aussi spontanément réchauffait son cœur.

Elle en avait bien besoin.

Lorsque les larmes de Matty se tarirent enfin, elle s'écarta et dévisagea Ellie à travers ses yeux humides.

Ellie la trouva changée. Elle semblait avoir perdu un peu de sa joie de vivre et de son exubérance naturelle. Sa disparition l'avait visiblement beaucoup affectée.

— Lorsque Ralph m'a dit que tu étais saine et sauve, je ne l'ai pas cru, déclara Matty.

Ralph ? Ellie lança un regard vers son fiancé qui se tenait à l'autre bout de la pièce.

Le comte d'Ulster grogna :

— Tu as donc décidé de venir jusqu'ici pour vérifier par toi-même ?

À la surprise d'Ellie, Matty ne lui répondit pas par un de ses sourires enjôleurs et éblouissants. Elle se contenta de baisser la tête d'un air penaud.

— Je suis désolée, père. Il fallait que je vienne.

Ce ton révérencieux et humble qui lui ressemblait si peu sembla désarçonner son père, ainsi que tous les autres présents.

Ellie se tourna vers Ralph.

— Vous êtes allé jusqu'à Dunluce pour informer le reste de ma famille ?

Il acquiesça, l'air gêné.

— Ils étaient tellement inquiets.

Ellie sentit sa gorge se nouer. Elle avait été injuste envers lui. Ce mariage ne devait pas être aisé pour lui non plus, après avoir perdu la femme qu'il aimait. Ralph de Monthermer était un homme bon et elle se jura de tout faire pour lui retourner sa bonté.

— Merci, lui dit-elle.

Sa gratitude sembla le mettre mal à l'aise. Elle remarqua qu'il lançait de brefs regards à Matty.

Elle n'eut pas le temps de se demander ce que cela signifiait car son père commença son interrogatoire.

Elle resta le plus proche possible de la vérité. Elle raconta comment elle avait accidentellement interrompu une réunion secrète (Randolph le leur avait déjà dit), que les Irlandais avaient voulu la tuer de peur qu'elle ait entendu quelque chose et que le Faucon l'avait sauvée en l'emmenant avec lui. Elle expliqua qu'elle avait pris son ravisseur pour un pirate en évitant de dire ce qu'elle savait de ses activités pour Bruce.

— Je n'ai compris la vérité qu'à l'arrivée d'Édouard de Bruce, acheva-t-elle.

Il l'interrogea encore sur la présence du frère de Bruce, mais elle n'avait rien d'autre à lui apprendre. Il paraissait outré qu'il ne l'ait pas reconnue.

— Et ce Faucon ne t'a jamais révélé son nom ? demanda-t-il.

— Tout le monde l'appelait ainsi, répondit-elle en biaisant.

— C'est aussi ce qu'a dit Randolph, confirma Ralph.

— Il ne t'a jamais parlé de ses projets ? insista son père. Dit où il comptait se rendre après t'avoir ramenée ? S'ils complotaient quelque chose ?

— Non, mentit-elle. Je suis navrée.

Elle sentait les larmes lui monter aux yeux. Elle détestait tromper son père et tenta de se convaincre que ses petits mensonges pourraient protéger l'homme qu'elle aimait.

Son père prit ses larmes de culpabilité pour de la frustration de ne pas pouvoir l'aider. Dans un élan d'affection peu habituel de sa part, il glissa un bras autour de ses épaules et lui tapota le dos.

— Ne t'inquiète pas, ma fille. S'il a survécu, nous le retrouverons. Et quand ce sera le cas, je lui passerai la corde au cou moi-même.

— Non ! s'écria-t-elle.

Sentant cinq paires d'yeux qui la fixaient avec surprise, elle se sentit rougir et déclara :

— Il m'a sauvé la vie. Il n'avait pas d'autre choix que de m'emmener avec lui. Il ignorait qui j'étais et, lorsque je lui ai révélé mon identité, il était furieux. Il n'a jamais cherché à s'attirer votre inimitié, père.

Le comte la dévisagea longuement. Elle se demanda ce qu'il comprenait, bien qu'il n'ait jamais été très observateur.

— Peu importe, conclut-il. S'il est toujours en vie et qu'Édouard le trouve, il regrettera de ne pas s'être noyé. Aucun des partisans de Bruce ne peut espérer sa clémence.

Ellie le regarda dans les yeux et sentit que quelque chose le troublait profondément. Il se leva, s'approcha de la fenêtre et contempla l'estuaire en contrebas.

— J'ai reçu une missive du roi il y a quelques jours, annonça-t-il. Il y est question de votre sœur.

Tous se figèrent. Ellie sentit son pouls s'accélérer. Ils attendaient des nouvelles d'Elizabeth depuis longtemps. À voir la mine de son père, elles n'étaient pas bonnes.

— Elle est en Norvège ? demanda-t-elle d'une voix chargée d'espoir.

— Hélas, non. Elizabeth, la fille et les sœurs de Bruce ainsi que Bella MacDuff, la comtesse de Buchan, ont été arrêtées il y a quelques mois dans le nord de l'Écosse alors qu'elles tentaient de rejoindre la Norvège.

Arrêtées ? Bonté divine ! Un silence de mort s'abattit dans la pièce.

— Comment ? demanda Matty dans un sanglot.

— De la manière la plus ignoble qui soit. Elles ont été trahies par le comte de Ross alors qu'elles s'étaient réfugiées dans le sanctuaire de saint Duthus à Tain.

— Ross a violé le sanctuaire ? s'indigna Ralph.

Le comte acquiesça. C'était un crime grave au regard de l'Église.

— Mais elles sont en vie ? insista Ellie.

Son père acquiesça, l'air sombre.

— Pourquoi ne l'apprend-on que maintenant ? demanda Matty. Vous venez de dire qu'elles avaient été capturées il y a plusieurs mois.

Ellie n'avait jamais vu son père aussi désemparé.

— Je suppose que le roi avait l'intention de me le cacher. Il m'en a informé uniquement parce que je me trouve en Écosse et qu'il se doute que j'aurais appris la vérité tôt ou tard.

— Quelle vérité ? demanda John.

— La manière honteuse et méprisable avec laquelle elles ont été traitées.

Il s'agrippa au rebord de la fenêtre, le serrant si fort que ses articulations blêmirent. Puis il poursuivit :

— Édouard a ordonné qu'elles soient enfermées dans des cages suspendues au sommet de la tour d'un château. Même la fille de Bruce qui n'a que neuf ans.

Ellie poussa un cri étranglé. Ils échangèrent tous des regards horrifiés.

— Le roi a perdu la raison, s'emporta Ralph. J'espère qu'il est revenu sur sa décision ?

— Uniquement pour Elizabeth, Christina, la sœur de Bruce, et Marjorie, sa fille. Malheureusement, la comtesse et l'autre sœur de Bruce, Mary, n'ont pas eu cette chance. Elles sont suspendues dans des cages dans les châteaux de Berwick et de Roxburgh depuis plusieurs mois.

Le soulagement d'Ellie à l'idée que sa sœur n'était plus soumise à ce traitement inhumain fut tempéré en apprenant que les deux autres femmes qu'elle connaissait n'avaient pas échappé à la justice barbare d'Édouard. Ou plutôt à sa vengeance. Bella MacDuff était sans doute punie pour avoir participé au couronnement de Bruce.

— Vous ne pouvez rien faire ? demanda Ellie.

Le comte secoua la tête.

— Je suis parvenu à convaincre le roi de sortir Elizabeth de son cachot à Roxburgh pour qu'elle soit enfermée dans un manoir à Burstwick. Pour les autres, il n'a rien voulu entendre. Il est déterminé à écraser la rébellion et à châtier les traîtres de la manière la plus cruelle possible. Personne n'est à l'abri. Ni les femmes ni les enfants… personne.

Ellie frissonna. *Ma chère Elizabeth*.

— Le roi n'a donc pas retenu la leçon de Wallace, grommela Ralph.

Il avait raison. Le roi Édouard pensait tenir l'Écosse sous son joug en faisant régner la terreur et l'intimidation, en ne montrant aucune pitié et en faisant preuve d'une cruauté barbare. Il ne parvenait ainsi qu'à se faire haïr de tout le pays.

Elle n'osait imaginer le sort qu'il réserverait à Robert et à ses compagnons si leur plan échouait.

Faites qu'il soit en sécurité.

Un bruit à la porte brisa le silence consterné. Le capitaine de la garde de son père entra, suivi d'un homme qu'Ellie n'avait vu qu'une seule fois mais qu'elle connaissait bien de réputation : sir Aymer de Valence, commandant d'Édouard en Écosse et futur comte de Pembroke lorsque sa mère, que l'on disait gravement souffrante, rendrait l'âme.

Lors de la bataille de Methven, sir Aymer avait trahi sa parole de ne pas attaquer Bruce avant l'aube en lançant l'assaut en pleine nuit. Cela avait porté un coup fatal à la rébellion.

Son père et Ralph parurent surpris de le voir.

Sir Aymer ôta son heaume et sa cape qu'il tendit à l'écuyer qui le suivait. Il ne donna pas le temps aux dames de se retirer et annonça d'un air ravi :

— Je viens de recevoir des nouvelles. Nous allons enfin pouvoir régler cette affaire une fois pour toutes. Le roi voyou est de retour. Bruce vient d'attaquer Percy à Turnberry.

Après la destitution de Bruce, sir Henry Percy avait hérité de son titre de comte de Carrick, ainsi que de son château à Turnberry.

Ellie remercia le ciel. Cela signifiait qu'Erik était arrivé à temps. Elle se retint de justesse de demander quelle avait été l'issue de la bataille. Ralph s'en chargea pour elle.

— Alors ?

— Percy a demandé des renforts, c'est tout ce que je sais, répondit sir Aymer. Toutefois, Bruce ne dispose que de quelques centaines d'hommes. Percy l'écrasera, c'est certain.

Caché dans l'obscurité derrière les arbres, Erik surveillait la vieille église, attendant le signal. Il espérait que, pour une fois, tout se passerait comme prévu.

Pas comme à Turnberry.

La première étape du retour de Bruce en Écosse s'était bien déroulée, mais de justesse. Pendant que le roi et le reste de l'armée attendaient à Kingscross sur l'île d'Arran, quatre membres de la garde de Highlanders – MacLeod, MacGregor, Boyd et lui-même – s'étaient rendus sur Ailsa Craig, une petite île près de la côte de Carrick. De là, ils avaient nagé jusqu'à Turnberry pour préparer le terrain et s'assurer qu'il n'y avait pas de piège.

C'était pour ce genre de mission que la garde avait été formée : pour effectuer des opérations périlleuses par des méthodes non conventionnelles et s'en extirper sans être vus.

Après avoir repéré les lieux et décidé de la meilleure stratégie d'attaque, ils devaient allumer un feu sur la colline qui faisait face au château afin de prévenir l'armée que la voie était libre.

Toutefois, Erik et les autres avaient à peine mis un pied sur la plage que les problèmes avaient commencé. Le Chef avait pointé l'index vers le sommet de la colline en lâchant un juron. Dans la nuit noire, des flammes orange s'élevaient tel un phare. Quelqu'un d'autre avait allumé un feu pour une raison quelconque. Bruce et son armée étaient déjà en route.

N'ayant pas eu le temps de reconnaître le terrain, ils n'avaient pas pu prendre le château. Ils s'étaient consolés en attaquant et en pillant le camp de soldats installé dans le village voisin. Lord Henry Percy, l'usurpateur du titre de Bruce, s'était retranché dans le château avec sa garnison afin de ne pas être vaincu par les quatre cents soldats du roi rebelle. *La bande de lâches*.

Depuis, Bruce et ses hommes se cachaient dans la lande et les forêts environnantes, changeant constamment de position. Leur plan était de harceler les Anglais par de petits raids jusqu'à ce qu'ils puissent recruter davantage de soldats.

Cela ne semblait pas fonctionner. Peu d'hommes les avaient rejoints depuis Turnberry. Les Écossais avaient besoin de plus qu'une petite victoire symbolique pour risquer d'essuyer la colère d'Édouard.

Ils n'avaient toujours aucune nouvelle de l'attaque à Galloway menée par les deux frères de Bruce. Le fait qu'ils changent sans cesse de cachette les rendait difficiles à trouver, même pour leurs amis.

Toutefois, grâce à l'aide d'un prêtre partisan, cela allait bientôt changer.

Cette fois, le signal n'était pas un feu de camp mais un ululement.

En l'entendant, Erik sortit des ténèbres et descendit prudemment le flanc de la colline. La vieille église se trouvait au fond de la vallée. Cet humble bâtiment carré de six mètres sur six, recouvert de chaume, servait de lieu de culte depuis des siècles.

Derrière une croix en pierre rongée par le temps, il aperçut une silhouette familière.

Erik n'avait pas vu Arthur Campbell depuis plus d'un an, quand il avait quitté l'île de Skye après avoir prétendument échoué à la dernière épreuve pour entrer dans la garde de Highlanders.

Il sourit pour la première fois depuis une semaine. Ils se serrèrent l'avant-bras avant de se donner l'accolade.

— Ça fait du bien de te voir, Vigie, dit-il en utilisant le nom de guerre que Bruce lui avait donné. Cela fait un bail. J'espère que, depuis, tu t'es entraîné à attraper les lances au vol.

Arthur Campbell éclata de rire.

Son « échec » à l'épreuve en question avait été une ruse pour s'infiltrer dans le camp ennemi. Après avoir cru que leur ancien compagnon les avait trahis, les autres membres de la garde avaient été furieux de ne pas avoir été mis au courant de cette ruse. Le Chef avait promis que cela ne se reproduirait plus.

Le plus gros des renseignements qu'ils avaient reçus au cours des derniers mois leur avait été fourni par Campbell.

— Va te faire voir, MacSor…

— Faucon, l'interrompit aussitôt Erik.

Campbell acquiesça. Il avait quitté le groupe avant que leurs surnoms leur soient attribués.

— Sous un nom différent, toujours la même ordure, répliqua-t-il.

Il lança un regard à la ronde pour s'assurer qu'il n'y avait personne.

— Viens, dit-il. Il y a quelqu'un qui a hâte de te voir.

— Et les nouvelles… ?

— Il te les dira lui-même.

En le suivant à travers la cour, Erik remarqua son beau tabard et sa luxueuse cotte de mailles sous sa cape noire.

— J'ai entendu dire qu'Édouard t'avait adoubé après la bataille de Methven. Tu as tout du preux chevalier.

Toutefois, sous son armure, Campbell portait le même lion rampant tatoué sur le bras que les autres membres de la garde.

Il grimaça.

— C'est ma récompense pour lui avoir fourni de mauvais renseignements. Non pas que cela vous ait été très utile.

— Tu as fait ce que tu as pu. Je suis sûr que ça n'a pas été facile.

Campbell émit un petit ricanement sous-entendant qu'il était loin du compte, puis il poussa la porte.

L'intérieur de l'église ressemblait à une crypte. Il y faisait sombre. L'air sentait le renfermé et le moisi. Au fond de la salle, un petit autel était perché sur une estrade, devant deux rangées de vieux bancs en bois.

Sur la droite se dressait une tombe, probablement celle de l'un des fondateurs du lieu.

Quelques instants après que la porte se fut refermée, une ombre surgit derrière la stèle.

L'homme rabattit sa capuche et Erik lâcha une exclamation de surprise. Lachlan MacRuairi, dit la Vipère. Son cousin et compagnon de la garde secrète.

Erik le serra dans ses bras tout en sachant que ce genre d'effusion l'embarrassait. Lachlan était une créature à sang froid, aussi furtif et venimeux que le reptile à qui il devait son surnom, mais il était sacrément content de le voir.

— Que fais-tu ici ? demanda-t-il. Je te croyais en train de régaler la cour de Norvège avec ton tempérament de boute-en-train.

Lorsque MacRuairi s'avança hors de l'ombre, Erik comprit sur-le-champ que quelque chose n'allait pas. Il y avait une lueur frénétique dans son regard habituellement neutre.

— La reine ? demanda-t-il aussitôt.

— Prisonnière, répondit Lachlan. Nous avons été trahis par le comte de Ross avant d'avoir pu atteindre la Norvège.

Il lui raconta brièvement l'arrestation des dames dans le sanctuaire. Par un curieux effet du hasard, sur lequel il ne s'étendit pas, il avait pu échapper à la capture. Les deux autres membres de la garde chargés d'escorter la reine, William Gordon et Magnus MacKay, respectivement le Templier et le Saint, n'avaient pas eu sa chance.

Depuis, il essayait par tous les moyens de les faire s'évader du cachot où ils avaient été jetés. Ils se trouvaient au château d'Urqhart, sous le commandement d'Alexander Comyn. Ils n'avaient pas été exécutés tout de suite car on les avait pris pour de simples gardes. Quant aux femmes... Erik eut un haut-le-cœur en apprenant le sort qui leur avait été réservé.

Une cage ? Grand Dieu !

Il songea aussitôt à Ellie. Il avait pris la bonne décision. Il fallait la maintenir le plus loin possible de toute cette folie.

— Nous devons agir ! s'écria MacRuairi.

Eric comprit enfin la lueur frénétique dans son regard. Il voulait désespérément sauver ses amis et compagnons.

— Je vais te conduire auprès du roi, promit-il.

— Je crains qu'il n'y ait d'autres mauvaises nouvelles, annonça Campbell. L'attaque au sud a échoué. Ils ont été trahis. Les MacDowell ont été prévenus de leur arrivée et ont décimé pratiquement toute la flotte. Quelques hommes leur ont échappé.

Quelques hommes sur sept cents soldats et dix-huit galères ?

Erik sentit le désespoir l'envahir à son tour.

— Et les frères du roi ? demanda-t-il.

— Ils ont été décapités il y a quelques jours à Carlisle.

Trois frères de Bruce exécutés en trois mois.

Pouvaient-ils tomber plus bas ? La petite lueur d'espoir suscitée par leur attaque à Turnberry venait de s'éteindre, soufflée par celui qui se faisait appeler « le marteau des Écossais ».

— Frappeur et Chasseur ?

— J'ignore où ils sont, répondit Campbell.

Il se figea soudain et huma l'air, tous ses sens à l'affût.

— Que se passe-t-il ?

Campbell s'approcha de la fenêtre pour regarder à l'extérieur.

— Je n'en suis pas sûr… Il me semble avoir entendu des chevaux.

— Tu as été suivi ?

Campbell lui lança un regard torve. Comme si c'était possible !

— Vous feriez mieux de filer, déclara-t-il. Je m'en occupe.

En voyant qu'Erik s'apprêtait à protester, il ajouta :

— Il ne faut pas qu'on vous voie avec moi.

Il avait raison. Il fallait coûte que coûte protéger sa couverture. Quelques instants plus tard, Erik et son cousin se glissaient hors de l'église et se fondaient dans la nuit.

22

13 avril 1307, jour de la saint Gunioc

Ellie se tenait devant la fenêtre, au sommet de la tour du château d'Ayr, guettant un navire qui ne viendrait jamais.

C'était une belle journée de printemps, qui lui offrait un point de vue dégagé sur les eaux miroitantes de l'estuaire de la Clyde. Elle apercevait l'île d'Arran au loin et, au-delà, un point minuscule sur la ligne d'horizon. Elle aurait juré distinguer les falaises de Spoon.

Ces deux derniers mois n'avaient pas amoindri la douleur dans sa poitrine.

Il était temps de voir la réalité en face. S'il avait voulu venir la chercher, il l'aurait déjà fait.

Lorsqu'elle avait appris la victoire de Bruce à Turnberry, un petit espoir avait resurgi en elle. L'espoir qu'il souffrait autant qu'elle ; que le temps et la distance lui feraient comprendre qu'ils partageaient quelque chose d'unique ; qu'il déciderait subitement qu'il l'aimait autant qu'elle l'aimait.

Toutefois, les semaines passaient dans une longue et triste solitude. Elle ne pouvait plus se voiler la face. Domnall lui avait sûrement dit où elle se trouvait. Grâce aux rapports réguliers de sir Aymer à son père, elle savait que Bruce se trouvait non loin, organisant des raids sur les routes d'approvisionnement anglaises depuis son refuge dans les montagnes de Galloway.

Erik n'aurait pas de révélation soudaine. Il ne lui enverrait pas de message ni ne viendrait la chercher. Il n'empêcherait pas son mariage avec Ralph. C'était fini. Elle ne le reverrait probablement jamais.

Elle tourna le dos à la fenêtre et descendit l'escalier. Elle avait versé sa dernière larme pour un homme qui l'avait probablement déjà oubliée. Cela n'avait été qu'un rêve. Il était temps de reprendre le cours de sa vie.

C'était plus facile à dire qu'à faire, surtout quand tout le monde autour d'elle ne parlait que de la traque de Bruce et de ses partisans. Matty devait rentrer à Dunluce à la fin de la semaine. Ellie avait décidé de l'accompagner. Elle ne pouvait plus repousser les préparatifs de son mariage.

Juin approchait à grands pas. Bien qu'elle ne se sente plus mal à l'aise en présence de Ralph, elle ne pouvait s'empêcher de penser que quelque chose n'allait pas. D'un autre côté, elle ne trouvait aucune raison de ne pas l'épouser.

Depuis son retour, elle s'était efforcée de faire plus ample connaissance avec son fiancé et s'était rendu compte qu'il lui plaisait. Naturellement, il avait gagné sa reconnaissance éternelle lorsqu'il avait répondu à ses appels à la clémence. Il avait accepté d'épargner la vie des hommes d'Erik et les avait sortis du cachot où ils croupissaient pour les enfermer dans un bâtiment sécurisé dans le village. Elle n'avait pas été surprise quand une explosion avait ouvert une brèche dans l'un des murs en pierre, permettant aux prisonniers de s'échapper.

Elle savait qui en était responsable.

Il avait été si proche…

Elle traversa la grande salle en direction du cabinet de travail du comte afin de l'informer de sa décision de rentrer en Irlande. Elle s'arrêta devant la porte, entendant des voix à l'intérieur.

Sir Aymer était de retour. En dépit de sa décision d'oublier le passé et Erik, son pouls s'accéléra. Le commandant anglais apportait sûrement les dernières nouvelles des « rebelles ».

Quelque temps plus tôt, Matty et elle avaient découvert qu'en s'asseyant devant la cheminée pour faire leurs travaux de couture, elles pouvaient entendre pratiquement tout ce qui se disait de l'autre côté de la fine cloison. Elle aurait dû avoir honte, mais son besoin de savoir avait supplanté ses petits sursauts de conscience des semaines plus tôt.

Sir Aymer parlait encore plus fort que d'habitude ; il était apparemment excité. Elle entendit Ralph lui répondre puis sir Aymer rétorquer sur un ton agacé :

— Cette fois, je suis sûr qu'on les tient. J'ai vu leur repaire de mes propres yeux !

C'était impossible ! Elle s'efforça de se calmer. Sir Aymer avait déjà affirmé la même chose à de nombreuses reprises. Bruce parvenait toujours à lui échapper.

Son père devait être du même avis qu'elle.

— Comment pouvez-vous être sûr qu'ils ne se déplaceront pas avant que vos troupes soient en place ? demanda-t-il. Bruce ne reste jamais au même endroit bien longtemps.

— Ils préparent une fête, pour le saint patron de l'un des hommes, apparemment. Ils ont envoyé chercher des filles au village ainsi que des fûts de bière. Ils n'iront nulle part cette nuit.

Des filles. Son cœur se serra. Elle ne connaissait que trop bien Erik.

Toutefois, sir Aymer avait raison. S'ils comptaient festoyer cette nuit, ils ne se déplaceraient pas. Serait-ce la nuit où les Anglais captureraient enfin le roi rebelle ?

— Comment les avez-vous trouvés ? demanda son père.

Le commandant anglais paraissait aussi fier qu'un gamin ayant attrapé son premier poisson.

— Un de mes hommes a le béguin pour une fille de la taverne. Il est devenu jaloux en la voyant aller et venir à des heures indues. La nuit dernière, il l'a suivie et elle l'a mené droit au camp. J'aurais dû y penser plus tôt : suivez la femme et vous trouverez l'homme !

— Pourquoi ne les avez-vous pas attaqués immédiatement ? demanda Ralph.

— Ils campent dans une vallée entre deux montagnes escarpées.

— Et vous ne pouvez pas passer avec les chevaux, comprit Ralph.

— En effet. C'est pourquoi nous nous cacherons dans la forêt et les prendrons par surprise. Ordonnez à vos hommes de nous rejoindre dans le bois au bord du loch Trool. Les Highlanders de MacDougall arriveront par le nord, les hommes de MacDowell par le sud. Nous aurons également les troupes supplémentaires du roi. Nous attaquerons à l'aube et nous les écraserons une fois pour toutes.

Elle l'entendit frapper du poing sur la table, avant de reprendre :

— Mais cette fois, je veux être sûr qu'il ne nous filera pas entre les doigts. Avez-vous des servantes loyales parmi vos domestiques ?

C'était une question étrange. Son père fut apparemment pris de court. Il allait répondre non, puis se ravisa.

— Ma fille Matty est venue accompagnée de sa servante. On peut lui faire confiance. Qu'avez-vous en tête ?

Ellie put presque entendre sir Aymer sourire.

— Nous allons l'envoyer au festin de ce soir.

— Comme espionne ? s'étonna Ralph.

— Oui. Elle nous dira combien ils sont et s'ils sont bien armés. En dépit des rumeurs, Bruce ne dispose pas d'une armée de fantômes. Je veux savoir qui sont ces hommes. Après tout le mal qu'ils m'ont donné, je leur réserve un traitement particulier.

Ellie sentit un frisson la parcourir. Ce n'était pas la première fois qu'elle entendait parler de la garde fantôme de Bruce. Les histoires au sujet de ses mystérieux guerriers de l'ombre aux pouvoirs quasi surhumains lui paraissaient étrangement familières.

— Alice est une fille respectable, pas une catin, s'indigna son père sur un ton dégoûté.

— Bien sûr, s'empressa de répondre sir Aymer. Tout ce qu'elle aura à faire, c'est aider à servir la nourriture et la bière. Soyez assuré qu'elle sera généreusement rémunérée.

Son père hésitait encore.

— Il ne lui arrivera rien, insista sir Aymer. Mes hommes l'escorteront jusqu'à la lisière du campement. Elle n'aura qu'à dire qu'elle était à la traîne du groupe et s'est égarée. À ce stade, ils seront déjà saouls et ne poseront pas de questions.

— Vous avez pensé à tout, dit son père, acerbe.

Ellie s'éloigna dans un état de transe. Son cœur battait à tout rompre tandis qu'elle essayait d'analyser tout ce qu'elle venait d'entendre.

Une chose était claire : les Anglais préparaient un piège. Si Bruce et ses hommes n'étaient pas prévenus, ils courraient un grave danger.

Elle grimpa quatre à quatre l'escalier qui menait à la chambre qu'elle partageait avec sa sœur. Elle ne savait pas encore comment, mais elle devait agir. Elle ne pouvait le laisser mourir. Même s'il ne partageait pas ses sentiments, elle l'aimait.

Elle fit irruption dans la chambre et découvrit avec surprise Matty postée devant la fenêtre comme elle-même l'avait été un peu plus tôt. Elle avait les épaules affaissées et paraissait plongée dans une rêverie triste. Elle se tourna vers elle et lui adressa un sourire qui ne parvint pas à illuminer ses yeux. Tout à son propre chagrin, Ellie se rendit compte que sa sœur n'avait pas paru elle-même ces derniers temps. Elle se promit de découvrir ce qui la troublait, mais, d'abord, elle devait prévenir Erik.

Elle avait vaguement un plan, mais il n'était pas sans risques.

— Que se passe-t-il ? demanda Matty.

Sous le regard inquiet de sa sœur, Ellie sentit tout le poids de ces derniers mois lui retomber sur les épaules. Elle n'avait pas voulu l'accabler avec ses secrets. Toutefois, elle ne pourrait pas s'en sortir seule. Elle prit une grande inspiration.

— J'ai besoin de ton aide.

Erik MacSorley, un homme connu pour son indécrottable bonne humeur, broyait du noir depuis des semaines. Même la jolie blonde assise sur ses genoux ne parvenait pas à le dérider.

Il était fichu. Ensorcelé par une fille aux cheveux noirs et aux yeux noisette qui hantait ses jours, ses nuits et chaque minute entre les deux.

Il ne l'avait pas oubliée. Au contraire, ses souvenirs d'elle se faisaient chaque jour plus nets. Ils se détachaient de tout ce qui était venu avant… et après elle. Par comparaison, tout le monde lui paraissait ordinaire.

Elle était différente, unique. Le fait d'en prendre conscience n'y changeait rien. Elle ne lui appartenait pas et ne lui appartiendrait jamais.

Dans ses moments les plus sombres, il se torturait en se demandant si elle avait fini par épouser son foutu Anglais.

La blonde lui déposa des baisers dans le cou et chuchota des suggestions salaces à son oreille, ne parvenant qu'à l'agacer. Il était las des minauderies et des gloussements ; des filles qui le regardaient avec admiration comme s'il était au-dessus de tout reproche.

Il voulait quelqu'un avec qui il pouvait se disputer, qui le défiait et l'estimait assez pour chercher sous la surface. Une femme qui donnait autant qu'elle voulait recevoir.

Je t'aime.

Ces mots tournaient sans cesse dans sa tête. Il revoyait son visage à la lueur de la lune et ne pouvait s'empêcher de penser qu'il avait commis une erreur. Qu'elle lui avait offert quelque chose de spécial et qu'il avait été trop aveugle pour le comprendre. Ces mots entendus maintes fois avaient sonné différemment dans sa bouche. Pourtant, il lui avait bien demandé de l'épouser, non ? C'était elle qui l'avait rejeté. Et pourquoi aurait-elle accepté ? Il n'avait rien à lui offrir.

Ses doigts se crispèrent convulsivement autour du gobelet en étain jusqu'à ce que la fleur de lys gravée dans le métal lui morde la peau.

Dégoûté de lui-même, il tenta de se détendre et de se concentrer sur la fille. Toutefois, ses taquineries paraissaient forcées et son badinage le laissa plus frustré qu'autre chose. Il fut soulagé quand elle se tourna pour discuter avec la femme venue remplir les cruches de bière.

Il but une gorgée et examina la longue tablée d'hommes déjà à moitié ivres. Ils riaient aux éclats. Même s'il ne parvenait pas à partager leur gaieté, il la comprenait. Ils n'avaient guère eu d'occasions de se réjouir récemment, et ils avaient besoin de se remonter le moral. C'était la première fois qu'il voyait Bruce sourire depuis qu'il avait appris l'exécution de ses frères et l'arrestation des femmes.

Il y avait quand même quelques bonnes nouvelles. Le Frappeur et le Chasseur faisaient partie des rescapés de la débâcle de Galloway. Les autres membres de la garde, dont le Dragon qui les avait rejoints peu après Turnberry, s'étaient introduits à l'intérieur du château d'Urqhart, peu gardé, et avaient libéré le Saint et le Templier après des mois d'emprisonnement. Puis, environ une semaine plus tard, grâce à la poudre magique de Gordon, ils avaient fait sortir Domnall et le reste de ses hommes du bâtiment où ils étaient enfermés.

Ces petites réussites ne pouvaient cacher la triste réalité. Le territoire repris par Bruce depuis son retour en Écosse se limitait à quelques centaines d'arpents de montagne sauvage à Galloway. Ils n'avaient guère avancé depuis Turnberry. Leurs raids sur les routes d'approvisionnement ne suffisaient pas à convaincre d'autres Écossais de se rallier sous la bannière du roi.

Leurs propres hommes finiraient par se lasser de vivre comme des parias cachés dans la nature, dans la boue et la crasse.

Toutefois, ce soir, ils étaient presque revenus à la civilisation. Christina de Carrick, l'une des parentes de Bruce, avait fait monter une tente et acheminer des tables et des bancs jusque dans leur quartier général provisoire près de Glen Trool.

En tant qu'invité d'honneur, Erik était assis à la table centrale, non loin du roi, de son frère Édouard, de James Douglas, de Neil Campbell, de MacRuairi, de MacGregor et de MacLeod. Du coin de l'œil, il vit son cousin se disputer une fois de plus avec Bruce.

Si quelqu'un pouvait rivaliser de mauvaise humeur avec Erik ces derniers temps, c'était bien Lachlan. Il devina l'objet de leur dispute. Le roi refusait de le laisser voler au secours des femmes. Il avait besoin de lui vivant. Tenter de les libérer alors qu'elles étaient retenues dans des forteresses anglaises était suicidaire. Il ne pouvait se permettre de perdre ses meilleurs guerriers, surtout quand leur propre situation était si précaire. Une fois qu'il aurait assuré ses arrières, il conduirait la garde de Highlanders lui-même.

MacRuairi ne voulait rien entendre. Il était comme possédé par l'obsession de les secourir, surtout les deux malheureuses suspendues dans des cages.

— Tu n'as pas l'air de goûter à ton présent, déclara MacLeod, assis à la gauche d'Erik.

Il tenta de le contredire en glissant une main le long de l'arrière-train rebondi de la blonde.

— Oh si.

Il s'efforça de ne pas grimacer quand la fille se mit à glousser de rire et à se tortiller sur ses genoux. Fort heureusement, elle était trop occupée à savourer sa bière et à dévorer MacGregor des yeux.

Pour une fois, il espérait presque que le bel archer l'en débarrasse.

MacLeod l'observait par-dessus le bord de son gobelet.

— C'était une idée du roi, expliqua-t-il. Je crois que c'est une manière de se faire pardonner.

— Il n'a pas à s'excuser. Sa colère était parfaitement justifiée. J'ai offensé son honneur et j'ai terni ses relations avec son beau-père.

— Ulster ne semble pas l'avoir pris personnellement. Quant à l'honneur du roi... je crois qu'il regrette ses paroles.

— Tu parles, il m'aurait pendu par les couilles s'il avait pu !

Le chef de la garde se mit à rire.

— Tu as probablement raison, mais tu es trop précieux et il le sait. En outre, il se rend compte que tu n'étais pas entièrement responsable. Tu ignorais qui elle était. Il en veut probablement plus à son frère de ne pas l'avoir reconnue.

Il esquissa un demi-sourire avant d'ajouter :

— Le roi sait ce que c'est que d'être amoureux.

Oubliant la fille sur ses genoux, Erik se tourna brusquement vers lui, manquant de la faire tomber par terre.

— Amoureux ? Peuh ! Je ne suis pas amoureux.

— Ah bon ? Alors tu as une autre bonne raison d'être aussi mal luné depuis deux mois ?

Erik serra les dents.

— Tu veux dire en dehors du fait de vivre dans ces maudites montagnes, traqués par ces chiens d'Anglais ? Elle me plaisait, naturellement, mais je ne suis pas du genre à m'enchaîner à une fille.

Il feignit de frissonner de dégoût, puis reprit :

— J'aime trop m'amuser.

MacLeod le dévisagea d'un œil acerbe et indiqua la jolie blonde sur ses genoux.

— C'est ce que je vois. C'est fou ce que tu as l'air de t'amuser.

Erik sentit la moutarde lui monter au nez, sans savoir si c'était à cause du sarcasme de son ami ou de sa propre incapacité à le prendre à la légère. Dans un effort pour reprendre le contrôle de la conversation, il déclara :

— De toute manière, que le roi me croie ou pas, je lui ai offert de m'épouser. Elle m'a envoyé paître.

— Enfin ! murmura MacLeod.

— Qu'est-ce que tu as dit ?

— Rien, que j'aimerais beaucoup la rencontrer.

Erik espérait qu'elle était loin. De retour en Irlande ou... il déglutit... en Angleterre. Il refoula un nouvel accès de colère et vida son gobelet d'un trait.

C'était la Saint-Erik, nom de nom ! Sa fête. Il avait bien l'intention de la célébrer. Un an plus tôt, il aurait festoyé avec les autres, taquiné et tripoté la fille sur ses genoux, se préparant à une longue nuit de plaisir.

Sentant sans doute son regain d'intérêt, la blonde reprit ses efforts. Elle l'embrassa à nouveau, plus hardiment cette fois, et prit les choses en main, pour ainsi dire. Il sentit ses doigts palper la masse molle entre ses cuisses.

— Mmm, fit-elle. Tu es un grand garçon. Grand de partout.

Il ne trouva même pas de répartie coquine. Il s'efforça de se détendre et de se concentrer sur ses mains habiles. Il avait la désagréable sensation que des insectes couraient sur sa peau.

Ellie lui avait gâché la vie. Elle avait fait de lui un eunuque.

Il allait se débarrasser de la fille sous un faux prétexte, l'envoyer lui chercher du whisky ou Dieu savait quoi, quand il entendit des éclats de voix près de l'entrée de la tente.

C'était Boyd. Seton et lui avaient eu la malchance d'être tirés au sort pour monter la garde. L'homme le plus fort d'Écosse venait d'entrer en tenant un intrus par la taille. Ou plutôt une intruse à en juger par les petits souliers qui dépassaient de sous sa cape. Elle se débattait comme une diablesse et envoya un coup de pied dans le tibia du géant.

— Lâchez-moi, grosse brute !

Le sang d'Erik se glaça.

— Robert ! lança-t-elle de sa petite voix autoritaire. J'espère que ce n'est pas la manière habituelle dont vous traitez les gens qui essaient de vous aider !

Erik refusait de le croire, jusqu'à ce qu'elle rabatte sa capuche en arrière, repousse Boyd ahuri, et marche d'un pas décidé vers la table centrale.

— Lady Elyne ! s'exclama Bruce tout aussi stupéfait.

Erik l'entendit à peine. Une fureur noire s'était emparée de lui. Il ne voyait plus rien d'autre que le danger auquel elle s'était exposée.

Elle avait décidément la fichue manie de débarquer au mauvais endroit au mauvais moment.

Il lâcha un juron sonore.

Elle se tourna vers lui. Il lut dans ses yeux le choc et la douleur.

Ce ne fut qu'en se levant brusquement et en s'écriant :

— Qu'est-ce que tu fiches ici ?

… qu'il se souvint de la fille sur ses genoux.

23

Quelle ironie ! Elle n'avait même pas reconnu l'homme qui occupait toutes ses pensées depuis des mois. En entrant sous la tente, elle avait instinctivement balayé l'assistance du regard. Elle avait remarqué la blonde plantureuse suspendue au cou d'un guerrier taciturne, sans lui prêter plus d'attention.

Ce n'est qu'en entendant sa voix qu'elle s'était à nouveau tournée vers lui et avait croisé son regard perçant. Son cœur avait fait un bond. Il était vivant ! Puis elle avait remarqué les changements en lui. Il était habillé différemment, il portait un manteau de guerre noir et un plaid sombre. Ses cheveux étaient longs et en désordre. Il ne s'était pas rasé depuis au moins une semaine. Ses traits étaient tirés et il semblait avoir maigri. Son regard était froid, sans la moindre étincelle d'humour, et sa bouche déformée par une moue de dégoût.

Ce n'était plus le fringant pirate aux yeux pétillants, mais l'homme le plus terrifiant sous cette tente, pourtant bondée de guerriers endurcis.

Le soulagement d'Ellie se mua rapidement en douleur. La blonde avait été en train de l'embrasser et de promener ses mains sur tout son corps.

Voir la fille tomber lourdement par terre, vite oubliée, n'amoindrit pas sa peine.

De toute évidence, il n'était pas ravi de la voir. Elle ne s'était pas attendue à ce qu'il lui manifeste une telle hargne. La haïssait-il donc à ce point ?

Qu'avait-elle cru ? Qu'il se morfondrait en pensant à elle ?

Un peu, peut-être.

Craignant que tout le monde ne lise ses pensées sur son visage, elle leva fièrement le menton et, d'un geste impérieux de la tête, se détourna du Viking furibond.

C'est terminé. Elle l'avait su. À présent, elle pouvait le constater de ses propres yeux.

— Je vous en prie, Robert. Je dois vous parler. C'est important.

— Je n'en doute pas, répondit son beau-frère.

Il était perplexe, et sans doute soupçonneux. Il se tourna vers l'homme qui l'avait interceptée à l'entrée.

— Elle est venue seule ?

— Je le crois, sire. Nous sommes en train de le vérifier.

Robert hocha la tête, puis contourna la table et prit la main d'Ellie.

— Venez avec moi, lady Elyne. Vous pourrez me raconter ce qui vous amène.

Il fit signe à l'homme assis près d'Erik, ainsi qu'à plusieurs autres, de les accompagner. Elle remarqua que le premier guerrier portait une tenue similaire à celle d'Erik et possédait un physique aussi impressionnant. Il avait un beau visage taillé à la serpe, sans être aussi éblouissant que l'autre voisin d'Erik. Il dégageait un air d'autorité qui lui fit se demander qui il était. Son beau-frère semblait se reposer sur lui.

Édouard de Bruce s'était également levé pour les rejoindre, ainsi que deux autres guerriers.

Robert hésita, puis lança à Erik :

— Tu ferais bien de venir, toi aussi.

La tension entre les deux hommes était palpable et elle espérait ne pas en être la cause.

Intensément consciente de l'homme furibond derrière elle, Ellie suivit son beau-frère hors de la tente. Ils traversèrent le camp de fortune jusqu'à une large concavité dans le flanc de la montagne.

Elle était éclairée par des torches et équipée d'un fauteuil rustique, d'une écritoire et d'un matelas. Ce n'était pas franchement un palais, mais Robert y paraissait parfaitement à son aise.

Elle avait toujours admiré le séduisant chevalier qui avait ravi le cœur de sa sœur. Toutefois, Robert avait changé depuis l'année précédente. Elle s'était attendue à trouver un hors-la-loi au regard furtif et anxieux d'homme traqué. Au lieu de cela, elle voyait un redoutable guerrier, armé d'une force et d'une détermination à toute épreuve. Il ressemblait davantage à un roi dans son armure rouillée et poussiéreuse qu'avec sa couronne et sa tunique majestueuse.

Il lui fit signe de prendre le fauteuil tandis que les hommes s'asseyaient sur les rochers éparpillés dans la caverne.

Erik était adossé à la paroi, les bras croisés sur son torse. Son regard furieux mina un peu son assurance. Elle se tordit nerveusement les mains dans les plis de sa jupe. Certes, déambuler la nuit dans la campagne en temps de guerre, en se faisant passer pour une servante espionnant pour les Anglais, n'était pas sans danger, mais cela avait été nécessaire.

Si son père l'apprenait, il serait fou de rage et horrifié par sa trahison. Néanmoins, après ce qu'Édouard avait fait à sa sœur, elle refusait de se sentir coupable.

Sentant sa nervosité, Robert déclara d'une voix douce :

— J'espère que vous me comprendrez si je vous dis que, bien que ravi de vous voir, je suis très curieux de savoir comment vous m'avez trouvé.

Elle prit une profonde inspiration puis lui rapporta la conversation qu'elle avait entendue entre son père, Ralph et sir Aymer.

Ce n'était pas ce à quoi ils s'attendaient et elle sentit l'atmosphère dans la grotte changer brusquement quand ils comprirent la gravité de ses informations.

— Ils savent où nous nous trouvons ? s'exclama Robert. En êtes-vous sûre, lady Elyne ? Avez-vous bien entendu ?

— Je ne me trompe pas. Les Anglais ont découvert votre campement et projettent de vous attaquer à l'aube. Ils ont demandé à la servante de ma sœur de s'infiltrer dans votre banquet pour y obtenir des informations. Je suis parvenue à la convaincre de me laisser la remplacer.

Elle leur expliqua comment des hommes de sir Aymer l'avaient escortée jusqu'à la vallée. Ils l'attendaient pour la ramener au château. Elle comptait leur dire qu'on lui avait refusé l'entrée du camp.

Édouard de Bruce était nettement moins subtil que son frère.

— Comment pouvons-nous être sûrs que vous nous dites la vérité ? Ce pourrait être un piège.

Ellie se tourna vers lui avec un regard de dédain.

— C'en est un, mais pas le mien. Si vous ne me croyez pas, envoyez un de vos hommes dans la forêt à la pointe du loch Troon. Vous y trouverez près de mille cinq cents soldats pour vous prouver ce que je viens de vous dire. Mais veillez à le faire avant l'aube.

Elle implora Robert :

— Vous devez rassembler vos hommes et partir immédiatement.

Bruce se gratta le menton d'un air songeur.

— Je ne pense pas.

Elle le dévisagea, incrédule.

— Mais je vous jure que je dis la vérité !

— Je vous crois.

Il lança un regard vers le grand guerrier qu'elle avait remarqué plus tôt.

— C'est exactement l'occasion que j'attendais, observa-t-il.

Elle vit une lueur dans le regard de l'autre homme.

— En effet, déclara-t-il. Nous pouvons enfin les affronter sur notre propre terrain.

Il s'agenouilla, ramassa une branche et traça quelques traits sur le sol.

— En positionnant nos hommes sur le versant sud, ici, nous pourrons les attaquer dès qu'ils sortiront de la forêt. Nous déplacerons quelques rochers pour bloquer les chevaux. La Flèche et ses archers se chargeront du reste.

— Nous retournerons leur piège contre eux, jubila Robert.

Les hommes discutèrent de leur plan encore quelques minutes. Lorsqu'ils furent tous d'accord, le roi s'adressa à nouveau au grand guerrier :

— Rassemble les hommes. Nous devons nous préparer. Ceux qui sont trop saouls, balance-les dans le loch.

Puis il se tourna vers Erik.

— Je crains de devoir reporter la fête de ton saint patron à un autre jour.

Erik haussa les épaules :

— Je n'avais pas le cœur à festoyer de toute façon.

Robert s'approcha d'Ellie et lui baisa la main.

— Je ne sais pas comment vous remercier, chère sœur. Je vous dois toute ma gratitude. Lorsque j'aurai récupéré mon royaume, vous pourrez me demander tout ce qu'il sera en mon pouvoir de vous donner.

— Je ne veux rien, sinon revoir ma sœur libre et saine et sauve.

Une ombre traversa le regard de Robert.

— C'est également mon souhait le plus cher.

Il congédia ses hommes. Erik allait sortir, mais il le retint.

— Reste, ce que j'ai à dire te concerne aussi.

Ellie tripota nerveusement les pans de sa cape, devinant que ce qui allait suivre n'avait rien à voir avec les informations qu'elle leur avait transmises.

Le regard de Robert allait de l'un à l'autre.

— Pour autant que j'apprécie votre mise en garde, lady Elyne, je soupçonne que votre démarche ne concernait pas uniquement ma personne.

Elle sentit ses joues s'empourprer.

— Le Faucon m'a raconté ce qui s'est passé, poursuivit-il. Je suis navré que vous ayez dû subir tout cela. Compte tenu des circonstances, il n'avait d'autre choix que de vous emmener contre votre gré. Toutefois, son comportement par la suite fut inexcusable et déshonorant.

Ellie lança un regard vers Erik. Il ne bronchait pas et avait le visage fermé. Il n'avait visiblement aucune intention de se défendre.

Elle interrompit son beau-frère en posant la main sur son bras.

— Non, Robert. Vous vous trompez. J'ai été traitée avec toute la considération qui m'était due. J'aurais dû lui dire qui j'étais et j'ai choisi de ne pas le faire. Sans doute avais-je pris un peu trop goût à ma liberté. Je suis autant responsable que lui de ce qui est arrivé.

Erik n'apprécia pas son intervention.

— Vous n'avez pas besoin de me défendre, lady Elyne. Son Altesse a toutes les raisons d'être en colère.

Robert ne l'écouta pas et dévisagea attentivement Ellie.

— Vous n'avez pas souffert de votre... euh... perte ? Il vous épousera sur-le-champ si nécessaire.

Elle retint un frisson d'horreur et de honte. Être contrainte au mariage par un parent bien intentionné était encore plus humiliant que le noble sacrifice d'Erik.

— J'ai déjà informé mon fiancé de ma situation, répliqua-t-elle. Comme je l'ai dit au Faucon, je ne souhaite pas l'épouser.

Robert parut apaisé par sa réponse. Lorsqu'il regarda à nouveau Erik, ce fut avec un peu moins de colère. Il était visiblement soulagé d'avoir réglé cette question délicate et désagréable.

— Je crains que vous n'ayez endommagé l'orgueil de mon marin, observa-t-il avec un sourire. Il n'est pas habitué à être éconduit par une femme. Mais, comme le dit ma chère Elizabeth, vous avez toujours été clairvoyante.

Il se mit à rire devant la mine d'Erik.

— Vous voyez ce que je veux dire ? Cela fait des semaines qu'il est insupportable.

Sentant sans doute que son guerrier était au bord de l'explosion, il préféra changer de sujet.

— Vous avez risqué gros en nous livrant ces informations. J'espère que personne ne le découvrira.

Elle l'espérait aussi.

— Il ne m'arrivera rien, l'assura-t-elle. Toutefois, je dois rentrer sans tarder. Les soldats m'attendent et je ne voudrais pas qu'ils se posent trop de questions.

Robert l'embrassa sur la joue.

— Un de mes hommes va vous escorter.

— Ce ne sera pas nécessaire, intervint Erik. Je m'en charge.

Robert interrogea Ellie du regard. En voyant l'air mauvais d'Erik, elle fut sur le point de refuser. Toutefois, elle ne pouvait se cacher que ce moment était en partie la raison pour laquelle elle était venue.

Elle acquiesça timidement.

Erik avait la plus grande peine du monde à se contenir. Heureusement pour elle qu'elle avait accepté qu'il l'accompagne ! Il avait été à deux doigts de l'attraper par la taille et de la balancer sur son épaule comme le Viking barbare qu'elle l'avait accusé d'être.

Certes, cela n'aurait pas arrangé sa réputation auprès du roi, déjà suffisamment entachée.

Après avoir pris congé de son beau-frère, elle tourna les talons, leva son petit menton impérieux et sortit de la caverne comme si elle était une reine et lui un laquais tout juste bon à tenir sa traîne.

Il lui emboîta le pas en fulminant. La colère qu'il avait ressentie en la voyant apparaître sous la tente s'était encore accentuée en l'entendant expliquer les raisons de sa venue. Il pouvait à peine respirer en songeant aux dangers auxquels elle s'exposait.

Son refus catégorique de l'épouser, pour la seconde fois, n'avait guère amélioré son humeur. Puisqu'elle l'aimait, pourquoi ne voulait-elle pas être sa femme ? Cela n'avait aucun sens.

Il rumina en silence, n'osant pas parler de peur d'exploser, tandis qu'ils laissaient derrière eux la lueur des torches. Il repéra plusieurs sentinelles de Boyd dans le noir, mais douta qu'elle se soit rendu compte de leur présence.

Lorsqu'ils atteignirent l'étroit sentier qui menait au loch Troon, elle s'arrêta net et se tourna vers lui.

— Tu vas me fixer comme ça toute la nuit ou tu as quelque chose à dire ?

C'était peut-être son ton. Ou encore sa manière de poser ses poings sur ses hanches. À moins que ce ne soit le doux parfum de sa peau après des mois d'abstinence… Quoi qu'il en soit, ses nerfs lâchèrent. Il l'attrapa par le coude et la tira vers lui.

— Parfaitement, j'ai quelque chose à dire ! Qu'est-ce qui t'a pris de venir ici ? Tu cherches la mort ?

La toucher fut une erreur. Quand il sentit les courbes douces de son corps contre le sien et son parfum extraordinaire, il se rendit compte à quel point elle lui avait manqué.

Le désir embrasa son sang, sa peau. À en juger par la réaction de son entrejambe, il n'était pas encore devenu un eunuque.

Ellie libéra son bras d'un geste sec et le regarda dans les yeux.

— Quelle sotte je suis ! Moi qui croyais que tu me serais reconnaissant de t'avoir sauvé la peau !

— Reconnaissant ? D'avoir risqué ta vie ?

Il avança d'un pas vers elle et elle recula d'autant. Heureusement pour lui, elle se heurta à un arbre et ne put aller plus loin. Il plaqua une main de chaque côté de ses épaules, l'emprisonnant.

— Je voudrais t'étrangler pour être venue.

Ou l'embrasser jusqu'à ce que cesse cette pression dans sa poitrine.

L'air entre eux était chargé d'électricité. L'appel magnétique du désir était plus fort que tout. Le besoin de sentir sa bouche sur la sienne le submergeait.

Elle lançait des regards nerveux autour d'elle tel un lièvre pris au piège.

— Tu devrais te détendre un peu, dit-elle sur un ton mal assuré. C'est est ridicule. Laisse-moi partir.

— Non.

Il n'aurait pas dû y prendre autant de plaisir, mais c'était si bon de l'avoir enfin là où il la voulait. À sa merci. Se pliant à sa volonté.

Il aurait dû se méfier.

Elle lui envoya un coup de genoux dans les parties, assez violent pour qu'il se plie en deux de douleur, mais pas assez pour mettre en péril leur future progéniture.

Lorsqu'il fut capable de se redresser et de respirer à nouveau, il prit conscience de son lapsus. « Leur » progéniture.

Il la dévisagea avec stupeur. Tout était soudain si clair, si évident, qu'il ne comprenait pas comment il ne s'en était pas rendu compte plus tôt. Un coup bas l'avait forcé à voir en face une vérité qui lui brûlait les yeux depuis longtemps. S'il ne pouvait envisager une autre femme portant ses enfants, c'était parce qu'il l'aimait.

Il l'aimait.

Bon sang, quel idiot ! La confusion et l'intensité de ses émotions, la violente attraction, l'irrépressible besoin de la protéger… de la posséder. La raison pour laquelle il ne pouvait l'oublier ; pour laquelle, en dépit de sa colère, il n'avait pu la quitter des yeux depuis qu'elle était entrée sous la tente. Il voulait l'épouser, non pas pour lui rendre service mais parce qu'il l'aimait.

Comment cela avait-il pu lui arriver ?

Ou plutôt, comment s'en étonner ?

Ils étaient parfaitement complémentaires. Elle faisait ressortir son côté sérieux et il la faisait rire. Ils partageaient le même goût de l'aventure. Elle était la première femme à s'intéresser à ce qu'il pensait ; à chercher à connaître l'homme derrière les plaisanteries et les badinages. Il l'aimait probablement depuis la première fois où elle avait levé les yeux au ciel ou lui avait adressé son regard blasé de gouvernante. À moins que ce ne soit aussi simple que l'observation profonde de Domnall : elle n'avalait pas ses histoires.

Se méprenant sur son air hébété, elle déclara :

— N'essaie pas de m'impressionner avec tes muscles. Ça ne marche pas. Tu crois sincèrement que j'ai pensé que tu me ferais du mal ?

Elle le regarda de biais avant d'ajouter :

— En dépit de ta mine patibulaire.

Il passa une main dans ses cheveux hirsutes. Avait-il l'air si affreux ?

— Je n'ai pas souvent eu l'occasion de me raser ces derniers temps.

— Je n'ai pas dit que ça me déplaisait, se hâta-t-elle de rectifier. Juste que ça te donne l'air plus dangereux.

Elle se mordit la lèvre.

— Je suis désolée si je t'ai fait mal, mais tu m'as mise en colère.

— Je sais ce que c'est, maugréa-t-il. Crénom, quand je t'ai vue sous cette tente et que j'ai pensé au danger que tu courais, j'ai pris peur et je... Je suppose que j'ai un peu perdu la tête.

— J'aurais préféré ne pas venir mais, comme je n'ai trouvé personne d'autre pour vous prévenir, j'ai fait ce que j'avais à faire.

Parce qu'elle l'aimait.

— Ce n'est pas que je n'apprécie pas ton geste, dit-il. Tu as probablement sauvé de nombreuses vies ce soir, et peut-être même un trône, mais je ne veux pas que tu sois mêlée à tout ceci.

Il vit ses traits s'affaisser dans la pénombre.

— Tu ne m'as pas pardonné mon mensonge, observa-t-elle.

— Il n'y a rien à pardonner. Je suis le seul responsable de ce qui est arrivé.

Elle ne semblait pas le croire. Il expliqua :

— J'ai d'abord été furieux que tu ne m'aies rien dit. Puis, quand je me suis calmé, j'ai compris. Je ne t'avais donné aucune raison de me faire confiance et je n'avais pas demandé la tienne. Ce qui s'est passé dans cette grotte... Je te voulais tellement, tu aurais pu me dire que tu étais la reine d'Angleterre, cela n'aurait rien changé.

Elle esquissa un sourire ironique.

— J'espère que je ne t'ai pas causé trop d'ennuis avec Robert. J'ai cru remarquer que vos rapports étaient plutôt tendus.

— Ce n'est rien.

Elle savait pourtant la valeur qu'il attachait à la loyauté.

— Si. J'aurais dû te le dire. J'avais confiance en toi. Je voulais juste m'assurer...

Elle n'acheva pas sa phrase.

— T'assurer de quoi ?

Elle détourna les yeux, gênée. Il attendit un moment, puis elle reprit :

— Je voulais être sûre que tu me voulais pour moi-même et non à cause de mon nom ou parce que m'épouser était la chose honorable à faire.

Il comprit soudain.

— Et c'est pour ça que tu as refusé de m'épouser.

Pas parce qu'elle ne l'aimait pas, mais parce qu'elle voulait que lui l'aime. Voilà ce qu'elle lui avait offert et qu'il n'avait pas su voir. Il avait demandé sa main par honneur et par devoir ; elle avait voulu des sentiments et de l'amour.

— Ma mère aimait mon père de tout son cœur, expliqua-t-elle. À force de tenter durant des années d'être aimée en retour, elle en est morte. La fièvre l'a emportée, mais son âme s'était éteinte depuis longtemps.

Il écarta une mèche de sa joue et la lissa derrière son oreille.

— Je suis désolé, Ellie.

Elle se raidit.

— Je ne te dis pas ça pour que tu me prennes en pitié ni parce que j'attends quelque chose de toi. Je t'explique simplement ma décision.

— Ellie…

Il aurait pu mettre un terme à leur supplice. Il aurait été si facile de l'attirer dans ses bras et de lui dire à quel point il l'aimait, et qu'il ne pouvait imaginer son avenir sans elle.

C'était ce qu'il voulait, égoïstement. Plus que tout au monde. Pour un homme habitué à obtenir ce qu'il voulait et à qui le bonheur avait toujours souri, la pilule était dure à avaler.

Mais il ne pouvait pas le lui dire.

La lueur dans les yeux d'Erik incita Ellie à faire ce qu'elle s'était juré de ne plus jamais faire.

— Demande-moi de rester, murmura-t-elle.

L'espace d'un instant, il hésita. Du moins, elle tenta de s'en convaincre. Elle voulait espérer qu'il était en proie à un combat intérieur, car, en surface, son expression ne trahissait rien.

Puis il sourit et tous ses espoirs s'envolèrent.

— Je suis désolé, Ellie. Je ne peux pas.

Ce fut comme une gifle cuisante. Pourquoi se soumettait-elle à de telles humiliations ? Pourquoi ouvrait-elle ainsi son cœur, se mettant à nu, pour se voir piétinée avec un sourire ? Pourtant, pendant un moment, il l'avait regardée avec une telle tendresse, qu'elle avait cru...

Pauvre idiote ! Il ne l'aimait pas. Il avait pitié d'elle. Les femmes se jetaient à ses pieds tous les jours. À sa plus grande honte, elle venait d'en faire autant.

Elle lui avait offert son amour à deux reprises, et il l'avait refusé.

C'était assez.

Elle s'écarta de lui.

C'était étrange. Après la première douleur fulgurante, elle ne ressentait plus rien. Uniquement le besoin de déguerpir au plus vite.

— Je dois partir.

Il la retint par le bras.

— Ellie... dit-il doucement. Je suis navré.

Elle se raidit et se libéra.

— Tu n'as pas besoin de t'excuser. Je ne sais pas ce qui m'est passé par la tête. Je comprends que tu ne veuilles pas de moi...

Elle éclata d'un rire sec.

— ... Tu as déjà quelqu'un qui t'attend.

Il fronça les sourcils, ne comprenant pas.

— L'autre femme, précisa-t-elle. Celle qui était assise sur tes genoux... qui t'embrassait... souviens-toi, sous la tente.

Il grimaça puis répondit :

— Ah oui ! Bien sûr.

— Bien... Je crois qu'il est temps de se dire adieu. Les soldats m'attendent de l'autre côté de la crête.

— Tu es sûre de savoir ce que tu fais ? S'ils te soupçonnent de quelque chose ?

— Ils ne se douteront de rien. Je sais être persuasive.

— Ça ne me plaît pas. Je vais te raccompagner à Ayr.

— Non ! dit-elle avec véhémence. Ils ne croiront jamais que j'ai retrouvé mon chemin toute seule. Je sais ce que je fais.

Elle marqua une pause avant d'ajouter :

— En outre, je ne suis plus sous ta responsabilité.

Ils se dévisagèrent. L'espace d'un instant, elle crut lire quelque chose dans ses yeux mais son regard se referma.

Il recula, le dos raide. On aurait presque pu croire que c'était difficile pour lui.

— Très bien. Alors adieu, lady Elyne.

Durant quelques secondes, elle resta immobile, voulant savourer ce moment qu'elle savait être le dernier. Pourtant, il fallait que cela finisse.

— Adieu, Erik.

Elle tourna les talons et ne se retourna pas.

Une partie brève mais importante de sa vie venait de se terminer.

24

23 juin 1307, veille de la Saint-Jean

Erik avait pris la bonne décision. Elle s'en sortirait mieux sans lui. Du moins, c'était ce qu'il se répétait encore et encore depuis son départ.

Il aurait voulu lui demander de rester, mais il l'aimait trop pour cela.

L'amour n'était pas l'assurance d'une fin heureuse. Parfois, il exigeait de faire passer le bonheur de l'autre avant le sien, même si cela signifiait de ne pas être ensemble.

Il était un hors-la-loi. Il risquait fort d'être un hors-la-loi mort du jour au lendemain. Même avec l'aide d'Ellie, ils demeuraient en sursis. Cela aurait peut-être été différent si elle avait réellement été une gouvernante. Or, elle était la fille d'un homme puissant, fiancée à un homme tout aussi puissant et, plus important encore, elle était à l'abri. Elle avait un bel avenir devant elle. Il ne pouvait lui demander de tout risquer pour lui.

La douleur était si vive qu'elle aurait pu aussi bien lui planter un couteau dans le dos et le triturer de sa lame. Il n'aurait jamais pensé que bien agir pouvait faire aussi mal.

Il connaissait Ellie. Si elle avait perçu la moindre faille dans sa façade, elle aurait persévéré jusqu'à découvrir la vérité. Elle devait être convaincue qu'il ne l'aimait pas.

Toutefois, son expression lorsqu'ils s'étaient séparés ne cessait de le hanter. La laisser partir avait été la décision la plus difficile de sa vie. Par comparaison, l'entraînement de deux semaines avec MacLeod, baptisé « la perdition », était un jeu d'enfant.

Malgré ses objections, il l'avait suivie jusqu'au château d'Ayr. Elle se doutait probablement de sa présence derrière elle, mais elle ne s'était jamais retournée.

Cinq jours après que quatre cents partisans de Bruce avaient piégé mille cinq cents chevaliers anglais à Glen Trool, forçant sir Aymer à battre en retraite la queue entre les jambes, elle avait embarqué pour l'Irlande à bord d'une galère. Il le savait car il avait chargé l'un de ses hommes au château d'Ayr de veiller sur elle. À la moindre indication que sa folle expédition au camp de Bruce avait été découverte, il se serait précipité pour la chercher.

Il n'avait jamais eu ce prétexte.

À présent, après une seconde victoire décisive contre sir Aymer de Valence à Loudon Hill en mai, une escarmouche qui avait contraint le fiancé d'Ellie à se retrancher à Ayr, la défaite de sir Philip Mowbray par sir James Douglas et Boyd, et la nouvelle que le roi Édouard était de nouveau cloué au lit, Erik se demandait s'il n'avait pas commis une erreur monumentale.

La marée avait tourné.

Les hommes se bousculaient pour rejoindre Bruce. Leurs rangs étaient passés de quelques centaines à des milliers. Le roi consolidait peu à peu ses positions dans le Sud-Ouest, notamment en prenant quelques places fortes de première importance. Toutefois, Bruce avait retenu la leçon de Wallace : il détruisait les châteaux plutôt que de laisser les Anglais les utiliser contre lui. C'était pourquoi, le lendemain, après une longue nuit de ripaille, Ayr serait saccagé. Ils le videraient d'abord de ses objets de valeur, mais Ulster avait déjà pratiquement tout emporté lorsqu'il était rentré en Irlande la semaine précédente.

Isolé au milieu de la foule célébrant bruyamment l'événement, Erik était assis comme dans une bulle, n'échangeant quelques mots avec MacLeod ou Bruce qu'occasionnellement. Le nuage qui planait au-dessus de sa tête depuis qu'il avait vu Ellie rentrer dans ce même château n'avait fait que s'assombrir. À mesure que les jours passaient, sa nervosité ne faisait qu'empirer, au point de se muer en panique. Parfois, elle le prenait à la gorge, l'empêchant de respirer.

Il était hanté par le doute, incapable d'échapper au sentiment atroce qu'il aurait dû lui dire ce qu'il ressentait. Ellie méritait de choisir elle-même.

À chaque victoire, son incertitude s'était accrue. Il ne dormait plus. Il se nourrissait à peine. Il ne pouvait que se battre. Il se portait volontaire pour toutes les missions, de préférence les plus dangereuses. Tout ce qui pouvait l'empêcher de réfléchir et de se poser la question : avait-il pris la bonne décision ? Était-il trop tard pour changer d'avis ?

— J'ai reçu des plaintes.

Erik leva les yeux et se rendit compte que le roi lui parlait.

— Quel genre de plaintes ?

— Tu pousses trop les nouvelles recrues.

Erik échangea un regard avec MacLeod avant de répondre :

— Elles doivent être prêtes à se battre. Édouard enverra de nouvelles troupes à Carlisle en juillet. Il ne capitulera pas facilement.

— Nous serons prêts, déclara Bruce avec assurance. Mais tu ne peux pas transformer des paysans et des pêcheurs en chevaliers du jour au lendemain.

— Je n'essaie pas d'en faire des chevaliers mais des Highlanders. C'est plus dur, cela demande donc plus de travail.

Bruce se mit à rire.

— Tu as raison. Pardonne-moi.

Il lui lança un regard de biais.

— J'ai une nouvelle qui pourrait t'intéresser, déclara-t-il sur un ton détaché.

Erik le connaissait suffisamment pour deviner qu'il mijotait quelque chose.

— Il s'agit de ma belle-sœur, poursuivit le roi. Elle épouse Monthermer demain matin.

Erik crut qu'on l'avait assommé avec une masse d'armes. La panique qui couvait en lui explosa. Chaque parcelle de son corps lui criait qu'il devait faire quelque chose. Cela ne pouvait pas arriver.

— Où ? demanda-t-il entre ses dents.

— À Dunluce.

Le roi marqua une pause, puis il reprit :

— Tu sais, il m'est venu une idée. J'ai peut-être une nouvelle mission pour toi.

Erik l'écoutait à peine. *Mariée*. Comment pouvait-elle lui faire ça ? Elle l'aimait et, dans quelques heures, elle allait en épouser un autre. Quelque part au fond de lui, il n'avait jamais cru qu'elle irait jusqu'au bout.

Bruce poursuivit :

— Je me disais qu'il serait prudent de consolider nos liens avec l'Irlande. Dans la mesure où tu es chargé de protéger nos voies maritimes vers l'ouest, tu es tout indiqué pour t'en occuper. Savais-tu qu'Ulster est en adoration devant lady Elyne ?

Erik lui lança un regard, commençant à comprendre où il voulait en venir.

— En effet, j'ai cru comprendre qu'elle l'avait beaucoup aidé après la mort de sa femme.

Bruce se pencha vers lui.

— Je parie qu'il lui pardonnerait n'importe quoi. Avoir deux filles mariées à des Écossais devrait le rendre doublement bien disposé à notre égard, tu ne penses pas ?

Erik se figea. Le message était clair. Sa mission consistait à épouser Ellie, même clandestinement. Bruce paraissait convaincu qu'Ulster pardonnerait à sa fille.

S'il avait voulu l'accord de Bruce, il l'avait.

Toutefois, il n'en avait pas besoin. Ses mois de supplice touchaient à leur fin. Il avait commis une erreur. Il espérait arriver avant qu'elle en commette une pire encore… et qui serait irrévocable.

Toutefois, Ellie était têtue. Si elle refusait de lui parler ? De lui pardonner ? De changer d'avis ?

Il veillerait à ce que ce ne soit pas le cas. Il devrait s'assurer qu'ils soient seul à seule un moment, afin de lui montrer ce qu'il ressentait et compenser tout le mal qu'il lui avait fait. Il savait précisément où l'emmener pour cela. Il sourit pour la première fois depuis des semaines et se tourna vers Bruce.

— Je dois partir sur-le-champ.

Bruce lui retourna son sourire.

— Je m'en doutais un peu.

— Cela risque de me prendre quelques jours.

Bruce se mit à rire.

— Je crois que cela te demandera plus que ça. Je te donne deux semaines. Profites-en bien.

— Comptez sur moi !

Cette fois, il veillerait à ce que rien ne vienne compromettre sa mission.

C'était une belle matinée ensoleillée, idéale pour un mariage. Ellie contempla son reflet dans le miroir tandis que la servante achevait de lui brosser les cheveux.

Elle sourit. Elle n'était pas vraiment heureuse mais, au moins, elle était satisfaite de la tournure qu'avait prise sa vie depuis quelques mois. Elle avait tourné la page.

Elle avait même cessé de regarder par la fenêtre.

Lorsque la servante eut fini d'apporter les dernières touches à sa coiffure (un chignon complexe retenu par un précieux bandeau incrusté de pierreries) et de fermer sa robe en damas vert émeraude, le soleil inondait la chambre.

Une ombre passa devant elle et elle lança un regard vers la fenêtre. Ne voyant rien, elle supposa qu'il s'agissait d'un nuage.

— Y aura-t-il autre chose, ma dame ? demanda la servante.

Ellie admira le travail de la jeune fille et sourit. Elle était presque jolie.

— Non, merci. Va donc voir si lady Mathilda a besoin de toi.

La servante fit une révérence et sortit.

Elle avait à peine refermé la porte qu'Ellie se sentit happée par-derrière. Une main se plaqua sur sa bouche avant qu'elle ait pu crier.

— Chut, murmura-t-il à son oreille. Je ne vais pas te faire de mal.

Son cœur s'arrêta de battre. Elle avait immédiatement reconnu cette voix, cette odeur familière.

Erik.

Que faisait-il ici ? Et surtout, comment était-il entré ?

Doux Jésus ! Il était entré par la fenêtre, après avoir escaladé la tour, qui se dressait une quinzaine de mètres au-dessus de la falaise, qui faisait elle-même une bonne trentaine de mètres de hauteur.

Elle tenta de se libérer, lui donnant vainement des coups de coude dans le ventre. Autant cogner dans un mur de granit.

— Tu me promets de ne pas crier ?

Elle hocha la tête et il la lâcha. Pour plaquer de nouveau sa main sur sa bouche dès qu'il la vit sur le point de hurler. Il secoua la tête d'un air navré.

— Tss... Je me doutais bien que tu ne serais pas raisonnable. Heureusement, je suis venu équipé.

Il agita deux rubans en soie sous ses yeux.

— J'avais espéré que la prochaine fois que je te ligoterais, ce serait dans d'autres circonstances.

Il se mit à rire en la voyant rouler des yeux indignés.

— Désolé, mon cœur. Mais nous devons parler et je ne peux courir le risque que tu alertes tout le château. Tu pourras brailler tout ton saoul une fois que nous serons loin d'ici.

Quoi ? Il comptait l'enlever à nouveau ? Et puis, elle ne braillait pas.

Après l'avoir bâillonnée, il lui attacha les mains. Déroulant le plaid noué autour de ses épaules, il sortit un sac en toile de sous sa ceinture. Il lui adressa une grimace navrée.

— Comme nous ne pouvons pas sortir par là où je suis entré, je crains que ce ne soit nécessaire.

Comprenant ce qu'il comptait faire, elle commença à reculer. Il la rattrapa par la taille et laissa retomber le sac sur sa tête. Elle se débattit comme une possédée mais il la souleva et la bascula sur son épaule comme un vulgaire sac de farine. Puis il se drapa dans son plaid pour cacher ses jambes.

Elle fulminait d'être traitée ainsi. Toutefois, elle ne pouvait s'empêcher de se demander ce qu'il voulait.

Elle rebondit sur son épaule tandis qu'il descendait le long escalier de la tour. Dans l'excitation et la confusion des préparatifs de la noce, personne ne sembla remarquer le grand gaillard portant un sac qui se tortillait.

Elle sentit une brise fraîche quand ils sortirent de la tour. Quelques minutes plus tard, le terrain devint pentu. Elle devina qu'ils avaient franchi le pont et descendait la rampe. Bientôt, l'air devint figé et humide. Ils étaient dans la grotte de la sirène. Là où tout avait commencé. Elle l'entendit marcher dans l'eau puis se sentit hissée à bord d'un bateau. Un autre homme la réceptionna et l'assit sur un banc en bois.

— Cette fois, pas de morsures ni de coups de coude ! la prévint-il.

Domnall. Elle aurait dû se douter qu'il ferait partie de cette machination. Ce devait être sa manière de la remercier de l'avoir aidé à s'évader. Elle voulut lui dire ce qu'elle pensait, mais il se contenta de rire en entendant ses grognements étouffés.

Quelques instants plus tard, le navire prit de la vitesse et on ôta le sac de sa tête. Elle cligna les yeux, éblouie par le soleil, puis vit Erik se tenant devant elle, l'air innocent. Les autres hommes avaient pris leurs distances, du moins autant qu'il était possible sur le petit *birlinn*.

Il grimaça en voyant son regard assassin et se tourna vers Domnall qui se tenait à quelques pas.

— Je devrais peut-être attendre qu'elle se calme un peu avant de la détacher.

— Dans un cas comme dans l'autre, je crois que tu vas dérouiller, mon garçon.

Erik décida de tenter sa chance et dénoua les liens en soie autour de ses poignets et de sa bouche.

À peine libérée, Ellie bondit.

— Par tous les saints, qu'est-ce qui te prend ! Ramène-moi sur-le-champ !

— Je voulais m'excuser.

S'excuser ? De lui avoir brisé le cœur, puis, pour faire bonne mesure, de l'avoir écrasé sous son talon ?

Elle le dévisagea en plissant les yeux.

— Tu ne trouves pas que c'est un peu tard ?

Il tiqua, regardant sa coiffure élaborée toute de travers et sa belle robe froissée. En voyant son air contrit et penaud, elle ne put s'empêcher de penser à son petit frère Edmond.

— J'ai appris ton mariage il y a quelques heures seulement, se défendit-il. Pourquoi, Ellie ? Comment as-tu pu accepter de l'épouser ? Tu ferais bien de t'expliquer car, pour le moment, je ne suis pas sûr de pouvoir te pardonner.

Elle en fut estomaquée. Lui pardonner !

— Je ne... commença-t-elle.

Elle s'interrompit. Elle n'avait aucune justification à lui donner. Il avait fait son choix. *Qu'il pense ce qu'il voudra !*

Elle arqua un sourcil et releva le menton avec cet air hautain qui ne manquerait pas de l'exaspérer.

— Et pourquoi ne l'épouserais-je pas ?

— Parce que tu m'aimes.

Elle sentit ses joues s'embraser devant une telle arrogance. Elle lui adressa un regard furibond.

— Parce que tu t'imaginais que j'allais me morfondre pour le restant de mes jours ? Très peu pour moi !

Elle étala sa jupe en précieux damas émeraude devant elle.

— Comment tu peux le voir, j'ai décidé de recoller les morceaux de ma vie. J'accepte tes excuses. À présent, ramène-moi. On m'attend pour un mariage.

Il fronça les sourcils. Cela ne se passait pas du tout comme il l'avait prévu.

— Désolé, mais c'est impossible. Je ne peux pas te laisser épouser Monthermer. Je serais obligé de le tuer, et ni ton père ni le roi ne me le pardonneraient.

Ellie suffoquait. Elle ignorait si c'était en raison de sa colère ou parce qu'elle savait ce qu'il allait dire.

— C'est absurde. Tu ne le tueras pas. Ce mariage ne te concerne pas.

— Mais je t'aime.

Son cœur s'arrêta, puis repartit à un rythme irrégulier. Maintenant qu'elle entendait ces mots qu'elle avait tant attendus, elle n'était pas sûre de les croire. Il l'avait trop blessée.

— Comment suis-je censée le prendre ? Dois-je tomber à genoux en pleurant de gratitude ? Il est trop tard. Quand tu as eu ta chance, tu n'en as pas voulu.

Le vent balayait sa chevelure, achevant d'anéantir sa coiffure. Il saisit délicatement une mèche folle qui volait devant son visage et la glissa derrière son oreille, la dévisageant avec une telle tendresse qu'elle se sentit bouleversée.

— Je suis désolé, mon cœur. J'ai cru bien faire. Je voulais te demander de rester, mais comment le pouvais-je quand nous n'étions qu'à une bataille de la défaite ? Je cherchais à te protéger.

Elle le dévisagea, incrédule.

— En me brisant le cœur ? Sais-tu seulement ce que j'ai vécu ces derniers mois ?

Sa voix grimpait de plus en plus, presque hystérique. Elle qui n'avait jamais été encline à la violence, elle avait subitement envie de le frapper.

— Et maintenant, alors que je commence tout juste à me reconstruire, tu débarques en disant : « Désolé, c'était une erreur » ; qu'en dépit de toutes les indications du contraire, tu m'aimes et que tu m'as foulée au pied pour mon bien ; que, maintenant que tes perspectives s'améliorent, tu te rends compte que tu t'es trompé et que tu as décidé de m'enlever le jour de mes noces pour me présenter tes excuses. C'est bien ça ?

Il fit la grimace et lança un regard vers Domnall. Ce dernier haussa les épaules.

— Elle n'a pas tout à fait tort, capitaine.

Erik se passa une main dans les cheveux.

— Présenté de cette manière, ça paraît beaucoup moins chevaleresque que ce que j'avais prévu.

Elle lâcha une exclamation de dédain.

— Ellie, je ne pouvais pas courir le risque que tu refuses de m'écouter.

— Tu as donc décidé de ne pas me laisser le choix, c'est logique.

Il sourit.

— Bien sûr que tu as le choix. J'ai simplement décidé que tu devais me choisir, moi.

— Et si je ne veux plus de toi ?

Il tressaillit comme si elle l'avait giflé. Le désarroi soudain sur son visage trop beau et trop sûr de lui pouvait presque compenser les mois de torture qu'elle avait endurés.

Il s'agenouilla devant elle et pressa sa main contre ses lèvres.

— Je t'en prie, mon cœur, donne-moi une chance de me racheter.

Elle sentit l'émotion lui nouer la gorge et demanda d'une voix éraillée :

— Pourquoi te croirais-je ?

— Parce qu'au fond de ton cœur, tu sais que c'est vrai. C'est moi qui étais aveugle. Je jure de ne plus jamais te donner une raison de douter de moi.

Il paraissait si sincère et si éperdu qu'elle se sentit mollir, juste un peu.

— Un petit effort, ma fille, intervint Domnall. Aie pitié de nous et pardonne-lui. Il est infernal depuis que tu es partie.

Elle se tourna vers lui en plissant le front.

— Je croyais que vous n'étiez pas censé nous écouter.

— Et rater ça ? Ça fait vingt ans que j'attends de le voir ramper devant une fille. J'ai bien l'intention d'en savourer chaque instant.

— Ramper ? s'indigna Erik. De quoi parles-tu ? Je ne suis pas en train de ramper !

En voyant Ellie le dévisager d'un air narquois, il bougonna à son vieux compagnon :

— Je croyais que tu étais de mon côté.

— Mais je le suis, mon garçon. Je le suis.

Erik se tourna à nouveau vers Ellie.

— Peux-tu me pardonner ?

En vérité, elle lui avait déjà pardonné à moitié, mais elle ne comptait pas le laisser s'en tirer aussi facilement et avait l'intention de le laisser souffrir encore un peu. Après tout, qu'étaient quelques heures comparées à des mois de souffrance ?

— Je n'ai pas encore décidé. Ramène-moi chez moi. Je vais y réfléchir.

Il poussa un soupir et secoua la tête d'un air navré.

— Je suis désolé d'en arriver là, mon cœur, mais tu ne me laisses pas le choix.

Il lança à Domnall :

— Je t'avais bien dit qu'elle ne se montrerait pas raisonnable.

— C'est vrai, mon garçon. C'est vrai.

Ellie regardait les deux hommes, se demandant quel petit numéro ils lui jouaient. Erik avait cette lueur espiègle dans le regard qui ne présageait rien de bon.

— Que comptes-tu faire de moi ? demanda-t-elle.

Il s'approcha et se pencha vers elle, sa bouche à quelques centimètres de son oreille. Elle sentit un frisson lui parcourir l'échine.

— J'ai l'intention de t'emmener chez moi et de te prouver mon amour. Encore et encore, jusqu'à ce que tu me croies.

Elle écarquilla les yeux. La promesse sensuelle dans sa voix déclencha une onde de chaleur entre ses jambes.

— Tu as l'intention de me violer ?

— Encore et encore.

— Oui, ça je l'avais bien compris, rétorqua-t-elle en réprimant un sourire.

Un Viking jusqu'au bout des ongles.

— Je ne crois pas que mon père appréciera tes méthodes.

Il cligna de l'œil.

— Heureusement pour moi, il sera loin.

Ellie était étendue en travers de sa poitrine, son corps nu pressé contre le sien dans un enchevêtrement de membres et de draps froissés. Erik ne se souvenait pas d'avoir jamais été aussi heureux.

Il enroula une longue mèche brune autour de son doigt en se disant que ce devait être ce qu'il y avait de plus proche du paradis sur terre.

— J'avais donc raison, dit-elle. C'est bien chez toi, ici.

Il l'avait ramenée sur l'île de Spoon, dans la grande demeure qui avait appartenu à son père. Fidèle à sa promesse, le roi lui avait restitué ses terres. John de Lorn n'était sans doute pas d'accord, mais ils régleraient leurs comptes plus tard.

— J'ai de nombreuses terres, mais c'est vrai que c'est ici que je me sens le mieux.

Elle leva les yeux et lui sourit. Il sentit son cœur chavirer. Il ne s'était jamais rendu compte à quel point il avait de la chance jusqu'à ce jour.

— À cause de moi ?

— Oui, répondit-il avant de déposer un baiser sur son nez. Quand la guerre sera terminée, je te construirai le plus beau château que tu aies jamais vu.

Elle reposa sa tête sur sa poitrine.

— J'ai déjà tout ce qu'il me faut, je n'en demande pas plus. Combien de temps pouvons-nous rester ici ?

— Une semaine, peut-être un peu plus.

Il voulait la garder pour lui le plus longtemps possible. Une fois que sa mère et ses sœurs se seraient emparées d'elle, il ne connaîtrait plus un instant de paix.

— Je te conduirai sur Islay avant de rejoindre le roi. Tu y seras en sécurité avec ma mère et mes sœurs.

En la voyant pâlir, il prit peur, craignant qu'elle n'ait changé d'avis.

— Des regrets, mon cœur ? Je sais que ta famille te manquera. Je réalise que je te demande beaucoup.

Elle lui lança un regard de biais.

— D'après mes souvenirs, tu ne m'as rien demandé du tout.

Il sourit et la serra un peu plus fort contre lui.

— Je ne pouvais pas risquer que tu me rejettes. J'ai l'habitude d'obtenir ce que je veux.

Elle leva les yeux au ciel.

— Cela te fera du bien de passer du temps avec ma mère et mes sœurs.

Elle fronça le nez.

— Que veux-tu dire ?

— Elles achèveront de te convaincre que je suis irrésistible.

Elle lui donna un coup de poing dans le ventre. Il se mit à rire, roula sur elle et l'embrassa. Il lui fit à nouveau l'amour, lentement, en serrant sa main contre son cœur et en la regardant dans les yeux.

Il lui fallut du temps pour pouvoir parler à nouveau. Elle était de nouveau couchée sur lui et paraissait légèrement soucieuse.

— Que se passe-t-il, mon amour ?

— Tu crois qu'elles m'aimeront ? demanda-t-elle.

Il sourit, soulagé.

— Ma mère et mes sœurs ? Presque autant que moi. Toutefois…

Elle écarquilla les yeux.

— Quoi ?

— Ma mère est assez conservatrice. Elle n'approuvera pas que tu me violes continuellement comme ça. Comme j'ai la ferme intention de te laisser continuer, je vais être obligé de t'épouser.

Elle lui donna une autre tape.

— Misérable. Tu m'as fait peur un moment.

Elle prit un air songeur, avant d'ajouter :

— Je pourrais peut-être me laisser convaincre de t'épouser.

Il glissa une main sur ses fesses.

— Je peux être très convaincant.

— Tu ne penses donc qu'à ça ! dit-elle en levant les yeux au ciel. Je voulais parler de mes conditions.

Il cessa de sourire.

— Quelles conditions ?

— D'une part, pas d'autres femmes.

Avant qu'il ne puisse objecter, elle poursuivit :

— Pas d'amourettes, ni de caresses dérobées, ni de baisers, et surtout plus de tapes sur les fesses.

Il prit un air horrifié, une main sur le cœur.

— Même pas une petite tape sur les fesses ?

— Je serai très exigeante sur ce point.

Ils se dévisagèrent et, en dépit de leurs plaisanteries, il sentit une pointe de vulnérabilité derrière ses paroles. Il cessa de la taquiner et, lui prenant le menton, la regarda dans les yeux.

— Je n'ai pas touché une autre femme depuis que je te connais.

Devant son air sceptique, qu'il pouvait comprendre, il poursuivit :

— Crois-moi, j'en suis aussi surpris que toi. Toutefois, après quatre mois, neuf jours et… environ huit heures, je suis convaincu. Je t'aime, Ellie. Tu es tout ce que je veux et tout ce dont j'aurai jamais besoin.

Son sourire radieux lui alla droit au cœur.

— Vraiment ?

— Vraiment. Je suis un homme loyal. Une fois que j'ai juré fidélité, c'est pour la vie. En fait, c'est peut-être moi qui devrais imposer mes conditions. Après tout, c'est toi qui étais sur le point de convoler avec un autre.

Elle grimaça.

— Ah oui… euh, à ce sujet. J'ai omis un détail assez important concernant la cérémonie d'aujourd'hui.

— Quel genre de détail ? demanda-t-il en plissant le front.

— L'identité de la mariée.

Si elle avait voulu le surprendre, c'était réussi.

— Je ne comprends pas. Le roi m'a dit que sa belle-sœur épousait Monthermer.

— C'est vrai. Ma sœur Matty doit être en train de prononcer ses vœux en ce moment même.

— Ta sœur ? répéta-t-il, incrédule.

Elle lui expliqua qu'elle avait senti quelque chose d'étrange entre Matty et Ralph, mais qu'elle n'avait compris la vérité qu'après son retour d'Écosse, quand elle avait forcé sa sœur à lui avouer ce qui la rendait si malheureuse. Avec la bénédiction de leur père, elles avaient discrètement changé les noms sur le contrat de mariage.

— Et tu n'as pas jugé bon de me prévenir plus tôt ?

Elle imita son sourire impénitent.

— Je me suis dit que tu méritais de souffrir un peu après tout ce que tu m'as fait subir.

Il sourit malgré lui. Elle avait un peu raison.

Elle sembla soudain se souvenir de quelque chose.

— Tu m'as dit que tu avais laissé un message, mais j'espère que ma disparition ne les empêchera pas de se marier.

— J'en doute. Cette Matty, elle n'aurait pas des yeux bleus et de longs cheveux blonds et bouclés ?

— En effet, tu la connais ?

— Nous nous sommes rencontrés ce matin.

Ce fut au tour d'Ellie d'être surprise.

— J'ignorais quelle était ta fenêtre et je me suis trompé, expliqua-t-il. J'ai d'abord cru qu'elle allait se mettre à hurler, puis elle a souri et m'a dit que j'avais pris mon temps. Elle m'a demandé si je comptais t'épouser. Quand j'ai répondu oui, elle m'a indiqué le chemin jusqu'à ta chambre.

Ellie se mit à rire.

— Oui, ça ressemble bien à Matty.

Elle enfouit son visage contre son torse d'un air satisfait. Elle caressa du bout du doigt les tatouages sur son bras, examinant les dessins. Il ne fut pas surpris quand elle déclara :

— Tu as changé quelque chose. Ce motif qui fait le tour de ton bras comme un psellion n'y était pas avant. On dirait… (Elle releva les yeux vers lui et sourit)… une toile d'araignée. C'est à cause de l'histoire que tu m'as racontée ?

Il déposa un baiser sur son nez.

— Tu es trop observatrice.

— Et il y a un petit *birlinn* pris dans la toile, remarqua-t-elle. J'aurais dû m'en rendre compte plus tôt : le lion rampant est le symbole de la monarchie écossaise, mais il a une autre signification, n'est-ce pas ?

Il ne répondit pas.

— C'est la raison pour laquelle tu gardes ton identité secrète ? Toi et cet autre homme dans le camp… vous faites partie de la bande de guerriers fantômes dont tout le monde parle.

— Ellie, j'ai juré de garder le secret. Tu ne me rends pas la tâche facile.

— Tu ne m'as rien dit, objecta-t-elle en souriant. J'ai deviné toute seule. Toutefois, si nous devons nous marier, je dois savoir une chose.

— Laquelle ?

— Mon nouveau nom.

Il se mit à rire et l'embrassa.

— Ça veut dire que tu acceptes de m'épouser ?

— J'y réfléchis encore.

— T'ai-je dit que je possède une douzaine d'îles, au moins ?

Ses yeux brillèrent d'excitation.

— C'est vrai ?

Il acquiesça.

— Je pourrais peut-être me laisser convaincre de te les faire visiter.

Il redevint sérieux.

— Épouse-moi, Ellie. Je t'emmènerai où tu voudras. Je te montrerai le monde entier. Dis-moi que tu seras ma femme.

— Oui, dit-elle les yeux brillants. Je veux bien t'épouser.

Il la serra contre lui, tenté de la traîner jusqu'à l'église sur-le-champ avant qu'elle ne change d'avis. Cependant, sa famille ne le lui pardonnerait jamais. Il l'embrassa tendrement.

— C'est MacSorley, annonça-t-il.

Elle se mit à rire.

— J'aurais dû m'en douter. « Fils de Somerled », le voyageur de l'été. Tu es vraiment un pirate.

Il rit à son tour, bascula sur elle et lui montra quel genre de pirate impitoyable il était. Encore et encore.

Épilogue

7 juillet 1307, château de Carrick

Robert de Bruce, roi d'Écosse, siégeait avec les dix membres de sa garde de Highlanders dans la salle provisoire du conseil de guerre lorsque le messager arriva.

Maintenant que le Faucon était rentré, marié et, à en juger par son sourire goguenard, de nouveau lui-même, il ne manquait plus qu'un seul de ses guerriers d'élite. Enfin, pas vraiment, corrigea-t-il. Il était planté telle une graine dans le cœur de l'ennemi, prêt à prendre racine le moment venu.

Bruce fit signe à l'homme d'avancer.

Ce dernier lui tendit un rouleau de parchemin.

— C'est pour vous, sire, venant de Burgh-on-Sands.

Bruce fronça les sourcils en se demandant si c'étaient les nouvelles qu'il attendait. Édouard avait rassemblé ses hommes à Carlisle quelques jours plus tôt. Le bruit courait qu'il avait quitté son lit pour conduire lui-même son armée contre les rebelles.

Il ouvrit la missive, lut les trois mots, puis retomba en arrière sur son siège.

— Que se passe-t-il ? lui demanda MacLeod. On dirait que vous avez vu un fantôme.

Bruce se tourna vers lui, l'air étourdi.

— Peut-être bien, mais c'est un fantôme que je ne suis pas fâché de voir.

Il lança un regard à travers la pièce, le choc sur son visage cédant le pas à l'euphorie.

— Il est mort, annonça-t-il.

Il éclata de rire, comprenant enfin que son vieil ennemi avait disparu.

— Faites sonner les cloches d'une côte à l'autre, ordonna-t-il. Le roi Édouard est enfin allé au diable !

La salle explosa en une éruption de cris de triomphe. Ils ne lui montreraient pas plus de commisération dans la mort qu'il ne leur avait accordé de pitié de son vivant. Le « marteau des Écossais » était parti en enfer, sa juste place, emportant avec lui la redoutable bannière du dragon.

Bruce savait qu'avec la mort d'Édouard Plantagenêt, le danger ne faisait que se déplacer. La principale menace ne venait plus de l'Angleterre mais des ennemis de l'intérieur. Il devrait affronter ses propres compatriotes sur le champ de bataille : ces assassins de MacDowell au sud, qui avaient tué ses frères ; ses vieux ennemis au nord, les Comyn et les MacDougall.

Il sourit. La graine qu'il avait plantée était sur le point de germer.

Note de l'auteur

Comme je l'ai écrit dans ma note à la fin du *Chef*, au cours de mes recherches pour mon projet « Forces spéciales en kilt », je suis tombée par hasard sur une allusion à une « troupe » d'Islanders sélectionnés par Angus Og MacDonald afin de protéger Robert de Bruce lors de son retour en Écosse après son exil dans les îles. Le personnage d'Erik MacSorley s'inspire de Domnall (Donald) des Îles, fils d'Alastair Mor MacDonald et cousin d'Angus Og, qui aurait été le chef de ce corps de guerriers.

Le père d'Erik, Alastair Mor, serait l'ancêtre du clan MacAlistair, quoiqu'ils soient plusieurs à pouvoir revendiquer cet honneur. Il fut tué en 1299 (plus tard que dans mon roman) lors d'une bataille contre les MacDougall.

À l'époque, les noms de clans étaient utilisés d'une manière plutôt anarchique. J'ai donc opté pour le nom plus générique de « MacSorley » (fils de Somerled) afin de différencier Erik de ses cousins MacDonald. Le nom MacSorley désigne en fait tous les descendants de Somerled : les MacDonald, les MacDougall, les MacRuairi, etc.

Je n'ai trouvé aucune trace d'une épouse d'Erik. Toutefois, les alliances entre les grandes familles d'Irlande et les chefs des Hébrides intérieures étaient courantes. Je ne m'étais jamais vraiment rendu compte de la proximité de l'Irlande et de l'Écosse, ni de l'importance des voies maritimes. À peine une vingtaine de kilomètres séparent le Mull of Kintyre (en Écosse) de la côte nord du comté d'Antrim (en Irlande). Par beau temps, on peut voir le pays voisin. Se rendre en Irlande par bateau depuis l'Écosse était beaucoup plus simple, et plus rapide, que de parcourir la même distance par voie de terre. Sur une carte, on comprend clairement pourquoi les comtés écossais du Kintyre et de l'Ayrshire, les Hébrides intérieures, l'île de Man et le comté irlandais d'Antrim étaient si étroitement liés, tant politiquement que culturellement.

Lorsque je me suis mise en quête d'une épouse pour Erik, il ne m'a pas fallu longtemps pour choisir une Burgh, surtout après avoir lu une histoire de fiancées échangées (ce sont des choses qui ne s'inventent pas) entre deux sœurs de cette famille. Maud de Burgh fut d'abord promise à sir John de Bermingham, le premier comte de Louth, mais ce dernier finit par épouser sa sœur Aveline. Maud épousa ensuite le beau-fils de Ralph de Monthermer, Gilbert de Clare, huitième comte d'Hertford. Ellie et Matty s'inspirent de ces deux sœurs.

Les fiançailles avec Ralph de Monthermer (également appelé Raoul) sont également de mon invention, quoique l'histoire de ce dernier ne le soit pas. Il épousa clandestinement la fille d'Édouard Ier d'Angleterre, Joan d'Acre, ce qui lui valut d'être enfermé dans la Tour de Londres par son beau-père furieux. Il fut plus tard gracié et élevé au rang de comte de Gloucester et d'Hertford tant que Joan était en vie. Il fut ensuite comte d'Atholl après l'exécution du dernier tenant du titre. Plus tard, il devint le premier baron Monthermer. Il se battit en Écosse pour Édouard et aurait été pourchassé par Bruce jusqu'au château d'Ayr quelques jours après la bataille de Loudoun Hill, comme je le mentionne dans le roman. En dépit de sa loyauté envers le souverain anglais, en 1306 Ralph aurait averti Robert de Bruce du danger qu'il courait à la cour, ce qui provoqua sa sédition.

Outre le sort des femmes enfermées dans des cages (ce qui est tristement véridique), celui du comte d'Atholl, exécuté après la bataille de Methven, témoigne de la sévérité d'Édouard 1er à l'égard des rebelles. Atholl, premier comte écossais condamné à mort en deux cents ans, implora la clémence du souverain en faisant valoir leurs liens de parenté. En guise de réponse, Édouard ordonna qu'il soit pendu à une potence plus haute que celle des autres condamnés eu égard à son rang plus élevé.

L'épisode de la toile d'araignée, qui figure au début du *Faucon*, est sans doute la légende la plus connue concernant la vie de Robert de Bruce. En Écosse, trois grottes se disputent l'honneur d'avoir servi de décor à cette célèbre scène ; toutefois, celle de l'île irlandaise de Rathlin semble l'emporter sur les autres. L'histoire de l'araignée serait à l'origine du fameux dicton anglais : « Si tu ne réussis pas du premier coup, essaie encore et encore. » Hélas, certains universitaires contestent l'authenticité de cette anecdote, aussi célèbre soit-elle, et l'attribuent plutôt à sir Walter Scott (qui semble être à l'origine de bon nombre de légendes de ce genre).

Araignée ou pas, la situation de Bruce à l'époque était réellement dramatique. Son retour sur le trône peut être considéré comme le plus grand « come-back » de l'histoire, juste après la victoire des Red Sox contre les Yankees en 2004 (désolée, c'était plus fort que moi). Sir Herbert Maxwell résume ainsi la situation de Bruce au début de 1307 : « Il n'avait plus un arpent de terre à lui ; trois de ses quatre frères et la plupart de ses amis fidèles avaient péri sur le gibet ; la majeure partie de ses autres partisans avaient abandonné sa cause et rallié le camp du roi Édouard ; sa femme, ses filles et ses sœurs étaient enfermées dans des prisons anglaises. » (Evan

MacLeod Barron, *The Scottish War of Independence*, Barnes and Noble Books, New York, 1914 ; p. 261.)

Pour le plongeon de la demoiselle (ou de la vierge), je me suis inspirée du plongeon de l'ours polaire, un bain rituel dans l'eau glacée, qui a lieu tous les ans en Amérique du Nord. Lorsque j'étais jeune, ma sœur et moi participions à un événement similaire dans le lac Tahoe. Nous courions dans la neige puis sautions dans une mare glacée avant de nous réfugier dans un bain chaud. C'est beaucoup plus drôle que cela en a l'air. Les fêtes païennes étaient souvent intégrées dans le calendrier chrétien. Selon une école de pensée, la Chandeleur serait une christianisation du culte celtique de la déesse Brighid.

Aymer de Valence devint comte de Pembroke à la fin de 1307. C'est peut-être son attitude peu chevaleresque lors de la bataille catastrophique de Methven qui convainquit Bruce d'abandonner le code de la chevalerie au profit des méthodes guerrières des pirates, qu'il utilisa avec un grand succès. Le comportement d'Aymer pourrait être une vengeance personnelle : sa tante était mariée à Comyn le Rouge, seigneur de Badenoch, assassiné par Bruce à Greyfriars (voir la fin du *Chef*).

Sir Thomas Randolph qui, avec sir James Douglas « le Noir », devint l'un des compagnons les plus fidèles de Bruce, fut capturé par les Anglais après Methven et « changea de camp » jusqu'en 1309. Il est connu pour avoir accusé son oncle de combattre « comme un brigand au lieu d'attaquer en rangs ordonnés comme un gentleman » (Ronald McNair Scott, *Robert the Bruce King of Scots*, Barnes and Noble Books, New York, 1982, p. 111).

On ignore le nombre exact d'hommes dont Bruce disposait pour lancer ses attaques en Écosse. Les chiffres les plus probables sont de trois à quatre cents à Carrick et autour de sept cents à Galloway. La grande flotte composée essentiellement d'Irlandais et d'Islanders, conduite par les malheureux frères Bruce, essuya effectivement un échec cuisant face aux MacDowell, et seuls deux navires en réchappèrent. Toutefois, rien n'indique que la bataille se soit déroulée sur deux fronts comme je l'ai décrit (même si cela paraît logique). La défaite de Galloway précéda probablement l'assaut de Bruce contre Carrick. On pense que les deux divisions partirent de Rathlin, mais elles n'y restèrent sans doute pas longtemps. Avec des Anglais patrouillant dans le secteur, il aurait été difficile de cacher un millier d'hommes sur une petite île.

Au cours des quatre à cinq mois qui s'écoulèrent entre sa fuite du château de Dunaverty et son assaut sur Carrick, personne ne sait exactement où Bruce se terra. C'est l'un des plus grands mystères de son histoire. Certains pensent qu'il s'est réfugié en Norvège, où sa sœur était reine, mais la plupart des historiens estiment qu'il s'est caché dans les Hébrides intérieures et en Irlande, avec l'aide d'Angus Og MacDonald et de Christina (MacRuairi) des Îles.

De même, son itinéraire entre Rathlin et Arran avant de lancer son attaque sur Carrick est mal connu. Selon son historien, C. W. S. Barrow, dans son ouvrage de référence *Robert Bruce and the Community of the Realm of Scotland*, il serait passé de Rathlin au Mull of Kintyre avant de remonter la côte et de passer sur l'île d'Arran. Je lui ai fait suivre le parcours de Magnus III de Norvège (« Magnus aux pieds nus ») en traversant l'isthme de Tarbert. Dans une lettre adressée au comte d'Ulster à la fin janvier, Édouard Ier demandait à ce que la flotte protège l'estuaire de la Clyde. Les patrouilles anglaises devaient alors quadriller la zone. Lorsque j'ai découvert que, selon certaines sources, Bruce avait accosté au château de Lochranza au nord de l'île d'Arran, il m'a semblé tout à fait logique qu'il ait effectué le détour en traversant l'isthme. Autrement, lui et ses hommes auraient dû passer devant le château de Tarbert, alors occupé par les Anglais, sans se faire repérer.

Sur le plan militaire, l'escarmouche de Glen Trool, où l'embuscade tendue par Aymer de Valence se retourna contre lui, fut moins importante que la victoire de Bruce à Loudoun Hill. Néanmoins, une femme fut envoyée pour espionner le camp des rebelles écossais à la veille de la bataille. Prise de remords une fois sur place, elle prévint Bruce de la présence des Anglais, lui rendant un fier service (voir Scott, p. 101). Cet incident est relaté dans *The Brus*, de John Barbour, et pourrait être apocryphe, mais il m'a donné une excellente idée pour introduire Ellie dans le camp.

Spoon Island, située à trois kilomètres de la côte du Kintyre, a eu de nombreux noms et est connue aujourd'hui comme l'île de Sanda. « Edward's Point » serait le lieu d'où Édouard de Bruce surveilla la côte pendant que son frère s'enfuyait de Dunaverty. Spoon ne faisait pas partie des terres des MacSorley comme je l'ai écrit, mais appartenait à l'époque au prieuré de Withorn à Galloway.

Le 7 juillet 1307 marque la fin du plus célèbre, et selon certains du plus grand, roi d'Angleterre. Édouard 1er, surnommé « le marteau des Écossais », mourut au cours de la marche vers le nord pour écraser la « rébellion » écossaise. Son fils et héritier, Édouard II, ne respecta pas sa dernière volonté, qui était que ses os soient transportés dans une urne devant son armée jusqu'à ce que les Écossais soient vaincus.

Si vous souhaitez en savoir plus sur la « vraie histoire » derrière l'histoire, je vous invite à consulter les notes d'auteur approfondies ainsi que les autres articles sur mon site Web : www.monicamccarty.com.

Remerciements

J'ai la chance incroyable d'avoir une équipe merveilleuse qui m'aide à concrétiser mes rêves. Je tiens à remercier avant tout mon éditrice, Kate Collins. Grâce à son soutien et à son enthousiasme, remettre un manuscrit est légèrement moins stressant. Le plus dur avec Kate, c'est de me rappeler qu'il s'agit d'un travail. Je remercie également Kelli Fillingim, qui coordonne toutes les opérations comme par magie ; toute l'équipe de chez Ballantine, du service production aux départements des ventes et du marketing ; sans oublier les as de l'illustration qui donnent si belle allure à mes livres (où vont-ils chercher tous ces beaux gars si bien bâtis ?). Comme toujours, un grand merci à mes fabuleux agents, Andrea Cirillo et Annelise Robey, qui rendent le côté commercial de l'édition non seulement compréhensible mais également aussi indolore que possible, ainsi qu'à Emily Cotler et Estella Tse de chez Wax Creative, deux reines du graphisme qui sont responsables de mon superbe site Web ainsi que de l'arbre généalogique au début de ce roman.

Merci à Sharron Gunn, écrivaine et historienne de l'Écosse qui m'a aidée (encore) avec la traduction de certaines expressions en gaélique. S'il y a des erreurs, elles se trouvent dans les passages où elle n'est pas intervenue.

Toute ma reconnaissance à Jami et Nyree, qui, de conseillers, sont rapidement devenus mes meilleurs amis. J'attends l'automne avec impatience pour d'autres pique-niques improvisés.

Enfin, merci à Reid et à Maxine, qui, en dépit de tous mes efforts, approchent dangereusement de l'âge où ils pourront lire mes bouquins.

AVENTURES & PASSIONS

4 mai

Ella Quinn

Les Worthington - Le dandy au grand cœur

Inédit

Pour sa première saison, Dorothea Sterne est accueillie à Londres chez le comte de Worthington, beau-frère de sa meilleure amie, lady Charlotte. Lors d'une promenade à Hyde Park, Melle Sterne sauve d'un méchant coup de canne un petit chien qui s'était agrippé aux pompons d'argent des souliers d'un promeneur. Qui peut être aussi cruel avec un animal sans défense ? Charlotte reconnaît en cet individu son cousin Dominic Vivers, marquis de Merton. Un triste sire, snob, imbu de son titre comme de lui-même et peu apprécié dans la famille. Or, Dominic et Dorothea ne cessent de se croiser aux bals où ils sont invités, et bientôt le bon cœur de la jeune fille entrevoit, chez ce fat, un homme sensible, délicat. De plus en plus troublée, Dorothea va tenter de percer le mystère de ce dandy enrubanné.

✦

Betina Krahn

La famille Bumgarten - L'ultimatum

Inédit

Pour faire taire les mauvaises langues de la bonne société de Boston et préserver sa réputation, Daisy Bumgarten est bien décidée à se marier avec le plus titré des hommes. Son choix se porte sur la famille Graham dont le fils Arthur, sixième duc de Meridian, est la proie idéale. C'était sans compter le frère cadet, Ashton, qui a toujours protégé son frère et entend bien ne pas l'abandonner aux mains d'une écervelée qui prétend descendre du roi Charles II ! Pourtant, les deux frères sont bientôt ensorcelés par la jeune femme et veulent tout deux l'épouser... Qu'à cela ne tienne ! Daisy leur lance un ultimatum, ils ont dix jours pour y répondre.

Sarah MacLean

Les diaboliques - Belle de nuit

Inédit

Caleb Calhoun vient d'arriver à Londres pour régler un certain nombre de problèmes avec son associée, Seraphina Talbot. Le retour de ce riche Bostonien sera peut-être aussi le moyen de renouer avec la cadette de Seraphina, Sesily, qui avait embrasé son cœur, deux ans plus tôt. Or Sesily est une femme libre, consciente de son pouvoir de séduction. Avec un groupe d'amies, elle a décidé de ruiner la réputation de ces maris indélicats qui se pensent au-dessus des lois. Un soir, à l'occasion d'un bal, Caleb la surprend dans le jardin, les cheveux ébouriffés et le souffle court, avec le comte de Torton portant sur le front une odieuse injure. Pour se tirer d'affaire, Sesily ne voit qu'une solution : se jeter dans les bras de Caleb !

✦

Heather McCollum

Les fils Sinclair - Le conquérant des Highlands

Inédit

Depuis la mort de leur chef, le clan Sutherland fait la guerre au clan Sinclair. La victoire devrait revenir à ces derniers, plus nombreux. Mais au moment de l'ultime combat, des dizaines d'archers arrivent sur le champ de bataille, avec à leur tête Arabella Sutherland, le visage à moitié masqué. D'une flèche, elle tue George Sinclair, le laird, devant les yeux effarés de ses trois fils. Cain, l'aîné, parvient à recueillir les derniers mots de son père : « Conquiers les Sutherland. » Bien décidé à honorer cette dernière volonté, Cain s'élance à la poursuite de la mystérieuse meurtrière.

Elizabeth Hoyt

Les trois princes - Le dernier duel

Au détour d'un chemin, Lucinda trébuche sur ce qu'elle croit être un cadavre, mais qui se révèle bien vivant. Ce bel Apollon laissé pour mort a sans doute été attaqué par des brigands. Qui est-il, au juste ? Un vagabond, une canaille, comme le redoute le père de Lucinda, qui craint pour la vertu de sa fille depuis l'arrivée de cet homme sous son toit. Ce bel inconnu, dont le regard profond ensorcèle Lucinda, est l'énigmatique vicomte Simon Iddesleigh, assoiffé de vengeance depuis l'assassinat de son frère.

Regency

4 mai

Mary Balogh

L'ange blond et l'ange noir

Inédit

Après cinq ans d'attente, Jennifer Winward vient enfin de se fiancer avec Lionel Kersey. L'événement est officialisé à l'occasion de son premier bal. Dans la foule des invités, elle croise le regard noir d'un homme altier et froid, lord Thornell, qui est revenu à Londres après une longue absence et dont la vie de débauche alimente les ragots. Jennifer ignore que ce libertin et son fiancé se détestent. Pour les deux hommes que tout oppose, elle devient l'instrument de leur vengeance, mais la jeune femme est bien décidée à prendre son destin en main.

✦

Martha Waters

Chamailleries amoureuses

Inédit

Lorsque Diana Templeton veut mettre un peu de piquant dans son existence, elle cherche à se quereller avec le séduisant marquis de Willingham, Jeremy. Pour l'heure, lady Templeton vient de parier cent livres qu'il sera marié d'ici à la fin de l'année à une femme qu'elle lui aura trouvée. Mais Jeremy, dont les prouesses en chambre viennent d'être remises en cause par une de ses maîtresses, a besoin de redorer sa réputation. Pourquoi ne pas proposer une brève liaison à Diana ? Pas question. Diana veut gagner son pari, même si les manœuvres du marquis se font de plus en plus persuasives...

10413

Composition
FACOMPO

Achevé d'imprimer en Italie
par GRAFICA VENETA
le 6 mars 2022

1er dépôt légal dans la collection : avril 2013
EAN 9782290254929
OTP L21EPSN002359N001

ÉDITIONS J'AI LU
87, quai Panhard-et-Levassor, 75013 Paris

Diffusion France et étranger : Flammarion